Le prétendant anglais

Aux Éditions J'ai lu

SCANDALES

1 – Un infréquentable vicomte
N° 11014
2 – Un ténébreux voisin
N° 11144
3 – Une femme à tout prix
N° 10926
4 – Un cœur silencieux
N° 11685

Le pari du péché
N° 12873

Le prince charmant existerait-il ?
N° 12997

Sur la route de Maryfield
N° 13133

CAROLINE
LINDEN

L'HÉRITAGE CARLYLE – 1

Le prétendant anglais

Traduit de l'anglais (États-Unis)
par Julie Guinard

J'AI LU

J'AI LU
POUR elle

Si vous souhaitez être informée en avant-première
de nos parutions et tout savoir sur vos auteures préférées,
retrouvez-nous ici :

www.jailu.com

Abonnez-vous à notre newsletter
et rejoignez-nous sur Facebook !

Titre original
ABOUT A ROGUE

Éditeur original
Avon Books,
an imprint of HarperCollins Publishers, New York

Pour Orion, mon compagnon d'écriture

Prologue

1787

Le décès prématuré du pasteur de l'église St. Mary à Kittleston suscita une profonde consternation, et l'affliction sincère de ses paroissiens. À quarante-cinq ans à peine, il avait été unanimement apprécié ; calme et enjoué, toujours un mot gentil à la bouche, toujours prêt à rendre service ou à prêter une oreille bienveillante.

Les dames se réunirent pour consoler la fiancée du défunt, Mlle Calvert, qui était tout aussi adorée, et dont les sanglots désespérés mirent les larmes aux yeux à plus d'un voisin. On se lamentait entre villageois de cette terrible perte, tant pour la pauvre Mlle Calvert que pour la paroisse, car comment espérer retrouver un homme aussi merveilleux ?

Trente kilomètres plus loin, dans la grandiose magnificence de Carlyle Castle, la nouvelle suscita une peine et un deuil tout différents, ainsi qu'une secousse de détresse qui sembla ébranler l'immense château. Stephen St. James n'était pas seulement le pasteur bien-aimé de St. Mary, c'était également le plus jeune frère de Sa Grâce le duc de Carlyle.

— Une blessure qu'il s'était faite avec une vieille faux s'est infectée, dit M. Edwards, l'avoué de la famille.

Ayant appris deux jours plus tôt l'aggravation de l'état de lord Stephen, il était venu sur-le-champ au château.

— Il s'en servait pour couper des branches dans son jardin et s'est accidentellement entaillé la jambe. Quand ils ont enfin appelé le docteur, la plaie était déjà profondément enflammée. On m'a rapporté qu'il n'a pas eu le temps de souffrir beaucoup, ajouta-t-il doucement.

Sa Grâce la duchesse de Carlyle fixait un point par la fenêtre. Ses yeux étaient secs et son menton résolument ferme, mais elle crispait les mains autour d'un mouchoir chiffonné.

— Dieu soit loué. Mon cher, si cher fils, murmura-t-elle. Il aimait tant s'occuper de son jardin...

— Mlle Calvert était avec lui lorsque c'est arrivé. Elle l'a supplié de faire appeler le chirurgien, mais il pensait qu'il s'agissait d'une égratignure.

M. Edwards avait rechigné à faire part de cette précision, mais il l'avait promis à Emily Calvert, qui l'avait prié avec effusion d'implorer le pardon et la pitié de la duchesse. Elle se considérait comme une criminelle parce qu'elle n'avait pas suffisamment insisté pour qu'il consulte un médecin immédiatement.

— La pauvre fille, répondit la duchesse sans bouger les yeux. Elle n'a rien à se reprocher. Personne ne pouvait convaincre Stephen de s'inquiéter. Ce n'était pas dans sa nature.

Sa voix trembla à la fin de la phrase, et elle prit une profonde inspiration avant de reprendre :

— Envoyez quelqu'un pour voir si Mlle Calvert a besoin de quoi que ce soit.

M. Edwards toussota.

— Elle aimerait se recueillir sur sa tombe.

Après un long silence, la vieille dame dit :

— Il faut d'abord que nous procédions à l'inhumation.

Elle poussa un soupir et ses mains s'agitèrent un instant.

— Bien sûr qu'elle peut venir. Comment le lui refuserais-je ?

M. Edwards en prit note, tandis que la pendule en porcelaine sur la table égrenait imperturbablement ses secondes.

— Avez-vous des souhaits particuliers pour les obsèques, madame ?

— Heywood saura quoi faire, répondit-elle.

L'auguste majordome de Carlyle savait toujours quoi faire.

— Comme cela s'est passé pour… pour lady Jessica.

Lady Jessica avait été la seule fille de la duchesse. Ils l'avaient enterrée sept ans auparavant. La voix de Sa Grâce se brisait encore lorsqu'elle prononçait son prénom.

— Oui, madame.

Il griffonna quelques notes supplémentaires avant d'ajouter :

— Je suppose que monsieur le duc a été prévenu.

Le visage de la vieille dame se crispa.

— Non, je m'en chargerai plus tard. Il était souffrant, ce matin.

— Bien sûr, murmura l'homme de loi.

Si formidable qu'elle soit, la duchesse était aussi une mère qui venait de perdre son benjamin, et devait annoncer au dernier enfant survivant qu'ils allaient rouvrir la crypte familiale pour enterrer son frère. Sans aucun doute, la conversation serait douloureuse et difficile. L'esprit du duc n'était ni vif ni agile, et ses facultés de compréhension aléatoires.

Mais on n'y pouvait rien. M. Edwards hésita, puis il reposa la plume dans l'encrier.

— J'aimerais aborder un dernier sujet…

— Oui, oui, dit-elle sèchement en fronçant les sourcils, le regard toujours vers l'extérieur. Je sais.

Il attendit, mais comme elle n'ajoutait rien, il poursuivit à contrecœur :

— J'ai pris la liberté d'examiner les archives familiales...

— Ah ?

La duchesse fournit un effort visible pour se ressaisir.

— Eh bien ? dit-elle d'un ton cassant. De qui s'agit-il ?

Lord Stephen n'avait pas seulement été le plus jeune frère du duc, mais également son unique héritier. Un terrible accident de cheval survenu des années auparavant avait laissé le duc avec le cerveau d'un enfant. Lord John ne s'était jamais marié, n'avait pas eu de fils et n'en aurait jamais. La mort de Stephen signifiait que le duché devait maintenant être transmis à un cousin éloigné.

Tout le monde à Carlyle Castle avait nourri l'espoir que le mariage de lord Stephen produirait un héritier. Il avait rencontré Mlle Calvert sur le tard. Ce n'était pas une très jeune femme, mais elle avait encore l'âge d'enfanter, et lord Stephen et elle avaient été sincèrement attachés l'un à l'autre. Cet espoir étant à présent anéanti, l'héritier ignorait quel legs monumental s'apprêtait à lui revenir.

M. Edwards sortit un document de sa mallette. Trente ans plus tôt, le deuxième fils Carlyle, lord Williams, avait été tué dans les colonies américaines, peu avant l'accident de l'actuel duc. Les années s'étaient écoulées et comme lord Stephen ne se mariait pas, la succession était devenue précaire. Discrètement, M. Edwards avait commencé à se renseigner à propos de trois hommes, dans l'éventualité que ce jour arrive.

Malgré l'urgence, il devait s'y prendre avec délicatesse. Il était l'avoué de Carlyle depuis plus de vingt-cinq ans, assez longtemps pour connaître les secrets de la famille. Il choisit de débuter par le sujet le plus facile.

— Le capitaine Andrew St. James, de la garde écossaise de Sa Majesté. Son grand-père était le plus jeune frère de Sa Grâce le quatrième duc.

— Oui, dit-elle, son expression indéchiffrable à l'évocation de son défunt mari. Je me souviens. C'est donc le petit-fils d'Adam. Ce garçon ressemble-t-il à son grand-père ?

M. Edwards s'éclaircit la gorge. Lord Adam avait été un homme raisonnable et charmant. Cela ne lui avait pas épargné une farouche querelle avec son frère aîné le quatrième duc, et lord Adam avait coupé les ponts avec sa famille depuis des décennies.

— Je n'en ai aucune idée, Votre Grâce. D'après mes rapports, le capitaine St. James est honorable.

Elle se racla la gorge avec dédain et demanda :

— Quel âge a-t-il ? Est-il marié ?

— Environ trente ans, Votre Grâce, et il n'est pas marié, à ma connaissance.

Elle poussa un soupir.

— Typique des militaires.

Son deuxième fils s'était engagé dans l'armée britannique et n'en était jamais revenu. Elle ne tenait pas l'armée en haute estime.

Au bout d'un moment, la duchesse se leva.

— Je suppose que nous devrions nous féliciter qu'il ait survécu aussi longtemps. Cela signifie peut-être qu'il est très intelligent. Ou très bête. Je ne sais pas ce que je préfère... Qui d'autre ?

Edwards sortit une nouvelle feuille.

— M. Maximilian St. James.

— Je devine au son de votre voix que celui-là n'est pas si respectable.

L'homme soutint son regard.

— C'est un joueur, Votre Grâce. Il ne possède aucun autre revenu, j'ai l'impression, mais il s'est fait une réputation dans les cercles de jeu. C'est un descendant du deuxième duc, il a environ vingt-sept ans et n'est pas marié non plus.

— Les jeunes hommes de notre pays sont des imbéciles aux mœurs dissolues, de nos jours, dit-elle tandis que sa mine s'allongeait. C'est tout ?

— Eh bien... peut-être pas.

L'avoué hésita. Il s'apprêtait à s'aventurer en territoire délicat.

— Sa Grâce le quatrième duc avait un autre frère.

— Oui, dit-elle au bout d'un moment avec surprise. Seigneur, je l'avais oublié...

M. Edwards hocha la tête. Presque tout le monde l'avait oublié, car tel avait été l'ordre du duc. Le premier frère, lord Adam, avait été banni mais on parlait encore de lui à Carlyle Castle. Lord Thomas St. James, en revanche, avait disparu à l'âge de cinq ans. Il avait été le chouchou de sa mère, à tel point qu'elle l'avait emmené lorsqu'elle avait fui son mari, le troisième duc, pour regagner sa France natale. D'après la rumeur, elle était retournée auprès du vicomte français qui avait été son amant. On chuchotait que lord Thomas était peut-être l'enfant de cet homme.

Cela avait causé un scandale retentissant, et le troisième duc avait déclaré que sa femme et son fils étaient morts à ses yeux. Lors d'une occasion mémorable, une demi-douzaine de domestiques avaient été fouettés parce qu'on les avait surpris en train de parler d'elle. Après cela, les noms de la duchesse fugueuse et de son fils n'avaient plus jamais été prononcés par aucun membre du personnel ni personne de la maison des Carlyle. Le quatrième duc n'avait pas été plus clément vis-à-vis de la désertion de sa mère et, avec le temps, Anne-Louise et son fils Thomas étaient tout simplement tombés dans l'oubli.

— J'ai fait quelques tentatives pour retrouver leur trace. Sans succès.

M. Edwards marqua une pause.

— Cela fait plusieurs décennies. Comment savoir où vit lord Thomas ?

La duchesse renifla.

— Ses petits-fils, vous voulez dire. Il doit avoir quatre-vingts ans, s'il est encore en vie. Les hommes ne vivent pas aussi longtemps chez les Carlyle.

Une nouvelle grimace de tristesse déforma son visage avant qu'elle n'ajoute :

— Et les petits-enfants en question, s'ils existent, seraient *français* !

— C'est fort probable, murmura M. Edwards. Il faudrait que je lance de véritables recherches pour retrouver la piste de lord Thomas et de ses éventuels descendants.

— Le faut-il ? demanda-t-elle sèchement.

Il hésita.

— Si l'un des fils ou petits-fils de lord Thomas avait survécu... il aurait la préséance dans l'ordre de succession.

Pendant un moment, la duchesse garda un sombre silence.

— Un militaire, un joueur ou un Français, résuma-t-elle avec amertume.

Elle leva les yeux vers le plafond aux moulures exquises, les hautes fenêtres étincelantes, les meubles raffinés, les tableaux dans leurs cadres dorés.

— Et l'un de ces hommes aura Carlyle, ajouta-t-elle.

Elle se retourna vers Edwards.

— Faites-les venir. Tous, si vous trouvez la piste de Thomas en France, mais je veux voir les deux autres ici dès que possible. Il n'est pas question qu'un blanc-bec idiot ou un voyou sans cœur prenne la place de mon fils.

— Oui, madame.

— Restez à ma disposition toute la semaine prochaine, poursuivit-elle. J'aurai des instructions à vous donner concernant cette bande de déplorables héritiers, et nous devrons également régler certaines affaires importantes relatives au patrimoine familial.

M. Edwards poussa un soupir.

— Votre Grâce, je ne peux pas m'occuper de toutes les affaires de la famille, même si je m'installais à demeure. Vous devez m'autoriser à engager un nouveau régisseur. M. Grimes m'assure qu'il est incapable actuellement de reprendre son poste, et je crains qu'il ne le soit plus jamais…

La duchesse agita une main avec irritation.

— Fort bien. Mais à titre d'essai seulement, précisa-t-elle tandis que l'avoué manifestait son soulagement. J'aime bien Grimes, et je garde espoir qu'il revienne.

M. Grimes avait presque soixante-dix ans et souffrait depuis quelque temps d'une maladie pulmonaire. Il ne reprendrait pas son poste. Edwards avait déjà pris les dispositions pour sa retraite : il ne manquait plus que l'approbation de la duchesse… et un remplaçant. En attendant, ces responsabilités incombaient désormais à Edwards, et ces six derniers mois avaient bien failli le conduire lui-même à la retraite.

— Je me renseignerai dès que je serai à Londres, madame.

— Hmm.

Elle lui adressa un regard sombre et agita l'index dans sa direction.

— Trouvez un homme fiable et sérieux, monsieur Edwards, qui possède une bonne expérience dans la gestion d'un tel patrimoine. Pas un de ces jeunes garçons ambitieux qui veulent constamment améliorer des choses qui n'ont aucun besoin de l'être.

— Naturellement, madame.

— Vous pouvez partir, décréta-t-elle.

L'avoué se leva, rassembla ses papiers et sortit en s'inclinant.

Sophia Constance St. James s'assit dans son fauteuil tapissé de soie, ses doigts parés de bagues crispés autour d'un mouchoir du coton irlandais le plus fin, et contempla sans la voir par la haute fenêtre à meneaux l'immense étendue verdoyante. Sur les collines lointaines, les champs étaient parsemés de moutons gras. Tout cela faisait partie de Carlyle à perte de vue, et bien au-delà.

De nombreuses décennies auparavant, elle était arrivée au bras de son nouvel époux George Frederick, quatrième duc du nom, un homme qui avait deux fois son âge. Le jour de son mariage, sa mère lui avait chuchoté à l'oreille qu'elle devait se faire respecter tout de suite, ou rester docile à tout jamais. Elle avait choisi d'imposer sa volonté. Fille unique et héritière d'un riche banquier, elle avait apporté une fortune colossale dans ce mariage, et exigeait de son mari qu'il reconnaisse sa valeur. Si tyrannique et arrogant qu'il ait été, il l'avait fait, car elle ne lui avait pas laissé le choix.

À sa mort, elle avait espéré mener une existence plus agréable, mais avait enduré la perte terrible d'un fils, la blessure fatale de son aîné, et le décès de sa seule fille. Mais Sophia avait continué à endosser sans faille ses lourdes responsabilités. Pendant près de trente ans, elle avait été la tutrice de son fils et s'était occupée de tout, déterminée à ce que le duché soit préservé pour la génération suivante.

À présent, la propriété allait être transmise au fils de quelqu'un d'autre, et elle enterrerait le sien, son Stephen affectueux, charmant et bien-aimé. Sa gorge se noua. Trois de ses enfants étaient morts. Tous ses rêves et ses amours, disparus. Bien que son fils aîné soit encore en vie, il n'était plus son Johnny, et il n'avait pu mener l'existence qu'elle avait espérée pour lui. L'horizon verdoyant par la fenêtre aurait aussi bien pu être un mirage.

Un bruissement sur ses jupes troubla ses pensées moroses.

— Allons, Percival ! s'exclama-t-elle lorsque le gros chat roux sauta sur ses genoux.

— Je suis désolée, madame, dit Philippa Kirkpatrick en refermant la porte. Il guettait l'ouverture de la porte, allongé derrière.

La duchesse sourit et souleva le chat pour le regarder dans les yeux.

— Tu n'aimes pas être exclu, n'est-ce pas, mon beau matou ?

Elle baissa les bras et l'animal se blottit sur ses genoux en ramenant sa queue sur sa tête.

— Dois-je le faire sortir ? demanda Pippa.

— Non, laisse-le, dit la duchesse en caressant la fourrure du félin. Il me console un peu.

Sans faire de bruit, Pippa prit place sur une chaise à côté d'elle. Elle croisa les mains sur ses genoux et attendit.

La duchesse lui en fut reconnaissante. Malgré sa jeunesse, Pippa n'était pas une de ces jeunes filles frivoles qui ne songeaient qu'à danser et faire les coquettes avec une mouche sur la joue. Elle avait toujours été adorable, dès l'instant où la duchesse avait posé les yeux sur elle, le jour où sa fille Jessica avait épousé le père veuf de Pippa, Miles. Blottie dans les bras paternels, la petite Pippa l'avait regardée avec ses grands yeux sombres et avait souri, et la duchesse avait été instantanément séduite.

— Vous voyez, mère, avait dit Jessica avec un sourire lumineux en lissant les cheveux de la fillette. J'ai eu un mari et une fille d'un seul coup d'un seul !

Jessica avait aimé Philippa comme si elle avait été sa propre fille, et la duchesse l'avait également adoptée. En grandissant, l'enfant s'était mise à beaucoup ressembler à Jessica, et la duchesse regrettait qu'elle ne soit pas vraiment sa petite-fille.

Elle poussa un soupir silencieux. Elle n'aurait plus de petits-enfants, maintenant.

— Mme Humphries a-t-elle apporté le crêpe ?

— Oui, madame. Les bonnes sont en train de couvrir les miroirs.

La duchesse lui jeta un bref regard et remarqua la couleur de sa robe.

— Je vois que vous êtes déjà en deuil.

Philippa plissa les yeux.

— Lord Stephen a toujours été très bon vis-à-vis de moi, madame. C'est injuste qu'il soit parti si jeune.

— En effet, murmura la duchesse.

C'était très injuste.

— Edwards est venu me parler de l'héritier.

La jeune fille arrondit les yeux.

— Déjà ? Oh, madame, quel manque de tact !

La duchesse secoua une main, arrachant un miaulement à Percival, et se remit à le caresser.

— Ce n'est pas prématuré. J'aurais dû le faire il y a plusieurs années, si je n'avais pas été si certaine que Stephen allait se marier et...

Elle ferma les yeux en pensant soudain au rire éclatant de Stephen, à sa voix lui assurant qu'il connaissait ses devoirs envers Carlyle. « N'ayez crainte, mère, lui avait-il promis en venant lui parler de ses fiançailles avec Mlle Calvert. Je saurai me montrer à la hauteur de vos espérances. »

Elle dut fournir un gros effort pour arracher son esprit aux souvenirs. Elle était cernée par les fantômes, aujourd'hui.

— Les candidats possibles sont des hommes adultes, certainement pétris dans leurs habitudes, et assurément inaptes à assumer les responsabilités qui vont leur incomber.

Elle marqua une pause.

— Je n'ai aucune intention de laisser Carlyle entre les mains d'un imbécile ignare. Je n'ai peut-être rien à dire concernant celui qui héritera, mais je peux exercer toute la pression qui est en mon pouvoir pour le rendre digne du titre. J'ai demandé qu'on les fasse venir.

— Oui, madame, dit Philippa après une pause étonnée.

— J'aimerais bien votre aide, poursuivit la duchesse. Ils comprendront vite mon rôle et, je n'en doute pas, ils essaieront de me flatter et de m'amadouer. Mais vous... Ils ne seront pas si désireux de vous plaire. Vous devrez être mes yeux et mes oreilles pour discerner leurs véritables sentiments et leurs intentions.

— Bien sûr, madame. Comme vous voudrez.

La duchesse se tourna vers elle avec un petit sourire triste.

— Je m'en remets à vous, Pippa.

Celle-ci lui rendit son sourire.

— Je ferai de mon mieux, Votre Grâce.

— Je le sais. C'est pourquoi je compte si pesamment sur vous, ma pauvre fille.

— Je ne suis pas à plaindre du tout ! Je me réjouis de pouvoir vous apporter un peu de soutien.

La duchesse lui tapota la main.

— Cela a toujours été le cas, mon enfant.

Elle plongea à nouveau les yeux vers la fenêtre et garda le silence un long moment.

— L'héritier le plus probable est un officier militaire. Je nourris des espoirs sur lui, dit-elle enfin. Bien minces, mais que voulez-vous ? M. Edwards me dit que c'est un homme respectable, quoi que cela puisse signifier à l'armée. L'autre, en revanche...

Elle eut un claquement de langue mécontent.

— Un joueur ! Et c'est un parent très éloigné. Non, je ne mise pas cher sur celui-là.

— Ils vous surprendront peut-être, madame, hasarda Pippa.

— Ou peut-être pas, répliqua la duchesse. Quoi qu'il en soit, l'un ou l'autre serait préférable à un Français. Un *Français* ! Mon mari se retournerait dans sa tombe à l'idée que Carlyle tombe entre les mains d'un Français.

Elle réfléchit un moment à cette horrible perspective, avant de se lever.

— Le joueur est certainement irrécupérable. Joueur un jour, joueur toujours. C'est comme une infection du sang. Quant au Français…

Elle soupira.

— Je vais me contenter d'espérer qu'il n'existe même pas, ou au moins qu'il ne souhaite pas être retrouvé. À présent, prions pour que tout se passe au mieux, et misons tout sur le capitaine St. James.

1

Maximilian St. James comprit que sa réputation l'avait précédé.

Cela se voyait sur le visage du majordome en perruque, guindé et réprobateur, qui ordonna que les bagages de Max soient portés dans une chambre d'amis à son arrivée. Il l'avait deviné au regard en coin que lui avait jeté l'avoué lorsqu'ils s'étaient rencontrés. Cela lui avait rappelé les tuteurs qui le jaugeaient avant d'essayer de lui inculquer quelques notions de grec et de théologie.

Et il le constata très clairement sur le visage de la duchesse de Carlyle elle-même, assise dans son fauteuil qui ressemblait à s'y méprendre à un trône, et qui dardait sur lui un regard perçant comme si elle s'attendait à ce qu'il dérobe un bibelot.

Max avait l'habitude de cette défiance. Et cela lui était égal.

Après tout, si la duchesse ne voulait pas de lui ici, elle n'avait qu'à ne pas lui envoyer une lettre s'apparentant peu ou prou à un décret royal pour exiger qu'il se présente à Carlyle Castle, comme s'il était un domestique ou un chien qu'on appelle d'un claquement de doigts.

Hélas, cela avait suffisamment piqué sa curiosité pour qu'il réponde à sa lettre, au lieu de la déchirer en deux devant le valet boudeur qui la lui avait remise. L'affaire laissait espérer des bénéfices.

Max ne négligeait jamais rien qui pouvait lui rapporter quelque chose. Et cette convocation, bien qu'auréolée de mystère et de condescendance, s'annonçait prometteuse.

Jusqu'à présent, son instinct ne l'avait pas trompé, tant concernant le mystère que les avantages potentiels. Après un petit déjeuner solitaire ce matin-là, il était parti en exploration. Le château consistait en une tentaculaire bâtisse de pierre mais était parfaitement entretenu, avec des tapisseries anciennes au mur et des antiquités précieuses sur les cheminées.

Max avait profité de sa présence à Carlyle pour s'intéresser à une personne dont il avait entendu parler presque toute sa vie. Accompagné d'un valet impassible, il s'était promené dans les couloirs du château, jusqu'à la galerie de portraits.

Il avait rapidement découvert l'objet de son intérêt, à l'extrémité. La longue perruque bouclée du deuxième duc de Carlyle tombait en cascade sur son armure polie ; son visage étroit était presque délicat, à l'exception de la moustache sur sa lèvre supérieure. Un foulard de lin raffiné ou de dentelle était noué négligemment autour de son cou et des champs vallonnés – probablement Carlyle – s'étendaient derrière lui.

Max avait toujours su qu'un duc figurait parmi ses ancêtres. Cela avait été le motif de fierté préféré de son père, et la source d'espoir principale de sa mère. Quant à lui, il exploitait la chose à son profit dès que possible, en songeant parfois avec tendresse à Frederick Augustus, cet ascendant illustre et inconnu. Évoquer son nom et laisser entendre que Max était encore proche de la branche ducale de la famille l'avait tiré d'affaire plus d'une fois, bien que cela n'ait jamais vraiment amélioré sa condition.

Il avait longuement étudié son arrière-arrière-grand-père. Lui ressemblait-il ? Il en doutait. L'homme posait avec une autorité arrogante, sûr de sa fortune et de son pouvoir. Max, en revanche... Trop de voyous et d'individus peu recommandables, tous sans le sou, s'étaient mis entre eux pour qu'il ait l'impression d'être de la même famille.

— Enchanté, avait-il dit doucement en adressant un bref hochement de tête à son trisaïeul.

Puis il avait tourné les talons et s'était éloigné.

Il était à présent assis dans un salon élégant, sous l'œil suspicieux de son hôtesse, et attendait, un léger sourire aux lèvres. La duchesse trônait sur un siège aux sculptures si ornementées que la reine elle-même l'aurait enviée. C'était une vieille dame bien en chair de soixante-quinze ans, dont les cheveux gris frisés étaient relevés très haut au-dessus de la tête, selon la mode en vigueur. Bien qu'on soit le matin, elle portait une robe de soie raffinée noire, et ses seules bagues auraient pu entretenir un gentilhomme – même dépensier – pendant un an. Max aperçut la pointe de ses pantoufles, sur un somptueux repose-pied doré, et les diamants de ses boucles d'oreilles lui jetèrent leurs éclats.

L'avoué était assis à côté d'elle, sobre homme de loi vêtu de noir de la tête aux pieds. Le soleil matinal brillait sur ses cheveux clairsemés. Il inscrivait quelque chose sur les papiers étalés devant lui, et ce fut seulement lorsqu'il releva les yeux pour l'évaluer que Max soupçonna que ces notes portaient sur lui.

Un autre invité était arrivé, probablement ce matin seulement : il n'avait pas été présent au petit déjeuner deux heures plus tôt, et les plis de son pantalon semblaient poussiéreux, comme s'il n'avait pas eu le temps de se changer. Plus grand que Max, il pesait certainement quelques kilos de plus et lui fit l'effet d'un type plutôt mal dégrossi. Un soldat, devina Max, bien que l'homme soit en civil. Il avait cette manière de se tenir suggérant qu'il était habitué à porter une épée contre la hanche. Il s'assit sur la chaise située à côté de celle de Max, en face de la duchesse.

Personne ne prit la peine de les présenter l'un à l'autre.

— Bonjour, dit brusquement la duchesse. J'espère que vous êtes arrivés ici sans anicroche.

Max esquissa un sourire. Il avait voyagé dans cette malle-poste infernale, jusqu'à ce qu'il réussisse à charmer la fille d'un aubergiste, qui l'avait laissé prendre un cheval à crédit. L'état des routes était épouvantable, il avait plu le premier jour et, sans cette fille d'aubergiste compatissante, il serait arrivé épuisé et à pied, son bagage à la main, comme un colporteur.

— Oui, Votre Grâce, fit le soldat poliment.

— Ce fut un excellent voyage, dit Max de son ton traînant.

Il croisa les jambes et posa un poignet sur son genou, l'image de l'insolence canaille.

Elle pinça les lèvres.

— Parfait. Vous vous demandez certainement pourquoi je vous ai convoqués tous les deux à Carlyle.

Elle se tourna vers l'avoué.

— M. Edwards va vous l'expliquer.

L'homme rajusta ses lunettes.

— Le 14 avril dernier, lord Stephen St. James, frère cadet de Sa Grâce le duc de Carlyle, est décédé d'une infection.

Le soldat avait des yeux verts pénétrants. Il les posa sur la duchesse.

— Je vous présente toutes mes condoléances, madame.

— Merci, capitaine. C'est très aimable à vous.

— Lord Stephen était l'héritier le plus proche de Sa Grâce, poursuivit l'avoué. Carlyle lui-même n'a ni femme ni enfant, et sa condition physique empêche cette éventualité.

Le soldat sursauta sur son siège en prenant une brusque inspiration. Max lui coula un bref regard.

Une étrange pensée se forma dans son esprit. Mais non, c'était impossible... Le duc et lui n'étaient que des cousins très éloignés, et si quelqu'un à Carlyle s'intéressait ne serait-ce que vaguement à ce qu'il était advenu de lui, on ne le lui avait jamais fait savoir. Des siècles auparavant, pendant l'enfance de Max, sa mère s'était adressée au duc pour lui demander de l'aide lorsque son père s'était enfui avec l'une de ses conquêtes et les avait abandonnés sans argent. Il se rappelait encore l'expression tragique de sa mère devant la brève réponse, accompagnée d'un misérable billet de cinq livres. Ils avaient failli mourir de faim cet hiver-là, contraints d'habiter chez la famille de sa mère. Le père de Max était revenu dans le courant du printemps, ivre, sans un sou, et totalement impénitent.

Il jeta un nouveau coup d'œil au soldat. Le gaillard semblait se rendre compte de ce qu'il était en train de se passer. Il s'était redressé sur sa chaise, en alerte.

Max se tortilla sur son siège. Le capitaine devait être également membre de la famille. Plus proche, ou plus éloigné ? Parce qu'il n'y avait qu'une seule raison pour que la mort de l'héritier du duc de Carlyle les intéresse l'un ou l'autre.

Ce fut l'instant que choisit la duchesse pour le confirmer.

— Lord Stephen n'avait ni femme ni enfant non plus. De ce fait, à la mort de mon fils John, le duché devra être transmis à l'un de ses cousins éloignés.

Son regard passa de l'un à l'autre.

— En résumé, à l'un de vous.

Jésus Marie Joseph et tous les anges ! Le cœur de Max s'affola violemment dans sa poitrine. Un duché ! Et pas n'importe lequel... Carlyle, un patrimoine vaste et prospère.

Cependant, il reprit son sang-froid, son euphorie muselée par les paroles du soldat :

— C'est une nouvelle tout à fait inattendue, Votre Grâce, dit-il d'une voix grave et rocailleuse. Puis-je vous demander comment... ?

— Certainement, répondit-elle d'un ton bref. M. St. James est l'arrière-arrière-petit-fils du second duc.

Elle le regarda en haussant un sourcil, et Max inclina la tête en signe d'acquiescement.

— Quant à vous, capitaine, vous êtes l'arrière-petit-fils du troisième duc.

De sorte que le soldat passait avant lui. Max relâcha silencieusement son souffle.

— C'est une nouvelle bouleversante, madame, répondit le capitaine.

Si la nouvelle l'avait ébranlé, il s'en était vite remis.

— Mais n'y a-t-il personne... ?

L'avoué s'éclaircit la gorge et ouvrit la bouche, mais la duchesse le devança :

— Non, personne de plus proche.

Ils échangèrent un regard lourd de sens, puis l'avoué reprit :

— Vous l'ignorez peut-être, messieurs, mais Sa Grâce le duc a subi une blessure terrible voilà plusieurs années. Cela l'a rendu incapable de se marier et d'engendrer des héritiers directs, ce qui signifie qu'il n'y a aucune chance pour que l'un de vous soit supplanté dans l'ordre de succession.

Il tira de sous son coude un grand parchemin et l'étala sur la table devant eux.

— J'ai pris la liberté d'établir cet arbre généalogique.

Ils se turent, tandis que Max et le soldat se penchaient à l'unisson en tendant le cou.

— Ces éléments seront précieux quand viendra le moment de revendiquer l'héritage, d'autant plus qu'aucun d'entre vous n'est un descendant en droite ligne de l'actuel ou du précédent détenteur du titre.

Pour la première fois, les yeux de Max croisèrent ceux du capitaine. L'homme semblait aussi stupéfait que lui. Le duc de Carlyle était incapable d'engendrer un héritier ? Le seul héritier, lord Stephen, était mort ? Et il avait... Max jeta un rapide coup d'œil à l'écriture soigneusement calligraphiée sur le parchemin. Le duc avait près de soixante ans.

L'affaire était pressante, songea-t-il.

La duchesse brisa le silence.

— Je comprends que cela vous surprenne. J'en ai été moi-même tout aussi alarmée.

Le duvet se hérissa sur la nuque de Max. Il savait exactement ce qu'elle voulait dire. Cela aurait pu ne pas être aussi horrifiant pour eux s'ils avaient pris la peine de s'intéresser à lui des années plus tôt.

— Je ne dirais pas tout à fait « alarmant », dit-il de sa voix veloutée. Surprenant, je vous le concède.

Le regard de la duchesse aurait pu le transformer en une statue de cendres. L'avoué poussa un soupir déçu. Même le capitaine lui adressa un regard réprobateur. Max se contenta de leur répondre à tous les trois par un grand sourire.

— Les lois de la succession sont claires, déclara la duchesse en continuant à le dévisager avec dégoût. Le titre et les terres doivent être transmis à un héritier mâle de la lignée St. James, et il en sera ainsi. L'un de vous deux deviendra le prochain duc de Carlyle. Le capitaine St. James, vraisemblablement. Ou M. St. James dans le cas où il arriverait malheur au capitaine.

L'expression de la vieille dame était claire : si c'était Max qui héritait, ce serait à ses yeux une calamité frôlant l'apocalypse.

— La succession s'accompagne naturellement d'une fortune considérable, poursuivit-elle. C'est une responsabilité énorme, et aucun de vous deux n'a été préparé à l'assumer.

— Naturellement, murmura Max.

— Je me suis renseignée sur vous, poursuivit-elle. Ce que j'ai appris ne m'a pas du tout rassurée, mais nous devons nous adapter à la situation. Aucun de vous n'a encore de femme

— Non, madame, répondit le capitaine.

Certains mois, Max avait à peine de quoi subsister ; il aurait été bien en peine de subvenir aux besoins d'une famille. La duchesse, avec ses bijoux et ses repose-pieds tapissés de soie, ignorait tout de lui.

— Pas de femme qui soit à moi, précisa-t-il nonchalamment.

Le silence ressembla à une petite bulle de surprise. L'homme de loi comprit le premier ce qu'il voulait dire, pinça les lèvres et baissa la tête. Le capitaine toussota, et la duchesse le fusilla du regard.

— Vous ne vous êtes jamais non plus soucié de respectabilité, monsieur, riposta-t-elle. C'est bien ce qui me contrarie. Le duc de Carlyle exerce un pouvoir immense, et il doit s'en acquitter avec dignité et bienséance.

Max songea au dernier duc qu'il avait croisé, le jeune Umberton, qui avait perdu au jeu onze mille livres en un soir avant de baisser son pantalon et uriner sur la table pour exprimer son mécontentement. Dignité et bienséance.

— Il s'agit d'une responsabilité colossale, approuva le capitaine, sérieux comme un juge, buvant ses paroles comme les Saintes Écritures. J'espère en devenir digne.

Ses manières, obséquieuses aux yeux de Max, eurent le mérite d'amadouer quelque peu la glaciale duchesse, qui lui adressa un hochement de tête.

— Je n'en attends pas moins de vous, capitaine.

Le regard qu'elle réserva à Max était redevenu froid.

— Et de vous également, monsieur St. James.

Il acquiesça de la tête.

— Je comprends bien que cette requête peut vous sembler difficile, poursuivit-elle. Je suis disposée à vous aider. M. Edwards va vous donner à chacun cinq cents livres, immédiatement. Je vous fais confiance pour en faire un usage raisonnable, et revenir à Carlyle Castle dans six mois transformés en gentilshommes plus sobres et raffinés. Si je suis satisfaite de vos progrès, je vous accorderai encore mille cinq cents livres par an, afin que vous continuiez à vivre dans la respectabilité.

Dieu tout-puissant ! Cinq cents livres maintenant, mille cinq cents par an... Pendant un instant, Max crut avoir mal entendu.

Mais il avait aussi pris note du mot « si », et se rendit compte que la manne n'était peut-être pas vraiment miraculeuse.

— Et si vous n'êtes pas satisfaite ? demanda-t-il poliment.

Elle poussa un soupir.

— Dans ce cas, vous ne recevrez pas un penny de plus de ma part. Êtes-vous réellement assez idiot pour laisser passer une telle chance, monsieur St. James ?

Bien sûr que non. Max inclina la tête respectueusement.

— Je posais la question par simple curiosité.

— Je me tiendrai au courant de vos progrès au cours des six mois à venir.

Elle lui adressa un regard d'avertissement avant d'ajouter :

— Je ne suis pas votre ennemie. Cette proposition est destinée à vous aider. Ne croyez pas que Carlyle se gère sans efforts, ni qu'il suffit d'engager un régisseur pour tout faire. Vous n'avez pas reçu l'éducation nécessaire pour endosser une telle charge. Cela ne se fera pas sans mal, mais vous devrez vous montrer à la hauteur. Je vous exhorte à accepter mon offre et à la prendre au sérieux.

Le capitaine s'éclaircit la gorge.

— Oui, bien sûr, Votre Grâce. C'est extrêmement généreux de votre part.

Il ne s'agit pas de générosité, riposta-t-elle. Je ne tiens aucunement à voir Carlyle péricliter. Je souhaite que ce patrimoine soit transmis à quelqu'un qui appréciera Sa Majesté, se souciera de toutes les personnes qui en dépendent, et le préservera pour les générations futures. Vous avez six mois pour prouver que vous pouvez devenir cet homme-là. Et ne craignez pas que les annuités s'arrêtent au cas où je décéderais, ajouta-t-elle en posant à nouveau ses yeux noirs sur Max. Je donnerai toutes les instructions dans mon testament afin que votre rente soit reconduite, tant que mes conditions seront respectées.

Max n'avait même plus envie de la faire enrager. Juste ciel, il n'aurait jamais imaginé qu'une telle aubaine se présenterait un jour. La duchesse parlait sérieusement. Quand la chance tournait ainsi, il fallait être idiot pour ne pas sauter dessus.

— Et quelles seront ces conditions, Votre Grâce ? s'enquit-il.

— Respectabilité, dit-elle sèchement. Pas de conduite scandaleuse. Sobriété. Les ducs de Carlyle détiennent depuis longtemps des positions de force à Westminster, et je vous conseille de vous intéresser à la politique afin de vous montrer à la hauteur lorsque vous siégerez à la Chambre des lords.

Elle marqua une pause.

— J'ai toujours considéré qu'une femme n'a pas son pareil pour assagir un homme. Le prochain duc devra engendrer un héritier légitime. Il vous faudra donc une épouse convenable, et je vous encourage vivement à en chercher une dès à présent.

— Nous devons nous marier ? demanda le capitaine en fronçant imperceptiblement les sourcils.

— Il faudra un héritier au duc de Carlyle, répéta-t-elle. Si c'est vous et si vous ne procréez pas, capitaine, M. St. James deviendra l'héritier présomptif.

Max et le soldat échangèrent un regard fugace. Je n'ai aucune chance de devenir l'héritier du duché, songea Max. Le capitaine était le genre d'homme à faire ce qu'on attendait de lui. Il était probablement déjà en train de penser à une femme qui serait enchantée de devenir sa future duchesse.

Comment lui en vouloir ? Tout le monde dans cette pièce savait bien que lui-même ferait un duc déplorable.

— M. Edwards répondra à toutes vos questions, conclut la duchesse tandis que la pendule carillonnait.

Lorsqu'elle se leva, un gros chat roux sortit de sous son fauteuil, s'étira et bâilla.

— Permettez, Votre Grâce…

Le soldat bondit pour l'aider et s'inclina avec sollicitude pour lui offrir son bras. Max surprit quelques paroles prononcées à voix basse alors qu'ils avançaient vers la porte, et devina que le capitaine s'inquiétait tout particulièrement pour l'épouse. Il aurait pu jurer qu'il demandait à la duchesse de lui désigner une femme.

Dieu merci, il n'aurait pas ce problème. Il se tourna vers l'avoué qui restait assis, les mains sur ses papiers.

— Une rente annuelle pour bonne conduite.

— Tel est le souhait de Sa Grâce, répondit l'homme dont les lunettes étincelaient.

— Et c'est vous qui jugerez si nous remplissons les conditions ?

— En effet.

— Mariage et sobriété, dit Max, songeur. Voilà deux choses bien définies. Soit un homme est marié, soit il ne l'est pas. Soit il boit, soit il est sobre. La respectabilité, en revanche… voilà une notion moins objective.

— Je comprends votre inquiétude, assura M. Edwards en retirant ses lunettes. Je vous conseillerais de vous demander tout simplement si vous pourriez assumer vos actes sur la place publique. Si vous êtes prêt à les revendiquer fièrement, je pense que vous n'avez pas grand-chose à craindre de Sa Grâce.

Max n'en était pas si certain. La duchesse serait horrifiée par une bonne moitié des choses qu'il avait faites sur la place publique, sans parler de celles qu'il avait faites dans des salles de jeu enfumées, des loges de théâtre et des jardins de plaisir. À sa décharge, Sa Grâce ne pouvait pas deviner à quoi avait ressemblé son existence.

— Je vois, répondit-il poliment à l'homme de loi.

Le capitaine conversait toujours avec la duchesse, les épaules courbées et la tête penchée vers la sienne. Max posa une main sur sa hanche et pianota du bout des doigts. Cette habitude nerveuse avait usé le velours de son manteau à cet endroit.

Il ne pouvait s'empêcher d'avoir l'impression que cet homme essayait de lui couper l'herbe sous le pied. Mais comment ? Le militaire, comme l'avait spécifié tout à l'heure la duchesse, était favori dans la succession, et quoi que l'un ou l'autre puisse faire, cela ne changerait rien.

Cependant, si la duchesse approuvait la fiancée du capitaine, elle lui octroierait peut-être une rente plus importante. Était-ce cela qu'il espérait ? Mille cinq cents livres par an représentaient une somme importante – une véritable fortune, même – mais c'était certainement une bagatelle pour la maîtresse de Carlyle Castle.

— Compte-t-elle choisir nos femmes ? murmura-t-il davantage pour lui que pour l'avoué.

Edwards eut une grimace peinée.

— Pas du tout. Mais... vous ne songeriez pas à épouser une actrice ou une courtisane ?

— Non, répondit Max. Pas du tout.

Il continuait à observer le capitaine. Cet homme cherchait désespérément l'approbation de la duchesse, et il ne le cachait pas.

Max répugnait instinctivement à en faire autant. Lady Carlyle le prenait déjà pour un bon à rien.

Mais peut-être... oui, peut-être venait-elle de lui donner une chance de devenir enfin libre.

2

Depuis près de soixante ans, les Tate produisaient de la faïence dans leur manufacture située au pied de Marslip Hill. C'était une entreprise familiale par excellence : chaque nouvelle génération d'enfants était exposée à toutes les étapes de la fabrication, afin que l'on voie ce qui convenait le mieux à chacun. On épousait les femmes parmi les familles voisines – elles savaient à quoi s'attendre et étaient fières de s'allier aux Tate.

La famille avait le désir de voir les fils reprendre l'affaire. Pendant trois générations, cela s'était déroulé ainsi. Mais le propriétaire actuel de Perusia, Samuel Tate, n'avait pas de fils, seulement deux filles. Et bien qu'elles soient très chères à son cœur, jamais il n'avait regretté l'absence de fils davantage que ce jour, en plein milieu d'une dispute acrimonieuse avec ses deux filles à la fois.

— Papa ! s'écria Bianca avec emportement. Vous êtes devenu fou !

— Pas du tout, répliqua-t-il. C'est une idée de génie et cela signifiera notre avènement.

— *Votre* avènement, riposta-t-elle. Pas celui de Cathy ! Vous voulez gâcher sa vie entière !

Ils se tournèrent tous deux vers la fille aînée, restée silencieuse et morose pendant toute la querelle. Sous leur regard, elle laissa couler les larmes accumulées dans ses grands yeux bleus. L'une d'elles brilla sur sa joue rose, comme tracée par le pinceau d'un artiste.

— Arrête, Bianca, protesta-t-elle d'une voix que sa gorge nouée rendait rauque. Tu vas trop loin...

Mais celle-ci ne voulait rien entendre.

— Oui, la gâcher, répéta-t-elle avec force. Lui briser le cœur au mépris de ce qu'elle souhaite !

Leur père fit une grimace et secoua une main.

— Ne sois pas si grandiloquente. C'est un excellent mariage. Ta sœur a convenu elle-même que ce ne serait pas si terrible.

Les doigts de Bianca la démangeaient de lui lancer quelque chose à la figure, or un compotier se tenait obligeamment juste à côté, tranquillement posé au coin d'une table. Hélas, c'était l'un des derniers, façonné comme une feuille de fraisier creuse. Des tiges en volutes tenaient lieu d'anses et d'adorables petits chapelets de fruits en festonnaient la base. Il avait été créé par leur meilleur tourneur et c'était une pièce réellement magnifique, aussi s'abstint-elle de le casser.

— Cathy ne devrait pas avoir à dire quoi que ce soit. C'est elle qui aurait dû venir vous parler mariage, et non l'inverse.

— Allons, Bianca, dit Samuel en levant les mains. Veux-tu que je tire un trait sur telle opportunité ? St. James est un gentilhomme. Et surtout, un gentilhomme qui est l'héritier d'un duc.

Il agita un doigt.

— Ta sœur : duchesse ! Et tu voudrais que je lui dise poliment non merci sans même réfléchir à la proposition ?

Bianca croisa les bras.

— Vous voulez dire que vous en êtes seulement au stade de la réflexion ? Et que Cathy aura le dernier mot, qu'elle sera libre de décider sans contrainte ?

Il détourna les yeux.

— Je la conseillerai, bien sûr.

— Vous avez déjà pris la décision !

Bianca fit quelques pas dans la pièce avec agitation, ses jupes tournoyantes menaçant la sécurité d'une rangée de cocotiers sur l'étagère inférieure, avant de s'arrêter brusquement devant sa sœur.

— Cathy, souhaites-tu épouser M. St James ? questionna-t-elle d'un ton aussi calme qu'elle le put.

Les larmes à nouveau au bord des yeux, Cathy répondit avec hésitation :

— C'est... C'est un très bon parti. Et un grand honneur que d'être demandée...

— Et souhaites-tu devenir sa femme, vivre à ses côtés et porter ses enfants, asservir tes désirs aux siens, subir ses humeurs et satisfaire ses caprices jusqu'à ce que la mort vous sépare ? ajouta Bianca.

— Et c'est toi qui m'accuses de l'influencer ! protesta leur père en bondissant de son siège.

Une nouvelle larme coula sur le visage de Cathy.

— Bianca... murmura-t-elle.

— Réponds.

Cathy darda les yeux vers leur père, qui fulminait à présent dans son coin.

— Je... Je ne veux pas décevoir papa.

— Tu vois ? dit Samuel en allant prendre la main de Cathy. Catherine, ma chérie, je ne souhaite que ton bonheur, ainsi que ta sécurité et ton confort. Un homme tel que St. James peut te procurer les deux.

— Pas avec son argent personnel, intervint Bianca.

— C'est un cousin du duc de Carlyle, poursuivit Samuel en gardant les yeux sur sa fille aînée. Tu te rends compte ! Tu évoluerais dans les cercles les plus huppés, en compagnie de duchesses et de comtesses, peut-être même de princesses. Et il suffirait d'une petite vérole pour que tu deviennes toi-même la prochaine duchesse !

— Vous pourriez peut-être demander au pasteur d'ajouter cela à la cérémonie de mariage, fit Bianca, perfide. « Seigneur Jésus-Christ, faites que les personnes suivantes contractent la petite vérole... »

Les oreilles de Samuel rougirent. Il continua à lui tourner résolument le dos.

— Et il est beau garçon, n'est-ce pas ? Depuis qu'il est venu dîner le mois dernier, les filles n'arrêtent pas de parler de lui.

— Il n'a qu'à prendre l'une d'elles, marmonna Bianca. Ou toutes. Il a l'air d'un libertin...

— Assez ! rugit Samuel, à bout de patience. Je t'ai assez entendue !

— Moi aussi, je vous ai assez entendu ! répliqua-t-elle avec rage. Maman serait horrifiée !

L'accusation vibra dans l'air. Cathy retient son souffle, les yeux écarquillés. Samuel arracha sa perruque et la jeta sur son bureau. Il semblait s'étrangler sur un juron.

— Assez ! coassa-t-il. Assez !

Il contourna le bureau et posa les mains sur ses hanches, ce qui signifiait que la discussion était terminée.

Sans cesser de renifler, Cathy se précipita vers la porte. Elle marqua une pause, crispa les mains sur son tablier, ses joues laiteuses marbrées et les yeux pleins de larmes.

— Bianca, dit-elle doucement. Viens.

Bianca hésita, mais elle n'avait pas le choix : il fallait marquer le coup, décida-t-elle.

Le compotier entra en collision avec le mur, produisant un fracas jubilatoire. Ignorant son pincement de regret et le cri furieux de son père, elle quitta précipitamment l'atelier, attrapa la main de sa sœur et l'entraîna jusqu'en haut de la colline où se trouvait leur maison.

— Comment ose-t-il ! tonna-t-elle en pénétrant à grandes enjambées dans le salon.

La jeune bonne, Jane, battit en retraite avec un petit cri affolé.

— Il doit avoir été frappé d'un mal horrible. Peut-être s'est-il tenu trop près des fourneaux, cela lui a fait fondre le cerveau...

— Tu sais bien que non.

Cathy, encore essoufflée d'avoir grimpé la colline à vive allure, se laissa tomber sur le divan.

— Suggérer un mariage avantageux n'est pas déraisonnable, de la part d'un père...

— Ne dis pas ça !

Les poings sur les hanches, Bianca se pencha vers sa sœur affligée.

— Il veut te vendre comme un cochon de lait au marché, sans même te demander ton avis !

— Allons, Bianca, fit Cathy en secouant la tête. Tu exagères.

— Pourquoi prends-tu sa défense ? s'étonna Bianca. Je croyais que tu n'aimais pas M. St. James.

L'homme qui avait lancé sa demande en mariage en forme de bombe dans leur famille heureuse ne leur était pas entièrement inconnu. Maximilian St. James avait rencontré leur père à Londres au cours d'un dîner philosophique chez l'un de ses associés d'affaires. Samuel était revenu impressionné, et avait vanté son intelligence et ses manières. Bianca, qui le considérait comme un de ces innombrables messieurs oisifs profitant de l'hospitalité de lord Sherwood, n'y avait guère prêté attention. St. James était de toute évidence un gentilhomme qui ne faisait rien de sa vie – contrairement à lord Sherwood, qui avait fondé une école d'apprentissage pour les artisans, ou M. Hopkins, qui réalisait les pendules les plus ravissantes lorsqu'il ne lisait pas l'*Encyclopédie* de Diderot.

Samuel avait alors invité ce pique-assiette chez eux, dans le Staffordshire. C'était Cathy qui supervisait les dîners : quelles nappes choisir, comment disposer l'argenterie pour que s'y reflètent au mieux les fleurs et les bougies, s'il fallait accompagner l'oie de cresson ou la truffer de sauge et de mie de pain. Elle avait le talent de leur mère pour le style et les réceptions.

Cette fois-là, Bianca remarqua M. St. James. Difficile de faire autrement, car il arriva tel un paon se pavanant au milieu d'une bande de vulgaires canards. Grand et athlétique, il portait ses cheveux bruns non poudrés et longs, sans se soucier qu'ils bouclent autour de ses épaules. Les discrètes broderies sur sa redingote de velours bordeaux étincelaient à la lueur des bougies, et son esprit vif de Londonien le distinguait des scientifiques et philosophes qui composaient le reste de la tablée.

Cependant, il ne lui avait pas inspiré alors d'opinion négative. Il était de toute évidence cultivé et, comme l'avait dit leur père, intelligent. Mais s'il avait été une poterie, ç'aurait été une soupière : beau et de fabrication coûteuse, attirant tous les regards, mais creux et destiné à contenir un humble potage. Bianca avait soupçonné qu'il serait vite las des philosophes et qu'on ne le reverrait plus à Perusia Hall.

Il avait néanmoins refait une apparition quelques mois plus tard. La veille, plus précisément, et pour demander Cathy en mariage alors qu'il avait à peine échangé une heure de conversation avec elle !

— C'est un très bon parti, répondit Cathy. C'est le cousin d'un duc, tu sais.

— Mais lui-même n'est rien, répliqua Bianca. En revanche, cela lui a donné des prétentions…

Cathy rougit.

— Mais il vient de Londres. Être l'épouse d'un gentilhomme est un honneur, et tu sais bien qu'une connexion avec le duc de Carlyle serait très importante aux yeux de papa.

— Je ne vois pas quel bénéfice papa espère en tirer ! Pouvoir dire qu'on dîne avec le cousin éloigné d'un duc, ça doit être le cas de mille autres personnes dans tout le pays.

Pour la première fois, sa sœur fronça les sourcils.

— Tu es délibérément butée.

Bianca entrouvrit les lèvres. Elle se laissa tomber par terre et saisit la main de sa sœur.

— Oh, Cathy ! Tu envisages sérieusement d'accepter cette demande en mariage insensée, n'est-ce pas ? Mais pourquoi ? Est-ce que je me trompe à propos de M. Mayne ?

Un frisson parcourut la jeune fille à l'évocation de ce nom.

— Je me suis rendu compte...

Cathy s'éclaircit la gorge.

— Je me suis rendu compte que si je ne pense pas à lui, je trouve le projet de papa très... raisonnable.

Raisonnable. Pas excitant, ni enthousiasmant, ni même attrayant. Cela ferait plaisir à son père et à Cathy, toujours désireuse de le satisfaire, était prête à sacrifier l'élu de son cœur pour un homme qu'elle n'aimait pas. Bianca sentit sa colère se ranimer.

— Soit. Admettons, dit-elle doucement en observant le visage de sa sœur. Je suppose que tu te marierais ici, à l'église de Marslip. Demanderas-tu à M. Mayne de publier les bans, ou papa insistera-t-il pour obtenir une licence spéciale ?

Le menton de Cathy se mit à trembler.

— Dans ce cas, nous devrions célébrer le mariage ici, dans cette pièce. Je suis certaine que cela ne dérangera pas M. Mayne, et ce serait pratique pour tante Frances. Une fois qu'il t'aura épousée, je suppose que M. St. James préférera vivre à Londres.

Cette fois, Cathy devint livide. Bianca poursuivit :

— C'est très loin. J'espère que tu viendras nous rendre visite de temps en temps. Ce ne sera plus pareil ici, sans toi. Comment saurai-je quelle nappe utiliser, ou s'il faut placer M. Mayne à table à côté de Mme Arlington ou de M. Soames, puisque tu ne seras plus là pour...

— Arrête !

Cathy bondit du divan et se jeta contre le mur, dans l'angle de la pièce. Ses épaules étaient secouées.

— Arrête, Bianca !

— Je ne fais rien, objecta celle-ci.

Puis elle attendit.

Contrairement à Bianca, Cathy n'avait pas hérité de la volonté de fer de leur père. Elle tenait plutôt de sa mère le désir de plaire, en particulier de plaire à Samuel. Leur père avait eu le dessus cette fois-ci, à la façon d'un ouragan qui s'était engouffré brusquement et l'avait aplatie au sol avant même qu'elle comprenne ce qui se passait.

Mais Cathy était également la fille de Samuel, et lorsqu'elle serait remise du choc et aurait compris tout ce que cela impliquait, elle réagirait et regimberait.

Bianca ne s'était pas trompée. Après avoir sangloté silencieusement quelques minutes contre le mur, Cathy se redressa, se tamponna les yeux et se tourna timidement vers sa sœur.

— Tu me trouves affreusement lâche, n'est-ce pas ?

Bianca secoua la tête.

Cathy alla à la fenêtre et tira le rideau. La faïencerie se nichait au creux de la colline ; de la fumée sortait des hautes cheminées.

— Papa trouve que c'est un bon parti, murmura-t-elle. Mais il ne peut pas vouloir que je parte vivre aussi loin de Marslip.

Bianca garda le silence.

— Londres est une ville immense, poursuivit Cathy d'une voix à la fois plus forte et plus désespérée. Et si éloignée ! Je ne vous reverrai peut-être pas avant des années, papa et toi !

Bianca coupa un petit fil qui dépassait de l'ourlet de son tablier et attendit son heure.

— Quant à M. Mayne... reprit Cathy.

Elle se tut. Ses articulations étaient blanchies à l'endroit où elle agrippait le rideau. Au bout d'une minute de silence tendu, Bianca hasarda :

— Je suppose que cela le surprendrait énormément.

Le bruit que produisit sa sœur ressemblait à un sanglot.

— Oui.

— J'ai toujours cru qu'il t'aimait beaucoup, ajouta Bianca avec prudence. Et que c'était réciproque.

Seul le silence lui répondit.

Lentement, Bianca se leva.

— Tu es la seule à savoir ce que tu veux, Cathy. Tu as raison : M. St. James est un très bon parti, et peut-être convaincra-t-il Carlyle de nous acheter un service de table hors de prix. Cela plairait beaucoup à papa, assurément, et ce serait une chance si le monde admirait notre travail sur une noble table. Papa serait donc enchanté, et tu aurais pour mari un gentilhomme charmant et intelligent.

Cathy était si immobile qu'elle semblait transformée en statue. Le diable qui susurrait à l'oreille de Bianca l'incita à ajouter :

— Et c'est vrai qu'il est terriblement séduisant. À côté de lui, les garçons de Marslip sont bien fades, d'ailleurs, même M. Mayne...

Cathy fit volte-face et gronda :

— Tais-toi ! Ne le dis pas !

Bianca hésita. Elle vit qu'elle avait fait mouche... Le temps achèverait le travail.

— Non, je ne dirai rien, promit Bianca en serrant les mains de sa sœur. Après tout, c'est ton choix. Ta vie, ton mariage et ton cœur. Je te soutiendrai, quoi que tu décides.

Pâle et abattue, Cathy hocha la tête.

— Merci, Bianca.

Celle-ci embrassa la joue de sa sœur.

— Il n'y a pas de quoi ! Maintenant, je vais me remettre au travail. Ce vernis rouge sur lequel je travaille n'est pas aussi brillant que je le souhaiterais, et il a une fâcheuse tendance à cloquer s'il n'est pas appliqué à la perfection.

Elle fit une grimace.

— Puisque aucun bel inconnu n'a jugé bon d'accourir ici sur son fier destrier pour me demander en mariage et me soustraire aux poteries, aux céramiques et à Marslip !

Cathy éclata de rire, et Bianca sourit. Elles savaient toutes les deux qu'elle ne quitterait jamais son atelier, où elle expérimentait des vernis et des minéraux pour améliorer encore la production de la manufacture Tate. Et les rebuffades qu'elle infligeait à tous les jeunes gens de la région s'approchant d'un peu trop près étaient légendaires.

Elles savaient aussi toutes les deux que Cathy était follement amoureuse de M. Mayne, le pasteur. Mayne n'avait pas demandé sa main pour l'instant, car il attendait que sa grand-mère âgée décède et lui lègue sa modeste fortune.

Du temps, songea Bianca. C'était tout ce qu'il leur fallait. Elle n'avait qu'à gagner du temps avec leur père, jusqu'à ce que Cathy se sente capable de refuser.

3

Cette fois, Max se rendit à Marslip avec son propre cheval, ce qui lui permit d'examiner la propriété à son rythme.

Samuel Tate descendait d'une longue famille de potiers, bien qu'aucun de ses prédécesseurs n'ait eu son sens des affaires. Sous sa gestion, la fabrique s'était agrandie et avait prospéré, et il avait bâti un petit empire au pied de Marslip Hill, quelque peu pompeusement baptisé Perusia. Tate produisait de très beaux services de table aux glaçures particulièrement brillantes, et aux gravures et ornements exquis. Beaucoup de riches familles de toute la Grande-Bretagne dînaient dans des assiettes et des plats en faïence de chez Tate. Un canal passait suffisamment près de Perusia pour que la vaisselle soit livrée à Liverpool et à Londres rapidement.

Avec des marchandises de qualité et un moyen de transport fiable, Tate aurait dû être le plus riche potier du pays. C'était un homme intelligent et ambitieux. Il avait impressionné Max lorsqu'ils s'étaient rencontrés chez une connaissance commune, lord Sherwood.

Mais Tate avait d'étranges points faibles. Sherwood lui avait confié que l'homme avait eu des difficultés à se faire payer par certains de ses clients aristocrates, alors même que les clients en question exhibaient fièrement leur vaisselle personnalisée.

Max n'en était pas surpris. Ce qui l'étonnait, en revanche, c'est que Tate semblait se résigner à ces défauts de paiement, alors qu'ils lui coûtaient très cher. Max voyait une dizaine de manières d'améliorer la rentabilité de l'entreprise, et lorsqu'il les avait évoquées, Tate avait semblé frappé comme d'une révélation. Il avait fini par inviter son nouvel ami à Perusia, et Max avait accepté de se rendre dans la lointaine campagne du Staffordshire.

La prospérité de Perusia sautait aux yeux. La manufacture consistait en quatre longs bâtiments de brique disposés en E, non loin du canal. Les hauts fourneaux en forme de bouteille se dressaient à une extrémité, et les cheminées fumaient diligemment. Les ouvriers étaient soignés et constamment affairés. Un flot régulier de barges allait et venait à l'entrée de l'usine.

C'était une opportunité, et Max n'était pas homme à laisser passer sa chance. Il avait sous les yeux le merveilleux potentiel d'une association : Tate gérant l'entreprise comme il l'avait toujours fait, Max prenant en charge la commercialisation et la vente des biens, non seulement à Londres et Liverpool mais dans toute l'Europe, et jusqu'aux Amériques.

Hélas, pendant le dîner, Max avait senti que Tate n'était pas aussi enthousiaste que lui à l'idée d'une association. Dans l'entreprise Perusia, tout le monde semblait faire partie de la famille : un cousin assurait les trajets jusqu'à l'entrepôt de Liverpool, un neveu tenait les comptes, un beau-frère ingénieur... Encore une aubaine qu'il regarderait tristement s'éloigner... jusqu'à ce que la duchesse de Carlyle lui offre un sésame. Elle n'avait peut-être pas prévu qu'il l'utiliserait de cette manière, mais Max avait deux convictions intimes.

D'une part, il ne deviendrait jamais duc de Carlyle. Le capitaine St. James avait passé l'intégralité de leur visite à Carlyle Castle à se mettre dans les petits papiers de la duchesse. Pendant le dîner, il avait parlé de louer une maison près du château afin de mieux étudier les rouages de la propriété auprès de M. Edwards, et il avait évoqué son espoir de rencontrer une jeune femme respectable et de s'établir dès que possible. Le soldat exsudait littéralement la sincérité et la détermination. C'en était même presque amusant, tant sa serviabilité était transparente. C'est tout juste s'il n'avait pas embrassé le soulier de la duchesse pour mieux lui plaire.

Cependant, cela avait produit l'effet escompté : la duchesse semblait davantage satisfaite qu'amusée par ses courbettes, et avait promis de présenter le capitaine à des jeunes filles qu'elle jugeait appropriées. De l'avis de Max, elle l'aurait marié avant la saison des récoltes.

Le capitaine deviendrait donc le prochain duc, mais Max aurait toujours droit à son revenu. Cela dit, il n'aimait pas la perspective de devoir prouver chaque année qu'il en était digne, et ne voulait pas que la vieille dame exerce un contrôle sur sa conduite, même s'il n'était pas le bon à rien pour lequel elle le prenait.

Cette idée avait constitué le germe de son plan. Un regard extérieur plus acéré, plus intraitable, faisait défaut à Tate. Max possédait cette rigueur en affaires, mais il lui manquait l'occasion de la mettre en pratique. Par une coïncidence des plus heureuses, Tate avait également une fille non mariée ravissante, excellente maîtresse de maison, et qui avait rougi délicieusement sous les compliments de Max lors de sa visite à Perusia.

Il comptait bien saisir cette chance pour assurer son avenir. Avec cinq cents livres sterling – moins les deux cents nécessaires pour régler quelques dettes et menues dépenses, se procurer un cheval et regarnir sa garde-robe –, ajoutées à la promesse d'une rente de mille cinq cents, ainsi que son lien de parenté avec les Carlyle, il était paré pour séduire une charmante jeune fille de la campagne ayant toujours mené une vie protégée.

En particulier si cette demoiselle n'avait pas de frères, et un père prospère tout disposé à l'adouber.

Max sentait bien que sa demande en mariage séduirait Tate. Il ne voulait pas d'un simple associé : il voulait un gendre qui s'occuperait de la famille après sa mort. Pas un coureur de dot, mais un gentilhomme disposant de ses propres revenus, même s'ils dépendaient du bon vouloir d'une duchesse.

Par ailleurs, Mlle Tate était une beauté, délicate et menue. Elle lui arrivait à l'épaule, avait des cheveux noirs bouclés et de grands yeux bleus. Sa voix était douce et modulée, et elle avait présidé l'excellent dîner avec une grâce assortie d'un charme adorable.

Max mit pied à terre devant la belle maison de brique. Elle était récente, construite moins de dix ans plus tôt lorsque la fortune des Tate avait commencé à s'étoffer.

Samuel Tate vint à sa rencontre, un grand sourire aux lèvres.

— St. James ! Bienvenue à Perusia.

— C'est un immense plaisir pour moi d'être à nouveau invité.

Max tendit les rênes au garçon d'écurie et retira son tricorne en s'inclinant.

— Entrez, entrez ! Je commençais à craindre que les pluies n'aient abîmé les routes et ne vous aient retardé.

Max sourit.

— En effet, j'ai dû éviter quantité de nids-de-poule. Je pourrais proposer à Carlyle de faire voter une loi pour prolonger la route à péage jusqu'à Marslip.

Les yeux brillants, Tate s'écria :

— Quelle excellente idée, monsieur ! Les autres potiers et moi-même l'avons déjà demandé, mais je suis sûr que l'approbation de Sa Grâce nous aiderait considérablement.

— Sans aucun doute, concéda Max.

Le duc actuel se ficherait de sa requête, mais le soldat lui semblait être un homme à l'esprit pratique, et Max soupçonnait que c'était le genre de personne à se sentir responsable vis-à-vis des membres de sa famille. Une présentation astucieuse et un peu de pression émotionnelle sauraient certainement le convaincre.

Il n'avait pas l'intention d'être un parasite pour Tate. Bien au contraire. Max comptait faire de Perusia la manufacture la plus prestigieuse de toute l'Angleterre.

Ils descendirent ensemble la colline jusqu'à la fabrique, en bavardant de Londres. Tate se montra fasciné par les nouvelles de la ville, en particulier la passion invétérée qu'avaient les gens pour les antiquités gréco-romaines. Max répondit aimablement à toutes ses questions, et en déduisit que l'homme envisageait de produire de nouveaux types d'articles.

— Bien, fit Tate en se frottant les mains lorsqu'ils furent dans son bureau privé, qui surplombait les ateliers bourdonnant comme une ruche. Je suppose que vous êtes impatient de connaître ma réponse quant à l'affaire au sujet de laquelle vous m'avez écrit.

Max inclina la tête.

— En effet.

Samuel se tortilla sur son siège.

— Votre demande est tombée à point nommé, monsieur. La question m'occupait l'esprit depuis quelque temps.

Il marqua une pause et l'évalua du regard.

— Vous n'êtes pas de Marslip, mais vous avez la tête sur les épaules, et c'est une tête bien faite. Je reconnais avoir été frappé par nos conversations et vos idées d'amélioration et d'expansion pour nos produits. Toutefois, une chose me préoccupe au plus haut point : c'est l'ampleur de votre intérêt.

— Pour la manufacture, ou pour votre fille ? demanda Max.

— Les deux, répondit Samuel sans détour.

— Je comprends, fit Max en croisant les jambes. Sachez que mon intérêt est sincère et profond sur tous les plans. Je suis extrêmement impressionné par ce que vous avez construit, monsieur. À la suite de notre conversation chez lord Sherwood, j'avais envisagé de vous proposer un simple arrangement commercial, en vertu duquel je m'occuperais d'ouvrir et de gérer des magasins d'exposition à Londres et dans d'autres villes, et nous aurions partagé les profits. Une association honnête et équitable. Mais... vous m'avez invité à Perusia, et j'ai rencontré Mlle Tate.

Il se pencha en avant et posa un coude sur la table.

— J'ai le sentiment que vous êtes un homme entièrement dévoué à deux choses dans la vie : cette usine, et votre famille. Mon estime pour vous n'en est que plus grande. Nous n'avons peut-être pas été élevés dans les mêmes conditions, mais je vous envie ces deux centres d'intérêt qui vous sont chers.

Tate fit remarquer :

— Vous êtes quant à vous le cousin d'un duc.

Max ouvrit les mains d'un air presque contrit.

— Nous n'avons jamais été très proches des St. James de Carlyle Castle. Ma mère a préféré m'enseigner la modestie et m'apprendre à ne dépendre que de moi. Cela m'a bien réussi, ajouta-t-il avec humilité.

Ce n'était pas un mensonge. Il omit simplement de préciser qu'il n'avait pas eu le choix, ni aucun désir de s'abaisser en suppliant sa riche famille, après les misérables cinq livres qu'elle leur avait froidement envoyées.

— Mais dernièrement, nous nous sommes rapprochés, poursuivit-il. J'ai passé quelques jours à Carlyle Castle pour faire connaissance avec Sa Grâce la duchesse, ainsi que mon autre cousin St. James.

Le frère de l'actuel duc est récemment décédé, de sorte que le duché se trouve sans héritier direct. Mon cousin est l'héritier présomptif, mais tant qu'il n'a pas d'enfant, c'est moi qui suis son héritier. Cela a réaffirmé mon esprit de famille, et m'a fait apprécier d'autant plus votre attachement.

— Admirable, approuva Tate.

— Un homme tel que vous souhaitera non seulement que sa fortune soit préservée, mais également – et principalement – que l'on prenne soin de ses enfants avec les fruits de cette fortune.

Il esquissa un sourire.

— Je dois aussi confesser que la beauté de Mlle Tate et sa douceur m'ont fait forte impression.

Tate inclina lentement la tête pour signifier son approbation.

— C'est un grand honneur que vous lui faites, monsieur, dit-il.

— Tout l'honneur serait pour moi, déclara Max gravement, si vous m'accordiez votre bénédiction.

— Bien.

L'air très satisfait, Tate fit claquer ses mains sur ses genoux.

— Je dois dire que vous m'avez convaincu. Votre idée de magasins d'exposition est un peu téméraire, mais avec un gentilhomme tel que vous à leur tête, je crois que nous devrions réussir.

Il marqua une pause, et une ombre effleura son visage.

— Naturellement, vous devrez également obtenir l'approbation de ma fille.

Max sourit.

— C'est bien évidemment une condition préalable.

Tate éclata de rire.

— Vous en aurez amplement l'occasion ce soir, pendant le dîner. C'est elle qui préside ma maisonnée à la place de sa défunte mère, vous savez. Tout se fait sur ses ordres, de l'arrangement des bouquets à la disposition des couverts. Je ne pense pas que vous trouviez matière à redire, monsieur, ni dans ses compétences ni dans sa personne.

— Je n'en doute pas, répondit Max avec conviction.

Bianca s'habilla pour dîner ce soir-là comme pour partir à la guerre.

Son père avait invité *l'homme*. Il était arrivé un peu plus tôt, et on l'avait installé dans la plus belle chambre d'amis avant qu'il ne disparaisse dans les bureaux avec M. Tate. Elle avait entendu Jane s'émerveiller auprès de la cuisinière sur son élégance, ses manières charmantes, son incroyable pouvoir de séduction. Les domestiques avaient déjà deviné qu'il courtisait Cathy. Non seulement parce que tous les hommes célibataires qui venaient à la maison voulaient courtiser Cathy, mais aussi parce que Samuel le traitait comme s'il faisait déjà partie de la famille.

Quand Bianca descendit dans le salon, tante Frances était déjà là, manifestement aussi furieuse qu'elle. Pour être honnête, tante Frances avait toujours l'air furieuse, mais ce soir-là, cela fit plaisir à Bianca.

— La cheminée de mon petit salon est bouchée, dit-elle en guise de salutation. Demande à Samuel qu'il envoie quelqu'un la ramoner.

Leur père avait construit à Frances sa propre maison lorsqu'il avait fait bâtir Perusia, en déclarant qu'il ne pouvait pas la renvoyer mais qu'il ne souhaitait pas non plus partager le même toit qu'elle. Ivy Cottage se trouvait au pied de la colline, un peu à l'écart de l'usine.

— Bien sûr.

Bianca se baissa pour caresser Trevor, le bouledogue blanc grassouillet qui accompagnait partout Frances. Comme d'habitude, l'animal laissa échapper un grondement sourd, tout en se soumettant à ses attentions. Trevor montrait les dents mais c'était peu ou prou un chien de salon, si on le traitait correctement. Bianca lui grattouilla les oreilles jusqu'à ce que ses petites pattes arquées frémissent et cèdent : Trevor s'écroula sur le dos et lui offrit son ventre avec enthousiasme.

— Trevor, dit sévèrement Frances. Debout. Tu n'as pas droit au fromage.

Bianca glissa discrètement au chien une croûte qu'elle avait dissimulée dans son mouchoir. Trevor la prit silencieusement entre ses doigts, entrant dans la conspiration destinée à éviter la colère de sa maîtresse. Puis il se remit sur ses pattes et s'éloigna.

— Papa vous a-t-il parlé de notre invité ?

Bianca se releva et fit bouffer ses jupes. Son père avait décrété qu'ils devaient tous faire un effort vestimentaire, ce soir, et elle avait obéi. Elle portait sa robe neuve bordeaux foncé et ornée de volants en dentelle, avec des passementeries en velours sur le plastron. Elle avait même laissé sa bonne dompter ses cheveux, qui formaient de jolies ondulations.

Frances émit un reniflement méprisant.

— Un gentilhomme, soi-disant ! Tu parles. Un propre à rien fainéant qui lorgne la fortune de Samuel.

— Oh non, ma tante, protesta Bianca sombrement, bien qu'elle soit entièrement d'accord. Papa l'aime beaucoup.

— Tss. Alors c'est un imbécile.

Cathy arriva sur ces entrefaites, radieuse dans une robe de brocart rose assortie de rubans de soie. Des peignes argentés brillaient dans ses cheveux noirs. Mais ses yeux étaient rougis et sa bouche triste.

— Bonsoir, ma tante, murmura-t-elle.

Frances n'était pas vraiment leur tante. C'était la tante de Samuel, la plus jeune sœur du père de celui-ci. Dans sa jeunesse, elle avait été considérée comme une très jolie fille, mais l'ambition de son propre père l'avait empêchée d'épouser le fermier prospère dont elle était tombée amoureuse. Il l'avait donnée en mariage à l'homme qui tenait leur comptabilité, afin d'attacher la loyauté du garçon à l'entreprise. Par devoir, Frances avait épousé le comptable, et s'était vengée en rendant son entourage malheureux pendant les quarante années suivantes.

Elle dévisagea Cathy des pieds à la tête.

— Est-ce un dîner ou un enterrement ?

Cathy lui adressa un regard de reproche.

— Un dîner en l'honneur de l'invité de papa. Vous m'avez même aidée à choisir le menu.

Frances la fusilla du regard et but une gorgée de porto. Elle prenait toujours un petit verre de porto avant le repas, prétendant que cela lui facilitait la digestion ensuite. Bianca avait plutôt l'impression que cela lui déliait la langue.

— Le libertin londonien.

Un couinement étranglé échappa à Cathy, qui courba la tête et fit mine de s'intéresser à un ruban de sa robe.

— Pourquoi dites-vous cela, ma tante ? demanda Bianca délibérément.

Cela faisait plusieurs semaines que Frances n'avait pas eu quelqu'un sur qui épancher sa mauvaise humeur. Samuel avait passé presque un mois à Liverpool et venait seulement de rentrer, et cousin Ned, le responsable administratif de l'usine, avait appris à l'éviter. M. St. James constituait de la viande fraîche. Un gibier de choix.

La tante haussa les sourcils.

— Londres est la source de tous les vices, comme disait mon père.

Après une nouvelle gorgée de porto, elle ajouta :

— Je l'ai percé à jour la dernière fois qu'il est venu. Très sûr de lui. Pas aussi malin qu'il le croit. Trop beau pour être honnête. On se demande pourquoi il a quitté Londres pour frayer avec les gens ordinaires du Staffordshire.

— Pas ordinaires du tout, fit une voix sur le seuil de la pièce.

Toutes trois se retournèrent et découvrirent M. St. James, aveuglant en satin vert rebrodé d'or. Ses cheveux étaient retenus par un catogan sur la nuque. Il décrivit une élégante révérence.

— Il y a des gens tout à fait extraordinaires dans le Staffordshire, si j'en juge les occupantes de cette pièce, ajouta-t-il galamment.

Tante Frances rabattit les épaules en arrière et redressa le menton pour le toiser.

— Quelle effronterie ! Nous ne nous connaissons pas suffisamment pour que vous soyez en mesure de l'affirmer.

Il sourit.

— J'admets en toute honnêteté que je me fonde uniquement sur les apparences. M. Tate ne m'avait pas prévenu que je trouverais trois charmantes dames ce soir au dîner.

Frances le dévisagea un moment, émit un nouveau reniflement pour faire bonne mesure, et lui tourna le dos.

— Encore une petite goutte, ma chérie.

Elle tendit son verre, et Bianca lui resservit docilement deux doigts de porto.

— Alors pourquoi être venu jusqu'ici, si ce n'était pas pour le plaisir de notre compagnie ?

St. James sourit. Une fossette creusa une de ses joues ; le trait prononcé ressemblait plutôt à une cicatrice, trop virile pour mériter le terme délicat de fossette.

— L'espoir est toujours permis, madame.

— Aux imbéciles, décréta Frances.

Bianca sourit d'une oreille à l'autre.

— Bienvenue à Perusia, monsieur St. James, déclara Cathy en venant le saluer, pâle mais calme. Entrez, je vous en prie. J'espère que vous vous rappelez la tante de mon père, Mme Bentley, et ma sœur, Mlle Bianca Tate. Ce sera un dîner sans cérémonie : nous sommes en famille, ce soir.

— Merci, mademoiselle Tate.

Il s'inclina élégamment sur la main de Cathy. Bianca devait reconnaître que ses manières étaient irréprochables.

— Si vous n'êtes pas apprêtées ce soir, je défaillirais assurément en vous voyant en tenue de soirée ! Vous éclipseriez n'importe quelles dames de Londres ou de Paris.

— Trevor, ne fais pas pipi sur les chaussures de notre invité, dit Frances, transformant une fois de plus le dégoût de Bianca en jubilation.

St. James baissa les yeux d'un air surpris et découvrit le bouledogue grognon qui inspectait sa chaussure. Il fit un pas de côté.

Mais, au lieu de s'éloigner, il mit un genou à terre et laissa Trevor lui renifler la main. À la surprise générale, l'animal s'assit et enfouit la tête au creux de la paume du jeune homme.

— Gentil toutou, dit-il d'une voix grave en caressant la tête du chien et son dos.

La langue de Trevor sortit de sa bouche et il s'allongea sur le sol en émettant un gémissement de félicité absolue.

« Traître », songea Bianca, vexée. Alors qu'elle venait de lui glisser un bout de fromage !

Leur père choisit cet instant pour pénétrer dans la pièce.

— Toutes mes excuses, St. James... Cathy, ma chérie, as-tu accueilli notre invité ?

— Oui, papa.

— C'est bien, ma chérie, dit-il d'un ton approbateur avant de la féliciter pour sa coiffure et sa toilette.

Cathy devint écarlate sous cette flatterie inattendue. Elle, si belle qu'elle était charmante dans une vieille robe de lin rugueux, et qui s'étonnait toujours des compliments…

Bianca leva les yeux au ciel. Leur père les aimait toutes les deux, mais il n'était pas le genre d'homme à débiter des paroles aimables, et surtout pas à ses filles.

Elle jeta un coup d'œil dans la direction de St. James. Bon sang. Son père s'extasiait sur les peignes de Cathy, qui avaient appartenu à leur mère, et ce maudit individu qui voulait l'épouser regardait Bianca à la place !

Elle mit un point d'honneur à détourner les yeux et prétendre se passionner pour le fermoir de son bracelet. Quelle canaille !

Ils passèrent à la salle à manger, tante Frances au bras de son père, Cathy avec St. James. Bianca les suivit silencieusement en réfléchissant à un plan pour parvenir à ses fins.

Elle avait espéré inviter davantage de personnes – en particulier M. Mayne, le pasteur, afin de mieux faire ressortir le contraste entre les deux hommes – mais son père s'y était opposé.

— La famille, avait-il décrété. C'est un repas de famille.

Elle devrait donc s'en remettre à tante Frances. Par chance, la vieille dame semblait décidée à chercher noise à leur hôte.

— Voudriez-vous me dire qui sont vos parents, monsieur ? lui demanda-t-elle pendant qu'on servait le poisson. J'ai oublié.

Il sourit.

— Vraiment ? Je suis certain de n'avoir jamais parlé d'eux.

Frances lui montra les dents. Cela aurait pu ressembler à un sourire.

— Tout s'explique ! Ma mémoire est généralement infaillible. Je vous en prie, éclairez-nous.

— Mon père, dit-il avec aisance, était comme vous le savez un St. James, parent du duc de Carlyle.

— Ciel, monsieur, avez-vous été élevé dans la splendeur de Carlyle Castle ? s'exclama Bianca innocemment. Quel était le lien de parenté ?

Cathy lui adressa un regard réprobateur et son père grommela quelque chose dans sa barbe. Bianca se contenta de battre des cils en dévisageant leur invité, qui lui rendit son sourire avec le sang-froid d'une panthère attendant son heure.

— Non, mademoiselle Tate, répondit-il. Je ne suis qu'un cousin éloigné, et je n'ai pas eu le privilège de me rendre souvent au château.

— Ah, dit-elle. Uniquement les jours de visite, je suppose ?

Les jours de visite, lorsque les inconnus de passage étaient autorisés à se promener dans les jardins de Carlyle Castle et à regarder la maison.

Il continua à lui sourire, comme s'il savait exactement où elle voulait en venir.

— Pas même alors, je le crains. Je réside à Londres depuis longtemps. Le château est beaucoup trop loin pour que je passe y boire une tasse de thé, ou même pour que je profite du jour des visites.

Le sourire de Bianca devint pincé. Heureusement, Frances s'engouffra dans la brèche.

— Oui, Carlyle, dit-elle en laissant tomber une bouchée de turbot sur le tapis, que Trevor goba bruyamment. Mais d'où vient la famille de votre mère ?

— Je doute que vous les connaissiez, madame. Mes grands-parents sont nés à Hanovre.

— Des Allemands... dit Frances avec un léger dédain.

St. James se contenta de hocher la tête.

— Leurs parents étaient les domestiques de Sa Majesté George I, lorsqu'il est arrivé de Hanovre.

Frances lui adressa un regard glacial pour avoir mentionné que les rois récents avaient été plus souvent allemands qu'anglais.

Domestiques ! Quelle était leur fonction ? Employés au service des latrines, peut-être ?

Bianca faillit s'étrangler avec son vin. Elle jeta à sa tante un regard admiratif, pour oser suggérer que l'ancêtre de St. James était chargé du pot de chambre royal !

— Pas du tout, répondit-il sans s'émouvoir. Je crois que mon arrière-grand-père était fauconnier.

— La fauconnerie, intervint M. Tate en saisissant la balle au bond. Très noble discipline, en vérité !

— J'imagine que c'est largement moins noble lorsqu'on doit nettoyer les fientes, commenta Frances d'un ton compassé.

St. James éclata de rire.

— Peut-être est-ce la raison pour laquelle ils ont cessé ces activités et décidé de se lancer dans l'agriculture, madame.

Frances garda la bouche pincée. Elle considérait l'agriculture comme une occupation convenable et saine.

— Assez parlé de grands-parents et de fermiers, déclara M. Tate. St. James, vous qui vivez à Londres, racontez-nous les loisirs qu'on y trouve. Cathy nous lisait un article du *Lady's Magazine* parlant d'une rencontre d'escrime à Carlton House entre un Français et une dame, figurez-vous ! Ces incongruités sont-elles monnaie courante, là-bas ?

— Si seulement ! marmonna Bianca en s'imaginant transpercer d'un coup d'épée le filou qu'elle avait sous les yeux.

Il eut l'incorrection de montrer qu'il l'avait entendue.

— Je ne dirais pas « monnaie courante », mademoiselle Tate, mais cela arrive.

— À Carlton House, je suis certaine que tout s'est déroulé dans le respect des convenances, intervint Cathy avec un froncement de sourcils à l'intention de sa sœur. C'est la maison du prince de Galles, tout de même.

— Et cependant, nous avons vu comment le plus noble des gentilshommes, comme Son Altesse, peut avoir une nature sauvage et scandaleuse, répondit Bianca avec un sourire mielleux. N'êtes-vous pas d'accord, monsieur St. James ?

Il lui adressa un regard brûlant par-dessus la table.

— Tout à fait, mademoiselle Tate, dit-il avec un petit sourire. Dans le cas du prince.

— Nous n'allons pas médire à propos de Son Altesse, les avertit le père, avant d'orienter la conversation vers des sujets anodins comme le temps et l'état des routes à proximité de Marslip.

Bianca termina son assiette en silence, en espérant que St. James s'ennuyait autant qu'elle de cette conversation futile.

Quand vint le moment où tante Frances les emmena au salon après le dîner, elle fulminait. À cause de la conversation oiseuse de son père, St. James s'était affiché comme un homme irréprochablement poli et capable de parler de l'état des routes et des péages jusqu'à assoupir tout le monde. C'était l'une des marottes de son père, cependant, et même tante Frances avait compris qu'elle ne parviendrait pas à l'en décourager. Ces dames s'étaient retirées pour éviter de piquer du nez dans leur dessert.

— C'est un gentilhomme londonien typique, déclara Bianca.

Autant revenir à son premier plan, et convaincre Cathy que St. James était trop snob et trop raffiné pour faire un bon mari.

— Ce trajet jusque chez nous a dû être redoutable pour sa petite personne.

Cathy tourna vers elle un visage triste et garda le silence.

— Il a l'air plutôt vigoureux et solide, commenta Frances en reprenant un verre de porto. De la bonne graine de fermier.

— Oui, c'est surprenant ! Jamais on ne l'aurait deviné, à voir la quantité de dentelle qui ornemente sa redingote.

— Ne t'avise pas de mépriser un fermier, lui dit sévèrement Frances. Cela rend les hommes forts et déterminés, ancrés dans leurs passions et leurs résolutions.

— Je frémis en imaginant les passions de M. St. James, ne put s'empêcher de dire Bianca.

Avec un petit bruit de détresse, Cathy se leva vivement et quitta la pièce. Frances haussa les sourcils, détendue par son troisième verre de porto.

— Qu'est-ce qui lui prend ? Ma parole, cette fille a vraiment besoin d'un mari. Elle est à fleur de peau, ces derniers temps. Un dîner en compagnie d'un homme, et la voilà en larmes.

Bianca se rembrunit. Contrairement à ce que son attitude avait laissé espérer, tante Frances s'exprimait presque comme son père.

— Savez-vous que St. James veut épouser Cathy ? demanda-t-elle.

Frances écarquilla les yeux.

— Comment cela ?

— Il a demandé sa main à papa. C'est la raison pour laquelle il est venu à Marslip. Pour se trouver une femme et s'assurer un revenu coquet à Perusia, sans aucun doute. Et papa s'en félicite.

Elle eut un bref haussement d'épaules.

— Mais je n'ai pas l'impression que Cathy soit de cet avis.

— Quelle petite sotte ! décréta Frances. Elle pourrait certainement trouver pire.

— Oh, oui, fit Bianca innocemment, l'arrière-petit-fils d'un employé des latrines royales ! Ou non, pardon : d'un fauconnier. Quel honneur ! Quel prestige ! Nous pourrons prendre tout le Staffordshire de haut.

Sa tante lui adressa un regard noir.

— Je vois bien ce que tu mijotes. Ce mariage ne te plaît pas, et tu veux que je gâche tout. Eh bien, ne compte pas sur moi ! C'est une tradition familiale chez les Tate de faire des mariages idiots.

Bianca rougit d'avoir été démasquée.

— Mais, Cathy et M. Mayne... protesta-t-elle avec chaleur.

— Tss !

Frances se leva et agita un index sévère vers sa nièce.

— Si cela devait se faire, Mayne serait déjà ici un genou à terre pour supplier Samuel de lui accorder sa main. En a-t-il seulement parlé à Cathy ?

Bianca esquissa une grimace, mécontente de devoir reconnaître que, non, le gentil pasteur ne l'avait pas fait.

— Et il ne le fera jamais, conclut Frances avec froideur. Entre ces deux-là, rien ne s'accomplira. Je n'ai jamais rencontré deux personnes plus dociles et conciliantes de toute ma vie ! Il leur faut à tous les deux quelqu'un de complémentaire, qui ait du caractère. Au moins, c'est le cas de ce St. James. Il ne t'a pas laissée le mener par le bout du nez, n'est-ce pas ?

Bianca bondit sur ses pieds.

— Pourquoi deux personnes ayant des tempéraments similaires ne pourraient-elles pas être heureuses ensemble ? Pourquoi doit-il y en avoir une qui a du caractère et l'autre qui cède ? Je trouve qu'un homme et une femme d'humeurs accommodantes s'entendraient merveilleusement bien et régleraient leurs problèmes harmonieusement.

— Crois-tu ?

Frances se pencha en avant, ses yeux bleu vif emplis de pitié.

— Pourquoi donc Mayne n'est-il pas allé trouver ton père, alors même qu'il a maintenant face à lui un rival déterminé ? Pourquoi ta sœur reste-t-elle assise à accepter les compliments et les flatteries de St. James ? Tu crois toujours tout savoir mieux que les autres, ma petite demoiselle, mais ce n'est pas à toi de régler ce problème.

Elle agita une main et ajouta :

— Tu ne peux pas empêcher les gens d'écoper de ce qu'ils méritent !

Là-dessus, elle quitta la pièce, aussitôt suivie de Trevor, qui poussa un petit jappement surpris.

Bianca rumina sa mauvaise humeur. Personne ne comprenait donc que son père avait été aveuglé par les manières et l'élégance du Londonien ? Personne ne comprenait que Cathy avait été réduite au silence, et que ce n'était pas parce qu'elle était sensible à son charme qu'elle avait consenti à cette union ? Bianca réservait son jugement quant à M. Mayne, qui en effet aurait pu témoigner d'un peu plus de caractère, mais on aurait dû lui laisser une chance de faire ses preuves, au lieu de précipiter Cathy à l'église.

Elle grimpa les marches quatre à quatre et frappa avec force contre la porte de la chambre de sa sœur, avant de l'ouvrir en grand.

— Cathy, je…

Elle s'immobilisa. Sa sœur, penchée au-dessus du tiroir ouvert de sa commode, se redressa, les yeux rouges, un jupon à la main. Une valise à moitié pleine était posée au sol à ses pieds.

— N'essaie pas de me retenir, Bianca, dit-elle d'une voix tremblante. Je t'interdis de m'en empêcher !

Bianca referma la porte.

— T'empêcher de quoi ?

Les yeux égarés de sa sœur fusèrent vers la fenêtre.

— Je m'enfuis avec Richard.

Elle sortit un morceau de papier froissé de la poche de sa jupe et le brandit presque avec défi.

— Je pars.

Bianca lut la première phrase écrite par M. Mayne.

Ma chérie, je suis au supplice ; si vous m'aimez à moitié autant que je vous aime, partons pour Manchester cette nuit même, avant que l'on nous sépare pour toujours...

Elle sourit.

— Bien sûr que je ne t'en empêcherai pas, dit-elle doucement. Au contraire, je vais t'aider.

4

Le plan de Max se déroulait à merveille, en toute objectivité.

L'entreprise était solide et avait un beau potentiel de croissance. Tate lui avait montré des échantillons spectaculaires d'un vernis céruléen qui ne ressemblait à rien de ce qu'il avait pu voir jusqu'à présent. Max imaginait des services de table représentant non pas des scènes bucoliques classiques mais des reproductions de grandes œuvres d'art. Pas seulement Fragonard ou Rubens, mais aussi le plafond de la chapelle Sixtine peinte par Michel-Ange. Il était convaincu que les peintres qu'employait Tate en avaient le talent, d'après ce qu'il avait pu voir jusqu'à présent. Cela ferait fureur à Londres.

Sa demande en mariage avait été acceptée. Samuel Tate avait donné sa bénédiction, Mlle Tate avait rougi et bredouillé sa gratitude lorsqu'il lui en avait parlé. Max n'était resté qu'une nuit à Marslip avant de retourner à Londres régler toutes ses affaires là-bas, impatient de mener cette histoire à son terme.

En quinze jours, ce fut terminé. Tate avait reçu avec enthousiasme le contrat de mariage. Il était plus à la mode de se marier avec une licence spéciale, aussi fit-il l'effort de s'en procurer une. Il rendit son appartement, fit ses bagages, et engagea le domestique d'un de ses amis qui avait essuyé au jeu une perte désastreuse.

Cette fois-ci, le voyage jusqu'au Staffordshire lui parut facile et familier, comme s'il rentrait chez lui. C'était d'ailleurs le cas, songea Max avec satisfaction. Il se dirigeait non seulement vers une nouvelle maison et une nouvelle femme, mais c'était le premier foyer et la première famille fixe qu'il ait connus depuis des années. Tate lui avait proposé leur ancienne maison au pied de la colline, du côté opposé à la faïencerie. Elle n'était pas aussi somptueuse que celle qui se dressait au sommet, mais elle était solide et confortable, et permettrait à son épouse d'aller facilement voir sa famille pendant que Max voyagerait pour faire connaître la production de Tate dans tout le pays.

Il passa un temps considérable à réfléchir à la meilleure manière de faire de Perusia le principal fournisseur des plus belles boutiques vendant de la porcelaine et de la faïence. Il faudrait qu'il établisse des contacts à Édimbourg, Anvers, Calais, puis Paris. Maintenant que la guerre était terminée en Amérique, le commerce reprenait avec Boston et Charleston également. Les gens devaient rêver de choses élégantes, après tant d'années de privations. Oui, les affaires avec les Américains présentaient un potentiel colossal, en particulier si Max agissait avec anticipation et audace pour s'emparer du marché.

Il expliqua tout cela à M. Tate ce soir-là, tandis qu'ils partageaient un repas froid dans la nouvelle maison de Max. Tate l'avait attendu à la porte pour lui remettre son bien. Ses filles, avait-il ajouté, s'excusaient : elles étaient en pleins préparatifs. Le lendemain matin, Max épouserait Catherine. C'était elle qui avait fait meubler et décorer confortablement la maison. Le seul fait de franchir le seuil l'avait empli d'une telle sensation de plénitude qu'il avait compris, tout au fond de son âme, que son destin s'accomplissait.

— Je remercie le ciel d'avoir fait se croiser nos chemins, déclara Tate à la fin de la soirée. Vous êtes quelqu'un de rare, St. James.

Ce n'était pas Max qui allait le contredire.

— Monsieur Tate, répondit-il, je peux en dire autant de vous.

Il poussa un soupir d'aise. Tout ce dont il avait toujours rêvé se trouvait au creux de sa main. C'était merveilleux.

Le plan de Bianca se déroulait presque à la perfection, songea-t-elle.

Cathy n'avait jamais été très douée pour les machinations. Le soir où elle avait déclaré, en larmes, qu'elle allait s'enfuir avec M. Mayne, en était la preuve : son plan – si l'on pouvait le qualifier de tel – avait consisté à faire ses bagages, les traîner jusqu'à l'église au pied de la colline quand tout le monde aurait été couché, et annoncer à M. Mayne qu'elle était disposée à s'enfuir avec lui. En plein milieu de la nuit. Sans aucun préparatif.

— Ne sois pas bête, avait répliqué Bianca.

Il était inutile de s'enfuir en plein milieu de la nuit : St. James repartait pour Londres le lendemain matin. Elles avaient des jours, et même des semaines pour se préparer. Et plus elles seraient prêtes, plus Cathy serait heureuse avec son pasteur.

Tout d'abord, elles s'étaient rendues ensemble au presbytère. Les doutes qu'avait pu nourrir Bianca quant à la vaillance de Mayne furent balayés lorsqu'elle le vit prendre Cathy dans ses bras et l'embrasser avec passion. Le baiser dura d'ailleurs si longtemps qu'elle dut détourner la tête et s'éclaircir la gorge à deux reprises pour attirer leur attention.

Cette fois, Mayne se montra à la hauteur. Loin d'être l'agneau nigaud pour lequel le prenait tante Frances, il s'occupa de louer une chaise de poste et organisa le voyage jusque chez sa sœur aînée à Wolverhampton, où ils pourraient se marier tranquillement dans le respect des convenances. Il accepta l'argent que lui donna Bianca sans un battement de cils ou un mot de protestation. Il dévorait des yeux Cathy et jura de la protéger, au sacrifice de sa vie s'il le fallait. La jeune fille rentra à la maison, des étoiles plein les yeux et des roses sur les joues.

Une semaine plus tard, leur père annonça qu'il avait reçu le contrat de mariage de St. James. Soudain nerveuse, Cathy objecta timidement mais bravement qu'il était peut-être un peu tôt pour épouser quelqu'un qu'elle connaissait à peine. Elle parla de M. Mayne en termes affectueux, expliquant qu'elle se sentait beaucoup plus à l'aise avec lui. Berner leur père ne plaisait pas du tout à Cathy, et elle saisit cette dernière chance de l'inciter à changer d'avis.

Jusqu'à cet instant, les deux sœurs avaient espéré lui faire entendre raison. Bien qu'ensorcelé par St. James, il pouvait encore recouvrer ses esprits et comprendre la détresse de sa fille aînée et la valeur de Mayne.

Mais il affirma péremptoirement que Mayne n'était qu'un pasteur de campagne, alors que St. James était un gentilhomme – cousin d'un duc, fallait-il le rappeler – et qu'elle aurait toute la vie pour faire connaissance avec lui. C'était un mariage très avantageux, et il était convaincu qu'elle le remercierait un jour.

Après cela, Cathy cessa de s'inquiéter du tracas qu'elle causerait à leur père en fuguant.

Quant à Bianca, elle s'était opposée à lui avec tant de véhémence en lui reprochant d'imposer cruellement ce mariage à Cathy qu'il ne lui adressait plus la parole. Cela lui convenait à merveille. Elle eut ainsi toute latitude pour aider sa sœur à envoyer discrètement ses bagages au presbytère et organiser sa fuite, qui aurait lieu la veille de la cérémonie. Cathy écrivit une longue lettre à son père pour tout lui raconter. Elle refusait de couper les ponts sans explication, mais Bianca fut soulagée de voir que les yeux de sa sœur étaient secs à la fin. Il y avait une forme de justice immanente à la pensée de leur père dînant avec St. James l'usurpateur d'un côté de la colline, tandis que Cathy se sauvait de l'autre côté de la même colline pour rejoindre l'amour de sa vie.

C'était le matin du mariage. M. Tate avait invité la moitié de la ville pour célébrer l'union de sa fille aînée avec un gentilhomme. Bianca avait protesté également à ce sujet, mais il n'avait rien voulu entendre. M. Mayne, naturellement, était introuvable, bien que leur père ait eu la cruauté de lui demander d'officier. Il fut remplacé au dernier moment par M. Filpot, de la paroisse de Waddleston Grange, qui patientait dans le salon en se limant les ongles avec un canif.

Tante Frances, comme si elle flairait quelque chose, était arrivée de bonne heure et s'était installée dans la salle à manger avec Trevor, où elle réclamait du bacon et de la confiture pour ses tartines.

Maximilian St. James, présumait Bianca, devait être quelque part en train de se regarder avec amour dans un miroir, se félicitant d'avoir berné un potier de campagne ambitieux et ses filles simplettes, et récapitulant les nombreuses manières dont il allait pouvoir dépenser l'héritage de Cathy.

Bianca s'était également levée tôt, pour superviser les bonnes et les empêcher aussi longtemps que possible de prévenir leur père de l'absence de Cathy. Elle envoya Jennie et Ellen chercher de l'eau, le fer à repasser, le fer à friser, encore de l'eau, puis une tasse de chocolat, jusqu'à ce que les deux jeunes femmes la regardent de travers et qu'Ellen finisse par déclarer qu'elle devait aller s'occuper de Mlle Cathy – qui tout de même était la mariée.

Ce fut donc le cri d'Ellen qui annonça à tout Perusia que Cathy n'était pas dans sa chambre, en train de se préparer pour la cérémonie. M. Tate grimpa l'escalier en trombe, affolé, jusqu'à ce que Bianca lui tende la lettre que lui avait écrite sa sœur. L'expression inquiète de son père s'effaça vite.

— Une fugue !

Il brandit les feuillets à bout de bras, avant de les approcher de son visage comme si, de près, les mots pouvaient changer.

— Avec Mayne !

Il se tourna vers elle avant même de lire le deuxième paragraphe :

— Tu avais connaissance de ce projet ?

— Oui.

Pendant un instant, son visage devint si rouge qu'elle craignait de lui causer une apoplexie. Son grand-père était mort de cette façon, après tout, et son père avait un tel tempérament...

— Bianca, dit-il dans un chuchotement, viens avec moi.

Il lui prit le bras brutalement et la fit entrer dans la chambre de Cathy, puis il claqua la porte dans leur dos.

— Qu'as-tu fait ?

— Je n'ai rien fait.

Il empoigna sa perruque des deux mains, mais ne l'arracha pas.

— Je te connais, gronda-t-il. Et je connais Cathy. Jamais elle ne prendrait une initiative comme celle-ci toute seule.

— Détrompez-vous, papa, répondit-elle. C'était l'idée de Cathy de fuguer avec M. Mayne, parce qu'elle l'aime et qu'il l'a demandée en mariage. Elle a essayé de vous le dire ! Lorsque vous nous avez prévenues que vous aviez reçu le contrat de mariage de St. James, elle vous a dit qu'elle tenait à Mayne. Vous n'avez rien voulu entendre.

— Un pasteur de campagne !

Il la fixa, incrédule.

— Elle ne peut pas vouloir d'un curé de campagne alors qu'elle peut avoir un gentilhomme de Londres, un bon parti, élégant, et cousin d'un...

— D'un duc, oui, termina Bianca avec dédain. Je le sais. Elle le sait. Tout le monde le sait, papa. Mais un mari ne se résume pas à sa famille et ses relations, et Cathy ne voulait pas de St. James.

— Alors tu l'as encouragée à contrarier mes projets !

— Je l'ai encouragée à écouter son cœur !

— Baisse le ton, rétorqua-t-il durement, alors que sa voix était aussi forte que celle de sa fille. Quelqu'un pourrait t'entendre.

Bianca haussa un sourcil.

— Quelqu'un qui n'aurait pas entendu le hurlement d'Ellen ?

Il laissa échapper un juron, ce qui la surprit. Elle l'avait déjà entendu vociférer ainsi, fulminant contre un ouvrier qui avait brisé une caisse entière d'assiettes ou un potier qui se présentait ivre à l'usine, mais jamais il n'avait invectivé ses filles.

Pour la première fois, il lui vint à l'esprit que son père n'était pas seulement contrarié, mais véritablement furieux. Les poings sur les hanches, il contemplait le sol en tapant du pied avec colère. Au lieu de son costume habituel en laine grise, il portait son plus joli costume en satin bleu marine et des boucles argentées sur ses chaussures. Il s'était donné beaucoup de mal pour que ce mariage ait lieu, et il serait humilié quand il devrait annoncer à St. James que la jeune mariée s'était enfuie plutôt que de l'épouser...

Mais c'était sa faute ! Il aurait dû écouter Cathy.

— Ce n'est pas un caprice enfantin, n'est-ce pas ? demanda-t-il au bout d'un moment d'une voix plus maîtrisée. Cathy ne se cache pas quelque part – peut-être chez Frances – en attendant d'apparaître lorsque je lui promettrai une nouvelle garde-robe ou un carrosse si elle va à l'église ?

— Non ! s'exclama Bianca, choquée. Cathy n'a jamais fait ce genre de choses.

— Mais toi, si.

Il darda sur elle un œil où brillait un éclat nouveau.

— Tu t'es sauvée pour aller passer la nuit dans les bois quand j'ai refusé que tu deviennes apprentie à la fabrique.

— Et tu vois comme tu avais tort, répliqua-t-elle, furieuse de l'entendre reparler de cet incident dix ans plus tard. Je suis une bonne modeleuse, et une excellente émailleuse.

Il le lui concéda d'un hochement de tête.

— C'est juste. Et tu as obtenu ce que tu voulais. Exactement comme lorsque j'ai refusé de te laisser m'accompagner à Liverpool.

Elle frémit légèrement. C'était vrai. Leur père était allé rendre visite à un imprimeur proposant une nouvelle méthode pour imprimer des motifs sur ses collections. Elle avait dix-huit ans à l'époque, et s'intéressait au processus. Ce n'était pas exactement une nouvelle technique, mais une version raffinée permettant davantage de flexibilité et de coloris, en fonction du talent du graveur. Bianca voulait voir cela en personne, et elle avait livré une campagne farouche pour persuader son père de l'emmener, tant et si bien qu'il avait fini par céder.

— C'était différent, répondit-elle, même si ma présence là-bas s'est révélée précieuse.

Elle avait sympathisé avec la femme de l'imprimeur, et grâce à cela, ils s'étaient attaché la collaboration exclusive de cet artisan. Son père avait lui-même reconnu qu'il n'aurait pu obtenir un aussi bon résultat.

Il mit les mains sur ses hanches.

— Ah oui ? Et comment comptes-tu maintenant exploiter favorablement cette mauvaise passe ? J'ai signé un contrat de mariage. St. James peut me poursuivre en justice pour rupture de contrat, parce que tu as aidé ta sœur à s'enfuir pour convoler avec un pasteur mollasson et sans le sou.

— Je vous avais prévenu qu'il ne fallait pas accepter.

— Mais c'est fait.

Il se pencha vers elle et ajouta :

— Et s'il le fallait, je recommencerais. Cet homme a un excellent sens des affaires, Bianca. Il a aussi des relations parmi les gens de la haute société à Londres, et sait comment ils pensent. C'est un garçon intelligent, quoi que tu puisses croire, et je lui ai donné une partie de Perusia.

Sous le choc, elle écarquilla les yeux.

— *Quoi ?* Pourquoi ?

— Parce qu'il allait devenir mon gendre !

Elle se rendit compte trop tard que sa colère n'était pas retombée, que celle-ci avait seulement couvé et s'était transformée en rage sourde, d'autant plus dangereuse qu'elle était contenue.

— Combien ? demanda-t-elle.

— Un quart de la manufacture.

Ce fut au tour de Bianca de se mettre en colère. Elle avait toujours imaginé hériter de la moitié de la faïencerie, et Cathy de l'autre. Certes, elle s'était dit que Cathy épouserait un homme docile et aimable tel que Mayne, et que ce serait elle qui gérerait Perusia, mais voilà que son père en avait donné un quart à cet envahisseur, ce chasseur de dot, cet usurpateur…

— Et si tu veux une chance d'amadouer St. James pour qu'il ne me traîne pas devant les tribunaux et se retrouve avec non plus le quart mais *la moitié* de

Perusia, ajouta son père du même ton menaçant, tu devrais peut-être enfiler la robe de mariée de ta sœur et honorer le contrat à sa place.

Cette fois, ce fut Bianca qui frisa l'apoplexie. Étranglée par la colère, elle parvenait à peine à respirer. Le ravissant et délicat chapeau de paille de Cathy décoré de petites roses était posé sur le bureau, à côté du voile en tulle qui avait été celui de leur mère. Sachant qu'elle allait s'enfuir avec l'homme qu'elle aimait, Cathy s'était prêtée de bonne grâce aux préparatifs d'un mariage qui n'aurait jamais lieu.

Les mains tremblantes, Bianca ficha le chapeau sur sa tête et jeta le voile autour de ses épaules.

— Soit, dit-elle froidement. Si c'est tout ce qui compte à vos yeux, et ce que je dois faire pour préserver Perusia, je le ferai.

Elle ouvrit la porte avec violence et sortit de la chambre, bousculant Ellen qui tendait l'oreille, accroupie devant la serrure.

— Levez-vous, Ellen. Nous allons être en retard au mariage.

Elle descendit l'escalier d'un pas militaire, les poings serrés et la tête haute. Tante Frances surgit de la salle à manger, le nez frémissant de curiosité et Trevor jappant sur ses talons. Bianca passa devant elle et sortit de la maison. Son père hurlait quelque chose aux domestiques, mais il se précipita dehors en traînant un M. Filpot passablement agité, juste à temps pour la rattraper au moment où elle atteignait la grille.

Pendant un moment, ils s'immobilisèrent tous les deux, muets. Ce fut à cet instant, songerait Bianca plus tard, qu'elle aurait dû dire quelque chose. Pas nécessairement des excuses – jamais elle ne s'excuserait d'avoir aidé Cathy à épouser l'homme qu'elle aimait plutôt qu'un individu qu'elle ne connaissait pas –, mais au moins quelques mots pour dire qu'elle comprenait, qu'elle regrettait certaines conséquences de ses actes.

Elle était désolée que la fugue de Cathy humilie son père, d'autant plus que tout le village en serait témoin. Mais elle ne voulait pas que sa colère prenne le dessus à nouveau et l'amène à commettre une grosse erreur qu'ils regretteraient tous. Elle n'aimait pas non plus se disputer avec le seul de ses deux parents encore en vie, qui lui ressemblait tant par son tempérament et ses humeurs, ce qui faisait d'eux un père et une fille très proches… lorsqu'ils ne se querellaient pas comme des ennemis mortels.

Mais avant qu'elle puisse se résoudre à dire quoi que ce soit, il lui ouvrit la grille, et Bianca la franchit, emportée par son élan de fureur.

Comble de l'ironie, c'était une journée radieuse. Le ciel d'un bleu magnifique était moucheté de minuscules nuages neigeux dont on aurait dit qu'ils avaient été déposés là par des anges pour former un décor idyllique. Le chèvrefeuille était en fleur, et son parfum l'accueillit tandis qu'elle empruntait le chemin conduisant à la petite église en pierre.

Attroupés devant l'édifice, les invités attendaient l'arrivée de la mariée. Bianca fendit la foule avec détermination, ignorant les regards scandalisés et fascinés, jusqu'à ce que quelqu'un lui touche le bras.

— Bonjour, Bianca, fit son amie Amelia avec espièglerie. Tu es bien pressée de voir ta sœur se marier, on dirait.

Elle ouvrit la bouche, et la referma sans rien dire.

— Comme c'est gentil de la part de ton papa de nous avoir invités à la célébration ! Maman est aux anges. Où est Cathy ? ajouta Amelia en se tordant le cou. Est-elle déjà devenue une dame londonienne à la mode, qui arrive toujours en retard ?

Bianca lui saisit la main.

— Amelia, rentre chez toi, chuchota-t-elle. Dis à tout le monde... Emmène-les tous...

— Bianca !

Elle regarda par-dessus son épaule. Son père était là. Il hocha vaguement la tête devant son amie stupéfaite, avant de saisir le bras de Bianca pour la conduire fermement vers la sacristie où M. Filpot enfilait sa soutane.

— Accordez-nous un instant, aboya-t-il.

Le pasteur stupéfait disparut précipitamment, son col blanc à la main, et M. Tate referma la porte derrière lui.

Bianca se rendit compte que M. St. James était également dans la pièce. Il était magnifique avec sa redingote ivoire, son pantalon vert émeraude, ses cheveux noirs attachés aussi soyeux que la fourrure d'un phoque. Lorsqu'ils entrèrent, il releva les yeux du livre qu'il tenait à la main et haussa un sourcil interrogateur.

— St. James, dit son père avec un sourire déterminé. Bonjour, monsieur.

— Monsieur. Mademoiselle Tate.

L'homme esquissa un salut languide. Il était trop élégant, trop beau. Bianca le fusilla d'un regard furieux et dégoûté. Il lui adressa en retour un sourire effronté.

— J'ai une fâcheuse nouvelle, poursuivit son père. Il semblerait que ma fille Catherine soit... partie.

St. James fronça les sourcils.

— Partie ?

— Elle a fugué avec un autre homme, lança Bianca sans laisser à son père le temps de répondre. Un homme dont elle est désespérément amoureuse. Ils sont probablement en train d'échanger leur consentement à l'heure où nous parlons.

St. James ne bougea pas un muscle, et cependant la pièce sembla devenir soudain plus petite.

— Rien ne permet d'affirmer cela, déclara son père en tendant une main. Mais il est vrai qu'elle s'est enfuie avec ce garçon.

— Notre contrat, monsieur... commença St. James.

— J'ai une autre fille, dit M. Tate presque avec défi. Si vous voulez bien d'elle.

L'homme battit des cils. Il se tourna vers Bianca comme s'il se rendait compte à retardement qu'elle était là.

— Bianca a déjà accepté, précisa son père.

Il se tourna vers elle, un éclat déterminé luisant dans ses yeux.

— N'est-ce pas ?

Elle haussa les épaules avec colère.

Elle s'attendait à ce que St. James pousse les hauts cris. Il y aurait probablement un accès de colère. Au minimum, un esclandre. Non parce qu'il tenait à Cathy, qu'il n'avait rencontrée que deux fois, mais parce que Cathy était ravissante, douce et désireuse de plaire, et qu'il aurait fallu être fou pour se contenter de Bianca à la place. Elle aurait parié que St. James avait depuis longtemps pris sa mesure, suffisamment pour se rendre compte qu'elle le méprisait et voyait clair dans son jeu, dans la tromperie qu'il essayait de perpétrer sur son père.

Lentement, son regard, à présent glacial, la parcourut avant de remonter vers son visage. La fureur de Bianca commença à bouillonner.

— Fort bien, dit-il aussi froidement que si son père et lui venaient de s'entendre sur le prix de vente d'un nouveau cheval.

M. Tate hocha la tête.

— Parfait. Bianca, viens avec moi.

Il l'emmena hors de la pièce avant qu'elle ne puisse ouvrir la bouche.

À sa place, Cathy aurait été en larmes et au désespoir, incapable d'articuler un propos cohérent. Bianca, elle, n'éprouvait qu'une rage légitime pendant que son père l'entraînait. La seule chose qui l'intéressait était que *quelqu'un* épouse St. James. Il tenait aux relations et à la proposition commerciale de cet homme au point de lui donner n'importe laquelle de ses filles, coûte que coûte.

Eh bien, qu'il en soit ainsi. Son père aurait son gendre « cousin éloigné d'un duc ». Il aurait son nouveau directeur londonien élégant, qui flatterait des comtesses pour leur faire acheter de la vaisselle. Il serait débarrassé de ses deux vieilles filles, et elle espérait qu'il serait très heureux dans sa grande maison vide.

Quant à St. James, il aurait sa part de Perusia et une épouse fortunée. Bianca comptait bien lui faire mériter le moindre penny, cependant. Elle aussi était capable de considérer le mariage exclusivement comme une transaction commerciale.

La seule pensée qui la consolait était que Cathy connaîtrait le bonheur sous le nom de Mme Mayne.

Son père ouvrit la porte de l'église. Amelia était là, avec à la main le bouquet de fleurs qu'elle avait proposé de préparer pour la mariée, tendant le cou à la recherche de Cathy.

Bianca lui arracha le bouquet des mains et avança entre les bancs de l'église. Un murmure confus s'éleva parmi les invités qui attendaient dehors. Manifestement, Cathy était introuvable. À l'intérieur, tante Frances faillit tomber de son banc, les yeux écarquillés. Bianca ne prêta attention à personne et se concentra sur le scélérat qui attendait devant l'autel.

Et cet homme ne regardait même pas dans sa direction !

5

Il était fort possible – et cela semblait se confirmer de seconde en seconde – que Max ait perdu l'esprit.

À peine dix minutes s'étaient écoulées depuis qu'il avait accepté de changer de fiancée, et d'épouser non pas l'adorable et douce Catherine Tate, mais sa sœur indomptable, Bianca.

« Tu sais bien qui elle est, se rappela Max. Celle qui te déteste. »

Il se demanda si cela n'avait pas été le plan de Tate depuis le début. Peut-être Max se révélait-il tout autant la proie que le chasseur. Peut-être l'avait-on berné, obligé à épouser la petite sœur qui était une peste pour que Tate puisse se procurer un meilleur prétendant pour l'autre, et se débarrasser des deux d'un coup d'un seul.

Non que Bianca ne soit pas une beauté également, à sa façon, devait-il reconnaître. Ses cheveux hésitaient entre le blond et le brun, ses yeux passaient du gris au bleu. Elle était plus grande que sa sœur, et dotée de formes plus voluptueuses. Impossible de ne pas remarquer sa poitrine plantureuse. Elle se déplaçait avec détermination et énergie, non avec une grâce délicate, et son esprit était aussi vif et affûté qu'une rapière.

S'il avait disposé de plus de temps pour réfléchir, aurait-il accepté cette substitution ? Une partie lointaine et analytique de son cerveau se posa la question tandis qu'il prenait place dans l'église, devant le pasteur qui feuilletait fébrilement son missel à la recherche de la page correspondant au sacrement du mariage.

Max aurait aimé savoir si l'une ou l'autre des demoiselles – ou les deux – étaient complices de cette machination. Cathy Tate n'avait jamais protesté devant ses attentions ; elle avait semblé flattée, avec sa façon de rougir délicatement en murmurant des remerciements. Il ne s'était pas pour autant monté la tête en déduisant qu'elle éprouvait des sentiments envers lui et, pour être honnête, il ne l'avait même pas espéré.

À présent, bien sûr, il était clair qu'elle avait bel et bien des sentiments… pour un autre.

Quant à Bianca, elle n'avait jamais caché ce qu'il lui inspirait : essentiellement du dédain, du dégoût et de l'animosité. Sur le moment, cela l'avait amusé. Il pensait qu'elle était peut-être jalouse de sa sœur aînée, enfin fiancée alors qu'elle-même restait vieille fille.

Imbécile, se dit-il. Il aurait peut-être dû saisir la chance de rejeter ce plan insensé, à la sacristie.

Mais Max avait appris à ne pas laisser passer une occasion qui se présentait. Dame Fortune ne lui avait pas souvent souri au cours de sa vie. Il s'attendait encore à moitié à ce que la duchesse de Carlyle lui annonce qu'elle ne voulait plus entendre parler de lui, aussi n'avait-il pas perdu de temps pour proposer cet arrangement à Tate.

Non, songea-t-il, même en prenant davantage de temps pour y réfléchir, sa réponse aurait été la même. Il avait l'habitude de tirer de meilleur parti de toute situation. Au fond, cet ajustement de dernière minute ne changeait rien à ses plans.

Un murmure de stupeur annonça l'apparition de la mariée. Max garda les yeux rivés sur la croix, derrière le pasteur, pendant qu'elle s'approchait de lui.

Il n'avait pas besoin de voir son visage pour percevoir sa colère ; elle irradiait littéralement de la jeune fille. Après qui en avait-elle ? se demanda-t-il vaguement. Son père ? Elle-même ? Personne ne l'avait forcée à se prêter au jeu.

Cependant, au moment où le pasteur demandait à l'assemblée si quelqu'un souhaitait s'élever contre ce mariage, Max se contracta. Elle n'avait qu'à prononcer un mot pour que tout soit gâché.

Rien. Le silence dans l'église était absolu.

Le pasteur, Filpot, s'éclaircit la gorge et se tourna vers Max.

— Acceptez-vous de prendre cette femme pour épouse… ?

Il entendit à peine le reste de la phrase. Oui, il l'acceptait. Il acceptait cette fille, il l'entretiendrait, et il serait pour elle un aussi bon mari qu'il avait eu l'intention de l'être pour sa sœur. Ce qui revenait à dire : peut-être pas un très bon mari, bien qu'il ait prévu de compenser cela en effectuant le plus de déplacements possibles. Après tout, les meilleurs mariages étaient ceux qui se vivaient à distance. Les seules fois où ses parents lui avaient semblé s'apprécier, c'était lorsqu'ils étaient éloignés l'un de l'autre. Dans la mesure où Max comptait passer le plus clair de son temps loin de Marslip, peu importait en réalité quelle femme il abandonnerait.

— Oui, répondit-il avec une calme certitude.

Filpot acquiesça de la tête, darda un regard nerveux vers Samuel Tate, et se tourna vers la mariée.

— Acceptez-vous de prendre cet homme pour époux ?

À l'exception d'un petit bruit de dérision pendant que Filpot lisait « Acceptez-vous de lui obéir et de le servir ? », elle n'émit aucune protestation. Quand le pasteur releva deux yeux circonspects à la fin de la phrase, Bianca répliqua, calmement mais fermement :

— Oui.

Aux oreilles de Max, cela ressemblait à une menace.

Il souriait, vaguement amusé, quand il prit sa main. Elle ne l'avait toujours pas regardé : ses yeux restaient rivés sur le pasteur.

— Moi, Augustus Crispin Maximilian, je vous prends pour épouse, Bianca Charlotte, récita-t-il.

En entendant l'intégralité de l'horrible nom dont il était affublé, elle leva enfin les yeux vers lui, le dégoût gravé sur le visage. Le sourire de Max s'élargit et il resserra sa main autour de la sienne.

— En vertu de la sainte ordonnance de Dieu, jusqu'à ce que la mort nous sépare.

À ce mot, elle s'écarta, mais dut lui reprendre la main lorsque ce fut à elle de prononcer ses vœux. Ce qu'elle fit d'une voix sans timbre. Max posa l'alliance sur la bible et, avec le même détachement amusé, il écouta Filpot la bénir.

Au dernier moment, il craignit que l'anneau ne lui aille pas. Il avait été prévu pour sa sœur, et Max avait mûrement réfléchi son choix – les femmes aimaient les bijoux et il voulait faire bonne impression. Mais quand il prit la main de Bianca et la lui passa au doigt, l'alliance glissa sans difficulté. Elle serra le poing et l'anneau en or jeta un éclat dans le soleil. Il ne put s'empêcher de sourire à nouveau.

— Je vous déclare unis par les liens du mariage, prononça Filpot. Que l'homme ne sépare pas ce que Dieu a uni.

Bianca leva les yeux vers lui. Il ne se faisait pas d'illusions : elle ne se donnait pas à lui de gaieté de cœur, mais elle le faisait de son plein gré et c'était tout ce qui comptait. Ils étaient mariés, et c'était désormais irréversible.

La cérémonie terminée, le pasteur les conduisit à la chapelle pour procéder aux signatures. À nouveau jovial, Tate serra la main de Filpot et donna une tape sur l'épaule de son gendre comme si ce dénouement avait été le souhait le plus cher de tous les intéressés. Max se demanda une fois de plus si l'homme avait prévu dès le début de lui fourrer Bianca entre les mains, mais il accepta de bonne grâce les félicitations. Ce qui était fait était fait.

Une fois les registres paroissiaux dûment signés, Filpot et Tate sortirent. Le pasteur semblait immensément soulagé que tout se soit déroulé dans le calme ; il dit quelques mots à l'oreille de Tate, et Max vit les pièces que celui-ci laissa tomber dans sa main. On aurait presque dit un pot-de-vin.

Mais, pour la première fois, Max était en tête à tête avec sa femme. Il croisa les bras et se retourna pour la regarder.

Maintenant qu'il lui prêtait réellement attention, elle était tout à fait charmante. Pas de la même manière que sa sœur, qui ressemblait à une délicate poupée de porcelaine, avec tous ses cheveux bien à leur place. Ses pommettes étaient joliment rosies, et sa poitrine magnifique se soulevait et retombait de façon fort séduisante. Elle n'était pas la femme à laquelle il s'était attendu, mais Max constata que cela n'avait pas diminué son attrait pour ce mariage.

Il était même possible que ce soit le contraire.

Bianca remarqua son regard. Ses yeux étaient aussi turbulents qu'un orage d'été lorsqu'elle avança vers lui.

— Vous avez un horrible nom.

Il sourit.

— Le fléau de mon existence depuis le premier jour.

— Je comprends que vous vous fassiez appeler Maximilian. Augustus Crispin !

Sa mère lui avait donné le même nom que son grand-père et son arrière-grand-père paternels, dans l'espoir d'intéresser sa famille. En vain.

— Maximilian était le prénom du père de ma mère, précisa-t-il.

Max l'Ancien avait été un homme sévère et silencieux qui s'obstinait à ne parler qu'allemand, bien qu'il ait vécu vingt ans en Grande-Bretagne. Max l'avait cependant préféré à n'importe quelle personne de la branche paternelle de la famille.

Avec un petit reniflement, elle demanda :

— Comment connaissiez-vous mon nom ?

Il haussa un sourcil.

— On nous a présentés plus d'une fois, ma chère.

— L'intégralité de mon nom, corrigea-t-elle sèchement.

— Votre père m'a montré la bible de la famille, répondit-il après une brève hésitation.

Tate lui avait montré les inscriptions, y compris les espaces laissés vierges pour les maris de ses filles. Une fois de plus, il se demanda si l'homme avait prévu d'inscrire *Maximilian* à côté de *Bianca Charlotte,* au lieu de *Catherine Louisa*.

Les yeux de sa femme lancèrent des éclairs. Curieusement, il pensait déjà à elle comme à sa femme...

— Ah oui ?

Elle s'éloigna, et ses jupes tournoyèrent avec agitation.

— Il est temps que l'on vous détrompe sur certaines notions erronées que vous tenez de mon père. Premièrement...

— Premièrement, l'interrompit-il, nous allons passer à table. Tout le monde doit nous attendre.

Ses joues se colorèrent.

— Qu'ils aillent tous au diable !

— Comme il vous plaira.

Il rajusta ses manchettes et se dirigea vers la porte.

— Comment osez-vous me tourner les talons ?

La main sur la poignée, il pivota et haussa un sourcil.

— Ma chère, nous avons le reste de la vie pour nous détromper mutuellement sur toutes sortes de notions erronées. Mais aujourd'hui, en cette heure précise, nos voisins et amis attendent de célébrer notre union. Ils vont se demander si nous allons passer l'heure qui vient enfermés dans la chapelle à nous crier dessus.

— Oh ? fit-elle en arrondissant les yeux. Aviez-vous l'intention de crier ?

Max ne s'était pas aventuré à l'aveuglette dans ce mariage. Il avait passé un temps fou à se pencher sur le fonctionnement de la fabrique, à se renseigner sur les employés pour déterminer lesquels étaient les plus intelligents et les plus travailleurs. Quelques tournées de bière dans la taverne voisine lui avaient appris beaucoup de choses.

Une partie des histoires les plus intéressantes concernait Bianca. À l'époque, Max avait écouté avec un intérêt détaché, n'escomptant pas la fréquenter beaucoup. À présent, cependant, il se félicitait de tout ce qu'il avait appris. Contrairement à sa sœur, Bianca ne passait pas son temps à arranger les fleurs et veiller aux tâches domestiques. Elle possédait son propre atelier à la manufacture, et était presque aussi exigeante que Tate lui-même dans la recherche de qualité. Beaucoup des ouvriers n'aimaient pas qu'une femme travaille à la fabrique, mais ils la toléraient. Et ils éprouvaient un malin plaisir lorsque Bianca et son père se lançaient dans de bruyantes disputes que toute l'usine pouvait entendre. Max ne doutait pas qu'elle serait la première à crier, si l'occasion s'en présentait.

Il partit d'un éclat de rire.

— Non. Je crie rarement. C'est une perte de temps, généralement.

À ces mots, elle releva le menton.

— Moi non plus, déclara-t-elle d'une voix glaciale mais en se gardant de hausser le ton, je ne crie pas sur les gens *raisonnables*. Si vous pouvez être raisonnable, nous ne nous disputerons pas.

Max sourit de nouveau.

— Je suis toujours parfaitement raisonnable, madame.

C'était la vérité : raisonnable, rationnel, et d'une logique à toute épreuve. Il sentait que Bianca se laissait davantage guider par ses sentiments, son instinct et sa passion. Ce serait le mariage de l'huile et de l'eau, mais Max comptait bien en faire un succès, d'une manière ou d'une autre.

Soudain, elle vint se camper devant lui et leva le visage. De près, ses yeux étaient plus gris que bleus, et il distingua des taches de rousseur sur son nez. Elle avait aussi un petit grain de beauté sur son décolleté, à peine visible sous le voile de mariée. Max dut fournir un effort pour ne pas le fixer, et il essaya de ne pas s'imaginer la dévêtir de cette robe de taffetas jaune pour explorer le reste de sa peau.

— J'espère que c'est vrai, déclara-t-elle, pour vous comme pour moi. Puisque ni l'un ni l'autre ne souhaitaient ce mariage, nous allons devoir être très raisonnables, sans quoi il y aura beaucoup de cris. La première chose que vous devez graver dans votre esprit, c'est que cette faïencerie m'appartient. Mon père vous en a peut-être donné une partie, mais j'ai vingt ans d'expérience. En outre, nous savons tous les deux que ce qui vous intéresse n'est pas la manufacture mais l'argent.

Elle esquissa un sourire condescendant avant d'ajouter :

— Aucun problème. Il vous sera octroyé une rente raisonnable, à condition que vous ne vous mettiez pas en travers de mon chemin.

— Hmm, fit-il, partagé entre l'envie d'éclater d'un rire incrédule et celle d'être profondément offensé. Une rente.

— Vous ne connaissez rien à la faïence ni à la céramique, dit-elle du même ton hautain.

Elle fit demi-tour et s'éloigna vers l'autel, où elle avait laissé son chapeau de paille pour signer le registre.

— Vous ne feriez que nous gêner ! Prenez l'argent et amusez-vous, peu m'importe comment, et nous nous entendrons à merveille.

Il poussa un soupir.

— Ma chère madame St. James...

Elle sursauta en entendant ce nom.

— ... ne prenons pas un mauvais départ. Je suis effectivement propriétaire d'un quart de Perusia, et j'ai l'intention de participer à l'affaire. Pas en tournant les poteries ni en faisant chauffer les fours, domaines dans lesquels vous excellez sans aucun doute, ajouta-t-il pour le plaisir de la titiller. Mais à ma façon inestimable. Et je vous remercierai de ne pas me dire quoi faire. Après tout, ce n'est pas moi qui ai juré *d'obéir et de servir*.

La colère la fit s'empourprer jusqu'au cou, dangereusement près de ce fascinant grain de beauté.

— Comment... Comment osez-vous ? Ce n'est pas un vrai mariage !

Il s'écarta de la porte et combla l'espace qui les séparait si vivement qu'elle étouffa un petit cri.

— Pas un vrai ? dit-il sèchement. Bien sûr que si, madame. Officialisé devant tout Marslip, scellé sous les yeux de Dieu et contraint par les lois de l'Église. Ne dites jamais qu'il n'a rien d'authentique.

Il marqua une pause et la parcourut des yeux encore une fois. Maudit soit ce grain de beauté !

— Si vous craignez que je vous oblige à accomplir votre devoir conjugal au lit, rassurez-vous. Jamais je ne m'imposerais à une femme.

— Alors vous accepterez que ce mariage reste chaste ? demanda-t-elle lorsqu'il regagna la porte.

Il marqua une pause et se retourna. Quelques épingles à cheveux s'étaient défaites, et une longue boucle auburn effleurait son cou. Malgré le voile, le grain de beauté, sombre et séducteur, se voyait sur le renflement de sa poitrine.

Max dissimula un soupir. Fallait-il qu'il soit bête... Bien que cette femme le méprise, il avait envie d'elle.

— Ce ne sera pas le cas, bien sûr. Un jour ou l'autre, vous viendrez à moi...

Elle ravala un cri de rage.

— Et ce jour-là, conclut-il, ce sera pour découvrir des plaisirs dont la plupart des femmes ne font que rêver.

Avec un nouveau sourire impertinent, Max ouvrit la porte et la laissa sur place, bouche bée.

6

Avant midi le jour de son mariage, Bianca était déterminée à détester son mari jusqu'à la fin de ses jours.

Elle comprenait à présent pourquoi Frances avait passé sa vie à blâmer les gens responsables de son mariage malheureux. Elle écumait littéralement de rage. St. James méritait d'être écartelé. M. Tate méritait que ses deux filles coupent les ponts avec lui. Définitivement. Et Bianca méritait une claque pour avoir laissé sa fureur prendre le dessus. Quant à Cathy…

Sa colère retomba un peu. Cathy méritait d'être heureuse. Elle se représenta sa sœur dans les bras de M. Mayne, rayonnante de joie, et se dit que tout cela en valait la peine. C'était Cathy qui l'avait pratiquement élevée depuis la mort de leur mère, treize ans auparavant. Si Bianca avait un peu de bonnes manières, c'était grâce à sa grande sœur. Lorsqu'elle avait eu dix-huit ans, leur père avait proposé d'emmener Cathy à Londres pour qu'elle y trouve un mari, et la jeune fille avait refusé.

— Pas sans Bianca, avait-elle dit.

À l'époque, Bianca n'avait que quatorze ans et aurait été – quel que soit son âge, du reste – un désastre absolu dans les salons de la capitale.

Depuis, Cathy avait toujours loyalement soutenu Bianca dans ses caprices et ses excentricités ; elle l'avait aidée à convaincre leur père de l'autoriser à s'intéresser à la poterie, puis à élaborer de nouveaux vernis et glaçures. Cathy avait même pris son parti lorsqu'elle avait refusé des demandes en mariage et que leur père s'était arraché les cheveux en se désolant de son obstination.

Certes, Bianca était tout à fait capable de se défendre seule, mais Cathy avait aplani les conflits et paré de violentes disputes, en maintenant des relations pacifiques entre Bianca et leur père. Bianca était heureuse de pouvoir à présent remercier sa sœur de cette façon.

Le repas de noces n'en fut pas moins un cauchemar. St. James salua tous les invités cordialement ; il se comportait déjà comme le maître de maison. Personne n'aurait pu deviner qu'il n'avait pas épousé la femme que désirait son cœur, ce matin-là. Une canaille doublée d'un fourbe, songea-t-elle avec dégoût.

M. Tate avait également retrouvé sa bonhomie et remerciait tout le monde d'être venu en acceptant les félicitations le sourire aux lèvres. Bianca décida de ne pas lui prêter attention.

Quant à elle, elle se contenta de se conduire aussi normalement que possible en se répétant qu'elle n'était ni honteuse ni désolée, que ce mariage aurait fort peu d'impact sur son existence. Tout cela était pour le mieux, puisque Cathy vivrait ainsi avec l'amour de sa vie et Bianca continuerait son travail tranquillement. Après tout, même si St. James voulait tirer ses revenus de l'entreprise, il pouvait difficilement l'empêcher d'y exercer ses talents, dans la mesure où son travail contribuait à rendre la vaisselle de Perusia unique et très demandée. Et maintenant qu'elle avait cédé à la folle exigence de son père, elle était une dame et n'avait plus besoin d'être sous sa coupe.

Il fallut que tante Frances, bien sûr, y aille de son grain de sel.

— Je comprends maintenant pourquoi tu étais si désireuse de réunir Cathy et son pasteur, murmura-t-elle en scrutant St. James.

À l'autre bout de la pièce, il souriait aimablement à une chose que disait M. Murdoch, le tourneur en chef.

— Tu es rusée comme un renard, ajouta la vieille dame, à la fois caustique et enchantée. Quelle belle prise tu t'es trouvée !

— Vous croyez que je voulais le garder pour moi ? s'exclama Bianca en dardant vers l'indésirable un regard foudroyant.

C'était un vrai paon, dans son pantalon en satin émeraude et sa redingote de velours ivoire. Sa dentelle était plus raffinée que n'importe quel accessoire porté par les femmes qui se trouvaient dans la pièce. Sa propre robe de taffetas jaune, pourtant lumineuse et ravissante, paraissait quelconque à côté.

— Je vous assure que non. C'est uniquement un mariage de convenance, annonça-t-elle à sa tante. Je ne vois guère de différence entre lui et M. Murdoch.

Frances haussa un sourcil.

— Vraiment ?

M. Murdoch avait cinquante ans, les tempes grisonnantes, et ses mains étaient rendues calleuses par la manipulation de l'argile. C'était un tourneur talentueux, inestimable à la manufacture. Personne ne le confondrait jamais avec Maximilian St. James, beaucoup plus séduisant... et beaucoup moins utile.

— Vraiment, affirma-t-elle sans vergogne. Si vous voulez bien me pardonner, ma tante, je vois Amelia qui m'attend.

Amelia était stupéfaite, et Bianca dut recourir à une certaine licence poétique pour lui expliquer la situation. L'histoire d'amour de Cathy devint un peu plus passionnée, la cour de St. James un peu plus intéressée, les motivations de son père plus paternelles que mercantiles. Quant aux actes de Bianca...

— Tu devais vraiment l'épouser pour sauver la faïencerie ? chuchota Amelia, choquée.

— C'était la seule solution.

Bianca grignota un morceau de gâteau. C'était Cathy qui l'avait commandé, et Bianca adorait les pâtisseries. Il aurait été idiot qu'il se perde.

— Mais, Cathy... ! dit soudain Amelia en plaquant une main sur sa bouche. Cathy le sait-elle ?

Bianca hésita.

— Non. Je n'ai pas eu le temps d'y réfléchir, ni de lui écrire pour le lui annoncer : j'ai dû me décider en un tournemain.

Ce n'était pas strictement la vérité. Elle avait eu une bonne demi-heure entre le moment où son père avait cyniquement décrété qu'elle devrait prendre la place de sa sœur et épouser St. James, et le moment où M. Filpot s'était éclairci la gorge pour entamer la célébration. Cela ne lui aurait pas laissé le temps de consulter sa sœur, qui devait être déjà à mi-chemin de Wolverhampton, mais c'était suffisant pour ne pas se prêter à cette mascarade.

— Bianca, elle sera bouleversée ! Jamais elle n'aurait voulu que tu acceptes un tel sacrifice pour elle !

— Elle comprendra, déclara fermement Bianca. Et elle sera heureuse. C'est tout ce que je lui souhaite. Quant à moi, je vais exploiter au mieux la situation.

Elle baissa la voix pour ajouter :

— De toute façon... St. James ne veut pas d'un vrai mariage, tu sais.

Amelia écarquilla les yeux.

— Non ! Un garçon comme lui ?

Bianca regarda son mari, cette fripouille calculatrice. Il était parfaitement à l'aise, bavardant avec ses voisins comme s'il les avait toujours connus.

En outre, il était beaucoup trop séduisant. Bianca n'avait jamais consacré beaucoup de temps à réfléchir à l'institution du mariage, qui ne l'intéressait guère.

Mais si elle devait se laisser mettre la bague au doigt, elle s'était plutôt représentée au bras d'un homme tranquille, un peu plus âgé, beaucoup plus aimable.

Au lieu de cela, elle se trouvait liée à ce serpent excessivement charmant mais sans âme, qui s'était infiltré à Marslip dans l'intention de s'emparer de l'entreprise de son père et lui soutirer son héritage.

— Regarde-le, dit-elle doucement à son amie. C'est un dandy londonien, beau et sophistiqué, fuyant et mielleux. Que peut-il espérer dans notre contrée reculée du Staffordshire ? Est-ce un faïencier ? un tourneur ? Connaît-il quelque chose à la poterie ? Non. Il a vu une opportunité et l'a saisie, voilà tout. Cela lui était bien égal d'épouser Cathy ou moi.

Pendant qu'elle parlait, il regarda dans sa direction. Voyant qu'elle l'observait, il sourit, de son petit sourire entendu et coquin, et lui adressa une révérence.

— En es-tu si certaine ?

Amelia se rapprocha de Bianca pour lui chuchoter à l'oreille :

— Cet homme-là n'a pas l'air de prendre à la légère ce qui lui appartient.

Bianca se raidit.

— Je ne lui appartiens pas, siffla-t-elle.

— Si.

Amelia eut un hochement de tête compatissant.

— Tu es sa femme, donc son bien en vertu de la loi. Même si tu penses qu'il ne s'intéresse pas à toi, ce n'est pas une raison pour qu'il ne soit pas possessif.

Ce serait la première des notions à propos desquelles elle le détromperait. Bianca continua à le regarder sans rien laisser paraître, sa résolution affermie. M. St. James et elle allaient avoir une très franche conversation.

Elle parvint à l'éviter pendant le reste de la réception. Après le départ des invités, il disparut, ce qui fit très plaisir à Bianca jusqu'à ce qu'elle surprenne

Ellen en train de dire à la cuisinière que M. Tate voulait un repas pour lui et M. St. James au bureau. Elle se rembrunit à la pensée qu'il envahissait son atelier, mais elle ne pouvait se dérober à ses devoirs. En l'absence de Cathy, elle devait surveiller le rangement de la maison, la distribution des restes de nourriture aux familles des ouvriers, et le déménagement de ses affaires à Poplar House.

Ce fut cette pensée qui lui fit réellement prendre conscience de ce qu'elle avait fait. Poplar House avait été leur maison, avant que leur père ne fasse construire la grande bâtisse qu'était Perusia Hall. C'est là que Bianca était née et avait passé son enfance. À la mort de sa mère, son père les avait fait emménager en haut de la colline dans la nouvelle maison, bien qu'elle ne soit pas totalement terminée, et avait loué Poplar House à un cousin.

Aucun d'entre eux n'était plus retourné dans la charmante maisonnette. M. Tate préférait Perusia Hall et son allure imposante, et l'épouse du cousin, de santé fragile, ne recevait pas.

Ce jour-là, en descendant la colline jusqu'à Poplar House, Bianca songea qu'elle en était dorénavant la maîtresse ; elle y revenait en n'étant plus une enfant mais une femme mariée. Avec un sentiment de stupeur détachée, elle s'approcha de la porte bleue familière sous le toit de chaume refait à neuf. Le cousin avait déménagé six mois plus tôt, ayant économisé suffisamment pour emmener sa femme dans la ville thermale de Bath dans l'espoir de soigner sa santé. Lorsque St. James avait fait sa demande en mariage, M. Tate avait donné l'ordre qu'on nettoie Poplar House de fond en comble et qu'on procède aux réparations nécessaires afin de la préparer pour sa fille et son nouveau gendre. Cathy avait tout supervisé.

Personne n'avait imaginé que ce serait Bianca qui franchirait le seuil, le trousseau de clés à la taille.

La maison était meublée très confortablement. Et tant mieux, songea Bianca en déambulant dans les pièces qui lui paraissaient à la fois si familières et étrangères. Non seulement Cathy était douée pour arranger et décorer une maison, mais Bianca aurait été tentée de peindre la chambre de maître en noir, y compris chaque vitre des fenêtres à petits carreaux.

Au lieu de cela, elle était d'une nuance vert sauge accueillante, parfaitement complémentaire avec les tentures en lin bleu marine. Les meubles en bois brillaient et sentaient bon la cire d'abeille, et la grille de la cheminée avait été repeinte en noir. Sur le rebord de la fenêtre, un vase à deux anses accueillait un petit bouquet de marguerites.

Bianca resta un instant sur le seuil. Son regard s'attarda sur le grand lit. « Des plaisirs dont la plupart des femmes ne font que rêver », résonna la voix arrogante dans son esprit.

— Ha ! dit-elle à la pièce vide avant de refermer la porte.

Sa chambre à elle était beaucoup plus à son goût, bien qu'elle soit attenante à celle de St. James. Cela avait été celle de leur mère, et le seul fait d'y pénétrer allégea son pas. Que de joyeux souvenirs ici, d'histoires écoutées aux pieds de leur mère... Elle se revit réviser ses leçons pendant que maman cousait. Lui montrer une broderie, fière comme un coq de ses travaux d'aiguille alors qu'elle détestait la broderie...

Bianca avait toujours essayé d'effacer les souvenirs tristes. Si elle avait passé tant de temps ici en compagnie de sa mère, c'était à cause de sa santé fragile. Les innombrables vases remplis de compositions florales, c'était parce que maman ne pouvait plus sortir. Il y avait toujours des mouchoirs à sa disposition dans toute la chambre, pour le cas où une quinte de toux la saisirait.

Cathy avait visiblement souhaité bannir ces souvenirs également. Elle avait choisi un jaune tendre pour les murs, des tissus d'ameublement en brocart et un couvre-lit vert pâle. Les fenêtres étaient orientées vers l'ouest, et le soleil de l'après-midi donnait à la chambre l'éclat d'une journée de printemps après la pluie.

Jennie avait déjà défait ses bagages. Bianca s'était changée un peu plus tôt et avait enfilé une de ses robes de jour en coton, sur laquelle elle avait noué un tablier abondamment reprisé. Elle brossa ses boucles et attacha ses cheveux pour en faire le chignon torsadé habituel. En se penchant vers le petit miroir biseauté pour le fixer, elle sourit à son reflet.

Voilà. C'était mieux.

Des domestiques apportèrent d'autres choses de Perusia. Elle supervisa, organisa et aménagea le reste de la maison. Elle avait du mal à ne pas penser à sa mère ici, alors qu'elle leur demandait de pousser le canapé plus près des fenêtres, à l'endroit où maman s'asseyait l'été avec son ouvrage.

C'était *sa* maison, décida-t-elle alors. Cela avait été sa maison d'enfance, et elle en chérissait les souvenirs. Bianca devrait peut-être la partager avec St. James, mais elle ne serait jamais à lui.

7

Max rentra chez lui dans le noir, une lanterne à la main. Un sentier tapissé de gravillons descendait la colline en pente douce vers la petite ferme à colombages, juste assez éloignée de Perusia. Poplar House n'était pas aussi imposante que Perusia Hall, mais c'était la plus jolie maison qu'il ait jamais possédée. La plus jolie, et la première. Tate lui avait offert l'acte de propriété cet après-midi-là en cadeau de mariage.

Il n'aimait pas particulièrement les maisons anciennes, mais il était prêt à faire une exception.

La porte massive était peinte d'un bleu très gai, note de couleur surprenante qui se détachait sur les pans de bois sombre et les murs en crépi blanc. Un long banc en chêne était posé à côté de l'entrée. Son assise creusée témoignait des générations qui s'étaient installées là pour fumer une pipe et regarder les enfants courir dans l'herbe. Max entra, souriant à cette perspective.

La porte d'entrée donnait sur une salle à vivre longue et étroite. À droite, une cheminée trônait en plein milieu d'un mur en pierre. Les dernières braises d'un feu chassaient la fraîcheur de cette fin de printemps. Par une porte entrouverte à l'autre bout de la pièce, il entendit des voix et des rires assourdis, couvrant des bruits de casseroles en train d'être récurées. Le parfum délicieux d'un pain sorti du four flottait dans l'air. Tout cela donnait l'impression d'un… foyer.

Lentement, Max posa la lanterne sur le manteau de la cheminée.

Sur sa gauche, il trouva le salon. Il était plutôt informel, confortable et douillet. Une rangée de fenêtres hautes ouvraient sur la colline qu'il venait de descendre. Les bougies dans les renfoncements muraux étaient éteintes, mais les rideaux en lin ouverts laissaient entrer le clair de lune. Deux fauteuils à oreilles étaient disposés devant la cheminée, et un long canapé sous les fenêtres était garni d'une multitude de coussins moelleux. Sur une table ronde, un gros bouquet de fleurs trônait dans un vase.

Max observa la scène en silence. Comme il était facile de s'imaginer devant cette cheminée, les pieds sur le pare-feu et un verre de bordeaux sur la table près de lui ! Il referma la porte.

Il n'alla pas jusqu'au bout de la salle, où les domestiques s'affairaient encore dans la salle à manger et la cuisine, et monta l'escalier coudé situé derrière la porte principale. Tate l'avait prévenu que la maison était vieille ; Max évita de justesse les poutres au-dessus de sa tête tandis qu'il grimpait les marches.

Devant lui, un large couloir était flanqué de deux portes sur sa gauche et deux autres sur sa droite. Une massive commode trônait entre les portes de gauche, sous le grand portrait d'un membre de la famille datant de plusieurs décennies. Pendant qu'il l'observait, une bonne surgit à l'autre bout du couloir, un broc à la main. Elle poussa un petit cri surpris et fit une rapide courbette. Max hocha la tête, et elle disparut précipitamment derrière la porte de droite la plus proche.

Un filet de lumière passait dessous, sur le parquet sombre. Des voix de femmes résonnaient, parmi lesquelles Max reconnut celle de Bianca.

Elle se préparait à se coucher dans sa chambre, et les pieds de Max le guidèrent vers elle sans même que son cerveau ait quelque chose à y voir.

Assise devant sa coiffeuse, dos à lui, elle passait une brosse dans ses cheveux. La bonne vidait le broc dans la cuvette, dans le coin, en racontant une histoire à propos d'un cochon d'une voix animée.

Max croisa les bras et appuya son épaule contre l'encadrement de la porte. Bianca souriait de l'histoire idiote tout en se laissant coiffer ; il le voyait dans le petit miroir, devant elle. À la lueur de la lampe posée sur la coiffeuse, ses cheveux jetaient des reflets ambrés. Chaque coup de brosse faisait sautiller les longues boucles souples.

Sa maison. Sa femme.

À cet instant, elle se tourna vers la bonne, l'aperçut, et fit aussitôt exploser cette pensée à la façon d'une bulle de savon. Elle se raidit sur sa chaise et lui adressa un regard glacial.

— Désirez-vous quelque chose, monsieur St. James ?

— Vous souhaiter une bonne soirée, ma chère épouse, répondit-il.

La bonne pivota pour le dévisager, le broc entre les mains, la bouche ouverte.

— Vous pouvez partir, lui dit-il en s'écartant pour la laisser sortir, ce qu'elle fit à petits pas rapides.

Il referma la porte derrière elle et se tourna vers sa femme.

Il avait passé l'après-midi et la soirée avec Tate, dans les bureaux de l'usine, à vérifier le contrat de mariage et régler les questions afférentes. Une partie de son cerveau, cependant, avait réfléchi toute la journée à la question de Bianca. Ils étaient partis du mauvais pied, et Max était convaincu qu'il devait faire le premier pas s'il voulait que leur relation s'améliore. Mais il devinait aussi que toute tentative de produire bonne impression n'inspirerait que du mépris, du moins au début.

Tout comme, il fallait l'admettre, le désir physique qui le dévorait. Il avait envie d'elle, et voulait que ce soit réciproque.

Bianca attacha un ruban de lin à l'extrémité de sa tresse et le noua.

— Ce n'était pas la peine de faire peur à Jennie.

— Je lui ai fait peur ? dit-il en feignant la surprise. Si c'est le cas, elle est très farouche.

— Aucun d'entre nous ici ne vous connaît.

Elle se leva et resserra les nœuds de sa robe de chambre.

— Et vous ne nous connaissez pas non plus.

— En effet. Cela viendra.

Il croisa les mains dans son dos et avança lentement vers elle. Bianca soutint son regard, parfaitement calme, vaguement condescendante.

— Après tout, ajouta-t-il, nous sommes mariés jusqu'à ce que la mort nous sépare.

— Hmm.

Elle lui adressa un sourire doucereux, et pendant un instant elle fit sa coquette, espiègle. Le sang-froid de Max s'étiola. Elle était presque ensorcelante, avec cette expression.

— Au moins, commenta-t-elle, il y a une fin en perspective.

Il rit.

— Je misais sur une bonne quarantaine d'années.

— Et j'ai déjà commencé le compte à rebours, répliqua-t-elle comme si elle était frappée de ravissement à cette idée. Que vouliez-vous ?

Il baissa les yeux.

— Ce que tout mari peut vouloir de sa nouvelle femme.

Nonchalamment, il prit l'un des petits flacons délicats posés sur la coiffeuse et l'ouvrit en précisant :

— Faire plus ample connaissance.

Elle produisit un bruit ressemblant à un ricanement.

— Ce ne sera pas difficile, puisque nous partons de zéro.

— Et cependant, nous ne sommes pas non plus de parfaits inconnus.

Le petit pot avait la forme d'une prune ; d'un rose violacé, il était orné de deux minuscules feuilles sur une tige qui formaient la poignée permettant de soulever le couvercle. C'était un objet extrêmement délicat, et Max retira le couvercle. Il était d'un vert translucide lorsqu'on le tenait devant la lueur de la bougie. Le pot lui-même était fait de la porcelaine la plus fine, et recélait un baume odorant. Il huma un parfum d'amande douce, de miel et peut-être de lavande.

— Qu'est-ce que c'est ?

— Un remède contre les démangeaisons désagréables dans des parties sensibles, répondit-elle d'un ton égal. En avez-vous besoin ?

Max releva vivement les yeux, stupéfait.

— C'est un baume apaisant pour mes mains, dit-elle en esquissant un sourire mutin, visiblement contente de sa petite blague. La terre cuite peut être très abrasive.

— Je comprends.

Il examina le petit pot. Il était aussi délicat et léger qu'une coquille d'œuf. Il portait l'estampille « Tate » sur le côté, ou plus exactement une variante. Pas l'habituel *TATE* gravé en caractères majuscules, mais le même nom en écriture cursive, enfermé dans une rosette. Max devina que c'était le poinçon personnel de Bianca. Il reposa le pot de baume.

— Vous travaillez dans les bureaux de votre père.

Elle pinça les lèvres.

— Je travaille dans mon propre atelier. Je suis une Tate également, vous savez.

Max inclina la tête.

— Plus maintenant.

À ces mots, un éclair de colère brilla dans ses yeux, et elle passa vivement devant lui.

— Ne soyez pas si sûr de vous.

Il se contenta de sourire.

— Puisque vous êtes ici, dit-elle, autant vous asseoir.

Elle s'installa dans le fauteuil situé près de la fenêtre et lui montra l'autre du menton.

— J'ai beaucoup de choses à vous apprendre.

« Je pourrais en dire autant », songea-t-il en acceptant son invitation.

— Devrais-je aller chercher une plume et du papier pour prendre des notes ?

— Uniquement si vous êtes trop simple d'esprit pour vous le rappeler, dit-elle avant de lui couler un regard sceptique et d'ajouter : Finalement, oui, vous devriez peut-être.

— Pourquoi me prenez-vous pour un simple d'esprit ?

Il s'adossa au dossier et croisa les jambes. Max était futilement fier de ses jambes, et il sourit de la voir regarder brièvement ses mollets dans leurs bas de soie.

— Voyons... dit-elle.

Elle inclina la tête de côté et commença à énumérer sur ses doigts :

— Vous avez froidement demandé en mariage une femme que vous ne connaissiez pas. Vous avez épousé une femme que vous connaissiez encore moins, après avoir réfléchi à la question pendant quelques minutes. Vous...

— Et combien de temps, je vous prie, avez-vous réfléchi vous-même à ladite question ? demanda-t-il de sa voix traînante.

Bianca comprit aussitôt ce qu'il voulait dire, et ses yeux gris lancèrent un éclat métallique.

— Êtes-vous en train de suggérer que j'ai planifié de vous épouser ?

Max haussa une épaule.

— On ne peut s'empêcher de l'envisager, vous savez. Peut-être que cette histoire de fugue de votre sœur avec un autre homme vous a bien arrangée. Peut-être la jalousiez-vous, et avez-vous mijoté de prendre sa place.

— Grands dieux, pour quelle raison ferais je une chose pareille ? s'exclama-t-elle avec horreur.

Max tendit les deux bras, comme pour exhiber sa personne, et lui adressa un sourire engageant.

Il ne pensait pas que Bianca avait orchestré leur mariage. Il ne pensait pas vraiment que Tate l'avait fait non plus : il avait fulminé tout l'après-midi. Mais le changement de fiancée s'était produit à une vitesse stupéfiante, et il avait fallu un joli pot-de-vin pour convaincre le pasteur de lire un autre nom que celui initialement prévu et corriger la licence de mariage. Tout cela était louche, et si Max ne regrettait rien – il perdait rarement du temps en remords –, cela l'intriguait de savoir comment elle voyait les choses.

Bianca écarquilla les yeux, avant de froncer les sourcils avec indignation.

— Vous ! s'exclama-t-elle. *Vous ?* Vous pensez que je vous voulais pour mari ?

— Il est remarquable, dit-il d'une voix grave, que vous m'ayez mis la bague au doigt alors que tant d'autres femmes ont échoué.

Elle rougit violemment.

— Comme je regrette qu'aucune d'elles n'y soit parvenue !

Max haussa une épaule.

— C'est dans votre intérêt qu'elles ne l'aient pas fait.

Il ne savait pas vraiment pourquoi il éprouvait le besoin de la faire enrager. C'était peut-être une grossière erreur. Parfois, il valait mieux laisser les gens évacuer leur colère et vider leur sac, pour ensuite gagner leurs bonnes grâces.

Mais avec elle, il en était incapable. En dépit des circonstances qui avaient présidé à leur mariage, Bianca était sa femme, sa compagne de vie. Elle piquait sa curiosité, et chaque fois qu'il la regardait, il était traversé par cette fâcheuse attraction.

Mais surtout, il avait l'impression que s'il la laissait prendre le dessus sur lui, il n'avait aucune chance de gagner un jour son respect.

— Mon intérêt ! s'écria-t-elle en le fixant comme s'il était devenu fou. De toutes les...

— Vous savez, j'avais pris soin de me renseigner sur le genre d'épouse que ferait votre sœur, dit-il avec calme. Mais je n'ai posé aucune question sur vous. Peut-être voulez-vous bien me renseigner ?

— Peu importe, répliqua-t-elle du même ton insouciant après une brève pause. Nous ne sommes pas vraiment mari et femme, n'est-ce pas ?

— Détrompez-vous.

Il croisa les mains sur son ventre et coula un regard vers le lit.

— Nous sommes tout à fait vraiment mari et femme.

Son visage prit une jolie teinte rose.

— Foutaises.

Il haussa les sourcils, mi-surpris, mi-amusé.

— Je confirme, madame.

— Vous !

Elle bondit sur ses pieds et sa robe de chambre tournoya autour de ses jambes.

— *Vous !* Depuis le début, il s'agit de ce que *vous* dites, de ce que *vous* voulez. Eh bien permettez-moi de vous apprendre, monsieur, que ça ne se passera pas ainsi.

Elle marcha de long en large devant la cheminée en le regardant, les yeux plissés.

— Autant vous habituer à quelques vérités, monsieur St. James. Je suis peut-être votre femme devant la loi, mais je ne vous appartiens pas. Ce mariage était, et reste, une simple transaction commerciale. Mon père a commis la folie de faire de vous un associé dans la faïencerie, mais il ne vous a certainement pas dit ce que son succès doit à mes efforts. Efforts que j'ai l'intention de poursuivre. Et si vous avez la moitié d'un cerveau à l'intérieur du crâne, vous ne discuterez pas.

— Je vois, murmura-t-il.

— En outre, ceci est ma chambre, et je vous remercierais de ne pas entrer ici comme si vous en étiez propriétaire.

Il en était précisément propriétaire. Max garda le silence.

— Et enfin...

Elle se rassit et se pencha en avant pour le fixer :

— ... lorsque ma sœur reviendra à Marslip, vous ne lui direz pas un mot de notre discussion à l'église.

— Notre discussion à l'église...

Il feignit de réfléchir.

— Je ne me rappelle aucune discussion. Votre père m'a dit qu'elle était partie, vous m'avez assuré qu'elle s'était enfuie pour vivre une grande histoire d'amour, point final.

— Vous oubliez votre empressement insensible à épouser une parfaite inconnue au pied levé, dit-elle.

Lentement, Max se pencha en avant jusqu'à ce que leurs visages soient tellement proches qu'il aurait pu loucher. Il vit les paillettes bleues dans ses yeux, et ce maudit grain de beauté hypnotique sur sa poitrine. Son agitation avait malmené sa robe de chambre, qui bâillait juste assez pour qu'il l'aperçoive.

— L'était-ce ? demanda-t-il doucement.

— Quoi donc ? s'étonna-t-elle.

Cette fois, il l'examina ouvertement, sans cacher son admiration pour sa peau rose, sa poitrine généreuse, ses longues jambes et son déshabillé. Que Dieu lui vienne en aide ! Pourquoi une telle fascination pour les femmes de tempérament et de passion ? Il avait essayé de choisir une jeune fille tranquille et discrète.

Et au lieu de cela...

— Était-ce « insensible » ? chuchota-t-il. En êtes-vous certaine, madame St. James ?

Elle cligna des yeux.

— De toute évidence...

— Tss. Allons... Je ne suis pas aussi simplet que vous le souhaiteriez.

Tandis qu'elle le dévisageait avec stupeur, il se leva tout en s'inclinant d'un même mouvement, afin que leurs visages restent au même niveau.

— À demain.

Il se redressa sans hâte. Il y avait une porte à côté du lit. Tate lui avait fait visiter la maison, et Max se rappelait vaguement que cette porte donnait sur celle de la chambre de maître.

— Nous communiquons par là, je suppose ?

Il ouvrit la porte et lui adressa un dernier sourire paresseux.

— Comme c'est commode...

— Sortez !

Elle prit un coussin sur sa chaise et le lui jeta à la tête. Max le rattrapa et le lança sur le lit, avant de disparaître. De l'autre côté de la porte, il attendit, et entendit son exclamation de dégoût lorsqu'elle se rendit compte qu'il n'y avait pas de verrou.

— Bonne nuit, très chère ! cria-t-il.

Seul le silence lui répondit.

8

Bianca se coucha furieuse, mais le lendemain matin, elle avait recouvré son calme et son esprit pratique.

St. James ne courberait pas l'échine. Soit. Elle avait été sotte de l'espérer. Cet homme ne pouvait que lui causer des ennuis et, bien pire, il était intelligent et rusé. Au vu de ce qu'il avait dit la veille au soir, il visait le long terme.

— Quarante ans, tu parles, marmonna-t-elle en attachant son jupon.

Avec ses sourires sournois et cette façon insupportable de suggérer qu'elle devait se pâmer parce qu'il était terriblement séduisant, il aurait de la chance qu'elle ne l'empoisonne pas dans les quarante jours.

Après avoir mis ses chaussures, elle fut tentée de se préparer bruyamment pour troubler son sommeil. Aucun son ne provenait de l'autre chambre, et elle l'imagina plaquant un oreiller sur sa tête pour étouffer les bruits de sa toilette. Finalement elle se ravisa, songeant qu'il valait mieux ne pas lui faire croire qu'elle pensait à lui. Elle jeta un dernier regard mécontent à la porte de communication avant de sortir. Peut-être l'un des ouvriers de l'usine pourrait-il venir la clouer définitivement.

Elle descendit en tapotant machinalement le plafond bas à l'endroit où l'escalier décrivait un coude. Lorsque Cathy et elle étaient petites, elles sautaient pour essayer de toucher ce morceau de plafond. Un jour, emportée par son élan, elle avait dévalé le reste des marches cul par-dessus tête jusqu'au rez-de-chaussée. Cathy s'était précipitée en appelant leur mère. Maman l'avait prise dans ses bras et embrassée, et l'avait obligée à garder le lit pendant trois jours, le temps que son cerveau se remette en place et que les ecchymoses s'estompent. Mais elle était restée à côté de son lit pendant ces trois jours pour lui lire des histoires et lui chanter des chansons.

Elle pénétra dans la salle à manger. Contiguë à la cuisine, elle était sans prétention et, contrairement à celle de Perusia Hall avec ses hautes fenêtres et ses chandeliers en argent, tout aussi vieillotte et douillette que le reste de la maison, avec son plancher légèrement en pente et ses murs inégaux, et la cheminée noircie par des années de feu de bois. Elle était encore meublée presque comme du temps où Bianca était petite. Aucun meuble n'avait été assez élégant pour la somptueuse maison neuve de M. Tate. Ni le vaisselier en noyer avec son présentoir à assiettes, ni la table ovale ordinaire et ses chaises en bois à dos droit, et encore moins la banquette à haut dossier devant la cheminée. Lorsqu'elle avait fait le tour de la maison, la veille, Bianca avait trouvé beaucoup de choses fidèles au souvenir qu'elle en gardait.

Aujourd'hui cependant, en ouvrant la porte de la pièce familière, elle s'arrêta net. *Il* était assis à table, et apparemment depuis un bon moment.

À son entrée, il releva les yeux des papiers qu'il examinait, par-dessus les lunettes rondes perchées sur son nez.

— Bonjour, ma chère, dit-il avec un petit sourire. Mary, apportez du chocolat pour Mme St. James.

La bonne jeta un regard nerveux vers Bianca, mais elle hocha la tête et disparut.

Bianca s'obligea à respirer profondément. Peu importait ce qu'il disait ou faisait. Elle s'assit aussi loin de lui que possible. Malheureusement, la table était trop petite, bien plus petite que dans son souvenir.

— Vous êtes matinal, remarqua-t-elle froidement tandis qu'il continuait à l'observer avec ce petit sourire entendu.

— Toujours.

Il but une gorgée de café. En voyant son assiette, Bianca constata qu'il avait déjà été servi et avait terminé. Elle n'avait pas entendu un bruit en provenance de sa chambre, et se demanda s'il était déjà en bas avant même qu'elle ne se réveille.

— C'est merveilleux que nous ayons cela en commun, ajouta-t-il.

— Pas si merveilleux, répliqua-t-elle. Chaque matin, papa sonne le clairon pour que les ouvriers commencent à travailler à sept heures. Tout le monde se lève tôt à Marslip.

— Ah. Dans ce cas, je me fondrai dans la masse.

— Tel un putois parmi les agneaux.

Elle sourit en voyant frémir ses sourcils, et étala du beurre sur un petit pain rond. Mary apporta la chocolatière d'où s'échappaient des volutes de fumée et la posa devant elle. Bianca inspira avec gourmandise. Elle ne vivait que pour son chocolat du matin.

St. James s'était remis à sa lecture. Bianca mangea en silence, essayant de savourer le chocolat sans le regarder. Au lieu de ses habits du dimanche, il portait une simple redingote bleu marine sur un gilet gris, et un pantalon marron foncé. C'étaient des vêtements de tous les jours, en lin et en laine, et non en satin et en velours. Cela aurait dû le rendre plus ordinaire mais elle devait admettre la fâcheuse évidence : ce n'était pas le cas.

Il avait attaché sa chevelure noire, mais pas aussi soigneusement que la veille. Comme s'il avait réuni ses cheveux d'une main pour les nouer à la hâte. Une mèche folle bouclait juste derrière son oreille. Bianca la regarda avec mécontentement, non seulement parce qu'elle n'était pas à sa place mais parce qu'elle était absolument fascinante.

Pendant qu'elle versait les dernières gouttes de chocolat dans sa tasse, il tourna une page de son document et elle reconnut l'écriture. Elle reposa la chocolatière dans un tintement.

— Que lisez-vous ?

— Le contrat de Perusia avec Albert Brimley.

Elle fit la moue. M. Brimley était propriétaire de l'entrepôt londonien dans lequel son père livrait une partie de ses plus belles pièces.

— Pourquoi ?

St. James lui jeta un coup d'œil par-dessus ses lunettes.

— Il faut bien que quelqu'un le fasse. Est-ce d'usage, cette clause sur le bris de marchandise ?

— Une certaine proportion de casse est inévitable, étant donné l'état des routes, de sorte que oui, je présume que c'est d'usage.

— Vous présumez, répéta-t-il dans sa barbe. Les routes sont en mauvais état, d'accord, mais ce contrat autorise Brimley à prétendre que jusqu'à un cinquième de chaque cargaison arrive endommagé.

Un cinquième ? Cela lui semblait excessif. Mais Bianca était forcée de reconnaître, même si elle se refusait à le formuler à voix haute, qu'elle ignorait si c'était raisonnable ou non. Elle ne s'était jamais intéressée particulièrement aux clauses des contrats, uniquement au choix du marchand avec lequel ils souhaitaient traiter. Il lui semblait que M. Brimley était un honnête homme.

— Qu'est-ce qui vous a donné l'idée de lire ce contrat ? demanda-t-elle.

Maximilian St. James, dandy londonien, ne pouvait pas s'y connaître mieux qu'elle en matière d'expédition de porcelaine.

— Je suis en train de tous les lire, répondit-il en reposant les papiers puis en retirant ses lunettes. Y en a-t-il que vous me conseillez d'examiner plus attentivement ?

— Non, répondit-elle avec un petit rire stupéfait. Pourquoi le voudrais-je ?

Il sourit et posa sur elle ses yeux noirs.

— Pourquoi pas ?

Le sourire de Bianca s'effaça lorsqu'elle entendit son ton.

— La faïencerie Perusia compte beaucoup à vos yeux, n'est-ce pas ? ajouta-t-il.

— Bien entendu !

— Dans ce cas, vous devriez connaître le contenu de vos contrats.

— Je le connais, dans l'ensemble.

Il haussa un sourcil.

— Et considérez-vous *dans l'ensemble* que vos produits sont de grande qualité ?

Elle rougit.

— Lisez tous les contrats que vous voulez, si ça vous fait plaisir. Mais ils sont déjà signés, et papa n'est pas homme à revenir sur sa parole. Ces hommes sont ses amis, pas seulement des partenaires commerciaux.

Il sourit de nouveau. Maudite soit cette fossette au creux de sa joue !

— Jamais je n'ai dit qu'il devait revenir sur sa parole. Rien de ce que j'ai vu n'est trop choquant.

— Dans ce cas, pourquoi prendre cette peine ? objecta Bianca en buvant la fin de son chocolat. Vous êtes spécialiste en contrats d'expédition ? J'ai du mal à le croire.

— J'ai étudié le droit pendant un an, répondit-il, à son immense surprise. Sans être spécialiste, je ne suis pas ignare.

— Vous êtes donc avoué ?

Il replia ses lunettes et les rangea dans la poche de son gilet avant de répondre :

— Non.

Bianca attendit, mais il ne dit rien de plus et elle refusa de lui manifester la moindre forme d'intérêt.

Le clairon sonna au loin, et elle attrapa un petit pain dans le panier sur la table.

— Je vous souhaite une excellente journée à lire ces contrats, lança-t-elle en se levant et en se dirigeant vers la porte.

Elle avait dit cela pour le dévaloriser : il allait rester enfermé dans la maison à lire, pendant qu'elle accomplirait des choses réellement importantes pour l'usine.

À sa grande surprise, il se leva également, rassembla ses papiers d'une main et avala le fond de sa tasse d'un coup de poignet.

— Voulez-vous que nous allions à la manufacture ensemble ?

Il affichait encore un de ses sourires coquins.

— Vous n'avez aucun besoin d'y aller, répliqua Bianca.

Mais déjà, il était à la porte et l'attendait, le bras tendu.

Elle ne le prit pas. Elle franchit le seuil et enfouit son petit pain dans sa poche pour plus tard. St. James la suivit sans un mot.

9

Ils descendirent la colline. Le soleil commençait à percer à travers les arbres, et la rosée matinale mouillait ses jupes et ses jupons. Bianca se promit de demander à son père de faire élargir le sentier, afin qu'elle n'arrive pas chaque jour mouillée jusqu'aux genoux.

Comme toujours, lorsque Bianca franchissait la crête de la colline et surplombait Perusia, sa poitrine se gonflait d'orgueil et de bonheur. Ce n'était ni un palais ni un manoir ducal, et cela n'impressionnerait personne qui attendrait du faste. Mais c'était un petit village industrieux ; des ouvriers s'affairaient dans les usines, le canal étincelait sous le soleil levant, juste derrière, émaillé de barges avec leurs bateliers qui livraient le charbon et préparaient d'autres péniches à recevoir les caisses de marchandise.

L'effervescence régnait également dans les cours des fabriques, avec les ouvriers qui poussaient des brouettes de pièces à destination des fourneaux, de l'atelier de peinture ou de vernissage, ou de la salle de séchage. Elle apercevait à travers les bosquets de bouleaux quelques employés qui pressaient le pas, arrivant de leurs maisonnettes ou de leurs chambres louées. Tout était propre, bien tenu et prospère.

Elle avait dû émettre un soupir d'aise car St. James vint à côté d'elle.

— La marche vous a-t-elle fatiguée ?

Bianca s'offusqua :

— Cette petite trotte ? Bien sûr que non. Mais si vous l'êtes, s'empressa-t-elle d'ajouter, vous pouvez vous arrêter un moment à Perusia Hall. La gouvernante, Mme Hickson, s'occupera de vous.

Il esquissa un sourire.

— J'y songerai, le cas échéant.

Et il resta à côté d'elle pour continuer à descendre.

Ayant passé la haute grille de la manufacture, Bianca tourna à droite vers son atelier. Il se trouvait dans l'aile sud où la lumière était meilleure, près des vernisseurs et des peintres. À sa surprise, St. James lui emboîta le pas.

— Le bureau de papa se trouve par là, dit-elle en indiquant l'entrée du bloc central.

— Je sais, répondit-il avec calme.

Bianca s'arrêta.

— C'est là que vous devriez aller, monsieur. Au bureau, lire vos contrats et discuter affaires avec mon père.

— C'est ce que nous avons fait hier. J'aimerais voir le reste de l'usine. Accepteriez-vous de me la faire visiter ?

Elle plissa les yeux.

— Je n'ai pas le temps. Si vous entrez là-bas, vous trouverez le bureau de Ned. C'est lui qui supervise l'ensemble des locaux : il sera heureux de vous les montrer.

Son cousin allait soupirer à la perspective d'une mission aussi fastidieuse alors qu'il avait autre chose à faire, mais Bianca le sacrifia sans hésiter.

— Oui, Ned est un élément capital de l'entreprise, mais je m'en voudrais de l'arracher à ses devoirs dès le matin.

St. James leva les yeux vers les bureaux, sourit soudain et s'inclina légèrement. Suivant son regard,

Bianca vit que son père les observait. Lorsqu'il leva une main pour les saluer, elle lui tourna le dos. Elle ne lui avait pas pardonné la scène de la sacristie.

Sans ajouter un mot, elle se dirigea à grandes enjambées vers son atelier. Elle avait du travail. Elle ouvrit la porte avec la clé accrochée à une fine chaîne autour de son cou et entra.

Elle prit une profonde inspiration. La pièce sentait l'alcool de bois et l'émail, ajoutés à de faibles effluves de térébenthine, mais c'était son espace, et il était exactement tel qu'elle l'avait quitté avant d'être accaparée par les diversions matrimoniales.

C'est alors que son mari pénétra dans la pièce derrière elle, et ce moment de paix fut soufflé comme la flamme d'une bougie.

— C'est votre atelier, j'imagine.

— Évidemment.

Bianca décrocha l'épais tablier de travail de la patère derrière la porte, et le noua autour de sa taille.

— Je préfère travailler dans le calme, ajouta-t-elle.

Il sourit.

— Bien sûr. Je ne vous dérangerai pas.

Il semblait déterminé à ne pas la quitter d'une semelle. Fort bien. À sa guise. Qu'il la regarde l'ignorer toute la journée. Avec un peu de chance, il mourrait d'ennui en moins d'une heure et s'en irait.

Il s'installa sur la chaise située à côté de son établi et se replongea dans ses contrats. Bianca s'apprêta à protester, mais elle relâcha son souffle silencieusement. Cela lui était égal. Peu importait où il s'asseyait : elle se désintéresserait de lui.

Elle essaya. Elle essaya de tout son cœur. Assise sur son tabouret, elle étala ses cahiers, consulta ses notes pour se rappeler quels progrès elle avait effectués la semaine précédente. Le vernis rouge rubis lui donnait du fil à retordre, trop foncé pour son goût. Elle aurait voulu qu'il ait la couleur des fraises mûres, et non celle d'un vin de Bourgogne.

St. James tourna une page. Dans le silence absolu, cela parut bruyant. Bianca émit un reniflement impatient.

— Je vous demande pardon, ma chère, murmura-t-il.

Elle essaya de concentrer son attention sur la formule. Elle touchait au but. Peut-être fallait-il un peu plus de potasse ? un peu moins d'alun ? Elle sortit son mortier et son pilon pour écraser une nouvelle préparation qu'elle sélectionna dans les bocaux de minéraux alignés sur l'étagère, au-dessus de sa tête.

Quelqu'un frappa à la porte, et Billy passa la tête à l'intérieur. Âgé de douze ans, il était apprenti dans l'atelier de cuisson.

— Voilà d'autres échantillons pour vous, madame.

Bianca abandonna le mortier.

— Entre, montre-moi ça ! Le rouge s'est-il éclairci ?

Billy haussa les épaules en lui apportant un plateau de tuiles.

— Un peu.

Elles avaient été cuites trois jours plus tôt et étaient maintenant suffisamment refroidies pour qu'elle les examine.

Bianca se pencha et inspecta chaque échantillon.

— Celle-ci n'est pas mal... Celle-là est presque orange, par contre. Que s'est-il passé ? J'ai appliqué la même préparation sur toutes ces terres.

— Elle était peut-être plus loin du centre du four, madame.

Billy s'éclaircit la gorge et ajouta :

— Bonjour, monsieur.

— Bonjour, dit St. James aimablement. Billy, c'est ça ?

— Oui, monsieur.

Le garçon coula un regard nerveux en direction de Bianca.

— Billy Tucker, monsieur. Mon père travaille dans l'atelier de moulage.

— Je crois avoir fait sa connaissance hier. C'est le grand monsieur qui a les cheveux blonds ? demanda St. James, comme s'il avait déjà rencontré tous les ouvriers de Perusia et retenu leurs noms.

Billy retrouva le sourire.

— C'est ça, monsieur ! Il est très grand. Maman dit que je serai grand comme lui...

Sa voix s'éteignit tandis que Bianca relevait les yeux de ses échantillons.

— Ça ne vous plaît pas, alors ?

— Nous approchons du but, répondit-elle. Comment va ton papa, Billy ? A-t-il toujours mal aux mains ?

— Non, madame. Ce baume que vous lui avez donné lui a fait beaucoup de bien.

Le visage de Bianca s'illumina.

— Tant mieux ! J'espère que ta mère est rassurée.

Mme Tucker avait eu un bébé quelques mois plus tôt. Si les mains de son mari étaient trop endolories pour qu'il travaille, ils se seraient retrouvés sans revenus.

Billy hocha la tête.

— Oui, madame.

— Ceux-là sont bien. Le reste est à mettre à la poubelle.

Bianca retourna les tuiles pour voir ce qu'elle avait inscrit au dos afin d'être certaine d'utiliser la bonne formule. Billy reprit le plateau et sortit en refermant la porte derrière lui.

Elle prit des notes en silence pendant un moment, jusqu'à ce qu'elle sente sa nuque la chatouiller. St. James l'observait.

— Qu'y a-t-il ? demanda-t-elle d'un ton cassant.

— Comment formulez-vous les vernis ?

— En analysant scrupuleusement les propriétés des minéraux, avec un peu d'intuition et au prix d'innombrables essais, rétorqua-t-elle sans relever les yeux.

— Très impressionnant, répondit-il simplement.

Elle le regarda à la dérobée. Il tenait une de ses tuiles. Il surprit son coup d'œil et la reposa.

— Excessivement impressionnant.

Bianca se remit au travail en se répétant qu'elle le détestait. Il n'avait pas la moindre idée de ce qu'elle faisait. Trouver cela impressionnant n'était qu'une flatterie de sa part.

Quand elle lui jeta un autre coup d'œil, il était à nouveau absorbé par les contrats et tournait les pages silencieusement.

— Vous seriez plus à l'aise pour lire dans le bureau de mon père, ne put-elle s'empêcher de murmurer.

— Détrompez-vous. Le vacarme des ateliers est très dérangeant.

— Vous pouvez lui demander de fermer les fenêtres.

M. Tate adorait pouvoir surveiller tout l'atelier de son bureau, mais même lui reconnaissait parfois que les tours et autres machines étaient bruyants.

— Je suis très bien, ici, répondit St. James. Mais j'apprécie que vous vous inquiétiez si gentiment de mon confort.

— N'est-ce pas naturel ?

Elle consulta ses notes et ajouta un gramme de soude à son mélange.

— Étant votre femme, j'insiste pour que vous vous installiez dans un endroit plus raffiné qui convient mieux à un gentilhomme ayant jadis étudié le droit.

Elle avait ponctué avec emphase le mot « femme ».

— Ma chère, pas même un régiment d'ouvriers martelant du fer ne me séparerait de vous, répondit-il d'une voix veloutée.

Elle imagina le faire fuir en le pourchassant avec la solide pince qui servait à soulever les objets du four à céramique. Cela la ragaillardit suffisamment pour qu'elle continue à travailler, mais pas tout à fait assez pour qu'elle parvienne à oublier sa présence.

Et c'était ce dont elle avait besoin à tout prix. Cet homme avait déjà accaparé beaucoup trop son attention, et maintenant il l'empêchait de se concentrer en restant assis là avec ses jambes élégantes croisées et ses lunettes sur son nez. Comment pouvait-il être encore plus séduisant avec des lunettes, au lieu de ressembler à un myope ahuri ?

Elle apercevait une de ses jambes au coin de son angle de vision. Il avait des mollets bien galbés. Bianca était parfaitement capable de remarquer une jambe musclée chez un homme, mais auparavant cela n'avait suscité chez elle qu'une vague curiosité, tout au plus.

Mais cet homme… son *mari* ! Tout le monde s'attendait à ce qu'elle couche avec lui.

La veille, elle avait essayé de ne pas regarder ses jambes, ni aucune partie de lui au demeurant, mais il semblait déterminé à attirer son attention. Même dans ses vêtements sobres et ordinaires, avec des lunettes, en train de lire un contrat. Il savait de toute évidence qu'il était bel homme. Bianca était éminemment agacée de devoir l'admettre.

Elle déploya de vaillants efforts, mais finit par craquer. Au bout d'une heure, elle renonça, jeta son pilon et descendit de son tabouret.

— Très bien, je vais vous faire visiter l'usine. Après cela, j'aimerais avoir l'atelier à moi.

Il retira ses lunettes et l'étudia.

— Je vous trouble ?

— Je préfère travailler tranquille, déclara-t-elle. Vous me troublez tout autant que n'importe quelle personne qui serait présente dans la pièce. Ce n'est pas pour rien que mon atelier se trouve dans cette aile, à l'écart. Vous me suivez ?

— Bien sûr.

Il rangea ses lunettes, fourra les contrats sous son bras et lui emboîta le pas.

— Grosse serrure, fit-il remarquer lorsqu'elle mit la clé dedans.

— En effet. Les glaçures et vernis sur lesquels je travaille seraient très précieux pour un rival.

Elle glissa la clé dans son bustier et rougit en voyant son regard s'attarder sur sa poitrine.

— Par ici, dit-elle brusquement en rabattant son fichu sur son buste.

Dehors, dans la cour sud, elle se tourna vers lui.

— Savez-vous comment on produit des céramiques ?

Il sourit.

— Plus ou moins.

Bianca secoua la tête avec dégoût.

— Exactement comme je sais jouer de la harpe. En d'autres termes, pas du tout. Par ici.

Elle l'emmena dans la salle des terres cuites, équipée de rampes en pente douce.

— C'est ici que se déroule la première étape, dit-elle en avançant et en lui montrant les choses du doigt. On apporte la terre pour qu'elle soit inspectée et pesée. Elle doit être propre et sans impuretés, sans quoi les marchandises fabriquées présenteront des imperfections. C'est Charles, que vous voyez là, qui est responsable de la qualité.

Elle fit un signe de tête à son cousin issu de germain, qui les regardait avec un intérêt non dissimulé.

Le visage de Bianca s'échauffa. Aujourd'hui, elle regrettait profondément que toute sa famille soit impliquée dans la manufacture. Ils avaient tous été invités aux festivités du mariage, la veille. Ils l'avaient tous vue, elle, à la place de Cathy, sortir de l'église au bras de St. James. Elle savait ce qu'ils pensaient : Bianca, la vieille fille qui n'avait pas sa langue dans sa poche, avait réussi à épouser le fiancé de sa sœur !

Pauvre imbécile, devaient-ils se dire en regardant St. James, l'homme qui avait failli avoir la douce et charmante Cathy et qui devait se contenter d'elle.

Elle espérait qu'Amelia racontait à qui voulait l'entendre que Cathy avait fugué avec l'homme qu'elle aimait, et que Bianca avait agi uniquement pour sauver l'avenir de la manufacture, en se livrant à ce mariage purement mercantile.

— D'ici, on apporte l'argile pour la mélanger.

Elle lui fit franchir une porte et emprunter une longue et large rampe.

— Différentes poteries requièrent différents mélanges d'argiles, qu'il faut mesurer avec précision.

St. James avança et jeta un coup d'œil dans l'un des récipients.

— Lequel est utilisé pour la fabrication de votre petit pot en forme de prune ?

Elle rougit au souvenir de St. James dans sa chambre, qui avait inspecté ses objets personnels.

— C'est autre chose : de la porcelaine et non de la faïence.

— Ah ? En quoi est-ce différent ?

— Cela n'a rien à voir, dit-elle brusquement sans s'appesantir.

L'atelier de porcelaine était un sujet sensible entre elle et son père, dont elle ne tenait pas à discuter avec lui.

De la salle des terres cuites, ils se rendirent dans l'usine de production, qui consistait en une série d'ateliers divisés par des cloisons à hauteur d'épaule. Une passerelle occupait la longueur du bâtiment, et à intervalles réguliers des escaliers descendaient jusqu'au sol. Il n'était pas inhabituel de voir son père en dévaler un sur le coup de la colère, ayant aperçu un ouvrier qui négligeait son travail ou se livrait à une conduite imprudente ou illicite.

Elle fit traverser la salle à son mari en lui expliquant le travail des tourneurs, qui fabriquaient des objets sur les tours ; des modeleurs, qui sculptaient l'argile ; des mouleurs et des polisseurs, qui lissaient les surfaces des pièces inachevées ; des préparateurs de barbotine, qui fixaient les délicats ornements à base d'une pâte délayée appelée barbotine.

— Cet atelier est consacré à la fabrication de becs verseurs pour les théières, dit-elle sur le seuil d'une des pièces.

Des plateaux de becs verseurs minutieusement confectionnés étaient alignés sur les étagères à côté de la porte ; on aurait dit des petites queues grassouillettes de cochon.

— Comme c'est amusant, fit St. James en les examinant avec un sourire. Je n'avais jamais pensé qu'on fabriquait les becs verseurs séparément.

— De même que les anses, répondit-elle. Et les couvercles.

Il lui coula un regard amusé.

— Qui l'aurait deviné ?

Bianca leva les yeux au ciel, et il ajouta :

— Où sont donc créés les couvercles, et quand sont-ils rattachés ?

— Ils ne sont pas... commença-t-elle avant de se raviser en comprenant qu'il se moquait. Le corps d'une théière est préparé dans les pièces précédentes, tandis que les becs et les anses sont confectionnés ici, puis fixés avant la cuisson. Vous m'avez avoué que vous ne connaissiez rien en poterie. J'essaie de vous aider en vous expliquant les rudiments.

— Ah.

Ses yeux noirs luisaient.

— Et à présent, je sais que les couvercles ne sont pas attachés aux théières. Un mystère sur lequel je m'interrogeais depuis toujours, enfin résolu.

Bianca lui adressa un sourire mielleux.

— Je suis certaine que d'innombrables autres sujets vous laissent perplexe.

Il lui renvoya un regard brûlant.

— C'est possible, mais j'ai l'intention de tous les résoudre.

Il parlait d'elle. Bianca sentit son sang rugir dans ses oreilles, et elle dut empoigner son tablier pour maîtriser son emportement.

— Cela devrait vous occuper jusqu'à la fin des temps.

St. James se rapprocha. Il avait les mains croisées dans le dos et ne la touchait pas, mais Bianca se contracta.

— S'il le faut, dit-il sans s'émouvoir. Je ne renoncerai pas, ma chère. Je vaincrai.

Elle prit une inspiration entrecoupée. S'ils n'avaient pas été en plein milieu de l'usine, elle lui aurait donné un bon coup sur la tête. Mais la dernière chose qu'elle souhaitait, c'était répandre la rumeur qu'ils se querellaient déjà.

— Comme le disait cet imbécile de Pyrrhus, répliqua-t-elle avant de s'éloigner.

10

Max comprenait exactement à quoi jouait Bianca, et il s'amusait comme un petit fou.

Elle comptait le tenir à distance. Elle ne perdrait pas une occasion de le remettre à sa place et de lui faire savoir ce qu'elle pensait de son intelligence et de ses compétences.

Max avait l'habitude d'être sous-estimé : par les logeurs et les commerçants, par la duchesse de Carlyle et son avoué, par son propre père. Aucun d'entre eux n'avait pensé qu'il y avait autre chose qu'un pois chiche à l'intérieur de son crâne, ni une ambition autre que d'accumuler les dettes et de se montrer aussi nonchalant et élégant que possible. Aussi ne fut-il pas surpris – ni même contrarié – que Bianca ait la même impression. Comme les autres, elle voyait ce qu'elle voulait voir, et comme les autres, elle serait stupéfaite en découvrant la vérité. Il avait hâte que vienne ce jour.

Il avait remarqué également ses regards dérobés, en particulier vers ses jambes. Max avait l'impression qu'elle était davantage intéressée qu'elle ne voulait l'admettre.

Il la suivit dans l'usine, doux comme un agneau. Samuel Tate lui avait déjà tout fait visiter, et Max avait lu un certain nombre de documents au sujet de la fabrication et la production de poterie. Il ne réagit pas lorsqu'elle le nargua en disant qu'elle continuerait à le laisser perplexe jusqu'à la fin des temps ; il ne releva pas non plus sa jolie repartie à propos de Pyrrhus. Rien de ce qu'il avait pu voir jusqu'à présent ne lui laissait penser que le coût l'emporterait sur les bénéfices de la victoire. Bien au contraire : tout ce qu'il découvrait à propos de Bianca lui faisait espérer qu'ils formeraient une équipe incomparable... dès qu'il la convaincrait d'en former une.

Dans l'atelier d'emballage, il ne put s'empêcher de poser des questions. Le sujet du bris dans les contrats lui trottait dans la tête. Si Brimley et d'autres marchands estimaient qu'un cinquième des marchandises qu'ils recevaient était cassé à l'arrivée, il y avait des améliorations à apporter.

Aussi, en observant les ouvriers qui emballaient les tasses et les assiettes dans des caisses remplies de paille, il se renseigna sur chaque étape.

— De quel genre de paille s'agit-il ?

— Du genre sec, répondit brièvement Bianca. C'est de la paille.

Max en ramassa une poignée qu'il écrasa dans sa paume.

— Pas vraiment. Une partie de cette paille ressemble à de simples brins d'herbe séchés. Une autre partie est aussi rigide qu'un saule. Après les efforts considérables requis pour produire ces délicats articles...

Il souleva une théière finement ouvragée qui attendait sur son étagère d'être emballée.

— La jetteriez-vous dans une caisse remplie de... de quoi que ce soit, d'ailleurs ?

Il secoua la tête et reposa la théière.

— Mais peut-être n'est-ce pas un domaine de l'entreprise qui vous intéresse.

Les yeux ronds, Bianca s'exclama avec colère :

— Comment... Que... Bien sûr que je m'en soucie ! Comment vous y connaissez-vous si bien en matière de paille ?

À cause des innombrables nuits que j'ai passées à chercher un endroit où dormir, n'ayant rien apprécié autant qu'une bonne écurie chauffée remplie de paille.

— Je sais bien des choses qui pourraient vous surprendre, se contenta-t-il de répondre.

Bianca héla un ouvrier qui passait :

— William, quel genre de paille utilise-t-on pour emballer les marchandises ?

— Du blé essentiellement, et de l'orge, répondit l'homme en ralentissant à peine.

— De la paille de blé et d'orge, dit-elle sèchement à Max, avant de s'éloigner à grands pas.

Max contempla la poignée de paille qu'il tenait dans la main.

— Utilisez-en davantage lorsque vous emballez quelque chose qui va voyager par la route, dit-il à l'ouvrier qui le considérait avec curiosité. Un quart de plus, sur ordre de M. St. James.

L'homme hocha la tête et repartit, et Max rejoignit sa femme.

Elle le ramena vers les bureaux principaux et monta l'escalier en trombe pour ouvrir la porte. Max la suivit sans précipitation.

— Et voici un endroit dont vous devez bien vous souvenir, dit-elle en franchissant le seuil de la pièce. Je crois que vous aviez certaines questions à poser à mon père à propos des contrats ?

Samuel Tate contourna son bureau, l'œil vif et intéressé.

— Ma foi, je ne m'attendais pas à vous voir l'un ou l'autre à l'usine aujourd'hui. C'était votre mariage hier ! Prenez un jour de congé, mon ami, pour reprendre vos forces.

— Mais oui, renchérit Bianca avec chaleur.

Elle adressa à Max un sourire qu'il ne lui connaissait pas, et qui fit bondir son cœur. Ses yeux étincelaient.

— Je vous en prie, monsieur St. James. Tout ceci est très nouveau et fatigant pour vous. Il vous faut certainement une semaine de repos, pour le moins.

Max lui rendit son sourire, sans dissimuler son admiration.

— Nouveau et fascinant, ma chère. Je suis très excité par tout cela, et ces découvertes me passionnent.

Tate partit d'un rire franc.

— Je le savais ! Je te l'avais dit, ajouta-t-il triomphalement à sa fille dont le visage était devenu rose. Je savais que tout s'arrangerait pour le mieux. N'avais-je pas raison ?

Elle fit la sourde oreille. Et plongea dans une élégante petite révérence.

— Puisque vous êtes si agréablement occupé, monsieur, je vous laisse ici et je retourne à mon travail.

— Bien sûr.

Il s'inclina, et attrapa sa main lorsqu'elle passa devant lui pour la porter à ses lèvres.

— Je m'en voudrais d'interrompre votre travail, sachant à quel point il est important pour vous et pour Perusia.

Elle pinça les lèvres, et Max lui lâcha la main.

— À tout à l'heure, ma chère.

Dans un froufrou de jupes, et avec un regard exaspéré, elle quitta la pièce.

Tate referma la porte derrière elle en souriant d'une oreille à l'autre.

— Eh bien, voilà un début prometteur, pas vrai ?

Toute la journée de la veille, l'homme avait alterné entre l'agitation, la confusion, les excuses et la colère à propos du tempérament de sa fille. Max ne savait pas s'il s'en voulait de ce qui s'était passé. Bianca ne lui avait pas adressé un mot, et elle lui avait tourné le dos pendant tout le temps de sa présence dans son bureau.

Mais elle était tout de même venue ici, et apparemment cela suffisait à Tate comme réconciliation. Aujourd'hui, pour lui, l'orage était passé.

Max avait l'impression que Bianca, en cela, ressemblait à son père. La première fois qu'il avait été invité à Perusia, pour ce dîner plusieurs mois auparavant, il avait remarqué que Catherine Tate écoutait poliment les uns et les autres tant que durait la conversation. Pas Bianca. Elle avait l'esprit vif et acéré, et détestait le verbiage. Elle marchait vite, parlait franchement, et il était délicieusement facile d'aiguillonner sa passion.

Max admirait son assurance, et l'enviait. Pour sa part, il avait appris qu'il y avait un temps pour la franchise, un temps pour la retenue et l'écoute. Un temps pour laisser éclater sa fureur, un temps pour ravaler son orgueil. Un temps pour agir et un temps pour observer, attendre, apprendre.

— Tout s'est passé très soudainement pour nous deux, répondit-il à Tate. Il faudra naturellement du temps pour que nous fassions connaissance en tant que mari et femme.

Il marqua une pause avant d'ajouter :

— Mais je crois que ces débuts sont en effet prometteurs.

Lorsque la cloche sonna dix-huit heures ce soir-là, Max attendait devant la grille principale. Il avait passé la journée dans les bureaux, mais le moment était venu de consacrer un peu d'attention à sa femme.

Au bout de quelques minutes, elle sortit du dernier atelier. Elle avait la tête baissée, et son chapeau de paille dissimulait son visage pendant qu'elle tirait sur ses gants. Lorsqu'elle releva la tête, il vit son grand sourire alors qu'elle faisait un signe à une femme qui l'avait appelée.

Le regard de Max s'attarda sur ce sourire. C'était un sourire sincère et insouciant, et non tendu et contracté. Il transformait le visage de Bianca, illuminait ses yeux jusqu'à les rendre bleus, et mettait en valeur sa bouche charnue.

Toute la journée, il était resté à l'affût d'éventuels renseignements quant à la femme fascinante et insupportable qui était son épouse. Elle lui avait reproché d'avoir accepté sans sourciller le changement de fiancée, mais n'avait pas répondu quand il lui avait renvoyé l'accusation. Ils avaient tous les deux agi sous le coup d'une impulsion, même si celle de Bianca était nourrie par la passion et la colère, alors que la sienne venait d'une détermination farouche à ne pas laisser cette aubaine lui échapper.

Peut-être, songea-t-il vaguement en regardant ses jupes onduler tandis qu'elle traversait la cour pour venir vers lui, avait-elle eu la même résolution. « Cette faïencerie m'appartient », lui avait-elle dit à l'église. Tate avait mis un quart de l'affaire dans la corbeille de mariage. Affaire qui appartenait au père, du reste, et non à sa fille pour l'instant. Max l'avait discrètement interrogé, et Samuel Tate avait admis qu'il avait toujours espéré léguer Perusia à ses enfants.

Il s'était empressé d'ajouter qu'il réservait son jugement ultime à ce propos jusqu'à ce que ses filles soient mariées, car il ne voulait pas laisser l'ouvrage de sa vie être dilapidé par un gendre indolent. Max avait concédé que c'était une sage précaution.

Bianca le vit qui la regardait, et son sourire s'effaça. Elle passa devant lui sans s'arrêter, mais Max se rangea à son côté.

— Bonsoir, dit-il.

— Bonsoir, monsieur, répondit-elle froidement.

— En vérité, c'est un « bon soir » maintenant que je vous vois, dit-il avec un sourire.

— Vraiment ? fit-elle en écarquillant les yeux innocemment. J'ai cru sentir un courant d'air frais.

— Permettez-moi de vous prêter ma veste.

Elle entrouvrit les lèvres et le regarda avec stupeur déboutonner sa redingote.

— Non, je vous en prie, dit-elle vivement, ne faites pas ça !

Max interrompit son geste.

— Cela ne me dérange pas, assura-t-il d'une voix grave sans la quitter des yeux. Je me suis mis à avoir très chaud en vous voyant approcher.

Elle rougit, et ramena à elle la main qu'elle avait tendue pour l'empêcher de se dévêtir.

— Vous devez avoir de la fièvre. Surtout, gardez votre veste pour ne pas tomber malade.

— Je ne me suis jamais senti aussi bien, au contraire.

Elle produisit un petit bruit de dérision, et repartit d'un pas vif qui fit flotter les rubans de son chapeau.

— Avez-vous progressé sur le vernis rouge ?

Elle lui coula un regard et répondit :

— Un peu.

Max hocha la tête.

— Je suis ravi de l'apprendre.

Si Bianca était à ce point passionnée par son travail, il l'encouragerait. Ce serait un moyen facile de les satisfaire tous les deux : elle pourrait continuer ses expériences de vernissage tranquillement, et de son côté il aurait toute latitude pour perfectionner le reste de l'entreprise.

Après quelques pas silencieux, elle dit, d'un air de se forcer à faire la conversation :

— J'espère que vous avez passé une bonne journée à éplucher les contrats.

— Oh, oui !

Elle lui jeta un regard circonspect, mais il ne dit rien de plus. Qu'elle s'interroge. Qu'elle vienne vers lui pour en savoir davantage.

— Vous n'avez plus besoin de revenir à l'usine, dit-elle en regardant devant elle.

— Pourquoi êtes-vous si désireuse de m'éloigner de la manufacture ? s'étonna-t-il. Manufacture dont un quart m'appartient.

— Papa escomptait que vous seriez un associé passif, je crois.

— Ce n'est pas ce qu'il m'a laissé entendre.

— J'ai dit, répliqua-t-elle d'un ton doucereux, que c'était ce qu'il *escomptait*.

Max esquissa un sourire crispé. Il savait qu'elle se trompait, que c'était ce *qu'elle* aurait souhaité et que cela n'avait rien à voir avec les aspirations de son père, mais son insistance le vexa.

— Vraiment ? Hélas, ce n'est pas ce que j'escomptais, moi, en acceptant.

— Vous apprendrez sans aucun doute à interpréter ses déclarations. Avec le temps.

— Ses propos sont-ils toujours sujets à interprétation ? demanda Max en faisant semblant de réfléchir. C'est curieux, je n'ai pas eu cette impression. Il m'a fait l'effet d'un homme honnête et ouvert.

— Bien sûr que papa est honnête, répliqua-t-elle avant de lancer avec mordant : Je suppose que c'est inhabituel, dans votre monde.

Max éclata de rire.

— Mon monde, c'est Perusia.

Et parce qu'il était incapable de résister à l'envie de la taquiner, il ajouta, plus doucement :

— Et vous, ma chère épouse.

Bianca lui jeta un regard acide.

— Ce genre de numéro séduit-il les demoiselles à Londres ? Parce que personnellement, je trouve que ça vous fait passer pour un idiot.

Un peu vexé, il cacha son dépit derrière un grand sourire.

— Je n'ai jamais essayé de séduire une demoiselle londonienne en l'épousant ! Si j'avais su qu'il suffisait de cela... mais il est trop tard maintenant, je suppose.

— Oui, beaucoup trop tard, dit-elle avec un sourire dangereux. Vous auriez dû y songer avant de faire un chaste mariage d'affaires.

— Vous avez déjà prononcé ce mot, « chaste », fit-il remarquer. Je ne suis pas tout à fait sûr de comprendre ce que vous voulez dire.

Elle ouvrit la bouche, rougit, et la referma.

— C'est lorsqu'un mari et une femme mènent des vies séparées. Très séparées. Très *largement* séparées, si vous voulez tout savoir.

Elle tendit les deux mains et les écarta devant elle. Elle observa l'espace ainsi créé, et l'agrandit encore.

— D'environ une lieue, voire davantage.

— Eh bien, ce n'est pas notre cas, répondit Max sans s'émouvoir. À peine deux cents mètres nous ont séparés toute la journée !

— Oui, à peine, marmonna-t-elle. Demain, nous devrons nous efforcer de mieux faire.

Pour regagner Poplar House, ils avaient emprunté le sentier contournant la colline de Perusia Hall et sinuant à travers bois. Max ralentit l'allure.

— Vous consacrez beaucoup de temps à réfléchir à notre mariage, commenta-t-il.

La jeune femme leva les yeux au ciel, mais il remarqua qu'elle avait également ralenti.

— Beaucoup trop. Si seulement je pouvais cesser d'y penser, ou mieux encore : oublier que c'est arrivé !

Il se mit à rire.

— Peut-être, plutôt que d'arrêter d'y penser, devriez-vous changer la manière dont vous y pensez.

Elle fronça les sourcils.

— Et devenir une jeune mariée idiote et affectée qui n'émet jamais la moindre protestation, quoi que vous puissiez dire ? Allons, monsieur St. James... (Elle secoua la tête.) Ne trouveriez-vous pas cela mortellement ennuyeux ?

— Absolument. J'aime les femmes passionnées qui ont de la personnalité.

— Mais pas pour les épouser, de toute évidence, dit-elle avec un regard en coin.

— Peut-être pas au départ, mais le destin semble m'avoir guidé dans cette direction.

Il lui adressa un nouveau sourire.

— Tout comme il vous a guidée jusqu'à moi.

Il se demanda si elle avait eu un autre soupirant, si un garçon lui avait déjà plu. C'était l'une des questions qu'il avait gardées en tête tandis qu'il restait à l'affût d'informations concernant sa nouvelle épouse. Si elle éprouvait des sentiments pour un autre homme, cela éliminerait l'éventualité qu'elle ait mijoté ce mariage. Mais il n'aimait pas l'idée que sa femme soit attirée par un autre.

— Je n'ai jamais pensé à me marier du tout, dit-elle.

— Jamais ?

Max ne s'était pas attendu à cette réponse, et n'était pas certain qu'elle était sincère.

— Jamais, répéta-t-elle fermement avec une grimace. Et certainement pas avec quelqu'un comme vous.

— Je comprends, dit-il avec une gravité feinte. La plupart des femmes n'osent même pas en rêver.

Elle s'immobilisa.

— Vous n'êtes qu'un... un débauché imbu de sa personne !

— Je ne suis pas du tout débauché, riposta-t-il. Je suis un homme marié, et fort heureux. Pourquoi ne vouliez-vous pas vous marier ?

Bianca leva les yeux au ciel.

— Une femme mariée n'a droit à rien, pas même à ce qui lui appartenait avant son mariage. Son argent, ses terres, ses affaires, même les vêtements qu'elle a sur le dos deviennent propriété de son mari. Si elle porte un enfant, au risque de sa santé et de sa vie, c'est son enfant à lui, et il peut le lui retirer comme bon lui semble.

Elle le regarda droit dans les yeux :

— Auriez-vous envie de renoncer à tout cela, monsieur ?

— Hmm, fit Max, songeur. Lorsqu'un homme se marie, il devient le gardien légal de sa femme, il est responsable d'elle, veille à ce qu'elle ait un toit au-dessus de sa tête, rembourse ses dettes si elle en a. On a vu des hommes aller en prison à cause de femmes qui jetaient l'argent par les fenêtres. Si elle porte un bébé alors qu'elle est mariée à lui, il est obligé d'entretenir cet enfant comme s'il était de lui, même si la moitié de la ville sait que sa femme lui a été infidèle et que c'est l'enfant d'un autre.

— Juste ciel, dit-elle avec un petit rire bref. C'est une institution épouvantable pour les deux parties ! Je ne comprends pas pourquoi les gens se marient.

Max sourit.

— Il y a... certains plaisirs pour compenser tout cela.

La marche lui avait donné bonne mine et son fichu avait glissé. Le renflement de ses seins dépassait du bustier de la robe, diaboliquement tentateur.

Amusée, elle agita une main.

— Pas dans notre cas. Je vous ai dit que c'était un mariage chaste.

— Et cela commence à offenser mon amour-propre viril, objecta-t-il.

Bianca rit. D'un rire de gorge joyeux qu'il n'avait encore jamais entendu. Le sourire de Max se figea. Elle était ensorcelante. Ce n'était pas une poupée de porcelaine mais une déesse terrienne, le genre de femme capable de tenir la dragée haute à son mari, mais qui serait une merveilleuse partenaire pour dîner, danser... et partager un lit.

Dans ce domaine, il n'avait pas attendu grand-chose de ce mariage. Catherine lui avait montré peu de signes d'attirance, et Max avait présumé que chacun trouverait ses arrangements de son côté.

Mais Bianca... Dieu tout-puissant, des étincelles le picotaient de toute part.

— Vous savez, dit-elle, je crois que j'aurais pu vous apprécier si nous n'avions pas été mariés.

— Ne m'en tenez pas rancune, de grâce.

— C'est pourtant votre plus grande faute, et je ne peux passer outre.

Elle poussa un soupir de regret.

— Nous devons nous résigner à être deux adversaires, ou dans le meilleur des cas à partager la maison avec indifférence.

Max déplaça le poids de son corps vers elle.

— Sûrement pas ! J'ai à l'esprit des choses beaucoup plus intéressantes que...

Il baissa les yeux une fois de plus, presque contre sa volonté, vers son décolleté.

— ... qu'une chasteté indifférente.

Elle battit des cils.

— Quel tragique manque d'imagination, se moqua-t-elle.

Il lui sourit. Seigneur, oui, elle lui plaisait ! Pour la première fois, il fut sincèrement heureux que sa fiancée se soit enfuie avec un autre.

— Je ne manque pas d'imagination, assura-t-il. Pour l'instant, je saurai comment occuper mon temps... et mon imagination me tiendra chaud.

Elle lui adressa un grand sourire et répliqua :

— Je l'espère pour vous. Car ce ne sera certainement pas moi.

À ces mots, elle repartit, le laissant dans son sillage, le sang bouillonnant et les pensées très joyeusement occupées à se représenter l'avenir, lorsqu'il l'aurait enfin conquise.

11

Au cours des deux semaines suivantes, les choses se passèrent peu ou prou comme le premier jour.

Bianca avait beau se lever de bonne heure, son mari était systématiquement à table avant elle. Agacée, elle demanda à Jennie de la réveiller plus tôt, mais même lorsqu'elle descendait l'escalier d'un pas hésitant en bâillant aux premières lueurs de l'aube, il l'attendait dans la salle à manger et se levait, frais comme un gardon, pour lui souhaiter le bonjour.

Dégoûtée, Bianca finit par baisser les bras. Elle ne remporterait pas cette bataille. Autant dormir.

Il y en eut d'autres à livrer, bien sûr. Pendant les petits déjeuners, il avait toujours à la main un livre, une brochure ou un contrat. Un matin, elle aperçut des croquis d'un fourneau et d'un appareil qu'elle ne reconnut pas, annotés d'une écriture qui ne lui était pas familière. Bianca aurait préféré mourir plutôt que de lui réclamer des explications, et en fut réduite à demander à Billy ce qui se construisait du côté des fours. Hélas, les garçons de douze ans n'étaient pas des espions très fiables. Il ne put la renseigner, et elle dut ravaler sa curiosité.

Son mari persistait à vouloir se rendre à l'usine et revenir avec elle. Certains jours, ils marchaient en silence, à moins que Bianca ne soit obligée de le remercier pour quelque geste galant, comme écarter une branche tombée en travers du chemin. D'autres fois, ils se chamaillaient pendant tout le trajet.

Un jour, Amelia la rejoignit à la grille après que son mari fut parti de son côté, et lui fit remarquer qu'elle semblait particulièrement en forme ce matin-là.

— Je reconnais ton air de victoire, plaisanta son amie. Tu as les joues roses et les yeux brillants. Quel problème as-tu résolu ?

Bianca haussa les épaules et secoua la tête, mais elle fulminait intérieurement de penser qu'il n'y avait qu'une véritable raison : sa conversation avec Max. Il l'avait provoquée jusqu'à ce qu'elle lui parle, puis il l'avait presque fait rire. Elle devrait se tenir davantage sur ses gardes, à l'avenir.

Elle continuait à ne pas adresser la parole à son père. À quelques reprises, elle avait surpris son regard sur elle à la fabrique, lorsqu'elle descendait inspecter de nouveaux articles vernis avec ce rouge à présent devenu parfait. À sa grande joie, ils reluisaient comme des fraises de juin, d'un rouge rubis brillant sans aucun reflet violacé ou orange. Exactement ce qu'elle avait souhaité.

Autrefois, elle aurait apporté ces pièces dans le bureau de son père pour partager avec lui son triomphe. Il avait été ravi lorsqu'elle lui avait montré le délicat vernis vert qui l'avait occupée plusieurs mois, et qui ornait à présent nombre de services à thé dans un style chinois très à la mode. Il avait décrété qu'elle était plus intelligente que la moitié du personnel de l'usine réunie, et plus déterminée que tous. Bianca avait bu du petit-lait devant son enthousiasme.

Cette fois, elle dut apprendre grâce à des tiers que son père était enchanté du vernis écarlate. Cela ternit quelque peu sa joie, d'autant plus que son mari fut l'une des personnes à la féliciter.

— Je n'ai jamais vu ça, dit-il alors qu'ils rentraient à Poplar House, un soir. Ce rouge me fait penser au sang des martyrs.

Elle ne put s'empêcher d'esquisser un sourire.

— Merci. À présent, vous comprenez pourquoi je me rends à l'atelier chaque jour.

— Je comprends assurément le bénéfice qu'en tire Perusia, déclara-t-il en lui souriant de cette manière qui donnait envie à Bianca de lui retourner son sourire. Mais cela m'a surpris que vous puissiez être aussi obnubilée par la recherche de la formule parfaite.

Elle s'immobilisa.

— Pourquoi cela vous a-t-il surpris ?

Il s'arrêta également et se tourna vers elle. Bianca devait lui reconnaître une qualité : lorsqu'elle s'adressait à lui, il lui accordait toute son attention. C'était assez rare, chez les hommes.

— La plupart des dames que je connais ne s'intéressent pas à des occupations aussi sérieuses.

Des dames *londoniennes,* songea-t-elle avec une pointe d'irritation.

— Ici, elles s'y intéressent, répondit-elle. Plus d'un quart des ouvriers de Perusia sont des femmes.

— Oui, admit-il, et certaines sont éminemment talentueuses dans leur métier. Mais elles travaillent pour gagner leur vie, ce dont vous n'avez pas besoin.

Bianca campa les mains sur ses hanches.

— Ah non ? Cela suggère-t-il que mon travail n'a pas d'impact sur Perusia, que les commandes afflueraient même si nous ne savions pas produire des tasses à thé qui donnent l'impression d'avoir été sculptées dans le jade ?

Elle secoua la tête.

— N'importe quel potier peut fabriquer un vase à deux anses ou une théière correcte. Il y a des dizaines d'usines qui produisent des articles pratiquement identiques aux nôtres. C'est un métier impitoyable, vous savez.

— Oui, murmura-t-il.

— Tout le monde copie les motifs de ses rivaux, et Perusia se doit de sortir du lot. Nous y parvenons grâce à la délicatesse de nos décors, de l'éclat de nos vernis jusqu'aux détails minutieux, par exemple les petites touches délicates que d'autres ne prennent pas le temps de créer. Papa a toujours mis un point d'honneur à engager les meilleurs artistes, et c'est la raison de notre succès. Le vernissage n'en est qu'une partie, bien qu'importante, car c'est souvent le premier aspect d'une pièce qui attire l'attention. Mes vernis, monsieur, sont uniques. Si je restais à la maison à me tourner les pouces dans le salon toute la journée, termina-t-elle en pointant l'index pour mieux souligner son propos, cela aurait des conséquences sur les revenus de la faïencerie. Ce qui serait problématique, car nous faisons vivre non seulement nos ouvriers, mais notre famille.

Elle arqua un sourcil et conclut :

— Même vous.

Pendant son petit discours, l'attitude de Max était passée d'un sérieux sobre à une appréciation non dissimulée. Il s'inclina bien bas en riant.

— Paix, madame ! Je ne voulais pas vous offenser. Seulement…

Il inclina la tête, son visage toujours détendu.

— … vous ne cessez de me surprendre. Chaque jour, ma stupeur se renouvelle.

— Je soupçonnais depuis le début que vous n'aviez jamais rencontré de femme ambitieuse et intelligente.

— Détrompez-vous.

Elle s'était remise en marche, et il reprit sa place à son côté.

— Les femmes ont leurs propres ambitions à Londres, et ne manquent ni d'intelligence ni de ruse.

— Ah oui ? Et quel est l'objet de leur intérêt ?

Bianca avait parcouru des magazines féminins à la mode. Elle avait lu des descriptions de travaux d'aiguille, d'accomplissements à la harpe. Tout cela lui semblait très oiseux.

— L'influence, répondit-il au bout d'un moment. Que ce soit pour lancer les modes ou exercer une pression sur le gouvernement.

— Nous, les femmes, devons trouver le pouvoir là où il nous est accessible, je suppose.

Il la considéra un moment.

— Vous avez bien plus de mainmise sur les choses que vous ne le croyez.

Bianca ricana.

— Vous voulez dire en étant l'épouse ou la fille d'un homme ? Non merci. Je préfère laisser ma propre empreinte.

Il plissa le front.

— Je n'en doutais pas une seconde.

— Je vous rends grâce de le reconnaître.

Bien qu'elle essaie de le cacher, Bianca était quelque peu surprise. Même son père, qui louait pourtant ses contributions à Perusia, s'attendait à ce qu'elle renonce à tout pour devenir femme et mère.

Son mari lui adressa son lent sourire de canaille qui la faisait fondre.

— Peut-être ne suis-je pas celui que vous croyez.

Une riposte faillit lui échapper, mais Bianca garda le silence. Il avait raison, et elle ne savait qu'en penser. Elle se contenta d'incliner la tête et d'accélérer l'allure. Et St. James, toujours aussi contrariant, ne la nargua même pas en insistant lourdement.

Lorsqu'ils arrivèrent à la maison, Mary l'attendait avec une lettre.

— De Mlle Cathy, dit-elle.

La précision n'était pas nécessaire, car Bianca avait poussé un cri de joie à la vue de l'écriture de sa sœur.

— Merci, Mary !

Elle saisit la lettre et se débarrassa vivement de son chapeau et son châle pour les donner à la bonne, avant d'emporter son butin au salon.

Bianca ne regrettait pas d'avoir aidé sa sœur à commettre cette fugue, mais elle se rendit compte soudain avec quelle inquiétude elle avait attendu de ses nouvelles. Elle espérait que tout s'était bien passé, qu'elle avait épousé M. Mayne, qu'elle était heureuse...

Elle s'assit sur le canapé à côté de la fenêtre et lut.

Ma très chère Bianca,

Je suis mariée ! Je nage dans un bonheur que l'encre et le papier ne sauraient décrire.

Nous sommes arrivés à Wolverhampton, grâce à ton soutien précieux. Le voyage n'a pas été facile, mais Richard s'est montré si tendre et empli de sollicitude que je n'ai pas éprouvé le moindre inconfort. La sœur de Richard, Mme Tyler, a écouté notre histoire et accepté de nous aider. Où serions-nous, ai-je demandé à Richard, sans nos sœurs ? Il a reconnu que nous avons tous les deux une chance remarquable, entre toi et Maria.

Il y a eu de petits problèmes avec la licence, qui se sont réglés en quelques jours. Richard a dû se rendre à cheval à Lichfield, mais tout va bien maintenant. Je suis Mme Mayne depuis hier et je n'ai jamais été plus heureuse. Et c'est à toi que je le dois, ma chère Bianca.

Je suis navrée de ne pas t'avoir écrit plus tôt, mais je préférais ne pas mettre de l'huile sur le feu avec ce qui a pu survenir entre papa et toi... J'espère qu'il n'a pas déversé sa colère sur toi. Écris-moi, je t'en prie, dès que tu le pourras pour me raconter comment se passent vos relations, et si M. St. James a fait un scandale.

Bianca se tortilla sur son siège, mal à l'aise. Elle se demandait comment annoncer à sa sœur ce qui s'était passé, et surtout pourquoi elle avait accepté la suggestion insensée de leur père. Ce dernier pouvait toujours prétendre qu'il avait été pris de court, tandis que Bianca savait depuis des jours que sa sœur ne prononcerait pas ses vœux aux côtés de St. James à l'église...

— J'espère qu'elle va bien.

La voix de St. James la fit sursauter. Il l'avait suivie jusqu'à la porte du salon et se tenait les bras croisés, une épaule contre l'encadrement de la porte.

Bianca s'éclaircit la gorge.

— Oui.

— Mariée et heureuse ?

— Très.

Il continua à la dévisager, jusqu'à ce qu'elle marmonne :

— Désiriez-vous quelque chose ?

— Vous semblez troublée. Vous n'avez pas l'air de quelqu'un qui vient de recevoir une lettre joyeuse de la part de la sœur qu'elle aime.

— Êtes-vous expert en matière de sœurs ? répliqua-t-elle.

— Pas du tout, répondit-il avec un petit sourire. Je n'en ai jamais eu. Mais je m'y connais bien en déceptions et en amertume, or c'est ce que votre attitude exprime.

— Elle demande comment notre père a pris sa fugue.

Elle se mordilla la lèvre inférieure, avant d'ajouter doucement :

— Et si vous avez fait tout un scandale.

Il entra dans la pièce et s'assit à côté de la table.

— Allez-vous la rassurer ?

— Vais-je lui dire que tout va bien, ou serai-je honnête ? résuma-t-elle.

Elle tripota la lettre et soupira :

— Je n'en sais rien.

— En l'occurrence, je recommande l'honnêteté.

Bianca lui jeta un regard noir, et il haussa une épaule.

— Cela ne pourra rester dissimulé longtemps. Autant lui annoncer la nouvelle et en finir.

— Je suppose.

Il avait raison, bien qu'elle déteste l'admettre.

— Elle s'inquiète surtout de la réaction de notre père.

— Lui pardonnera-t-il, vous qui le connaissez bien ?

Bianca fixa le plancher. Leur père avait toujours adoré Cathy, qui lui rappelait leur mère. Une seule demande de Cathy, les larmes perlant sur les cils de ses grands yeux bleus, et M. Tate s'apaisait et la prenait dans ses bras. Avec Bianca, en revanche... Elle était la fille entêtée au caractère bien trempé, celle qui se disputait avec son père, qui lui tenait tête. Elle ne lui avait plus adressé la parole depuis trois semaines, bien qu'elle le croise presque tous les jours à la faïencerie.

— Peut-être pas tout de suite, mais un jour ou l'autre, oui.

— Il tient à elle.

— Beaucoup.

Bianca replia la lettre. Il y avait d'autres paragraphes, mais elle poursuivrait plus tard. La perspective d'annoncer à sa sœur ce qui s'était passé, avec tous les détails, avait atténué le plaisir de recevoir de ses nouvelles.

Elle n'avait pas envie de lui avouer qu'elle, Bianca, était à présent mariée à l'homme qui l'avait courtisée. Même sans épargner à leur père et à St. James de généreuses parts de blâme, même en expliquant combien elle avait été en colère, et que M. Tate l'avait menacée en mettant dans la balance la perte de Perusia, cela choquerait sa sœur. Cathy serait stupéfaite et horrifiée que Bianca ait consenti à ce mariage.

— Un père magnanime est une bénédiction, fit remarquer son mari.

Bianca cligna des yeux et se ressaisit.

— Oui.

Il gigota sur sa chaise et se pencha légèrement vers elle.

— Vous lui manquez, vous savez. Il n'a personne à féliciter pour le vernis écarlate, de sorte qu'il m'a chanté vos louanges à deux reprises, longuement.

Elle rougit. Elle savait pertinemment que son père était très satisfait de ce vernis.

— Votre père est-il un homme bon ? demanda-t-elle tout à trac.

Après une seconde d'hésitation, St. James répondit avec calme :

— Il est mort et enterré depuis longtemps.

— Oh.

Elle s'en était douté, mais elle éprouva pour la première fois une étincelle de curiosité concernant sa famille. Et un pincement de honte pour ne lui avoir jamais accordé la moindre pensée jusqu'à présent. Elle était trop gênée maintenant pour l'interroger.

— Je suis navrée de l'apprendre.

— Merci.

Il avait dit cela poliment, mais son ton n'appelait pas d'autres questions. Il se leva.

— Transmettez à votre sœur mes félicitations pour son mariage.

Bianca arrondit les yeux.

— Vos... félicitations ?

— Bien sûr. C'est ma belle-sœur. Je suis enchanté d'apprendre qu'elle est heureuse.

Une étincelle dans les yeux, il lui adressa un bref salut avant de sortir. Le bruit de ses pas résonna sur le vieux plancher de bois. Bien qu'il s'habille désormais sans affectation, il portait toujours les talons d'un gentilhomme londonien.

Bianca se rendit compte qu'elle avait crispé les doigts autour de la lettre de Cathy. Elle relâcha son souffle et la lissa sur sa jupe. Visiblement, St. James n'avait aucun regret concernant leur mariage. Du moins, aucun regret sérieux.

Elle essaya de se dire que tout était conforme à ce qu'elle pensait depuis le début : il ne s'intéressait qu'à sa part de Perusia, et peu lui importait laquelle des deux sœurs Tate il devait épouser pour l'obtenir. Il lui était facile d'être heureux pour Cathy, parce qu'il avait l'autre fille Tate et avait tout de même obtenu ce qu'il voulait.

Mais, au fond de son cœur, elle commençait à soupçonner qu'il y avait davantage, bien davantage que cela chez Maximilian St. James.

Max regagna calmement sa chambre, à l'étage. Il réussit même à fermer la porte normalement, au lieu de la claquer derrière lui.

Mais il ne put contenir un juron, et ses mains tremblaient lorsqu'il pressa les paumes contre ses tempes.

— Damnation ! chuchota-t-il dans la pièce silencieuse.

Un son derrière la porte le fit se raidir, jusqu'à ce qu'il entende les pas d'une bonne, accompagnés par une chanson qu'elle fredonnait.

Max relâcha son souffle. Il courba la tête lourdement. Les yeux clos, il passa une main dans la poche de sa redingote et en sortit une lettre. C'était Mary qui la lui avait tendue, lorsque Bianca était partie dans le salon avec la lettre de sa sœur. Max avait souri et remercié la bonne, et rapidement glissé la missive dans sa poche. Pas assez rapidement, cependant, pour ne pas avoir vu l'adresse griffonnée par une écriture en pattes de mouche familière qui lui donnait des cauchemars.

Pendant un moment, il hésita à la brûler sans la lire. Aucune de ces lettres ne lui avait jamais apporté de bonnes nouvelles. Dans le meilleur des cas, elles le narguaient et se moquaient ; dans le pire, elles lui donnaient des envies de meurtre. Le monde se porterait incontestablement mieux sans l'homme qui les envoyait, et Max avait souvent laissé son imagination l'emporter dans ce sens.

Au bout d'un moment, la mort dans l'âme, il brisa le sceau. Il y avait une toute petite chance que...

Mais non.

De l'argent, songea-t-il en lisant le bref message, les mâchoires contractées. Cela se résumait toujours à l'argent. Il semblait que la nouvelle de son mariage était parvenue aux oreilles de cette vipère, qui ne manquait jamais une occasion de se repaître de ses victimes. Max avait espéré que le Staffordshire était suffisamment loin pour ne pas se faire remarquer, mais la vipère l'avait retrouvé, et avait décidé qu'il était temps de se livrer encore à une attaque.

Un nouveau bruit le fit sursauter. Le son étouffé de la voix de Bianca passa à travers la porte. Elle devait se changer pour le dîner.

Il contempla longuement cette porte. À présent, il était capable de deviner son humeur en fonction du timbre de sa voix, et ce soir elle était heureuse. La lettre de sa sœur l'avait réconfortée. Jennie lui répondit quelque chose, et elles rirent toutes les deux. Bianca avait un rire éclatant, chaleureux.

Max inspira profondément. Il avait oublié de respirer en écoutant sa voix mélodieuse, son léger accent. Elle continuait à le tenir à distance mais il sentait qu'elle s'adoucissait peu à peu. Il gardait son calme lorsqu'elle le provoquait, répondait aimablement à ses commentaires acides. Et tout à l'heure dans le salon, elle l'avait regardé d'un air curieux ; sa bouche s'était détendue et il avait été saisi d'une bouffée d'euphorie. Leurs relations s'amélioraient.

Il n'avait aucune intention de laisser quoi que ce soit se mettre en travers de son chemin.

Il baissa les yeux vers la lettre. La vipère préférait saigner ses victimes de loin. Ce monstre n'avait jamais approché Max directement. Peut-être sentait-il que cela valait mieux pour sa santé. Max lui avait promis de le tuer si leurs chemins se croisaient, après tout.

Il frotta la pierre à silex et alluma la lampe, puis il mit le coin de la lettre sur la flamme et la regarda s'embraser, jusqu'à ce que la chaleur lui brûle les mains. Alors seulement, il la jeta dans la cheminée.

12

Max apprenait beaucoup de choses à propos de la poterie, de la faïence et de la céramique. Et cela l'intéressait encore plus qu'il ne l'avait escompté.

Dans ses usines, Tate avait créé un système impressionnant : il formait les ouvriers à un nombre de compétences limité, jusqu'à ce qu'ils excellent dans ce domaine. Non seulement cela accélérait la production, mais cela permettait une uniformité dans la qualité des articles.

Tate en tirait une immense fierté.

— Chaque pièce est aussi irréprochable que la précédente, dit-il à Max en lui montrant les longues étagères chargées de vases lors d'une visite dans l'un des ateliers. Un homme travaille mieux quand on lui permet de cultiver un certain talent au maximum de sa compétence, plutôt que s'il doit maîtriser l'intégralité du processus.

Max examina la rangée de vases à deux anses. Il était de fait remarquable que chacun ait été fabriqué à la main. Il aurait été incapable de les distinguer.

— Cela doit requérir un entraînement prodigieux.

Tate secoua les doigts.

— Au début, certains n'aimaient pas cela, mais je rémunère mieux un ouvrier chevronné. Tout le monde apprécie d'être bien payé, n'est-ce pas ?

Sa lèvre frémit, trahissant un brin d'irritation.

— Et je suis bien obligé de les augmenter, sans quoi ce maudit Mannox de l'autre côté de la rivière me les débauchera. Rien que l'année dernière : dix hommes, monsieur St. James, il a volé dix hommes sous mon nez ! Bon, j'en ai récupéré huit – et ça lui apprendra, à Henry Mannox, à croire qu'il peut me piquer mes ouvriers et leur triturer le cerveau pour me soutirer mes modèles et mes formules. Ses marchandises sont de qualité inférieure à tout point de vue, et tout le monde le sait.

Max haussa les sourcils.

— Comment avez-vous réussi à faire revenir les ouvriers ?

S'il s'agissait là aussi de leur promettre un meilleur salaire, cela s'annonçait problématique : tous les ouvriers de Perusia partiraient chez Mannox pendant quelques mois, avant de s'autoriser à être « récupérés » par Tate moyennant une augmentation. Un homme pouvait même changer d'usine deux fois par an et faire jouer la surenchère.

Son beau-père grommela quelque chose d'inintelligible, avant de dire :

— Mannox traite ses hommes comme des chiens. La plupart sont revenus spontanément. Et puis...

Il hésita.

— Six d'entre eux voulaient l'école.

— Quelle école ?

— Pour les enfants.

Il marqua une pause et sa bouche se pinça.

— Bianca a aménagé des classes dans l'ancien atelier, lorsque nous avons construit ce nouvel établissement.

À ces mots, Tate quitta la pièce d'un pas vif, les bras croisés. Max avait deviné depuis longtemps que sa brusquerie indiquait le mécontentement, ou du moins une réticence de sa part... vraisemblablement due à l'évocation de Bianca. Il le suivit.

— J'en déduis que Mannox ne propose pas l'école.

Tate eut un reniflement méprisant.

— Mannox a des usines dégoûtantes et des méthodes déplorables. Enfin... au moins, tout le monde le découvre au bout de quelques mois de travail chez lui.

— En effet, dit Max doucement, mais ces quelques mois représentent de la main-d'œuvre perdue pour Perusia. Je me demande comment nous pourrions convaincre les ouvriers de ne pas tenter l'aventure.

— Ce serait idéal, reconnut Tate. J'ai fait de mon mieux, croyez-moi. Quand j'ai construit Perusia, nous avons dû nous déplacer à une assez grande distance de l'ancienne manufacture, et il n'y avait pas suffisamment de logements disponibles. Un homme ne veut pas travailler avec moi s'il ne peut pas héberger sa famille. C'est pourquoi nous avons créé le village.

Il désigna d'une main les rangées bien alignées de chaumières qu'on pouvait apercevoir de l'autre côté du bosquet.

— Mannox n'a pas ça, ajouta-t-il d'un air suffisant. Mais Bianca a affirmé que cela ne suffisait pas, et elle a créé une école pour les petits.

Tate haussa les épaules.

— Je suppose que ça contribue à la fidélité des ouvriers, conclut-il.

— Les enfants des ouvriers sont destinés à devenir apprentis, n'est-ce pas ?

Max était admiratif. Non seulement cela garantissait à l'enfant un bon emploi quand il serait grand, mais c'était un avantage pour la faïencerie d'avoir une nouvelle génération d'ouvriers bien formés.

— Oui, c'est le cas pour beaucoup d'entre eux, répondit Tate, dont le visage s'éclaira à nouveau. Les hommes sont fiers de travailler pour Perusia, monsieur. Fiers ! Je paie bien, je fais venir un médecin une fois par mois, et je leur prélève une misère pour les loger. Mais Bianca…

Il s'immobilisa et détourna les yeux.

— Elle a des idées sans pareilles, dit-il simplement.

— Je vois, murmura Max en se demandant quelles étaient les autres idées.

Il savait déjà que sa femme avait un tempérament romantique ; il suffisait de voir comment elle avait conspiré pour aider sa sœur à fuguer. Nourrissait-elle aussi des aspirations égalitaires pour la société ?

Tate écarta le sujet.

— C'est son projet, pas le mien. Et si cela peut persuader quelques gars de revenir, tant mieux ! Il n'y a pas de mal à la laisser se livrer à ses petites passions, pas vrai ?

Il fit un clin d'œil à Max et ajouta :

— C'est un conseil valable pour n'importe quel mari, si vous voulez mon avis. Ça rend les femmes heureuses, et ailleurs que dans vos pattes.

Max ne put s'empêcher de couler un regard intrigué à son compagnon. Tate opinait du bonnet, les sourcils haussés, attendant que Max abonde dans son sens.

Ah. Tate voulait donc que sa fille soit plus oisive et plus féminine. À sa place. Bianca, quant à elle, voulait se rendre utile. Comment avait-elle décrit le travail qu'elle effectuait ? « Analyser scrupuleusement les propriétés des minéraux, avec un peu d'intuition et au prix d'innombrables essais », avait-elle dit. Elle se passionnait pour ses vernis, et devait également se passionner pour cette école.

Aussi, en guise de réponse, il se contenta de sourire et inclina la tête, n'exprimant ni accord ni désaccord.

— Il y a une chose que je n'ai pas vue. Où sont produits les plus petits objets ? demanda-t-il, se rappelant le pot en forme de prune dans la chambre de Bianca. Ma femme a quelques articles charmants sur sa coiffeuse.

— Ces babioles frivoles, fit Tate d'un ton méprisant.
— Oh ?

Max avait vu plus d'une coiffeuse de dame élégante, avec ses assortiments de petits pots remplis de pommades et de poudres. C'étaient peut-être des babioles, mais elles étaient très en vogue.

— Plus que cela, je pense, dit-il.

Tate leva les yeux au ciel.

— Bianca voulait faire des expériences avec de la porcelaine. Je n'y vois pas d'inconvénient, mais la faïence dure plus longtemps. C'est plus solide, aussi.

Il retourna dans l'atelier en marquant une pause de temps à autre pour examiner un objet. Devant l'une des paillasses, il prit un vase et le tourna longuement entre ses doigts. Max, qui l'avait suivi, examina l'objet à son tour, à la recherche du défaut qui faisait froncer les sourcils de son beau-père. Il ne le trouva pas.

Soudain, Tate jeta violemment le vase, qui s'écrasa sur le sol avec fracas.

— Qui a fait ça ? rugit-il. Craddock !

Un grand homme corpulent aux cheveux roux accourut.

— Qui est responsable de ceci ? tonna Tate en désignant les débris.

— Martin, monsieur Tate, dit Craddock, gêné.

Tate lança les mains en l'air.

— Ce n'est pas digne de Perusia. Faut-il qu'on le renvoie à la fabrication des assiettes ? Que cela ne se reproduise plus.

— Bien, monsieur. Plus jamais.

Craddock courba la tête et fit signe à un garçon armé d'un balai de venir nettoyer.

Tate s'éloigna.

Max examina le vase brisé. Ses défauts avaient été infimes, imperceptibles pour un novice, et pourtant, Tate les avait décelés et l'avait détruit.

La poignée lisse de l'objet, une courbe sinueuse, était intacte. Elle avait été cuite une fois, mais n'avait pas encore reçu le vernis brillant de Bianca. Elle lui sembla aussi parfaite que les autres. Tate avait d'immenses exigences, et c'était tout à son honneur. Mais cela choquait Max qu'on puisse fracasser un vase d'aspect irréprochable pour un œil non exercé à savoir, la grande majorité de la population. Max, qui avait trop longtemps manqué de tout, détestait le gâchis.

Avec un dernier regard pour le garçon accroupi au-dessus de sa balayette, Max alla rejoindre son beau-père.

13

Jamais Bianca ne l'aurait reconnu, mais elle commençait à apprécier son mari.

Elle ne le comprenait pas, et continuait à penser que sa décision de l'épouser cachait quelque chose. Mais chaque jour qui s'écoulait semblait lui apporter la preuve d'une caractéristique attachante le concernant, et elle avait de plus en plus de mal à le tenir à distance.

Sa réaction devant la lettre de Cathy avait été l'élément le plus surprenant, mais c'était loin d'être le seul signe montrant qu'elle avait pu se tromper à son sujet. La façon dont il l'attendait à la grille de l'usine chaque jour, et dont il semblait sentir en fonction de son humeur s'il devait lui parler ou rester silencieux. Ses manières irréprochables envers tout le monde, jusqu'à la plus humble des filles de cuisine. Le fait qu'il n'ait jamais perdu patience avec elle. Dans la mesure où Bianca avait maintes fois essayé de le provoquer pour susciter une dispute, ce dernier point l'impressionnait particulièrement.

De toute évidence, Max ne se résumait pas au libertin coureur de dot et superficiel pour lequel elle l'avait pris, et elle devenait folle à essayer de percer ses véritables intentions.

Pour soulager un peu sa tension, elle décida de se réconcilier avec son père. Elle pénétra dans son bureau, lui montra la lettre de Cathy et annonça :

— Ma sœur souhaite vous faire savoir qu'elle se porte bien, qu'elle est mariée à M. Mayne, et très heureuse.

Elle fit une révérence, et s'apprêta à ressortir avant qu'il ne se soit remis de sa stupeur.

— Bianca, attends ! l'arrêta son père en lui prenant le bras. Quand as-tu eu de ses nouvelles ?

— Vous le savez certainement déjà.

St. James passait une bonne partie de la journée dans les bureaux avec son père. Il avait dû lui répéter ce qu'elle avait appris. Et même sans cela, il y avait de grandes chances que Mary ou une autre domestique ait dit à quelqu'un à Perusia Hall qu'une lettre de Cathy était arrivée. La gouvernante là-bas, Mme Hickson, était la mère de sa bonne Jennie, et peu de choses ne circulaient pas tôt ou tard d'une maison à l'autre.

— Mais non, je l'ignorais ! s'écria son père sans pouvoir dissimuler la détresse dans sa voix. Raconte-moi.

Bianca se tourna vers lui. Son père lui lâcha le bras en le tapotant doucement. Il s'éclaircit la gorge et montra du menton la lettre qu'elle tenait.

— Elle est heureuse, alors ?

Bianca acquiesça.

— Très heureuse.

Il pinça les lèvres.

— Je devrais sans doute m'estimer soulagé que le pasteur ait agi honorablement.

— Cela a toujours été son intention, dit-elle d'un ton cinglant. Il était évident pour tout le monde à Marslip qu'il souhaitait épouser Cathy.

— Et cela ne lui aurait rien coûté de me demander ma permission et ma bénédiction, répliqua son père.

Il poussa un soupir et jeta les mains en l'air.

— Peu importe ! C'est fait, et il n'y a rien à gagner à se quereller à ce sujet.

— Non, admit Bianca avec raideur.

— Et toi ? demanda-t-il précautionneusement. Es-tu... heureuse ?

Bianca prit une respiration maîtrisée.

— Je ne regrette pas le choix que j'ai fait.

Cela ne sembla pas contenter son père.

— Tu ne regrettes pas...

— Eh bien, qu'attendais-tu que je réponde ? gronda-t-elle en haussant les sourcils. Condamnée pour avoir aidé ma sœur à trouver son vrai bonheur...

— Condamnée ! répéta-t-il avec un grognement indigné.

— Avisée que mon héritage allait être donné à un inconnu, et que je ne pourrais le récupérer qu'en épousant ledit inconnu.

Bianca haussa une épaule.

— J'ai fait mon devoir, conclut-elle.

Elle vit passer diverses émotions sur le visage de son père, et se prépara à la tempête. C'était la première fois qu'elle lui parlait depuis cette désastreuse journée de mariage, or il manquait rarement une occasion de faire connaître le fond de sa pensée.

Pourtant, au prix d'un effort presque visible, il ravala ce qu'il avait envie de dire et se contenta de grommeler :

— J'espère que tu finiras par apprécier ce garçon. C'est quelqu'un de bien.

Le fait que Bianca commençait à abonder dans ce sens, même à son corps défendant, ne le lui fit pas reconnaître pour autant.

— Je n'ai guère d'autre choix maintenant que de m'accommoder de la situation. Et je le ferai.

— C'est un début, approuva son père, dont le visage s'éclaira. C'est ce que nous avons fait, ta mère et moi.

Bianca cligna des yeux.

— Quoi ?

Elle avait toujours cru que ses parents avaient dès le départ été profondément amoureux l'un de l'autre. Mais, avant qu'il ne puisse répondre, Ned frappa à la porte.

— Je vous demande pardon, oncle Tate, mais M. St. James demande que vous le rejoigniez dans la salle de séchage.

— J'arrive.

Quand Ned fut reparti, Bianca jeta un regard interrogateur à son père, qui haussa les épaules.

— Je ne sais pas du tout ce qu'il me veut. Tu... Tu es la bienvenue pour m'accompagner et le découvrir avec moi.

Elle acquiesça d'un hochement de tête. C'était une trêve, et peut-être la première fois qu'ils en concluaient une sans aucun cri.

Que pouvait bien vouloir Max ? Bianca avait fini par s'habituer à le croiser aux quatre coins de l'usine. Il avait consacré du temps à chaque groupe d'ouvriers pour se renseigner sur leur travail. Non seulement il était là tous les jours, au bureau ou à l'atelier, mais il s'était mis à parler avec le personnel, qu'il s'agisse des femmes qui peignaient les scènes sur les assiettes traditionnelles, des doreurs qui appliquaient de délicates feuilles d'or sur les bords des tasses à thé, ou des hommes qui transportaient la terre depuis les barges. Tout le monde n'appréciait pas sa curiosité, mais on admettait qu'il était poli et s'intéressait sincèrement aux moindres aspects de l'entreprise.

Elle savait qu'il avait aidé à décharger la terre et l'avait inspectée. Il était même allé dans l'espace de cuisson, un labyrinthe de salles où régnait une chaleur suffocante, et avait essayé de sortir quelques pièces des fours.

Bianca le savait parce que le frère d'Amelia travaillait aux fours de cuisson et lui avait dit que Max avait laissé tomber une pièce. Ce n'était qu'un saladier, mais il s'était cassé, et Max avait étonné tous les ouvriers en s'excusant. Jamais son père n'aurait agi ainsi.

Tout cela était fort surprenant. Chaque jour, quand elle descendait dîner, il l'attendait, ayant troqué ses vêtements ordinaires en laine et en coton pour redevenir le libertin sophistiqué élégant vêtu de velours et de dentelle, et il lui souriait en lui témoignant un intérêt et une attention sans faille.

Il ne cessait de piquer sa curiosité.

Son père sur les talons, Bianca dévala l'escalier et traversa l'usine pour se rendre dans la salle de séchage. Là, d'innombrables étagères étaient couvertes d'articles nouvellement sculptés, soigneusement séparés les uns des autres afin que la terre puisse sécher correctement. Après cela, certaines pièces seraient cuites, puis vernies et peintes avant de subir une nouvelle cuisson, tandis que d'autres seraient cuites et laissées en biscuit. Le grès peint non verni produisait des pièces très jolies.

À l'extrémité de la pièce, Max examinait une théière. Il leva les yeux lorsqu'ils entrèrent et la reposa. Un sourire chaleureux éclaira son visage.

— Comme c'est gentil à vous d'être venus !

— Ma foi, une invitation aussi mystérieuse ! Comment résister ? Que vous arrive-t-il, St. James ?

M. Tate croisa les bras et attendit.

Max hocha la tête.

— Comme vous le savez, je me suis appliqué à comprendre le fonctionnement de Perusia, depuis les carrières d'argile jusqu'aux entrepôts de vente. Certains éléments dignes d'intérêt m'ont frappé. D'une part, Perusia concède qu'un grand pourcentage de toute la marchandise puisse être cassé avant d'arriver à destination. Autant de revenus perdus.

— La faute aux routes, dit Tate. Elles sont dans un état déplorable.

— En effet, répondit Max, mais beaucoup de marchandises sont transportées par voie fluviale, et cependant le contrat autorise Brimley à déclarer un cinquième de casse. Ce dont il ne se prive pas.

— Quoi ! s'exclama son père, stupéfait.

Max leva les mains.

— Je souhaiterais m'en assurer par moi-même. J'ai l'intention de rendre visite à M. Brimley, et d'inspecter les caisses en provenance de Perusia au moment de leur livraison.

Tate fronça les sourcils.

— Brimley est notre partenaire depuis des années.

— Je désire seulement vérifier s'il est vrai que vingt pour cent des marchandises arrivent endommagées. Si c'est le cas, nous devrons améliorer nos emballages afin de limiter la quantité de vaisselle perdue. N'êtes-vous pas d'accord ?

Le sourcil toujours froncé, Tate acquiesça de la tête.

— Mais si ce n'est pas le cas... intervint Bianca sans terminer sa phrase.

Son mari ne sourit pas, mais elle devina qu'il était content de sa remarque.

— Dans ce cas, nous devrons réviser le contrat.

— Brimley ne peut pas mentir, déclara Tate. Mais faites, inspectez les livraisons.

Max hocha la tête. Bianca se détourna pour étudier les vases posés sur l'étagère à côté d'elle, et dissimuler sa stupeur. Il était sérieux lorsqu'il l'avait interrogée sur la paille et cette clause du contrat. Elle avait pensé qu'il voulait l'agacer, et parce qu'elle était déjà agacée, elle n'avait pas vraiment fait attention à ce qu'il voulait réellement dire.

— D'autre part, reprit Max, j'ai une proposition à vous faire.

Il tendit la théière qu'il était en train d'examiner lorsqu'ils étaient arrivés, et Bianca la prit. Elle remarqua que le bec verseur était très légèrement oblique, et que l'anse présentait une imperceptible ébréchure.

— Elle a été réalisée par un jeune potier qui est encore en train d'apprendre à fixer les anses et les becs. En principe, elle serait jetée.

— Bien sûr ! s'écria Tate. Elle n'est pas à la hauteur de Perusia !

— Nous ne pouvons pas vendre des articles de qualité médiocre, renchérit Bianca. La marchandise de Perusia est ce que l'on fait de mieux. Je refuse catégoriquement d'apposer notre poinçon sur cette pièce.

— Bien entendu, répondit Max sans s'émouvoir.

Ajoutant encore à sa surprise, il lui reprit la théière des mains, la souleva et la jeta sur le sol dallé. Bianca et son père sursautèrent.

— Cette théière n'est pas assez réussie pour être vendue comme sortant des ateliers de Perusia, mais sa production coûte à l'entreprise de l'argile, des heures de travail, tout cela à perte. En vérité, cela va même nous coûter de la main-d'œuvre pour la faire balayer et l'emporter jusqu'à la pile des rebuts. Et demain, le même potier viendra ici et utilisera encore de l'argile pour produire encore une théière qui ne sera peut-être pas tout à fait parfaite, car il n'est qu'un apprenti, et cela fera encore de l'argile, du temps et de l'argent perdus.

— Il faut bien que les apprentis apprennent, objecta Bianca. La seule manière d'apprendre le métier est de le pratiquer. Avez-vous une meilleure idée pour qu'ils se forment sans toucher la terre, jusqu'à ce qu'ils deviennent des maîtres artisans ?

Il sourit.

— Pas pour le moment. J'ai cependant une idée qui pourrait réduire les coûts de leur apprentissage.

Bianca jeta un coup d'œil à son père, qui continuait à froncer les sourcils. Elle aurait aimé lui dire que Max n'y connaissait rien à leur entreprise ; toutefois, consciente de ses remarques fort pertinentes concernant la casse et la paille, elle demanda :

— Eh bien, laquelle ?

— Au lieu de les faire travailler sur la vaisselle précieuse de Perusia, on pourrait leur confier des tâches plus simples.

Max prit une théière cylindrique ordinaire sur l'étagère. Son bec verseur était droit et non incurvé, son anse dépourvue de décorations. C'était une pièce toute simple, mais Bianca savait qu'elle serait vernie et peinte. La surface plate mettrait mieux en valeur la peinture du paysage qu'elle était destinée porter.

— Une théière comme celle-ci, ou même plus épurée encore, constituerait un article idéal pour un potier débutant.

Tate émit un petit bruit méprisant.

— C'est déjà ce que nous faisons, St. James ! Vous ne pensez pas que nous leur donnons directement les services les plus raffinés, quand même ?

— Non, mais je songeais à un autre niveau de simplicité. La production de Perusia se distingue par la beauté de ses motifs et l'éclat de ses vernis et glaçures, dit Max dont le regard croisa celui de Bianca pendant une fraction de seconde. Des motifs délicats et exquis : voilà la marque de fabrique de Perusia. Je voudrais créer une nouvelle gamme de produits, toujours de qualité mais qui seraient plus simples, moins coûteux à fabriquer, et vendus moins cher.

— Des marchandises bon marché ! s'exclama Tate. Jamais, monsieur St. James. Le poinçon de Perusia ne sera appliqué que sur...

— Je parle d'une nouvelle marque, précisa vivement Max. Pas Perusia. Ces marchandises-là doivent rester de qualité exceptionnelle. Mais cette nouvelle gamme de vaisselle sera celle que les employés de banque, les avoués et les officiers militaires pourront acheter pour mettre sur leur table.

— Et vous voulez y consacrer les ouvriers moins expérimentés, dit lentement Bianca. Afin de les former jusqu'à ce qu'ils soient suffisamment accomplis pour exécuter correctement les articles de Perusia, tout en produisant des marchandises que nous pourrons vendre.

Max tourna vers elle l'éclat de son sourire.

— Précisément !

— Ridicule, décréta Tate. Avez-vous idée du temps qu'il faut pour devenir un bon potier ?

— Des années, admit Max. Et la plus grande partie de ce qu'ils font la première année est mise au rebut. Imaginez s'ils passaient plutôt cette année-là à produire de la vaisselle ordinaire et simple, à tourner des bols, des raviers et des théières sans prétention jusqu'à ce qu'ils sachent le faire à la perfection. Alors ils seront prêts à exécuter des becs verseurs courbés et des bordures de tasses raffinées, jusqu'au jour où ils pourront enfin travailler dans les ateliers de Perusia.

Tate croisa les bras sans un mot, et Bianca s'humecta les lèvres.

— C'est une bonne idée, dit-elle.

Son père lui coula un regard stupéfait.

— Ça vaut le coup d'essayer, en tout cas, ajouta-t-elle. Ne croyez-vous pas, papa ?

— Je refuse de vendre des biens de qualité inférieure, répéta-t-il. Il est hors de question de nuire à la réputation de Perusia.

— Cela n'aura rien à voir avec les marchandises de Perusia, répéta Max. Il s'agit de créer une ligne de vaisselle entièrement nouvelle.

Il jeta un coup d'œil à Bianca.

— Ainsi que d'autres articles, destinés à une clientèle qui dispose de certains moyens et aspire à un certain niveau de goût et de style, mais qui ne peut s'offrir la marque Perusia.

Tate continuait à afficher une mine mécontente.

— Nous manquons déjà d'ouvriers. Si je rabaisse les hommes pour réaliser cette nouvelle ligne de vaisselle, ils vont tous me quitter pour aller chez Mannox.

— Personne ne serait rabaissé, et les salaires ne changeraient pas. Ce serait un banc d'essai, en quelque sorte, une fois l'apprentissage terminé. Voyez les revenus de la nouvelle gamme comme un plus, sans même parler des pertes que cela éviterait.

Il marqua une pause avant de demander :

— Y réfléchirez-vous ?

— Oui, décréta Bianca avant que son père ne puisse refuser. Vous devriez peut-être préparer une description de cette nouvelle gamme en précisant à qui vous envisagez de la vendre, ainsi qu'une liste des ouvriers susceptibles de s'y consacrer. Il n'y a pas de mal à se pencher dessus, n'est-ce pas, papa ?

Son père grommela, puis :

— Je suppose que je peux toujours jeter un coup d'œil au projet. Mais rien n'est décidé, l'avertit-il en agitant l'index.

— Bien sûr que non, répondit-elle. Cependant, il faudrait être idiot pour ne pas réfléchir à un projet consistant à créer une nouvelle ligne sans nuire à la fabrique.

— Il faudrait être idiot, tu dis ? marmonna son père.

Il secoua la tête et se détourna en lançant pardessus son épaule :

— Rédigez votre projet, St. James, et donnez-le à Bianca. Elle me fera savoir si elle l'approuve.

Il poursuivit jusqu'au bout de la rangée, s'arrêtant çà et là pour examiner une pièce sur les étagères, et Bianca resta seule avec son mari.

— Merci, dit-il.

Un sourire jouait sur ses lèvres.

— D'avoir écouté une idée destinée à améliorer l'entreprise ? Je suis toujours d'accord pour cela, répliqua-t-elle d'un ton guindé.

Puis, presque à contrecœur, elle ajouta :

— Je trouve ce projet très prometteur.

Elle ne s'était pas attendue à une telle initiative de la part de Max. Cela ne faisait qu'un mois qu'il était à Marslip. Comment pouvait-il penser à une chose qui ne lui était jamais venue à l'esprit ? Non sans contrariété, elle se dit que la réponse était probablement dans sa question : elle avait vécu ici toute sa vie, imprégnée de la philosophie de son père et de son mode de fonctionnement. Perusia avait prospéré, de sorte qu'elle n'avait jamais consacré beaucoup de temps à réfléchir à des innovations radicalement différentes.

Mais Max avait du recul, il avait vécu ailleurs et connaissait le monde bien mieux qu'elle. Il avait dit qu'il n'était pas aussi simple d'esprit qu'elle le croyait. Elle n'avait que ce qu'elle méritait.

Il s'inclina brièvement.

— Je suis enchanté que vous soyez d'accord.

— Qu'est-ce qui vous en a donné l'idée ? questionna-t-elle.

Il baissa les yeux vers les tessons de la théière qu'il avait fracassée.

— Je déteste le gâchis.

— Oui, concéda-t-elle, mais on ne peut pas l'éviter…

— Savez-vous combien d'articles sont impropres à la vente ? l'interrompit-il. Un sur dix, certains mois. J'admire que votre père soit très à cheval sur la qualité, mais les ateliers produisent beaucoup trop de vaisselle qui n'est pas aux normes.

— Vous voulez donc créer un apprentissage… disons, de perfectionnement.

— Quelque chose comme ça.

Il l'observait attentivement.

— Vous êtes-vous prononcée en faveur du projet uniquement pour vous opposer à votre père ?

Bianca sourit enfin, avec un air faussement contrit.

— Suis-je donc si contrariante ? Non, je vous assure que je ne soutiendrais jamais une mauvaise idée. Celle-ci ne se révélera peut-être pas fructueuse, mais elle présente suffisamment d'avantages pour que je l'estime digne de l'intérêt de mon père.

Avec un sourire espiègle, elle ajouta :

— Par contre, vous devrez rédiger une proposition persuasive, si vous voulez la pousser au-delà de cette conversation.

Il sourit.

— J'en ai bien l'intention, et j'y ajouterai la liste des boutiques londoniennes qui pourraient vendre cette gamme de vaisselle.

Il marqua une pause.

— Venez avec moi, dit-il.

Bianca battit des cils.

— Comment cela ? À... Londres ?

— Oui.

Stupéfaite, elle se rendit compte qu'il était sérieux.

— Mais j'ai du travail à faire ici ! protesta-t-elle.

— Vous venez de mettre au point le parfait vernis écarlate, fit-il remarquer. Un travail de plusieurs mois, achevé et confirmé par des cuissons répétées. Les vernisseurs le maîtrisent et peuvent le reproduire avec fiabilité. Nous devons maintenant le montrer aux clients afin qu'ils commencent à rêver de l'avoir sur leur table. Venez avec moi à Londres pour l'exhiber comme il le mérite.

Bianca se mordit la lèvre. Ce qu'il avait dit était vrai : elle passait moins de temps dans l'atelier, maintenant qu'elle avait créé son vernis rouge. En outre, elle n'était jamais allée à Londres.

Mais cela signifierait s'y rendre avec lui – son mari, qui était encore un étranger... bien que son antipathie envers lui s'érode peu à peu. Ici, elle avait Amelia, son père, et tante Frances. Ici, elle était chez elle et c'était lui l'étranger ; à Londres, ce serait l'inverse. Il serait de retour parmi ses amis élégants et arrogants, et elle serait l'épouse rustique quelconque qu'il avait épousée pour son argent.

— J'espère aussi trouver plusieurs endroits qui serviraient de vitrine à Perusia, et j'aimerais beaucoup avoir votre avis sur le choix de ces lieux, ajouta-t-il devant son silence. Une vitrine où la vaisselle de Perusia serait exposée sous son meilleur jour, ainsi qu'un agent pour prendre les commandes. Choisissez vos pièces écarlates les plus belles, et nous les montrerons pour donner aux premiers privilégiés un avant-goût des articles à venir.

— Vous souhaitez avoir mon opinion ?

Elle ne devait pas se laisser tenter, il ne le fallait pas. Et cependant...

— Je n'arriverais jamais à me décider sur le choix du lieu, sans l'avis de quelqu'un qui connaît intimement Perusia, plaida-t-il avec un petit sourire qui éclaira son visage. Et je préfère largement votre compagnie à celle de votre père.

C'était un diable. Malgré cela, Bianca ne put s'empêcher de rougir de plaisir à ces mots. Il mettait son opinion sur le même plan que celle de son père. Et elle adorerait visiter Londres.

— Très bien, dit-elle en lissant son tablier de ses mains soudain moites. Je viendrai.

Le visage de St. James s'illumina.

— Merveilleux !

Sans la quitter des yeux, il ajouta :

— Merci.

Et ce fut ce « merci », plus que tout autre chose, qui donna à penser à Bianca qu'elle pourrait finir par apprécier son mari, au bout du compte.

14

Max avait invité Bianca à l'accompagner à Londres sur l'impulsion du moment, mais dès qu'il le lui eut demandé, il se rendit compte qu'il attendait sa réponse avec fébrilité.

Cela aurait dû lui être égal, qu'elle vienne avec lui ou qu'elle reste à Marslip. Il avait une longue liste de choses à faire en ville, après tout, et largement de quoi occuper son temps. De fait, en toute logique, il serait plus simple qu'il s'y rende seul, qu'il prenne un appartement et sorte jusqu'à n'importe quelle heure sans se sentir coupable de la négliger.

Et pourtant, tandis qu'elle le regardait, ses yeux clairs brillant de surprise, il retint son souffle en espérant qu'elle accepterait.

Il n'avait jamais imaginé qu'il passerait autant de temps avec sa jeune épouse. Il avait pensé qu'il aurait envie de retrouver des maîtresses. S'il s'était marié avec Catherine, jamais il ne lui aurait proposé de l'accompagner à Londres, où il croiserait presque assurément l'objet d'une ancienne idylle. Mais en regardant Bianca, Max se demandait vaguement ce qu'il avait pu trouver d'excitant chez les autres.

Il admirait son intelligence. Il avait rencontré bien des femmes intelligentes, cependant. Il s'émerveillait de son intrépidité. Il avait rencontré des femmes plus intrépides encore. Mais aucune ne lui ressemblait. Il savait qu'elle lui résistait par défi, et il adorait le défi, mais pour la première fois de sa vie, il percevait le poids menaçant de l'échec. S'il échouait avec elle, il ne pourrait passer à autre chose : elle était sa femme, jusqu'à ce que la mort les sépare. Et il avait envie de...

Seigneur, comme il avait envie d'elle ! Il avait envie qu'elle lui sourie, qu'elle rie avec lui, qu'elle passe un bras complice sous le sien, qu'elle lui ébouriffe les cheveux et l'attire à elle, qu'elle le pousse à s'allonger sur le dos et le chevauche. Il avait envie de sa bouche sur la sienne, douce et taquine, brusque et affamée. Il avait envie d'elle dormant paisiblement à son côté, la tête sur son épaule.

Max n'avait jamais attendu cela d'aucune de ses maîtresses.

Il fut ébranlé de constater qu'il désirait désespérément cette femme surprenante. Vouloir quelque chose à ce point impliquait que la chute serait brutale s'il ne l'obtenait pas. S'il était un tant soit peu raisonnable, il se maîtriserait, ne lui laisserait jamais voir ce qu'il éprouvait, attendrait qu'elle vienne à lui...

Au lieu de cela, il observait les moindres plissements de ses paupières, les moindres changements dans sa respiration, le moindre mouvement de ses mains qu'elle aplatissait en ce moment sur ses jupes.

— Très bien, dit-elle d'une voix légèrement plus enrouée que d'habitude, et il ne put dissimuler sa joie.

Il avait prévu ce voyage à Londres depuis plusieurs semaines, et la plupart des dispositions avaient été prises. Mais puisqu'il serait accompagné de sa femme, il envoya une série de nouvelles instructions à l'homme qui s'occupait de tout pour lui à Londres. Il leur fallait un logement plus spacieux, une voiture de louage, du personnel, et en particulier une cuisinière. De nouvelles perspectives s'ouvraient devant lui : ils pourraient sortir, rencontrer des gens, aller au théâtre.

Il avait l'impression d'être un enfant, impatient de tout lui montrer.

Les journées précédant leur départ furent occupées par les bagages et les préparatifs du voyage.

— Que dois-je emporter ? demanda Bianca en ouvrant la porte de communication entre leurs chambres. Qu'allons-nous faire, à Londres ?

Max s'adossa contre un montant du baldaquin.

— Qu'aimeriez-vous faire ?

— Je n'y suis jamais allée ! J'ai entendu dire que c'était élégant et magnifique, et aussi d'une crasse répugnante. Vous qui avez vécu là-bas, dites-moi ce que je dois préparer.

Il sourit.

— Un peu de tout, je suppose.

Elle eut une moue frustrée.

— Vous ne m'aidez guère, déclara-t-elle en retournant dans sa chambre.

— C'est juste. Attendez !

Il traversa la pièce en trois enjambées et posa la main sur la porte avant qu'elle ne puisse la refermer.

— J'étais préoccupé. Je vous demande pardon.

— Si nous allons seulement regarder des boutiques et des entrepôts, je n'ai besoin que de vêtements de tous les jours. Mais si nous sortons, il faut que j'emporte quelques robes. Lesquelles ?

Elle fronça les sourcils devant l'assortiment de vêtements étalés sur tous les meubles de la chambre. Jennie attendait dans un coin, désemparée, à côté d'une malle vide.

Max coula un regard vers Bianca. Elle mordait sa lèvre inférieure et affichait un pli soucieux entre les sourcils. Habitué à la voir sûre d'elle, il se rendit compte qu'elle était dépassée.

— Ces robes-là, dit-il en les montrant du doigt. Et celles-ci. Une bonne cape et vos chapeaux préférés.

Des chaussures de marche et des souliers de danse. Nous achèterons le reste sur place.

Le soulagement de la jeune femme se mua en surprise.

— Le reste ? J'ai beaucoup de vêtements. Pourquoi devrais-je…

— Comme vous l'avez dit, je connais Londres. Vous en voudrez d'autres, promit-il avec un clin d'œil.

— Je n'en ai pas besoin, marmonna-t-elle alors qu'il retournait à ses propres bagages.

Sur le seuil, Max s'immobilisa et se retourna vers elle.

— Permettez que ce soit mon cadeau de mariage, ma chère. Vous choisirez tout ce qui vous plaira, bien sûr.

Il vit ses yeux s'arrondir et sa bouche s'ouvrir, avant de s'incliner et de refermer la porte de communication avec un sourire.

Bianca cessa d'être rongée par l'indécision quant à ce qu'elle devait emporter. Elle dit à Jennie de prendre ses vêtements habituels, sans oublier la robe bordeaux et celle qu'elle avait portée pour son mariage. Deux devraient suffire, quoi qu'en pense Max.

Matthew devait les emmener jusqu'à Stoke-on-Trent, à huit kilomètres de là, où ils loueraient une voiture. Bianca s'interrogea sur le bien-fondé de cette extravagance, mais Max lui expliqua que ce serait économique dans la mesure où avec Jennie ils seraient trois, sans compter tous les bagages. Il avait envoyé à Londres son valet, un certain Lawrence, plusieurs jours auparavant pour qu'il les attende là-bas.

M. Tate vint leur souhaiter un bon voyage. Max et lui s'étaient enfermés pendant des jours pour discuter de « sujets importants », comme les appelait Bianca. Beaucoup trop importants pour être évoqués devant elle. Son père et elle avaient fait la paix, mais ils n'étaient pas revenus à leurs rapports équitables d'avant...

D'avant Max.

De sa fenêtre, Bianca regarda son mari dire à Matthew comment fixer les malles sur la voiture. Jennie tournicotait inutilement autour d'eux, excitée comme une puce à la perspective de découvrir la capitale. Ellen, de Perusia Hall, s'était mise à bouder en apprenant que Jennie, plus jeune qu'elle de cinq ans, accompagnerait Bianca. Elle n'avait pourtant jamais été la bonne de Bianca. C'était celle de Cathy. Mais, depuis le départ de sa maîtresse, elle semblait perdue.

Max dit quelque chose à Jennie, qui hocha la tête et pivota brusquement vers la maison, effrayant une oie au passage. Le palmipède protesta bruyamment avant de s'éloigner en battant des ailes, et Jennie poussa un cri. Max éclata de rire.

Bianca se pencha un peu plus pour le regarder. Il était rare qu'elle ait l'occasion de le voir sans qu'il se sache observé. Il continuait à l'intriguer, cet homme qui exécutait des tâches triviales mais qui se mettait sur son trente et un pour dîner. Il parlait volontiers avec les ouvriers, mais demeurait propriétaire d'un quart de l'usine. Et elle était incapable de deviner ses pensées.

Comme s'il sentait ses yeux sur lui, il leva la tête vers la fenêtre. Pouvait-il la voir ? Bianca se tendit, mais ne bougea pas.

Il retira son tricorne et plongea dans une révérence pleine de panache. Lorsqu'il se redressa, il souriait de toutes ses dents. Gênée, Bianca lui fit un petit signe, découvrant à sa propre surprise qu'elle souriait malgré elle.

Elle rougit, laissa retomber le rideau et fit un grand pas en arrière. Juste ciel, quelle mouche l'avait piquée ?

Essoufflée et au comble de l'agitation, Jennie fit irruption dans la chambre.

— Oh, madame, êtes-vous prête ? M. St. James dit que tout est en ordre et qu'on n'attend que vous.

— Oui.

Elle enfila ses gants et les boutonna.

— Avez-vous tout descendu ?

— Oui, madame ! répondit Jennie qui dansait littéralement sur place.

— Eh bien, allons-y.

Bianca ferma la fenêtre et mit le loquet.

Dans la cour, la charrette attendait avec tous les bagages. Jennie grimpa sur le siège à côté de Matthew et fit au revoir de la main aux domestiques. Ellen lui répondit avec morosité, Mary agita le bras, et Timmy de l'écurie secoua son chapeau. Matthew lança les chevaux et le véhicule s'ébranla sur le chemin rocailleux.

Bianca les regarda s'éloigner en fronçant les sourcils.

— Je croyais que nous partions ensemble, s'étonna-t-elle en se tournant vers son mari.

— Ah oui ? fit-il avec une grimace. Je préfère ne pas voyager dans une charrette jusqu'à Stoke-on-Trent.

— Cela ne peut pas être si terrible... commença-t-elle.

— Ce n'est pas un moyen de transport digne d'une dame. Je me suis organisé autrement.

Tandis qu'il parlait, le garçon d'écurie apparut sur le cabriolet.

Bianca retint son souffle. Le cabriolet servait pour les courts trajets pour Marslip, ou parfois même un peu plus loin, jusqu'à Burslem. Le siège était capitonné, mais étroit. Cathy et elle y tenaient à l'aise, mais Max était plus large d'épaules, et elle portait une jupe de voyage en laine épaisse. Ils feraient la route serrés l'un contre l'autre jusqu'à Stoke-on-Trent.

— Le cabriolet n'est pas censé couvrir une telle distance, protesta-t-elle.

— Ça ira.

Le garçon d'écurie sauta à terre, et Max alla vérifier le harnais.

Bianca se mordit l'intérieur de la lèvre et réfléchit à toute vitesse. Le cabriolet serait plus confortable que la charrette. S'ils avaient voyagé avec les domestiques, Max et elle auraient probablement été pressés l'un contre l'autre au milieu des bagages. Elle n'allait pas faire un caprice simplement parce qu'elle ne voulait pas le toucher.

Le contact physique était la frontière qu'elle s'était promis de ne pas franchir. Mais il était ridicule de prétendre qu'elle pouvait vivre sans adresser la parole à cet homme qui était tout de même son mari, et tant qu'à le faire, autant que ce soit cordial. Elle était capable de reconnaître qu'il était intelligent et qu'il pouvait avoir de bonnes idées pour Perusia. Il était même acceptable de le trouver amusant de temps en temps.

Mais il continuait à lui adresser des regards de braise, même lorsqu'il portait ses petites lunettes cerclées d'or. Chaque fois qu'il lui souriait, de cette façon lente et séductrice, chaque fois qu'elle surprenait ses yeux sombres sur elle, elle se disait que si elle cédait et se laissait séduire, il aurait tout gagné : l'approbation de son père, une part dans l'entreprise, et sa propre personne. Un mariage chaste et cordial était le mieux qu'elle pouvait espérer. Pas question que les choses aillent plus loin.

Il se tourna vers elle, interrogateur. La charrette avait déjà disparu au détour de l'allée. Si elle voulait aller à Londres – et l'idée lui plaisait de plus en plus – elle était bien obligée de faire un tronçon du chemin avec lui dans la calèche.

— C'est une extravagance, dit-elle en avançant. Matthew va maintenant devoir rapporter la calèche *et* la charrette, sans parler de tante Frances qui sera mécontente si elle a besoin d'un véhicule. Mais dans la mesure où l'on ne peut plus revenir en arrière, je suppose que je n'ai pas le choix.

— Comme c'est aimable à vous de le dire, fit-il avec amusement en lui tendant une main.

Bianca lui permit de l'aider à monter. Puis elle arrangea ses jupes, poussant discrètement le plus gros du tissu sur le côté tandis que son mari prenait place près d'elle.

— Prête pour le départ ? demanda-t-il en maîtrisant d'une main le cheval rétif.

Bianca lui jeta un coup d'œil, troublée par sa proximité. Elle pouvait voir sur son visage jusqu'aux petites rides d'expression autour de ses yeux, ainsi que sa joue bien rasée.

— Oui, répondit-elle.

Elle était prête, et parfaitement consciente qu'elle devrait rester sur ses gardes en permanence.

Pas seulement jusqu'à Stoke-on-Trent.

15

Ce fut de loin le voyage le plus confortable qu'ait jamais connu Max. Quelle différence pouvait faire l'argent !

Bianca pensait probablement qu'il avait choisi la calèche afin de rester en tête à tête avec elle. À la vérité, il avait connu trop de charrettes sales et brinquebalantes au cours de sa vie. Bianca n'avait visiblement jamais voyagé à la dure, comme lui l'avait fait la plus grande partie de son existence, si elle trouvait extravagant de préférer une calèche. Pour Max, la chose revêtait une importance particulière.

Lawrence, son domestique, avait bien fait son travail, et des chambres confortables les attendaient dans chaque auberge. La première nuit, Max remarqua la tension de Bianca avant qu'il n'évoque incidemment sa chambre de l'autre côté du couloir, et ne lui propose son aide pour le cas où elle aurait besoin de quelque chose. Il eut le plaisir de la voir le remercier, tout en essayant de dissimuler son soulagement.

Il avait été très tenté de ne demander qu'une seule chambre. Max avait du mal à résister à son attirance pour la jeune femme. Il prenait son mal en patience en misant sur le long terme, et pour cela il fallait attendre qu'elle ne puisse plus davantage lui tenir tête. Il désirait son épouse – parfois douloureusement – mais voulait qu'elle vienne à lui sans être simplement conciliante, mais enfiévrée de désir. Comme il le lui avait dit le jour de leur mariage.

Max avait l'habitude qu'on le frustre de ses désirs, mais cette épreuve constituait la plus grande qu'il ait connue.

Depuis Stoke-on-Trent, ils voyageaient dans un véhicule à ressorts confortable. Bianca s'intéressait au paysage. Elle se pencha par la fenêtre lorsque leur voiture dut s'arrêter pour permettre à la malle-poste de les dépasser en brinquebalant, toutes trompes sonnantes. Elle poussa un petit cri émerveillé devant la splendide maison que lui montra Max sur une colline. Lorsqu'ils traversèrent un canal, elle voulut s'arrêter pour voir s'il y avait une cargaison en provenance de Marslip, mais Max lui assura que ce n'était pas le cas.

— Comment pouvez-vous en être sûr ? demanda-t-elle en continuant à regarder les bateaux.

— Je connais tous les trajets à partir de Perusia.

Elle le dévisagea, les yeux écarquillés.

— Impossible !

— Mettez-moi à l'épreuve, répondit-il tranquillement.

Des années passées à concentrer son esprit pour compter les atouts lors des parties de cartes lui avaient donné une mémoire prodigieuse. Il put répondre à toutes les questions que lui posa Bianca, jusqu'à ce qu'elle finisse par pincer les lèvres et se tourner de nouveau vers la fenêtre.

— Quel miracle, la taquina-t-il. Aurais-je réussi à en apprendre davantage qu'un Tate sur une petite facette de Perusia ?

— Je suis certaine que papa connaît toutes les routes commerciales également, répliqua-t-elle sans le regarder.

Max rit.

— Je n'en doute pas.

— Les avez-vous mémorisées uniquement pour m'impressionner ?

— Bien sûr que non.

Elle attendit, puis laissa échapper :

— Dans ce cas, à quoi cela vous sert-il ? Je ne parle pas des destinations, ni de la manière dont les marchandises sont transportées, mais les itinéraires exacts ? Pourquoi les apprendre par cœur ?

— La première fois que je suis venu chez votre père, il m'a interrogé quant à l'intérêt que je portais à Perusia. Je lui ai garanti qu'il était sincère et profond. Il m'a semblé utile de connaître les diverses voies de transport.

Elle le regarda et fit la moue.

— Vous poussez loin votre intérêt. Qu'est-ce que cela vous a rapporté ?

« Je vous ai surprise », pensa-t-il.

— Rien d'autre que la satisfaction de le savoir, répondit-il d'un ton léger. Qui sait ? Cela pourra peut-être me rendre service.

— Vous êtes un drôle de numéro, dit-elle en reportant son attention vers la fenêtre.

Pour masquer à quel point elle était impressionnée, songea-t-il, amusé.

— Vous n'êtes pas au bout de vos surprises, ma chère.

Si quelqu'un avait dit à Bianca qu'elle pourrait apprécier un long voyage enfermée dans un véhicule avec son mari, elle l'aurait traité de menteur.

Et pourtant, ce ne fut pas désagréable. Il resta constamment de bonne humeur. Il ne manqua jamais une occasion de tenir des propos plus ou moins charmeurs, mais ne proposa pas qu'ils partagent une chambre à l'auberge. Ils parlèrent d'affaires, de

Londres, des paysages devant lesquels ils passaient. Ce fut même... plaisant.

Ils atteignirent la capitale en fin de journée. Les routes à péage poussiéreuses se transformèrent en rues pavées, et Bianca se posta près de la fenêtre, curieuse.

Elle avait vu des gravures représentant Londres, avec ses immeubles si hauts et si denses que le soleil n'atteignait plus la chaussée, ses rues flanquées de boutiques où se pressaient des véhicules de toute sorte. Mais ce n'était rien, comparé à la sensation que l'on éprouvait en plein cœur de la ville. Partout où elle regardait, il y avait du monde : des colporteurs qui vantaient leurs marchandises, des garçons armés de balais qui couraient pour balayer la rue devant les piétons, des chaises à porteurs dans lesquelles étaient installés des gens bien habillés, des dames qui déambulaient sur le trottoir suivies de domestiques, des serviteurs en livrée qui faisaient des commissions, de jeunes hommes qui lançaient des dés sur un tonneau devant un pub... Vers l'est, elle aperçut un dôme doré dont Max lui apprit qu'il s'agissait de la cathédrale St. Paul. Le spectacle était ébouriffant.

Au bout d'un moment, la voiture bifurqua dans une rue plus tranquille. De hauts réverbères se dressaient toutes les trois maisons, et des rampes en fer bordaient le trottoir. Ils s'arrêtèrent devant une maison en briques claires, étroite mais élégante. La porte était d'un joli bleu accueillant, exactement comme à Poplar House, et surmontée d'une imposte décorée de vitraux.

— C'est... C'est chez nous ? demanda Bianca en le regardant, incrédule.

Max acquiesça de la tête en lui ouvrant la portière.

— Pendant le mois qui vient.

Elle sentit à peine sa main lorsqu'il l'aida à descendre. La maison s'élevait sur trois étages, hauteur vertigineuse pour elle. Même Perusia Hall, dans toute sa splendeur, n'en possédait que deux...

Alors qu'ils montaient les marches du perron, la porte s'ouvrit.

— Bienvenue à Londres, monsieur, dit Lawrence.

Le valet de Max semblait accomplir beaucoup plus de choses qu'un valet ordinaire.

Tandis que Max s'entretenait avec lui, Bianca pénétra dans le vestibule. Il était très beau, bien que peu meublé. Jennie sur ses talons, elle monta l'escalier et découvrit la salle à manger, derrière laquelle se trouvait un élégant salon. Elle monta encore un étage et pénétra dans une grande chambre, que dominait un lit massif aux épaisses courtines damassées. Jennie, tout excitée, s'approcha de la porte de communication et disparut. En la suivant, Bianca découvrit un petit salon doté d'un secrétaire et d'une bibliothèque, puis une autre chambre, plus modeste et plus intime que la première.

Elle contempla le lit. Bianca s'était imaginé un appartement, pas une maison entière et pas aussi élégamment meublée. Elle s'était préparée à devoir protester pour ne pas partager une chambre – et un lit – avec son mari, et se prenait maintenant presque à le regretter.

Quelque part entre Stoke-on-Trent et Londres, elle avait commencé à se sentir flattée par son entreprise de séduction. Elle n'arrivait toujours pas à croire qu'il était tout à fait sincère, mais à la façon d'une cascade déferlant inlassablement sur le même rocher, ses attentions et ses paroles suggestives commençaient à émousser sa résistance.

Un bruit de pas dans son dos la fit sursauter.

— Qu'en pensez-vous ? demanda son mari en s'appuyant à l'embrasure de la porte.

— C'est immense !

Il sourit.

— Je dirais : confortable.

Il entra dans la pièce et contourna le lit pour aller regarder par la fenêtre.

— Cette chambre vous plaît-elle, ou préférez-vous l'autre ?

Bianca cligna des yeux.

— Elle donne sur le jardin, ajouta-t-il en continuant à regarder dehors, mais l'autre lit est plus grand.

Assez grand pour deux personnes. Bianca rougit de la tête aux orteils et dit la première chose qui lui traversait l'esprit :

— Celle-ci ira très bien, merci.

Il lui jeta un coup d'œil, comme s'il savait à quoi elle pensait, mais se contenta de hocher la tête.

— Je vais demander à Lawrence de monter vos malles.

— Comment avez-vous pu trouver un endroit pareil en si peu de temps ? s'émerveilla-t-elle.

— Le précédent locataire a décidé de quitter Londres avant l'expiration de son bail, expliqua Max. Le prix était tout à fait raisonnable.

— Combien ?

Max haussa un sourcil.

— Raisonnable, répéta-t-il. Faites-moi confiance. N'importe quel loyer vous semblerait exorbitant à Londres, mais pour qui connaît les prix pratiqués ici, c'est tout à fait correct. Il n'était pas question que j'emmène ma femme dans un appartement miteux.

Cette fois, elle devint cramoisie. Son visage allait bientôt ressembler à son vernis !

— Je n'ai jamais demandé à être autant gâtée…

Il lui sourit, de se sourire paresseux de canaille qui à la fois la mettait sur ses gardes et la faisait fondre.

— Cela me fait plaisir, ma chère.

Il se détourna et quitta la chambre en appelant Lawrence. À la fois mécontente et touchée, Bianca défit le ruban de son chapeau et le tendit à Jennie qui venait de réapparaître, hors d'haleine, après avoir exploré le reste de la maison.

— C'est beau, hein, madame ? s'extasia la jeune fille.

— Oui.

— Et tellement près des boutiques ! Vous savez, j'espère vraiment que vous voudrez faire les magasins. Je rêve de voir Bond Street depuis toujours.

Jennie rangea le chapeau et ouvrit en grand les rideaux.

— Regardez, mademoiselle... je veux dire, madame, comme le jardin est joli !

Bianca esquissa un sourire devant l'enthousiasme de sa bonne. Jennie avait peut-être raison.

— Je suppose que nous visiterons beaucoup de choses.

Leur aventure londonienne s'annonçait palpitante.

Max ferma les deux portes séparant sa chambre de celle de Bianca.

— Bravo, dit-il à Lawrence. Le ménage est impeccable.

Le valet sourit.

— Oui, après quatre jours de récurage frénétique. J'ai dû payer des heures supplémentaires aux femmes de ménage. Mais je crois que c'est acceptable.

— Comment va-t-il ? demanda Max.

— Parfaitement bien.

— Elle ne l'a donc pas tué, alors.

La maison était louée à lord Cathcart, qui avait été à une époque l'un des meilleurs amis de Max. Ils se perdaient de vue par périodes et ne se parlaient plus pendant des mois, mais ce printemps, après avoir rencontré la duchesse de Carlyle, Cathcart était le premier à qui Max avait parlé de ce coup de chance prodigieux. Le vicomte avait trouvé cela très amusant.

La précédente occupante de la maison avait été la maîtresse de Cathcart, une plantureuse créature aux yeux de biche dont les joues de porcelaine et la fossette, quand elle souriait, avaient dissimulé l'âme d'une mégère diabolique. Max, ainsi que la plupart des autres amis de Cathcart, avait parié sur le temps que mettrait Mlle Robbins pour le quitter. C'était une habitude, car Cathcart enchaînait les maîtresses comme si elles étaient des manteaux devant être changés à chaque saison. Max avait raflé la mise en pariant sur sept mois et une semaine pour la rupture définitive, tombant juste à quelques jours près.

Il avait eu la bonne idée de se dire que Cathcart, même s'il libérait les lieux, devrait son loyer pendant deux mois supplémentaires. Son ami avait été enchanté de le laisser occuper la maison, pour une somme modique. *Vérifie bien qu'il n'y a pas de cadavres dans les placards,* avait-il écrit à la fin de sa lettre.

Non seulement la maison ne coûtait donc presque rien à Max, mais c'était une aubaine d'en avoir trouvé une au pied levé, si tard dans la saison.

— Tout n'est pas encore tout à fait impeccable, poursuivit Lawrence. Je vous conseillerai de ne pas laisser Mme St. James soulever les tapis.

— Nous ne resterons qu'un mois, peut-être une ou deux semaines de plus.

— Comme vous voudrez, monsieur.

Le valet marqua une pause.

— Dois-je faire porter les affaires de Mme St. James dans la chambre du fond ?

Max hocha la tête, tandis que son regard s'attardait sur le lit. Celui-ci était assez grand pour deux personnes… ou même trois ou quatre, comme s'en était un jour vanté Cathcart.

Max ne s'était jamais laissé entraîner dans ce genre de débauche. Il n'avait que trop rarement les moyens d'entretenir une maîtresse, et préférait garder ses amantes pour lui –, contrairement à Cathcart, qui ne pouvait résister à aucune femme ayant de grands yeux sombres et un tempérament malfaisant. Plus elles lui promettaient de misères, plus Cathcart les voulait.

Il avait été facile de se moquer de son ami et de le taquiner à ce propos. Cathcart se contentait d'un sourire narquois en répondant que chacun avait ses besoins. Max lui avait toujours dit qu'il était aussi dérangé que les diablesses qu'il mettait dans son lit.

Bianca n'avait rien à voir avec ces femmes-là. Mais Max se rendait compte que Cathcart avait eu raison à propos d'une chose : à chacun ses goûts. Et les siens penchaient très fortement en faveur de femmes sûres d'elles et intelligentes qui ne se laissaient pas raconter de sornettes et exprimaient ce qu'elles avaient sur le cœur. Des femmes qui avaient dans la vie un objectif autre que d'acquérir autant de robes neuves et de bijoux que leurs protecteurs voulaient bien leur en acheter. Des femmes qui abordaient le monde avec un esprit pratique et un œil avisé. Des femmes qui ne semblaient pas réaliser que le simple fait de rougir les rendait terriblement séduisantes.

Max contempla le grand lit élégant et se promit qu'il courtiserait sa femme ici, à Londres. Il devait faire sa conquête avant de devenir fou de désir.

16

La vie à Londres se déroulait à un rythme plus rapide qu'à Marslip.

Comme l'avait espéré Jennie, elles firent les magasins. Bien trop pour la patience de Bianca. La maison était meublée assez sommairement mais cela ferait l'affaire pour quelques semaines, et elle avait apporté suffisamment de vêtements. Il n'y avait aucun besoin d'en racheter.

Mais Max insista. Il l'emmena chez une modiste à qui il expliqua qu'ils voulaient trois robes du soir, plusieurs de jour et tous les chapeaux, gants et sous-vêtements nécessaires. Bianca protesta jusqu'à ce que la couturière applique la première tenue contre elle, une robe à l'anglaise ivoire chatoyante rebrodée de fils d'or et de minuscules perles.

— Elle vous va à merveille, madame, déclara-t-elle.

— Elle est… ravissante, parvint à dire Bianca.

Le mot ne lui rendait pas justice : cette robe ne ressemblait à rien de ce qu'elle avait possédé.

Les yeux brillants, la modiste repartit avec et fit signe à son assistante d'apporter la suivante. Celle-là était d'un bleu acier étincelant, avec un galon doré à l'ourlet et de larges volants de dentelle aux manches et au décolleté.

— Oui, dit Max dans son dos.

Bianca sursauta.

— Que faites-vous ici ?

Elle crispa les mains sur la robe qu'elle plaqua contre elle.

— Cette couleur vous va bien, ma chère, dit-il avant de s'éloigner docilement.

— C'est vrai, approuva la modiste avec chaleur pendant que l'assistante aidait Bianca à enfiler la robe.

Elle tira doucement les manches pour les ajuster sur ses bras et les épingla.

— Avec un jupon assorti, ce sera superbe.

— Eh bien... dit Bianca, désemparée. Je suppose...

— Marie va terminer l'essayage et vous l'aurez demain.

Bien que ces robes splendides soient plus tentantes qu'elle ne voulait le reconnaître, ce que préféra Bianca dans sa visite de Londres fut la recherche d'une salle d'exposition pour les marchandises de Perusia. Elle découvrit que Max avait des idées nettement plus grandioses que les siennes.

Elle s'était représenté une petite boutique douillette, avec des étagères pour accueillir leurs théières et soupières, un lieu plus grand que ce qu'on trouvait à Marslip mais d'un charme désuet similaire. Max l'emmena dans un local gigantesque, qu'il arpenta en dessinant avec ses mains les décors qu'ils pourraient créer.

— Les décors ? Que voulez-vous dire ? Nous disposerons les marchandises pour que les gens les examinent, bien sûr, mais...

Il secoua la tête, lui prit le bras et l'emmena vers les fenêtres donnant sur la rue.

— Imaginez ici une table de petit déjeuner dressée pour toute une famille. Les coquetiers brillant sous les lumières, la chocolatière à portée de main – remplie de chocolat chaud pour parfumer l'air –, une jatte de fruits frais pour donner aux clients l'envie de s'asseoir et de savourer ce repas.

Il l'attira vers les vitrines situées de l'autre côté de la porte.

— Et par ici, une table savamment dressée pour un dîner d'apparat avec la vaisselle la plus élégante de Perusia. N'importe qui peut empiler des assiettes sur une étagère. Je veux montrer aux gens combien leur intérieur serait éblouissant, agrémenté d'un service complet. Les arts de la table dans toute leur splendeur.

Bianca promena son regard autour d'elle. Un espace comme celui-ci devait coûter affreusement cher.

— C'est très ambitieux. Mais si nous commencions par une plus petite boutique...

Il agita une main impatiente.

— Qui dit une plus petite boutique, dit de plus petites commandes. Je connais la bonne société. Comment les choses deviennent-elles à la mode ? Il suffit qu'une personne montre comme c'est chic, qu'il s'agisse de boutons en pierres précieuses, d'une voiture à suspension ou d'un chapeau extravagant, et la société s'empresse de le copier. Nous serons créatifs, novateurs, et les gens se bousculeront pour découvrir les styles que nous proposerons.

Bianca lui coula un regard sceptique.

— C'est un gros risque à courir, financièrement.

— Tous les risques ont un coût. Je n'en prends jamais si je ne pense pas que ça en vaut la peine.

Sans vraiment savoir pourquoi, elle songea à leur mariage, à la manière dont il l'avait dévisagée de haut en bas dans la sacristie avant de dire : « Très bien. » Accepter de changer de fiancée devant l'autel était indéniablement un risque...

Mais il ne s'agissait pas de cela. Elle secoua légèrement la tête. Il parlait affaires, argent. Et si cela s'appliquait à leur mariage, c'était uniquement parce que l'épouser lui avait procuré les mêmes revenus et la même part de Perusia que s'il avait épousé Cathy.

— Agencer ainsi la boutique exigera beaucoup de travail, objecta-t-elle. Nous devrons engager un assistant simplement pour entretenir les étalages. Et combien comptez-vous préparer de tables ? Cet endroit est gigantesque.

— Pas tant que cela. Nous créerons ici une cloison, et nous exposerons les pièces les plus grandes contre le mur.

Il marchait tout en parlant.

— Derrière, il y aura une salle de stockage et des bureaux. Si l'on fait livrer les pièces ici, elles peuvent être vérifiées, livrées dans des coffrets tapissés de velours, et dévoilées comme les œuvres d'art qu'elles sont.

— Des coffrets de velours ! s'exclama Bianca. Quelle dépense !

— Cela en vaudra la peine. Pourquoi un bijoutier expose-t-il ses colliers, ses bagues ou ses bracelets sur de la soie noire ? Pour mettre en valeur les diamants, pour suggérer qu'ils méritent les plus beaux écrins. Il en ira de même pour nos marchandises. Elles sont inestimables, précieuses, elles affirment la fortune et la dignité de ceux qui les possèdent, et elles valent très cher parce qu'elles feront encore le bonheur et l'émerveillement des enfants et des petits-enfants de leurs propriétaires.

— Ce serait encore mieux si les enfants et petits-enfants décidaient d'acheter leur propre vaisselle, répliqua-t-elle.

— Quand ce sera le cas, ils se rappelleront la délicatesse remarquable de tout ce qui vient de chez Perusia.

Elle poussa un long soupir.

— Ce n'est pas ainsi que se font ces choses-là, objecta-t-elle en essayant de rester calme et rationnelle. Papa a un homme à Londres, qui prend les commandes et les fait livrer. Il est inutile de louer cet espace gigantesque...

— Pas si gigantesque, murmura-t-il.

— ... et de dépenser des sommes folles avec des décors, du vrai chocolat et des coffrets en velours, poursuivit-elle en haussant le ton. Si cela ne porte pas ses fruits, nous aurons gaspillé beaucoup d'argent !

— Votre père est d'accord avec moi.

— Eh bien, il arrive à papa de commettre des erreurs monumentales, riposta-t-elle avec colère.

Pendant un moment, il resta parfaitement immobile et son visage demeura inexpressif. Elle se rendit compte, trop tard, de ce qu'il avait dû penser : qu'elle parlait de sa demande en mariage et des parts de Perusia que lui avait offertes son père.

Soudain, Bianca eut la chair de poule. Ce n'était pas ce qu'elle avait voulu dire, même si quelques semaines plus tôt cela aurait été le cas. Gênée, elle s'éclaircit la gorge.

— Papa a la folie des grandeurs, essaya-t-elle d'expliquer. Plus c'est spectaculaire et éblouissant, plus cela lui plaît. Il serait enclin à approuver n'importe quoi, du moment que cela brille de tous feux, même si cela ne se fonde sur rien de...

Miséricorde, elle ne faisait qu'aggraver les choses.

— Enfin bref, je ne suis pas convaincue, bredouilla-t-elle avec frustration. Je crois que le risque est trop important.

Son mari l'observait, les bras croisés, l'expression de plus en plus froide. À ces derniers mots, cependant, sa bouche se détendit. Il s'approcha et s'arrêta juste devant elle.

— Acceptez-vous de me donner une chance ? demanda-t-il doucement.

D'une main nonchalante, il redressa la broche qui maintenait son châle, agrafé juste au-dessus du décolleté de sa robe.

Elle ne pouvait s'empêcher de penser que cette conversation concernait davantage leur mariage que la boutique d'exposition. Au départ, elle avait cru qu'il s'efforçait de la provoquer. Mais peut-être...

— Accordez-moi trois mois, dit-il d'une voix plus douce et plus séductrice.

La broche s'ouvrit. Il avait défait l'agrafe.

— Trois mois pour vous montrer comme cela peut être beau...

Il passa les doigts sur le châle pour le remettre en place.

— ... et élégant. Les gens n'auront plus qu'une idée en tête : se procurer ce qu'ils verront ici.

Il ne détachait pas les yeux des siens. Bianca avait l'impression d'être clouée sur place par ce regard. Un frisson la parcourut lorsqu'il glissa un doigt à l'intérieur de son bustier pour fixer la broche.

— Voulez-vous ? chuchota-t-il. M'autoriserez-vous à essayer ? Si vous êtes toujours... insatisfaite, je me plierai à toutes vos suggestions.

Il ne parlait plus d'arts de la table, et Bianca n'y pensait pas non plus. Sa peau était vivante à l'endroit où il l'avait touchée – si brièvement – et les pointes de ses seins s'étaient dressées sous son bustier. Elle ne pouvait s'empêcher de penser à ses mains sur elle, à ce qu'il pourrait faire. « Des plaisirs dont la plupart des femmes ne font que rêver... » Qu'est-ce que cela signifiait ? À quoi *rêvaient* les autres femmes ? C'était déjà suffisamment troublant d'envisager les choses que sa propre imagination lui suggérait.

Bianca chercha une échappatoire. Elle arracha son regard au sien et le fixa sur les plis, beaucoup moins dangereux, de sa cravate.

— Peut-être.

Elle avait parlé d'une voix rauque et timide. Elle s'éclaircit la gorge.

— Je suppose qu'un trimestre constitue une période d'essai équitable. Pour le magasin d'exposition. Si vous pouvez obtenir un loyer raisonnable, bien sûr.

Lentement, il sourit.

— Merci, ma chère. Je vous promets d'en tirer le meilleur profit.

Il lui prit la main, si légèrement qu'elle sentit à peine ses doigts, et la porta à ses lèvres.

Elle fut très sensible à son souffle chaud sur sa peau et, bien que sa bouche ne fasse qu'effleurer ses articulations, la sensation se répercuta dans tout son corps.

Bianca commit l'erreur de le regarder brièvement. Ses yeux brillaient et une mèche de cheveux était tombée sur sa tempe. Il était magnifique, impressionnant… et focalisé sur elle.

Cette fois, aucun doute n'était plus possible : il parlait d'elle. Il voulait la persuader qu'il pouvait lui faire découvrir le monde des plaisirs.

Et elle craignait fort que ce soit vrai.

Bianca mit quelques jours à comprendre pourquoi Max avait insisté pour lui acheter tant de nouvelles toilettes. Elle était en train d'écrire à son père pour lui raconter leurs recherches d'un magasin d'exposition, lorsque des caisses en bois furent livrées.

Rédiger cette lettre lui prenait plus longtemps que d'ordinaire, car elle tenait à rester prudente. Elle avait accepté de laisser Max mettre en pratique ses idées, mais elle continuait à craindre que ce ne soit démesuré, et elle ne voulait pas dresser pour son père un tableau trop optimiste.

La livraison, cependant, causa de l'agitation dans la maison, et elle abandonna sa lettre pour aller voir.

— Que se passe-t-il ?

Des hommes portaient des caisses ; certaines étaient si volumineuses qu'elles passaient à peine par la porte.

— C'est une commande de M. St. James, madame, dit l'un des hommes en retirant sa casquette et s'inclinant.

Max apparut au moment où les livreurs ressortaient, et Bianca se tourna vers lui.

— Qu'avez-vous acheté ?

En guise de réponse, il souleva le couvercle de la caisse posée au-dessus des autres et en sortit une assiette. Bianca la connaissait bien. C'était le plus beau service en faïence fine de son père, appelé Creamware, avec son filet bleu roi et doré sur la bordure discrètement festonnée, et une scène bucolique peinte au centre. Il s'agissait d'une commande qui avait été retardée à cause de difficultés avec la dorure, et expédiée à Londres quelques jours seulement avant leur départ.

— C'est la commande de sir Bartholomew Markham…

— Markham ne l'a pas payée, répliqua-t-il. Et nous recevons des amis à dîner demain soir.

Elle étouffa un petit cri.

— Quoi ? Pourquoi ?

Il reposa l'assiette et la regarda gravement.

— Pour que Londres se pâme devant les plus belles pièces de chez Perusia. Pour laisser entendre que d'autres, encore plus belles, suivront.

Enfin, un sourire ourla sa bouche.

— Et pour nous amuser. Je ne peux pas demander à ma femme de rester assise sans rien faire à la maison tous les soirs.

— Qui avez-vous invité ?

Affolée, Bianca sentit son cœur se serrer. Elle n'était pas douée pour recevoir. C'était le domaine de Cathy.

— Des amis. Des connaissances. Les gens capables de s'offrir du Perusia pour leur table.

— Non… Attendez, je…

Elle courut sur ses talons tandis qu'il se dirigeait vers l'escalier.

— Je n'étais pas au courant !

Il marqua une pause et la regarda, les sourcils froncés.

— Je vous demande pardon, mais nous ne sommes ici que pour un mois. J'ai organisé cette soirée à la dernière minute.

— Oh.

Elle le suivit en haut des marches.

— J'aurais préféré que vous me préveniez, marmonna-t-elle.

— Oui, admit-il avec un petit sourire contrit. J'aurais dû, en effet. Veuillez m'excuser, ma chère.

— Nous ne pouvons pas utiliser le service de sir Bartholomew, reprit-elle avec force.

Max haussa les épaules.

— Tant qu'il n'a pas payé la facture, cette vaisselle nous appartient.

Bianca se mordit la lèvre. Parfois, les clients ne payaient jamais, et son père se désespérait devant le travail accompli pour rien.

— Lui a-t-on demandé le règlement ?

— Deux fois, répondit Max. Les deux fois, il a insisté pour que nous procédions à la livraison et a dit qu'il paierait au début du prochain trimestre.

— À combien s'élève la facture ?

— Neuf cents livres. Si un homme a besoin d'attendre que son revenu trimestriel tombe pour payer, il y a des chances pour qu'il réclame encore un délai plus tard, et que finalement il ne règle jamais sa dette. Je veux bien lui accorder du temps, mais pas question de lui livrer son service !

— Très bien, dit Bianca au bout d'un moment.

Elle avait une vague connaissance des comptes, mais c'était son cousin Ned qui s'occupait de la comptabilité, sous le contrôle de son père.

— Cela me paraît raisonnable.

— Je vous avais dit que je savais l'être, répondit-il en souriant. Quant au dîner, faites-moi confiance. J'ai sélectionné les invités avec soin, de manière à obtenir le meilleur impact et m'assurer que le bouche-à-oreille fonctionnera.

— D'accord.

Elle hocha la tête lentement. C'était son monde à lui, après tout. Son père avait troqué la main de sa fille contre les relations de Maximilian St. James auprès de la haute société. Elle aurait dû être contente qu'il remplisse sa part du contrat.

— Merci, ma chère.

Il lui adressa un regard ardent tout en s'inclinant avec grâce.

— J'espère vous avoir entièrement rassérénée. Soyez assurée de mon dévouement absolu.

Tandis qu'il montait l'escalier, ses talons claquant sur les marches, Bianca songea : « C'est bien ce qui me fait peur. »

17

Max avait élaboré la liste d'invités avec un soin particulier. Il avait confié à Lawrence la mission de se renseigner sur les dernières rumeurs. Aucun invité n'avait de dettes, aucun n'était mêlé à un scandale, aucun n'avait perdu les faveurs de la bonne société.

Par chance, il connaissait des gens qui remplissaient tous ces critères. Il avait éveillé l'intérêt de Samuel Tate grâce à ses relations. Quoi qu'il ait pu apprendre, quoi qu'il ait pu suggérer pour améliorer les contrats, quels que soient les débouchés fabuleux que procurerait la boutique d'exposition, Max savait que c'était là l'occasion de remporter l'estime de son beau-père.

Quant à celle de sa femme, il n'en était pas certain. Elle n'avait pas émis d'objection au sujet du dîner, et avait même fait plusieurs suggestions concernant le menu, afin de mettre en valeur le service de table de sir Bartholomew. Elle avait froncé les sourcils lorsque les verres en cristal et l'argenterie avaient été livrés, mais Max lui avait assuré qu'il les avait seulement empruntés, et elle n'avait pas protesté.

Il était stupéfait que la fille d'un homme aussi riche que Samuel Tate s'inquiète de la dépense que cela pouvait représenter.

Il s'habilla avec soin ce soir-là, sachant que cela transmettrait le premier et le plus crucial des messages à ses hôtes. Une redingote en velours bleu marine doublé de soie ivoire et dont les boutons dorés reluisaient. Un pantalon anthracite moulant. Un gilet à rayures bleu clair brodé de fil noir. Élégance, pointe de la mode, qualité indiscutable. Il lissa sa poitrine des deux mains en examinant son reflet.

Quelle différence avec sa situation quelques mois plus tôt, la dernière fois qu'il avait dîné avec Dalway et Carswell ! Avec son gilet de seconde main et ses vêtements élimés jusqu'à la trame, son unique paire de chaussures, éraflée et dont la semelle se décollait. Il avait gagné trois cents livres contre Carswell ce soir-là, et Harry avait proclamé qu'il avait perdu délibérément afin que Max ne soit pas envoyé en prison pour dettes.

Il ne voulait la pitié de personne.

Lawrence le coiffa, mais Max refusa de poudrer ses cheveux. C'était encore à la mode à la Cour, mais plus guère ailleurs. De même, il écarta les cosmétiques proposés par son valet. Il ne voulait surtout pas ressembler à un dandy aux joues rouges et à la bouche fardée.

Il descendit attendre les invités et examiner une dernière fois la salle à manger. Tout était bien en place. Les assiettes étincelaient. Il avait fait venir à Londres plusieurs pièces décorées avec le nouveau vernis écarlate, et on aurait dit qu'elles étaient composées d'authentiques rubis à la lueur des chandeliers.

— Oh là là… fit une voix dans son dos.

Max se retourna. Bianca se tenait sur le seuil, une main contre la poitrine, les lèvres entrouvertes avec émerveillement. Elle portait la robe de soie ivoire, et un jupon couleur pêche. Sa bonne lui avait fait un haut chignon, non pas frisotté comme le voulait la mode, mais très séduisant avec une longue mèche qui tombait sur l'épaule, et son visage était légèrement poudré de rose.

Il eut l'impression que le sol se dérobait sous ses pieds.

— Juste ciel, articula-t-il. Vous êtes splendide, madame St. James.

Elle s'empourpra.

— Jennie mourait d'envie de m'apprêter.

Elle effleura la boucle sur son épaule.

— Je me sens presque déguisée. Loin, très loin de Marslip.

— Oui, dit-il, hypnotisé. Nous sommes loin de Marslip.

Et il s'en réjouissait au plus haut point.

Bianca était très curieuse de rencontrer leurs hôtes. Qui Max avait-il invité ? Elle l'avait étiqueté comme une canaille, un libertin, un voyou qui fréquentait probablement d'autres canailles, libertins et voyous. Elle n'avait jamais imaginé faire leur connaissance un jour, bien sûr, et assurément pas à l'occasion d'une soirée destinée à promouvoir la réputation de Perusia.

Mais les gens qui arrivèrent ne lui parurent pas dissolus ou dépravés. Ils s'inclinèrent sur sa main, les félicitèrent Max et elle pour leur mariage, et lancèrent des conversations sur toute une variété de sujets. Bianca s'était attendue à des commérages à propos de la santé du roi, par exemple, ou des mémoires récemment publiés par Mme Baddeley, la fameuse courtisane. Elle fut surprise d'entendre parler plutôt du débarquement de la première flotte en Australie, de la Société en faveur de l'abolition de l'esclavage, et des difficultés auxquelles étaient confrontés les Américains depuis la fin de la guerre civile.

— Les impôts, s'esclaffa lord Dalway. Les Américains se querellent à cause des impôts.

— Encore ? demanda M. Farquhar.

— Encore et toujours, fit Dalway.

— Je trouve cela beaucoup plus amusant maintenant, intervint lady Dalway.

— Je me demande seulement combien de temps il leur faudra pour choisir un roi, déclara sir Henry Carswell. Ou mieux encore, pour demander la protection de *notre* roi, et reconnaître qu'ils avaient faux sur toute la ligne !

Tout le monde éclata de rire.

— Je doute fort qu'ils le fassent, intervint Bianca.

Les invités se tournèrent vers elle.

— Que voulez-vous dire, madame ? demanda Farquhar poliment.

— Ils ne reculeront plus, à présent, répondit-elle. Après avoir pris une décision aussi importante, ils ne reviendront jamais sur leur indépendance. C'est impossible. Ce sera difficile, ils vont beaucoup tergiverser, mais ils se tiendront à leur ligne de conduite.

En finissant sa phrase, elle surprit le regard de Max à l'autre bout de la table, songeur. Bianca rougit, mais soutint son regard. « Oui, lui dit-elle silencieusement. C'est aussi moi, ça... »

Dalway haussa les sourcils.

— Ma foi, je crois que vous avez raison, madame St. James !

Il leva son verre vers elle, et tout le monde se joignit à lui, et Bianca surprit lady Dalway qui murmurait à Max :

— Oh, Maxim, elle me plaît beaucoup !

À la fin du dîner, Bianca emmena lady Dalway, Mme Farquhar et lady Carswell au salon. Les bruits de voix de ces messieurs diminuèrent lorsque la porte se referma, et Bianca sonna Martha, la bonne.

— Une chose est certaine...

Lady Dalway prit place sans cérémonie sur le sofa, et se trouva tout à fait élégamment installée contre les coussins.

— ... vous êtes un vrai trésor, madame St. James !

Bianca sourit poliment.

— Je ne suis pas sûre de comprendre ce que vous voulez dire.

— Mais si, fit Mme Farquhar avec un sourire entendu. Je n'ai jamais vu Maxim aussi heureux.

— Ni aussi civilisé, précisa lady Carswell d'une voix malicieuse.

Lady Dalway partit d'un éclat de rire. Comme tout le reste chez elle, son rire était léger et ravissant. Elle se redressa et tendit une main.

— Il a toujours été un coquin, mais le voilà maintenant au comble du raffinement. Je ne l'ai jamais vu aussi séduisant.

— Jamais ? murmura Mme Farquhar, mais lady Dalway fit la sourde oreille.

— Et tellement passionné ! Vous savez, je ne pensais pas qu'il était sérieux lorsqu'il m'a écrit pour me parler de la vaisselle que fabrique votre père, mais je dois avouer que j'ai été frappée par la beauté du service de table. Pas vous, Louisa ?

— Absolument, affirma lady Carswell.

— Merci, dit Bianca. Je suis enchantée qu'il vous plaise.

— Oh, oui ! Et vous savez, enchaîna lady Dalway d'un ton rêveur en fixant un point par-dessus la tête de Mme Farquhar, j'ai toujours pensé que le mariage réussirait à Maxim.

Bianca cligna des yeux.

— Pourquoi ?

— Serafina est romantique, intervint Mme Farquhar avec un éclat de rire.

Lady Dalway lui adressa une grimace.

— Il ne s'agit pas de cela, Clara ! Certains hommes s'épanouissent dans le mariage, et chez d'autres c'est l'inverse – et là, on peut plaindre leurs femmes. Mais Maxim s'est indéniablement épanoui.

Elle offrit à Bianca un sourire adorable et sincère.

— Je vous félicite, ma chère, de l'avoir emmené jusqu'à l'autel. Vous l'avez assagi et rendu visiblement heureux.

Bianca se força à sourire et à murmurer quelque chose de poli. Elle soupçonnait ce que voulait dire lady Dalway.

— Je dois vous demander, dit-elle sans pouvoir s'en empêcher, pourquoi vous l'appelez Maxim.

Lady Dalway cligna ses grands yeux bleus. Mme Farquhar émit un claquement de langue.

— L'ignorez-vous ?

Bianca secoua la tête.

— Il ne m'a guère raconté sa vie à Londres.

Elle-même ne lui avait posé aucune question.

— Eh bien… commença Mme Farquhar, mais lady Dalway s'éclaircit la gorge.

Avec un petit pincement de lèvres, Mme Farquhar se tut.

— Son grand-père s'appelait Maxim, dit lady Dalway. Je crois que Max et lui (Bianca remarqua le changement de prénom) étaient très proches.

— Oh.

Un souvenir fugace lui vint de ce qu'il lui avait raconté le jour de leur mariage.

— Le père de sa mère.

— Lui-même, approuva Mme Farquhar. Lorsque sa mère…

Lady Dalway produisit un autre petit bruit, et Mme Farquhar se tut à nouveau.

— Si j'avais été affligée de ses prénoms de baptême, je préférerais que l'on m'appelle Maxim, moi aussi, intervint lady Carswell.

Ces dames s'empressèrent d'acquiescer.

C'était très étrange, songea Bianca tandis qu'elles changeaient de sujet, de se sentir étrangère dans ce qui était censé être sa maison. Elle était là depuis assez longtemps pour se sentir un peu chez elle, et supposait qu'il en était de même pour Max. Son mari. Elle commençait à avoir l'impression qu'il était *à elle.* Le fait que ces autres femmes le connaissent mieux qu'elle, sachent des choses qu'elle ignorait, la plongeait dans un étrange désarroi.

Elle fut soulagée lorsque les messieurs revinrent et que l'on disposa les tables à whist. Lady Carswell demanda à faire équipe avec elle, et Bianca accepta avant de remarquer son mari, jusqu'alors en grande conversation avec lord Dalway, qui venait dans sa direction. Il lui demanda :

— Avez-vous passé une bonne soirée, ma chérie ?

Bianca éprouva un curieux soulagement. Elle était heureuse qu'il soit à côté d'elle, qu'il bavarde avec elle. Il était encore *à elle*.

Elle chassa cette pensée.

— Oui. Lady Dalway a beaucoup admiré le service de table, de même que lady Carswell.

— J'en étais sûr. Dalway a l'intention de passer une grosse commande dès demain. Carswell pourrait bien en faire autant.

Max lui adressa un regard complice. Ses yeux sombres pétillaient.

— Carswell suit toujours l'exemple de Dalway, expliqua-t-il. Mais pas immédiatement, afin de pouvoir clamer qu'il ne le copie pas du tout.

Bianca sourit.

— Puissent-ils tous suivre l'exemple de lord Dalway et commander des services complets.

Il lui fit un clin d'œil.

— Laissez-leur le temps. Voulez-vous faire équipe avec moi ?

— Oh... c'est-à-dire que...

Elle essaya de ne pas se ronger la lèvre.

— ... lady Carswell me l'a déjà proposé.

— Bien sûr, dit-il après une pause imperceptible. Un mari et sa femme ne doivent jamais faire équipe en société pour jouer au whist. Bonne chance.

Il s'éloigna d'un pas, avant d'ajouter :

— Lady Carswell ne se souvient jamais de l'atout. Mieux vaut le lui rappeler, si vous voulez gagner.

Avec regret, elle le regarda s'éloigner pour rejoindre leurs hôtes. Elle était inexplicablement agacée que lady Carswell l'ait sollicitée avant que Max n'ait le temps de le faire. C'était irrationnel, et cela la rendit maussade, elle qui aimait tant jouer aux cartes.

Elle dut regarder lady Dalway prendre le bras de Max, puis s'installer face à lui, et applaudir avec allégresse tandis qu'ils remportaient toutes leurs parties. Les exclamations de ravissement devant le service à café et ses tasses écarlates, que l'on sortit alors que les bougies raccourcissaient, la consolèrent à peine.

Lorsque la porte se referma enfin sur les invités, elle regagna le salon et éteignit les bougies. La soirée avait été un succès, et cependant elle était de mauvaise humeur.

Elle ne voulait pas admettre la raison de sa contrariété : la jalousie. Ce n'était pas le fait que Max soit parfaitement à l'aise parmi ces gens élégants, ces femmes ornées de diamants et de dentelles, ces messieurs nobles, riches et puissants. Non, elle s'était attendu plus ou moins à cela.

C'était autre chose. Ces gens-là – ces femmes – le connaissaient. Son mari était pour elle un inconnu, mais pas pour eux. Et même si elle ne voulait pas découvrir tous ses secrets, elle ne souhaitait pas avoir l'impression d'être une étrangère face à lui.

— Eh bien, on peut dire que ce fut un succès retentissant, déclara-t-il derrière elle.

Bianca se mordit la lèvre inférieure et hocha la tête. Il avait raison. Mais elle ne pouvait s'empêcher de penser à ces petits regards entendus entre les dames à son propos, et à ce qu'elle avait ressenti en voyant lady Dalway lui prendre le bras.

— Qu'est-ce qui ne va pas ? s'étonna-t-il.

Elle pivota vers lui. Il était sur le seuil de la pièce, les bras croisés, une épaule contre le jambage. Presque insupportablement séduisant, avec ses larges épaules – contrairement à ce maigrichon de lord Dalway – et ses hanches fines – contrairement au ventripotent Nigel Farquhar. Ses cheveux lui donnaient l'air d'une panthère, souple et sauvage. Et ses yeux noirs étaient rivés sur elle.

Bianca redressa le menton :

— Ils vous connaissent tous.

— Oui.

— Même les femmes. Assez bien.

Elle marqua une pause.

— Bien mieux, en tout cas, que je ne vous connais.

Il prit une profonde inspiration, avant de s'écarter de la porte pour venir vers elle.

— Carswell et moi sommes amis depuis que nous avons usé nos fonds de culotte ensemble à l'école. Dalway, depuis l'université. Farquhar, depuis près de six ans.

— Elles vous appellent Maxim. Lady Dalway et lady Carswell.

Sa bouche tressaillit.

— C'est pour me taquiner.

— Elles vous connaissent suffisamment pour vous taquiner.

Bianca haussa une épaule, furieuse de se laisser contrarier par ce détail.

— J'avais l'impression de ne rien savoir.

Il s'arrêta devant elle, les mains dans le dos. La jeune femme ferma les yeux et détourna la tête pour recouvrer son sang-froid.

— Que voulez-vous savoir ? demanda-t-il dans un murmure.

Elle le regarda alors. Toute son attention était fixée sur elle. Ses yeux semblaient scruter jusqu'à son âme.

Je veux savoir qui vous êtes vraiment. Et pourquoi je ne puis vous sortir de mon esprit.

Il s'imposait à elle à la façon d'une devinette : elle avait beau se répéter que cela ne l'intéressait pas de la résoudre, le défi lui rongeait le cerveau.

Bianca se considérait comme une jeune femme intrépide à l'esprit pratique. Dans son atelier, elle ne baissait jamais les bras tant qu'elle n'avait pas résolu le problème qui se présentait à elle. Aujourd'hui, elle aurait aimé pouvoir cesser de penser à son mari comme à une énigme encore plus complexe que l'obtention d'un vernis parfait. Il n'existait pas de réponse simple, d'ajustement d'ingrédients précis susceptibles de l'éclairer et le mettre à nu afin qu'elle puisse le déchiffrer.

Non ! Elle n'essayait surtout pas de le mettre à nu, d'aucune manière que ce soit !

Mais elle s'agaçait que d'autres femmes connaissent son mari mieux qu'elle. Elle ne pouvait naturellement rien changer à son passé, mais il était gênant de se dire que ces dames élégantes la jugeaient maladroite et naïve, en se demandant ce que Max avait bien pu lui trouver.

— Quelle est cette anecdote amusante à propos de votre prénom ? questionna-t-elle.

— Crispin était mon grand-père, et Augustus son père. Maximilian – Maxim – était le père de ma mère.

Elle s'humecta les lèvres.

— Pourquoi vous faire appeler Max ?

Il lui sourit.

— Je préférais ce grand-père aux autres.

Il marqua une pause avant d'ajouter :

— Je crois que mes aïeux étaient de véritables sauvages, et qu'ils ne gagnaient guère à être connus.

— Étiez-vous proches de votre grand-père Maxim ?

— Aussi proche que possible, je pense, dans la mesure où c'était un vieux grincheux.

Bianca hocha la tête.

— Qu'est-il arrivé à votre mère ?

Il garda le silence si longtemps qu'elle crut qu'il ne répondrait pas.

— Elle est morte quand j'étais petit. C'est ma tante qui m'a recueilli, et parfois elle m'emmenait chez mon grand-père.

Elle savait qu'il n'avait pas roulé sur l'or, malgré son lien de parenté avec le duc de Carlyle. C'était d'ailleurs la principale accusation qu'elle avait portée contre lui lorsqu'il avait demandé Cathy en mariage : un bon à rien qui en avait après sa fortune.

— Sont-ils à Londres ?

— Non. Mon grand-père est mort il y a plusieurs années. Qu'a pu dire lady Dalway pour vous troubler ainsi ?

— Elle... Rien. Il est clair qu'elle vous connaît très bien, comme tous les autres, et je me suis sentie sotte de ne rien savoir sur vous !

— Allez-y, dit-il. Posez-la.

Elle le regarda avec méfiance.

— Posez la question qui vous a tarabustée toute la soirée, insista-t-il.

Elle prit une inspiration. Autant aller droit au but et en finir.

— Lady Dalway est-elle votre maîtresse ?

— Non, répondit-il. Elle ne l'a jamais été. Pas davantage que lady Carswell ou Mme Farquhar, ajouta-t-il tandis que Bianca relâchait lentement son souffle. Jamais l'épouse d'un ami.

— Mais vous avez eu des maîtresses, l'accusa-t-elle.

— Oui, concéda-t-il après une brève hésitation. Avant de décider de me marier.

Bianca eut soudain l'impression qu'elle pouvait à nouveau respirer. Elle essaya de dissimuler son soulagement.

— Cela ne m'étonne pas, dit-elle en s'efforçant de se raccrocher à son esprit pratique. Marslip est si petit que la moindre indiscrétion se saurait tout de suite et…

— Parce que maintenant, c'est vous que je veux et personne d'autre, termina-t-il d'une voix grave.

Et cela suffit. Cela suffit pour que son sang-froid apparent l'abandonne. Elle ne comprenait pas pourquoi – et cela ne lui plaisait pas – mais elle était horriblement attirée par cet homme.

— Et zut ! souffla-t-elle avant d'avancer pour attirer le visage de Max vers le sien.

Il la laissa faire, se plia à sa volonté sans résistance. Mais sa bouche ne demeura pas passive. Il l'embrassa doucement, presque tendrement. Bianca avait imaginé quelque chose de beaucoup plus débridé et indécent, mais ceci… ce baiser était merveilleusement hypnotique. Elle avait l'impression d'être vénérée. Chérie.

Il encadra son visage de ses mains, si délicatement qu'elle s'en rendit à peine compte.

— Bianca, murmura-t-il en effleurant sa bouche.

— Quoi ? chuchota-t-elle avant que les lèvres de Max reprennent possession des siennes.

Cette fois-ci, il enfonça la langue dans sa bouche pour la goûter. Bianca gémit et desserra ses mains crispées sur les bras de Max. Lentement, en prenant son temps, il l'embrassa dans un parfum de brandy et de café. Ses pouces décrivaient des cercles sur sa mâchoire ; du bout des doigts, il lui inclinait légèrement la tête.

Il l'embrassa avec ferveur, tout en passant une main derrière son crâne. Bianca crut qu'elle tombait, mais c'était lui qui la faisait reculer. Lorsqu'elle toucha le mur, elle cambra le dos instinctivement, et le bras de Max l'attira fermement contre lui.

La pression de son corps fit battre plus violemment encore son sang dans ses veines. Elle se hissa sur la pointe des pieds pour mieux lui rendre son baiser, et frissonna en sentant sa langue sur la sienne.

Quand il chuchota son nom à nouveau, Bianca recouvra ses sens. Qu'était-elle en train de faire ? Il avait les mains dans ses cheveux. Elle avait les mains sur sa nuque pour l'attirer davantage. Elle sentait sa peau brasiller comme des charbons ardents et son sang s'affoler tandis que sa bouche explorait sa gorge. Où avait disparu sa raison ?

Elle se tortilla pour se dégager, et il n'essaya pas de la retenir.

— Oh, dit-elle stupidement en portant une main à ses lèvres.

Celles-ci étaient sensibles, et le contact de ses propres doigts l'électrisa.

Max garda le silence. Il n'avait pas besoin de parler. Il irradiait de désir. Cela se voyait à la posture contractée de son corps, au mouvement rapide de sa respiration. Bianca devina qu'il suffirait d'un mot, ou même d'un hochement de tête de sa part, pour qu'il l'emporte jusqu'à son immense lit et lui montre ces fameux plaisirs qu'il avait évoqués le jour de leur mariage.

Elle eut l'impression que la pièce tournoyait autour d'elle. Elle avait envie de savoir ce qu'étaient ces plaisirs. Désespérément. Son corps palpitait d'impatience. Ses pensées fusaient en décrivant des cercles étourdissants : elle se demandait ce qu'il ferait, ce qu'elle ressentirait, et pourquoi elle était aussi troublée alors qu'elle s'était promis de ne pas se laisser séduire… Cependant, elle ne pouvait s'empêcher de penser à ses mains sur lui, à sa bouche contre la sienne, à son goût délicieux, à sa beauté ravageuse quand il la regardait ainsi…

— Bonne nuit, dit-elle dans un filet de voix.

Ce fut tout ce qu'elle parvint à articuler, avant de tourner les talons et de monter précipitamment l'escalier, le cœur battant si fort qu'elle n'était pas sûre de pouvoir atteindre le refuge de sa chambre.

18

Londres n'avait jamais si bien réussi à Max.

Dalway commanda un service de table complet dès le lendemain, et reconnut qu'il avait eu tort de traiter Max d'idiot lorsqu'il s'était intéressé à Perusia.

— Je t'avais pris pour un fou, avoua-t-il, mais je vois maintenant que tu as su repérer le diamant brut.

— Pas brut du tout, répondit Max avec un sourire. Un diamant caché.

Dalway éclata de rire.

— Est-ce ainsi que tu l'appelles ?

— La manière dont j'appelle ma femme ne te regarde pas, répliqua Max en fronçant les sourcils. Veux-tu prendre également un service à café ?

— Bien sûr, avec ce vernis rouge sang. Je n'ai jamais rien vu de tel ! Serafina m'a supplié de l'acheter pendant tout le trajet de retour.

Il jeta un regard appuyé à son ami et ajouta :

— Elle est heureuse pour toi.

Max inclina la tête.

— Tu me vois ravi d'avoir sa bénédiction.

Dalway émit un petit bruit.

— Elle veut se lier d'amitié avec ta femme. Tiens-toi sur tes gardes : elle est impatiente de lui raconter tous tes petits secrets...

— Elle ne sait rien que je ne dirais moi-même à Mme St. James.

— « Dirais », au conditionnel, remarqua Dalway. Tu ferais mieux de te dépêcher de tout lui raconter, si tu ne veux pas que Serafina et Louisa Carswell te devancent.

Max continua à sourire, retenant les jurons qui défilaient dans son esprit. À elles deux, ces dames pouvaient en dire suffisamment à Bianca pour le faire passer pour un monstre. Il ne pensait pas qu'elles le feraient avec de mauvaises intentions. Non, pire : elles le feraient en pensant lui rendre service.

— Tu as raison. Et tu peux faire savoir à lady Dalway en toute politesse de se mêler de ses affaires.

Dalway ricana. Il avait toujours aimé les intrigues et les scandales, et ce depuis qu'ils étaient étudiants à Oxford et fuyaient les surveillants qui venaient les chercher jusque dans les tavernes voisines. Max n'était resté qu'un an à l'université, mais Dalway n'avait pas attendu d'y entrer pour se tailler une mauvaise réputation.

— Je le lui dirai. N'espère pas qu'elle en tiendra compte, cependant. Tu sais comment elle est lorsqu'elle a une idée derrière la tête.

— Espérons que le nouveau service de table la distraira, répondit Max.

— Pendant quinze jours, s'esclaffa Dalway.

Après le départ du comte, Max relâcha son souffle et pressa les mains contre ses tempes. Serafina Dalway, avec sa sollicitude démesurée et déplacée, causerait sa perte. Mais au moins, s'il l'en suppliait, elle entendrait raison. Il n'était pas sûr de pouvoir en dire autant de Louisa Carswell, et moins encore de Clara Farquhar. Ces deux-là se nourrissaient de ragots, et même si elles acceptaient de tenir leur langue, il les pensait capables d'oublier leur promesse, dans l'enthousiasme d'un échange de confidences.

Il réfléchit longuement au conseil de Dalway : le dire lui-même à Bianca.

C'était l'option la plus sûre. Malheureusement, face à elle, Max ne pensait plus à rien d'autre qu'à leur baiser. Et c'était elle qui avait pris l'initiative. Non seulement elle le considérait avec un respect nouveau concernant ses projets pour Perusia, mais elle commençait à accepter le désir qui grandissait entre eux. Rien ne devait contrecarrer la direction très agréable que prenait leur relation.

En outre, se rassura-t-il, ils ne resteraient à Londres qu'une quinzaine de jours supplémentaires. De retour à Marslip, il n'aurait plus à s'inquiéter. Il aurait amplement le temps de tout lui raconter, en choisissant son moment.

Non. Lui parler maintenant était trop dangereux. Il devait exercer une plus grande emprise sur son cœur, avant de risquer de tout mettre en péril.

Bianca était surprise agréablement. Ce voyage à Londres se révélait beaucoup plus productif qu'elle ne l'avait escompté.

Max avait vu juste et lord Dalway avait commandé un service, puis sir Henry Carswell en avait fait autant. En apprenant la nouvelle, Bianca avait dû reconnaître que Max s'y connaissait beaucoup mieux qu'elle au sujet des habitants de la capitale. Lorsque la comtesse de Dowling leur fit savoir qu'elle désirait voir les marchandises, et que le vicomte Harley passa une commande, elle le félicita un matin au petit déjeuner.

Il leva sa tasse de café pour la saluer.

— Le mérite en revient à votre vernis écarlate.

— Non, répondit Bianca. Le seul vernis n'aurait rien fait. Vous avez su le mettre en valeur et séduire des gens comme lady Dalway.

Il rit.

— Et nous pouvons compter sur elle pour que la nouvelle se répande comme une traînée de poudre.

Leurs rapports étaient cordiaux, à présent. C'était rationnel, se dit-elle. Max n'avait pas évoqué le baiser, ni suggéré davantage. En fait, ils avaient peut-être trouvé l'équilibre parfait auquel elle aspirait. Ils s'appliquaient tous les deux à œuvrer dans l'intérêt de Perusia. Cela ferait plaisir à son père – qui demandait systématiquement dans ses lettres, tous les trois ou quatre jours, comment elle s'entendait avec son mari – et peut-être avait-elle bien fait de l'embrasser pour se débarrasser de la chose. La seule manière de chasser une démangeaison, parfois, était de se gratter.

Et tant pis si elle avait senti ce baiser sur sa bouche pendant toute la nuit suivante. Elle était restée éveillée jusqu'à l'aube à se demander ce qui lui avait pris, et s'il considérait cela comme une victoire. Si elle avait décelé une trace de triomphe dans son attitude le lendemain matin, Bianca s'était juré de lui dire que cela avait été une lamentable erreur de sa part, qui ne se renouvellerait pas...

Mais non. Il l'avait accueillie le lendemain matin comme tous les autres matins. Aucun regard un peu appuyé n'avait trahi la moindre suffisance. Et Bianca n'avait pas trouvé l'occasion de lui dire que c'était une erreur, qu'elle regrettait ce baiser et que cela ne devait plus jamais se reproduire.

Car bien sûr, cela ne se reproduirait pas.

Il recula sa chaise.

— Voulez-vous venir avec moi aujourd'hui ? J'ai l'intention de visiter une nouvelle boutique.

— Oh ?

En entendant le son de sa voix, elle avala une gorgée de chocolat et grimaça en se brûlant la gorge. Elle s'était laissé distraire par ses pensées.

— Euh... où cela ?

— Cheapside. Concernant ma proposition.

Ah. Il parlait de la nouvelle gamme de produits, moins sophistiqués. L'un d'eux avait réussi à garder la tête claire pour réfléchir aux affaires. Elle se leva, confuse.

— Bien sûr.

— Cette idée a-t-elle fait son chemin, de votre côté ? demanda-t-il.

Ses yeux pétillaient et un sourire jouait sur sa bouche. Il y avait une goutte de café sur sa lèvre inférieure, et Bianca se découvrit incapable d'en détacher les yeux.

— Je... Eh bien... peut-être...

Sur une impulsion, elle tendit une main et effaça de son pouce la goutte.

Max se figea. Bianca rougit violemment.

— Il y avait un peu de café, marmonna-t-elle en secouant la main.

— Merci, murmura-t-il.

Incapable de réagir, elle le laissa prendre sa main. Ses doigts crispés se déplièrent dans les siens, et il porta le pouce de Bianca à ses lèvres pour le sucer légèrement. Elle sentit la pointe de sa langue et ses genoux faillirent se dérober. Les yeux brillants, il la lâcha.

— Je vais faire préparer la voiture.

Il sortit, et Bianca dut s'agripper au dossier d'une chaise pour ne pas tomber. Son cœur menaçait de lui briser les côtes. Quelle mouche l'avait piquée de le toucher de la sorte ?

Elle ferma les yeux et secoua la tête.

— Arrête tes bêtises, chuchota-t-elle.

— Madame ?

La voix de Martha, la bonne qu'ils avaient engagée pour le mois, la fit sursauter.

— Oui, tout à fait ! s'exclama-t-elle, avant de quitter précipitamment la pièce sous le regard stupéfait de la jeune fille.

En entendant la voix de Max au pied de l'escalier, elle fit demi-tour et monta précipitamment dans sa chambre.

Un quart d'heure plus tard, elle se sentait redevenue maîtresse d'elle-même. Quand Max lui prit la main pour l'aider à monter dans la voiture, elle se contenta de le remercier poliment sans rien dire ni rien faire d'incohérent. Le trajet s'effectua sans encombre, puis ils s'arrêtèrent dans une artère animée.

Bianca promena son regard autour d'elle avec intérêt. C'était une rue très différente de celle où se trouvait la grande salle où Max envisageait d'installer des décors d'exposition. Dans ce quartier, on voyait des femmes ordinaires, des domestiques affairés, des ouvriers qui manipulaient des charrettes, des marchands qui accueillaient des clients dans leurs magasins. Elle se sentit instantanément plus à l'aise qu'à York Street.

L'agent les fit entrer dans la boutique à louer, et une cloche tinta au-dessus de leurs têtes. Bianca inspira malgré la poussière ambiante. C'était l'échoppe pittoresque qu'elle s'était imaginée, avec des étagères le long des murs et une grande table ronde au milieu. Il y avait un large comptoir d'un côté, d'autres étagères plus profondes derrière, et un endroit devant la fenêtre où disposer la vaisselle pour les passants. C'était parfait !

— Je vois à votre visage que cela vous plaît, dit Max avec un sourire.

Elle laissa échapper un petit rire.

— En effet. C'est ce que j'imaginais lorsque vous avez commencé à parler de boutiques.

— Et c'est une excellente idée pour présenter la marque Fortuna, dit-il.

Elle haussa les sourcils.

— La marque Fortuna ?

— C'est ainsi que je propose d'appeler les nouveaux produits, moins sophistiqués.

Il la prit par les épaules et la fit se tourner vers les fenêtres, se plaçant derrière elle.

— Regardez les passants. Ces gens ne pourraient jamais espérer s'offrir le service à café qu'a commandé lord Dalway, mais ils aimeraient quelque chose de qualité, qui soit charmant, qui change de la faïence de Delft ordinaire et de la simple poterie. Imaginez-les admirer les bougeoirs et les petits pots de fard en forme de prune…

Bianca tourna la tête. Il était juste derrière elle, et ses bras effleuraient les siens.

— Perusia ne fabrique pas de bougeoirs.

Il pencha la tête et croisa son regard.

— Fortuna produira des bougeoirs, des pots de chambre, des beurriers et leurs couvercles, des encriers, des ramequins… Tout ce qui peut être créé en terre ou en porcelaine.

Bianca n'était pas certaine que son père serait d'accord.

— Ce petit pot était un exemplaire unique, précisa-t-elle, l'une des expériences que j'avais tentées pour m'amuser et essayer mes vernis.

— Eh bien, c'était une excellente idée, assura-t-il. Les dames raffinées ont des petits pots en argent et en verre. Imaginez comme la femme d'un marchand serait heureuse d'exposer sur sa table de toilette quelque chose d'aussi beau, mais dont le prix serait raisonnable !

Dit comme cela…

— Quelle quantité envisagez-vous de produire ?

Il sourit, et on aurait dit un pirate qui vient de débloquer la serrure d'un coffre au trésor.

— Une série limitée pour commencer, mais si cela part bien, il faudra en produire davantage.

— Papa se souciera toujours plus de Perusia que de tout autre chose.

— À juste titre.

Comme s'il le faisait sans y penser, il toucha la boucle qui tombait sur son épaule. Bianca avait demandé à Jennie de la coiffer à nouveau ainsi. Elle appréciait cette coiffure.

— Après tout, ajouta Max d'une voix plus grave, lorsqu'on se trouve en possession d'une chose belle et unique, on a envie de la chérir et de la protéger. Il faudrait être idiot pour la laisser vous filer entre les doigts...

Tout en parlant, il avait enroulé la mèche autour de son index.

Bianca prit une inspiration saccadée. L'agent immobilier s'était discrètement effacé pour les laisser seuls dans la boutique. Elle était pratiquement dans les bras de Max. Il ne parlait ni de son père ni de faïence, et elle le savait.

— Quand je vous ai embrassé, l'autre soir...

— Oui, chuchota-t-il.

— C'était une erreur, dit-elle en essayant de s'exprimer avec assurance, en vain.

Il lui toucha le menton et l'incita à relever le visage.

— Non, déclara-t-il.

Et il l'embrassa.

Elle aurait pu protester, s'écarter ; après tout, il lui tenait seulement le menton, et d'une main si légère... Mais elle resta immobile et le laissa aimer sa bouche, avec moins d'ardeur que la fois précédente mais en prenant son temps, ce qui la fit frissonner des pieds à la tête.

Lorsqu'il se redressa, elle oscilla sur ses pieds. Aussitôt, il la prit par la taille. Pendant un instant, elle resta la joue appuyée contre sa poitrine. Il était remarquablement solide et fort. Son gilet en drap fin dégageait une odeur de bois de santal. Elle entendait battre son cœur presque aussi follement que le sien.

C'est vous que je veux, et personne d'autre. Bianca n'était pas sûre de croire la dernière partie de cette phrase, mais elle était convaincue de la première.

Une porte s'ouvrit au fond de la boutique, et elle s'écarta vivement. Comme la fois précédente, Max la laissa aller. C'était déroutant. Elle avait pensé qu'un coquin comme lui saisirait toutes les occasions de la séduire, et qu'il resterait à l'affût de tout signe de faiblesse, prêt à insister, à flatter et cajoler, jusqu'à se frayer un chemin dans son cœur… avant de l'écraser.

Mais ceci… c'était beaucoup plus insidieux. Elle commençait à craindre qu'il n'ait eu raison, le jour de leur mariage. L'idée de lui demander de lui montrer ces plaisirs auxquels il avait fait allusion – plaisirs qu'il avait partagés avec ses autres maîtresses, indubitablement – folâtrait dans les confins de son cerveau. Elle avait l'impression qu'elle allait devenir folle.

— Avez-vous des questions, monsieur St. James ?

C'était M. Cooke, l'agent immobilier, lassé d'être discret. Il les regardait avec un sourire vaguement entendu. Bianca le fusilla du regard.

— Quelques-unes, répondit Max.

Contrairement à Bianca, il semblait avoir effacé tous les effets de ce baiser dévastateur et avait recouvré son calme d'homme d'affaires.

C'est du moins ce qu'elle crut, jusqu'à ce qu'elle remarque que sa nuque était un peu rouge, à l'endroit où ses cheveux étaient retenus par un catogan. Puis elle surprit le regard rapide mais torride qu'il lui adressa, profitant de ce que M. Cooke regardait ailleurs. Et elle remarqua le tremblement de la main qu'il posa sur la porte au moment où ils partaient.

Alors qu'ils rentraient à la maison dans la calèche, à nouveau dignes et polis, elle se demanda combien de temps elle parviendrait encore à lui résister.

19

Bien qu'elle ne soit pas à Londres depuis longtemps, Bianca avait entendu parler des Vauxhall Gardens. Lorsqu'une invitation arriva de la part de lady Dalway, proposant que Max et elle se joignent à eux là-bas quelques jours plus tard, elle fut ravie.

Mais Max ne partagea pas son enthousiasme.

Il lut le carton et le reposa sans un mot, avant de se diriger vers l'escalier. Bianca avait pensé qu'il lui dirait que c'était l'endroit en vogue où aller et que, bien sûr, ils accepteraient. Elle lui emboîta le pas.

— N'avez-vous pas envie d'accepter ?

Il ne dit rien jusqu'à ce qu'ils arrivent dans le salon. Il referma les portes derrière eux.

— Et vous ?

— Oh... c'est-à-dire... je présumais que vous souhaiteriez y aller.

— En avez-vous envie ? insista-t-il.

Elle le dévisagea en fronçant les sourcils.

— Je ne devrais pas ?

— Vous en avez donc envie, dit-il avec un haussement de sourcil ironique.

Bianca rougit.

— Un peu. Vauxhall est célèbre jusqu'à Marslip.

Elle hésita, mais comme il gardait le silence et prenait un journal pour le parcourir, elle questionna :

— Pourquoi ne souhaitez-vous pas y aller ?

— Si cela vous fait plaisir, nous irons, dit-il en continuant sa lecture.

Bianca afficha une moue frustrée.

— Max.

Il redressa la tête et la regarda avec surprise. Bianca se rendit compte qu'elle venait de l'appeler par son prénom pour la première fois. Sans se laisser démonter, elle revint à la charge :

— Y a-t-il quelque chose que vous ne me dites pas ? S'il existe une raison de décliner cette invitation, alors bien sûr que…

— Il n'y a aucune raison.

Il laissa tomber le journal et vint à elle.

— Vous m'avez appelé Max.

Elle secoua la tête en fuyant son regard.

— C'est le prénom que vous préférez.

Il sourit.

— En effet. Mais je ne vous ai jamais entendue l'utiliser.

— Bien sûr que je l'ai déjà utilisé !

— Mais je ne l'avais jamais entendu dans votre bouche.

Après un petit silence, il ajouta :

— J'aime bien.

L'aveu, prononcé de cette voix grave et rocailleuse, fut fatal pour son sang-froid. Bianca parvint à garder son calme d'extrême justesse.

— Pourquoi ne tenez-vous pas à aller à Vauxhall ?

Il poussa un soupir silencieux, et elle vit se gonfler et retomber sa poitrine.

— Ce n'est rien. Lady Dalway aime beaucoup cet endroit. Pas moi.

— Pourquoi ? À quoi est-ce que cela ressemble ?

Paradoxalement, le fait de sentir qu'il n'avait pas envie d'aller à Vauxhall pour des raisons qu'elle ignorait, mais qu'elle était soudain extrêmement curieuse d'apprendre, lui donnait d'autant plus envie de découvrir cet endroit.

Elle enchaîna :

— J'ai lu dans le journal qu'il y a un orchestre et des chanteurs, des promenades et des bosquets, et même des feux d'artifice.

— Tout cela est vrai, dit-il avec un sourire.

Il restait très près d'elle.

— Quoi d'autre ? insista-t-elle.

— Des gens qui boivent trop. Toutes sortes de fripouilles. Il y a un esprit de... permissivité que vous risqueriez de trouver choquant.

— Je m'attendais à ce que tout Londres soit rempli de voyous, dit-elle avec franchise. Ce n'est pas aussi terrible que je le croyais.

Il se mit à rire.

— Dans ce cas, nous irons, ma chère.

Il marqua une pause, comme s'il attendait quelque chose, et demanda :

— Êtes-vous contente ?

— Oui.

— Dites-le encore, chuchota-t-il.

Une bouffée de chaleur la saisit.

— Oui, Max.

Il la contempla d'un air ardent.

— J'aime entendre cela. Redites-le.

— Ce n'est qu'un prénom...

— Bianca.

La manière dont il prononça son nom suscita dans son ventre un pincement. Elle s'humecta les lèvres.

— Max, souffla-t-elle.

— Oui, dit-il en posant la bouche sur la sienne.

Cette fois, Bianca n'aurait su dire lequel des deux s'était avancé vers l'autre. Elle avait pleinement conscience que ses mains s'étaient posées sur sa solide poitrine, du fait qu'elle se penchait vers lui. Il avait posé une main légère autour de sa taille, et elle ressentit cette sensation jusque dans ses orteils. Elle ferma les yeux.

— Ce n'est pas ce à quoi je m'attendais, chuchota-t-elle, son corps palpitant tout entier tandis que les lèvres de Max effleuraient sa mâchoire, son oreille.

— Pourquoi ? dit-il d'une voix enrouée.

Il mordilla le lobe de son oreille et elle tressaillit.

— Parce que je ne vous aime pas.

Elle se rendit à peine compte de ce qu'elle disait.

— Pas même un petit peu ?

Sa main au creux de son dos la rapprochait de lui. Il passa l'autre main dans ses cheveux, et Bianca ne put retenir un petit soupir d'aise. Il lui embrassa le cou, et elle crut qu'elle allait fondre comme neige au soleil.

— Vous savez bien que je ne veux pas...

— Hmm, fit-il d'un ton déçu. J'aimerais tant...

Il effleura d'un baiser délicat le coin de sa bouche avant d'ajouter :

— Au moins un petit peu.

Bianca s'obligea à rouvrir les paupières. Il était si proche, si ténébreux... si diaboliquement beau. Une partie de sa raison se réveilla.

— Vous ne vouliez pas m'épouser. Vous avez demandé Cathy en mariage. Ce n'est pas du tout moi que vous vouliez.

Ses yeux noirs étincelèrent.

— Vous croyez que je n'ai pas envie de vous ?

Brusquement, il l'attira contre lui.

— Si je n'avais pas voulu de vous, j'aurais dit non à la sacristie.

Elle posa les doigts sur ses lèvres pour l'empêcher de l'embrasser à nouveau.

— Êtes-vous sincère ?

Un froncement de sourcils lui plissa le front.

— Oui.

— Pourquoi vouliez-vous épouser Cathy ?

Il desserra les mains autour d'elle, et Bianca attendit sa réponse.

— Je croyais... Ce devait être un mariage de raison. Votre père n'a pas de fils pour hériter de Perusia...

— Il a deux filles, le coupa-t-elle.

Max leva une main.

— Deux filles qui se seraient sans doute mariées un jour ou l'autre, et l'entreprise serait revenue à quelqu'un qui n'est pas de la famille. Lors de ma visite à Perusia, j'ai senti que Mlle Tate, votre sœur, n'avait aucun désir de diriger la faïencerie.

Son regard était grave, comme s'il l'implorait de le croire.

— Moi, si. Je peux aider Perusia à prospérer pendant les années à venir. J'espère que vous en conviendrez, après ce séjour à Londres. Aussi ai-je demandé la main de votre sœur, en proposant à votre père non seulement une association commerciale, mais de protéger et entretenir ses filles.

Bianca ne pouvait nier qu'il avait prouvé sa valeur et son engagement vis-à-vis de la faïencerie depuis le début.

— Cela ne signifie pas que vous vouliez m'épouser, moi.

— Je suis excessivement heureux de ce mariage, dit-il d'une voix vibrante.

La bouche sèche, Bianca riposta :

— Parce que vous avez envie de moi. Vous voulez coucher avec moi.

Il baissa les yeux vers sa bouche.

— Je souhaite que vous le désiriez également.

Bianca n'osait avouer qu'elle en avait envie. Elle avait déjà fait preuve de faiblesse alors que, quelques semaines auparavant, elle avait juré de le détester et de le mépriser pour toujours.

Mais il fallait bien se rendre à l'évidence : Max St. James ne ressemblait nullement à l'individu qu'elle avait imaginé.

Max, déjà peu enthousiaste à la perspective de la soirée aux Vauxhall Gardens, faillit gémir en lisant de plus près le carton d'invitation envoyé par Serafina.

— Un bal masqué, dit-il, au désespoir. Elle veut ma perte.

Lawrence le considéra avec compassion. Il avait été auparavant le valet de Percy Willoughby, contraint de retourner chez son père après une nuit désastreuse dans les cercles de jeu de Vauxhall. Il savait parfaitement que les choses pouvaient mal tourner, là-bas.

— Puis-je vous recommander un domino, monsieur ?

Max réfléchit aux tenues qu'il avait portées lors de précédents bals masqués, en particulier un jour où il s'était présenté vêtu en tout et pour tout d'un drap blanc et d'une couronne de lierre, afin d'empocher les deux cents livres sterling promises par son ami Henry Campbell. Il s'était proclamé Dionysos et avait passé une soirée de débauche effrénée.

— C'est peut-être ce qui vaut le mieux.

— Dois-je conseiller Jennie pour le costume de Mme St. James ?

Seigneur, qu'allait vouloir porter Bianca ?

— Je pense qu'un domino également suffira, dit-il en espérant qu'elle s'en contenterait.

À Marslip, les femmes ne se déguisaient pas en concubines turques ou en déesses égyptiennes pour une soirée de plaisirs coquins. Elle serait certainement plus à l'aise dans une simple cape noire assortie d'un masque.

Lawrence détourna les yeux.

— Si vous le dites, monsieur.

Max fronça les sourcils.

— Qu'y a-t-il ?

— Je soupçonne que madame souhaitera une tenue plus recherchée, monsieur.

— Que voulez-vous dire ?

— Je vous demande pardon, monsieur, mais lady Dalway et Mme Farquhar sont venues lui rendre visite, et je ne doute pas qu'elles lui ont parlé de son déguisement. D'ici la fin de la semaine, elles lui auront fait accepter de se déguiser en bergère arcadienne ou en religieuse.

Max relâcha lentement son souffle.

— Bien.

Il se rasséréna : Bianca était trop sensée pour revêtir un costume ridicule.

— Je m'efforcerai d'orienter Jennie vers la tenue la plus digne et la plus convenable, lui assura Lawrence.

Max hocha la tête et lui fit signe de sortir. Pendant un long moment, il resta debout à tapoter des doigts sa hanche en fixant un point par la fenêtre.

Ce n'était qu'une soirée à Vauxhall. Une soirée entre amis. Bianca avait envie d'y aller, et il avait envie de lui faire plaisir. Il resterait à ses côtés, attentif et protecteur, et ignorerait, comme si elles étaient mortes et enterrées, les connaissances qui s'aventureraient à lui adresser la parole. Le temps d'une soirée.

Oui, tout irait bien.

20

Bianca, bien sûr, avait des amies à Marslip. Amelia, par exemple, avait été sa complice pour commettre toutes sortes de frasques durant leur enfance. Cathy, le pilier de la famille, était la seule personne à laquelle elle confiait tous ses secrets. Sans oublier ses cousines, qui venaient dîner et la plaignaient lorsque son père était de mauvaise humeur, et même quelques ouvrières, avec lesquelles elle avait créé l'école de Perusia pour les enfants des employés.

Cependant, jamais elle n'avait rencontré quelqu'un comme lady Dalway et Mme Farquhar.

Elles venaient lui rendre visite presque tous les jours depuis la soirée, entrant dans un tourbillon parfumé de plumes, de soie et de bavardages. Parfois, lady Carswell venait également ; parfois, elles amenaient quelqu'un d'autre. Elles riaient et parlaient si gaiement que Bianca était entraînée malgré elle dans la danse.

C'était Mme Farquhar – qui avait imploré Bianca de l'appeler Clara – qui avait suggéré le bal masqué.

— Avez-vous oublié comme nous nous sommes amusées l'année dernière ? dit-elle à lady Dalway.

Celle-ci – Serafina – lui adressa l'un de ses sourires à fossettes parfaits.

— Bien sûr que non ! Mais, Clara, nous ne devons pas submerger notre chère Bianca. Elle n'est jamais allée à Vauxhall, vous savez.

Les oreilles de Bianca se dressèrent à l'évocation du fameux jardin des plaisirs.

— Un bal masqué ? Est-ce terriblement scandaleux ?

— Oh, non ! s'écria Serafina alors même que Clara hochait la tête, les yeux brillants. Enfin, corrigea la comtesse après avoir vu le geste de Clara, cela peut arriver. Il y a certains endroits là-bas où l'on ne doit pas se rendre, en tout cas pas seule. Mais je suis certaine que Max resterait à vos côtés toute la soirée, de sorte que vous n'avez pas à vous inquiéter.

— Les princes, les membres de la famille royale et les nobles du royaume fréquentent Vauxhall, assura Clara. Le feraient-ils si c'était peu recommandable ?

Bianca avait compris que Clara possédait une nature joyeuse et aventureuse. En toute équité, Bianca avait été comme elle lorsqu'elle était plus jeune. Le fait que Clara ne semblait pas avoir dépassé ce stade était probablement à mettre sur le compte des effets de la haute société londonienne. Bianca s'était assagie parce qu'elle avait voulu travailler à la manufacture.

Cependant, elle était indéniablement intriguée par cette histoire de bal masqué.

— Qu'est-ce qui est différent d'une soirée ordinaire, lors d'un bal masqué ? demanda-t-elle.

— C'est terriblement excitant, répondit Clara en se penchant vers elle avec animation. On peut se déguiser en ce que l'on veut. Et grâce au masque, personne ne sait qui vous êtes.

— En quoi vous êtes-vous costumées, l'an dernier ? interrogea Bianca, fascinée malgré elle.

Serafina éclata de rire.

— Clara était en religieuse. Vous rendez-vous compte ? Farquhar a eu le choc de sa vie !

Clara se contenta de sourire, un brin suffisante.

— Je trouvais que je faisais une splendide mère supérieure.

Bianca était un peu choquée ; on lui avait appris à ne pas se moquer des religieux.

— Et vous ? demanda-t-elle en se tournant vers Serafina.

Les fossettes de la jeune femme se creusèrent à nouveau.

— En reine ! J'ai fait sensation.

Bien sûr, Serafina avait tout d'une reine. Elle avait une façon régalienne de se tenir et de regarder le monde.

— Je ne possède rien qui soit à moitié aussi élégant, s'inquiéta Bianca. Je ne voudrais pas que les gens pensent que je me déguise en simple campagnarde alors que je porte ma plus belle robe.

— Oh, non ! Nous allons nous occuper de vous, promit Clara. Serafina et moi devrions avoir quelque chose qui vous ira.

Bianca en doutait. Lady Dalway était petite et menue, et Mme Farquhar aussi pâle et ronde qu'une meringue.

Serafina considéra Bianca d'un œil plus critique.

— Nous allons passer au peigne fin la garde-robe de Louisa, annonça-t-elle, parlant de lady Carswell. Sa taille s'apparente davantage à celle de notre Bianca.

— Mais oui ! approuva Clara en battant des mains. Et j'enverrai Thérèse pour arranger vos cheveux. Elle sera ravie d'en profiter pour donner des conseils à votre bonne, ajouta-t-elle tandis que Bianca haussait les sourcils.

Elle n'était pas certaine d'avoir envie de se livrer aux bons soins de la servante de Clara. Bien qu'elle soit très à la mode, cette dernière portait plus de poudre et de rouge que n'aimait en afficher Bianca, mais tout cela était irrésistiblement fascinant.

La réticence initiale de Max la surprit, mais ensuite il céda facilement. Apparemment, tout était donc décidé, et Bianca commença à songer à cette sortie avec impatience.

Jusqu'à ce que Clara et sa bonne française, Thérèse, arrivent le jour du bal masqué, avec un paquet soigneusement enveloppé qui contenait une robe éblouissante.

— Oh, je ne peux pas mettre une robe aussi somptueuse ! protesta Bianca, effarée.

Clara écarta d'un geste son objection.

— Vous le pouvez, et vous le devez ! Louisa serait vexée. Elle a hâte de vous voir dans cette tenue.

Bianca toucha la lourde jupe de brocart. Elle était assurément encore plus coûteuse que les robes que lui avait achetées Max ici, à Londres. Elle était aussi d'un noir d'encre, que seul venait égayer un liseré de dentelle dorée autour du décolleté. Un décolleté *très* plongeant.

— Elle est tellement foncée !

Clara cligna des yeux.

— Oh, eh bien, cela n'a pas d'importance. Apportez un jupon, ordonna-t-elle à Jennie, qui observait la scène les yeux ronds. De couleur vive, jaune ou rouge.

Elle ouvrit une pochette de velours et en déversa une montagne de bijoux.

— Voilà qui va l'égayer également. Ils sont tous faux, précisa-t-elle d'un ton léger pour rassurer Bianca qui semblait consternée. Nous sommes censées nous amuser, ce soir !

Aussi Bianca s'autorisa-t-elle à se faire habiller, recouvrir de bijoux de pacotille, et relever les cheveux comme jamais elle ne les avait eus. Elle se reconnut à peine dans le miroir lorsque Thérèse fixa sa tiare.

— Eh bien... murmura Clara dans le silence. J'ai hâte de voir la réaction de Maxim.

— Que voulez-vous dire ? demanda Bianca, fascinée par son reflet.

Avec un rire chaud et rocailleux, Clara se plaça derrière Bianca et posa les mains sur ses épaules.

— Il en bafouillera d'émerveillement, chuchota-t-elle.

Elle tendit à Bianca un masque blanc aux joues ornées de deux ronds rouges, aux lèvres peintes en rose, et doté d'une petite mouche en forme de cœur sous l'un des trous réservés aux yeux.

— Soyez charitable envers ce pauvre homme, ce soir !

La bouche de Bianca devint sèche. Elle savait qu'elle était éblouissante. Elle-même était obligée d'en convenir. Merveilleuse, mystérieuse, plus élégante qu'elle ne l'aurait cru possible... et peut-être même *belle*.

Mais pour autant, Max le remarquerait-il ? Depuis des années, il était entouré de jolies femmes. Et même dans cette robe somptueuse, cette tenue de princesse, elle restait la même Bianca que la veille.

Clara disparut dans un froufrou de jupes roses – elle était vêtue d'un costume de bergère fantaisiste – en criant qu'elle la retrouverait à Vauxhall. Thérèse rassemblait ses affaires et donnait calmement ses instructions à une Jennie époustouflée.

Bianca descendit lentement l'escalier, touchant la tiare pour vérifier qu'elle était bien en place. Elle se demanda si Clara avait raison : si Max serait impressionné. Il l'avait regardée d'un air tellement... affamé, le soir du dîner, alors qu'elle portait une de ses jolies robes neuves. Et elle avait fini par l'embrasser.

Elle était bien obligée de reconnaître qu'elle aimait voir le désir dans les yeux de son mari. Lorsqu'il passait une main derrière sa nuque, elle était parcourue de frissons. Et quand il l'embrassait, elle oubliait pourquoi elle avait décidé un jour de le tenir à distance.

Peut-être cette soirée ferait-elle basculer les choses, d'une manière ou d'une autre ?

Max s'habilla avec simplicité pour le bal masqué, désireux de montrer qu'il était devenu un homme différent. Il portait un costume noir, à peine égayé par un peu de dentelle blanche autour du cou. Lawrence avait loué une cape noire toute simple et un masque blanc. Avec un peu de chance, aucun de ses anciens camarades ne le reconnaîtrait ce soir.

Il entendit Clara Farquhar partir. Il crut aussi l'entendre rire tandis qu'elle passait devant la porte du salon, mais il ne se montra pas. Nigel Farquhar l'avait averti qu'elle était enchantée à la perspective de déguiser sa femme, et Max connaissait suffisamment la pétulance de Clara pour se méfier.

Au loin, une cloche sonna sept coups. Ils devaient rejoindre le reste du groupe dans la loggia privée qu'avait réservée Dalway pour le souper. Il était plus à la mode de se rendre à Vauxhall en bateau, mais compte tenu de la nature de la soirée, il avait choisi de prendre la voiture jusqu'à Westminster, d'où ils traverseraient la Tamise en empruntant une chaloupe.

— Je suis prête, dit Bianca derrière lui. Qu'en pensez-vous ?

Max pivota... et faillit tomber à la renverse.

Elle portait une robe de l'époque Tudor, dont les replis de brocart noir brillant recouvraient en partie un jupon rouge vif. Sa taille était incroyablement fine, ceinte d'une chaîne en or, et ses seins débordaient presque du bustier. Des rangées de perles tombaient en croissants sur le plastron, brillant sur la dentelle qui encadrait sa poitrine et mettait en valeur l'ovale de son visage.

Il se rappelait vaguement avoir vu Louisa Carswell dans cette robe, quelques années plus tôt. Elle avait ceint son cou d'un large ruban rouge et annoncé à tout le monde qu'elle était Anne Boleyn, dont la tête était revenue sur ses épaules le temps d'une soirée. Il soupçonnait qu'elle avait été aussi peu fidèle ce soir-là que la reine au tragique destin, mais Harry Carswell s'en moquait. Max l'avait vu lui-même disparaître dans l'ombre des jardins derrière la promenade, en compagnie de deux jeunes femmes fort légèrement vêtues. Des prostituées, soupçonnait-il. Les Carswell avaient toujours fonctionné ainsi.

Mais Bianca ne ressemblait en rien à une reine licencieuse ; on aurait dit une déesse de la nuit, venue le tourmenter pour le rendre fou.

Devant son silence, elle fit un pas en avant et prit une inspiration. Le regard de Max se posa sur le renflement de ses seins au-dessus du décolleté.

— Clara m'avait dit que ce serait impressionnant, mais je ne m'attendais pas à un résultat si… frappant, dit-elle avec un air gêné.

Le cerveau de Max était obnubilé par ses seins. Il était certain que si elle respirait encore une fois ainsi, ses tétons jailliraient du bustier de satin. Louisa était moins voluptueuse que Bianca, et cela sautait aux yeux. Il arrivait à peine à reprendre son souffle, pétrifié dans la contemplation, l'attente, l'espoir…

Il arracha enfin son regard à sa poitrine pour le lever vers son visage. Il retrouva la Bianca raisonnable qu'il connaissait, sa femme. Elle le regardait en attendant son verdict.

— Vous êtes si belle que j'en reste médusé, dit-il sans mentir.

— C'est vrai ?

Ses yeux s'illuminèrent et elle posa les mains sur son ventre, exhibant inconsciemment sa silhouette.

— J'avais quelques doutes…

Les doutes de Max portaient, quant à eux, sur le fait de savoir s'il allait survivre à cette soirée.

— N'êtes-vous pas à l'aise dedans ?

— À vrai dire, avoua-t-elle, le corset est lacé très serré.

À ces mots, il s'imagina dénouer les cordons, l'entendre soupirer dans ses bras, sentir sa peau lisse et chaude sous ses mains. Il parvint à produire un semblant de sourire.

— Je vais garder un couteau sur moi, dit-il, au cas où vous auriez besoin d'être libérée.

Imbécile. Maintenant, il allait penser toute la soirée à lacérer cette robe. Il s'éclaircit la gorge.

— Sommes-nous prêts à partir ?

Un sourire hésitant naquit sur les lèvres de la jeune femme.

— Oui.

Ils prirent la calèche pour se rendre à Westminster. Bianca regardait par la fenêtre en prononçant des commentaires sur les différents endroits devant lesquels ils passaient. Elle le faisait sourire. À l'embarcadère, il l'aida à descendre et s'arrangea avec le cocher pour le retour.

— Pourquoi ne sommes-nous pas allés avec Serafina et les autres en bateau ? demanda-t-elle pendant que Max l'aidait à descendre sur la barge.

Pour éviter d'être coincés à Vauxhall jusqu'à l'aube.

— Je vais devoir passer toute une soirée en compagnie de Dalway, et vous voulez aussi me soumettre à un trajet en bateau avec lui ?

Il secoua la tête avec un petit « tss » et s'installa sur le siège à côté d'elle. Le batelier s'écarta du quai en suspendant la lanterne au crochet au-dessus de sa tête.

— Ce serait bien méchant, Votre Altesse, ajouta Max.

Bianca arrondit les yeux.

— Altesse ?

Damnation. Bien sûr, Clara et Serafina ne lui avaient pas dit qu'elle incarnait Anne Boleyn, la femme manipulatrice d'un mari infidèle, envoyée à l'échafaud pour haute trahison et adultère.

— N'êtes-vous pas une jeune reine Élisabeth ? improvisa-t-il d'un ton léger.

— Oh ! dit-elle, apparemment heureuse. Et vous, qu'êtes-vous ?

Max porta sa main à ses lèvres.

— Un vulgaire courtisan, Altesse.

Elle rit.

— Vraiment ? Pourquoi ne vous êtes-vous pas déguisé en un aventurier ?

— Par manque d'imagination, je suppose, mentit Max. En tout état de cause, dès que les gens auront posé les yeux sur vous, je n'existerai plus.

— Ne dites donc pas de bêtises.

Elle lui adressa l'un de ses regards francs et appréciateurs. Ce n'était pas la première fois. Max avait toujours soutenu son regard avec placidité, la laissant l'observer tout son content. Il avait l'impression qu'elle appréciait ce qu'elle voyait, même si elle ne le montrait jamais, ne serait-ce que d'un battement de cils. Qu'elle contemple ses jambes ou essuie une goutte de café sur son menton. Il se rapprochait par fractions de son but, qui consistait à la conquérir.

Mais ce soir… il sentit les flammes du désir le lécher lorsque ses yeux gris le parcoururent. Ce soir, il n'était plus l'homme patient et concentré qu'il était devenu, mais plutôt le libertin scandaleux qu'il avait été…

— Il n'y a rien de vulgaire ni de quelconque en vous, assura-t-elle d'une voix grave. Vous avez une allure dangereuse et coquine. Difficile de ne pas vous remarquer.

— Allons donc, essaya de protester Max. Je ne suis pas du tout ce genre d'homme.

Ils étaient arrivés à Vauxhall, et le batelier attachait la barge.

— Mais si ! C'est exactement le genre d'homme que vous êtes.

Elle le laissa l'aider à monter l'escalier, puis elle lui jeta un coup d'œil et sourit avec coquetterie.

— Ce soir, cependant… je crois que cela me plaît.

Dans un bruissement de jupes, elle se détourna.

Si Max avait été pieux, il aurait prié pour garder sa retenue et sa patience.

Au lieu de cela, il sentit la canaille qui sommeillait en lui, restée docile ces derniers mois, se réveiller dans un grondement. Et il suivit sa femme vers les lieux familiers de son ancien terrain de chasse, avec la dangereuse impression d'être redevenu le Max d'autrefois.

21

Vauxhall était un émerveillement.

Bianca avait du mal à ne pas manifester son enthousiasme tandis qu'ils se promenaient sous les hautes colonnades. La large avenue de l'esplanade s'étendait juste devant eux, disparaissant dans le crépuscule. Des lampes en verre, perchées sur des poteaux et des arbres, brillaient dans toute unc myriade de couleurs. Sur un côté, elle avisa un petit jardin très soigné au centre duquel se trouvait un pavillon, et une coupole à l'extrémité, entourée d'arbres. De l'autre côté, une enfilade de loggias privées étaient aménagées sous la colonnade, fermées de trois côtés mais ouvertes devant pour la curiosité des passants.

Max avança avec elle jusqu'au bout de la promenade en lui faisant remarquer des détails. C'était un pays enchanté, peuplé de gens vêtus de toutes sortes de déguisements, d'un immense et massif ecclésiastique à une silhouette portant une tête de loup et une cape de fourrure, si menue et petite que Bianca se demanda si ce n'était pas un enfant.

Dans l'une des dernières loggias, ils retrouvèrent le groupe des Dalway. Clara Farquhar était là dans son costume de bergère, et son mari portait une longue perruque et un chapeau à plumes. Lady Dalway, délicate et ravissante dans une robe entièrement blanche, clama être la Vertu ; son mari au costume espagnol noir faisait mine de gratter une guitare tout en chantant – sans grande compétence – et en se présentant comme Scaramouche.

— Carswell et sa femme nous rejoindront plus tard, annonça lord Dalway avec une œillade amusée à l'intention de Max. Je vois que nous avons un membre de la famille royale parmi nous ce soir, mais vous, St. James, dites-moi qui vous êtes ?

— Personne, répondit-il avec un sourire pendant qu'ils prenaient place sur la banquette. Absolument personne.

— Oh ! s'exclama lady Dalway, dépitée. Cela ne vous ressemble pas de gâcher notre plaisir.

— Je vous assure que si votre plaisir dépendait de moi, il serait condamné à être gâché, répondit-il.

Elle lui fit une grimace, puis se tourna vers Bianca.

— Ma chère, vous êtes tout simplement splendide ! Je savais que Louisa aurait quelque chose qui vous irait dans sa garde-robe.

— C'est somptueux, approuva Bianca en caressant le damassé.

C'était aussi très chaud, mais elle s'abstint de le faire remarquer.

— Une merveilleuse cantatrice doit se produire ce soir, poursuivit lady Dalway en consultant le programme musical. Quel dommage ! Un soir de bal masqué, j'ai bien l'impression que personne ne lui prêtera attention. Pour ma part, j'adore Mlle Leary. Je me demande si elle chantera des chansons de M. Carter.

— Les gens danseront-ils ? questionna Bianca.

Clara Farquhar lui avait expliqué comment danser dans son costume, et elle avait prêté une grande attention à ses conseils, peu désireuse de se ridiculiser ou d'abîmer la robe.

— Pas forcément, lui répondit Max.

Il baissa la voix et pencha la tête vers elle :

— Mais si cela vous tente, je me ferai un plaisir de danser avec vous.

Elle rougit.

— Nous ne pouvons pas danser si personne d'autre ne...

Ses yeux brillaient à la lueur des bougies tandis qu'il la regardait.

— Ici, on peut faire tout ce qu'on veut.

La bouche sèche, Bianca ne sut quoi répondre. À cet instant, un coup de sifflet retentit, et un serviteur accourut pour se positionner à une extrémité des jardins. Obéissant à un deuxième coup de sifflet, l'homme approcha une mèche d'un lampadaire pour l'allumer. Et soudain, comme par magie, l'illumination se propagea de lampe en lampe, jusqu'à ce qu'on y voie presque aussi clair qu'en plein jour. Lady Dalway rit et applaudit, comme beaucoup de personnes alentour, et Bianca se joignit à eux.

— Comment ont-ils accompli cela ? chuchota-t-elle à Max.

On aurait dit que quelqu'un avait soulevé un rideau et transformé la nuit en jour, en un instant.

— C'est l'un des mystères de Vauxhall, répondit-il, et elle secoua la tête, émerveillée.

Les Carswell les rejoignirent après que le souper fut servi. Louisa était en princesse persane, drapée de voiles diaphanes, et sir Henry portait une tenue d'amiral.

La soirée se passa dans un tourbillon vertigineux. On servit des portions de nourriture ridiculement petites – « s'ils pouvaient trancher la viande encore plus fine, elle s'envolerait au moindre courant d'air », ironisa M. Farquhar –, mais de grande quantité de boissons, parmi lesquelles un punch à l'arak que semblait fort apprécier Louisa Carswell.

En face d'eux sur l'esplanade, l'orchestre jouait, perché sur son kiosque. À un moment, lady Dalway crut entendre annoncer la chanteuse qu'elle aimait, et elle s'élança en emmenant son mari pour aller l'écouter.

Le comte leva les yeux au ciel et fit mine de la suivre comme un petit chien tenu en laisse, ce qui fit rire sir Henry au point qu'il faillit tomber de son siège. Puis les Carswell furent salués chaleureusement par un couple, et invités à se promener avec eux dans les jardins.

Beaucoup de gens essayaient d'interpeller Max en passant devant eux. Plusieurs fois, quelqu'un s'arrêta et l'appela. La plupart étaient des hommes, mais il y eut aussi quelques femmes. Ils semblaient tous heureux de le croiser, bien que l'un des messieurs s'écrie qu'il le reconnaissait à peine. Max leva chaque fois une main, presque comme pour les congédier, et se détourna avec affectation. Les hommes rirent, les dames boudèrent, et une femme qui ne semblait pas mériter l'appellation de « dame » s'éloigna avec un petit sourire. Bianca observa son mari, mais il avait l'air de trouver tout cela ennuyeux.

Alors que la nuit s'épaississait, Max posa une main sur la sienne.

— Voulez-vous vous promener ? murmura-t-il.

Bianca surprit le regard de Clara, qui les considérait d'un air pensif. La conversation était devenue un peu décousue, et désinhibée à mesure que le vin coulait. Mais elle avait envie de visiter les jardins.

— Oui.

Elle prit le bras qu'il lui tendait, et ils traversèrent l'allée jusqu'à la pelouse de l'esplanade. Les musiciens de l'orchestre continuaient à jouer, mais il n'y avait pas de chanteuse. Max hocha la tête poliment mais ne s'arrêta jamais quand quelqu'un l'appelait, continuant à marcher d'un pas égal.

Au bout d'un moment, sanglée dans sa lourde robe, Bianca commença à avoir vraiment très chaud et dut s'arrêter. Max la considéra avec inquiétude.

— Pouvons-nous nous asseoir ? demanda-t-elle, le souffle court.

— Bien sûr.

Il fit signe à un serveur qui accourut, et lui commanda deux coupes de champagne.

— Je ne crois pas que je puisse encore boire, protesta-t-elle.

Il secoua la tête.

— C'est léger, promit-il. Goûtez.

L'homme revint rapidement avec les coupes, et Max lui lança deux shillings, qu'il attrapa au vol sans même ralentir. Bianca but une gorgée et se rendit compte que la boisson était glacée, presque cristallisée, et résolument moins alcoolisée que le champagne dont elle avait déjà bu deux coupes.

— Où désirez-vous aller ?

Il y avait beaucoup de monde sur l'esplanade. Une profusion de lampes à huile brûlaient dans les arbres.

— Dans un endroit plus tranquille et plus frais, suggéra Bianca en pinçant son bustier trop serré entre le pouce et l'index pour l'écarter de sa poitrine.

Elle comprenait maintenant l'intérêt des minuscules portions de nourriture !

Le regard de Max se posa un instant sur ses doigts.

— Bonne idée. Par ici.

Il contourna la rotonde et l'emmena vers les sentiers plus sombres, derrière la courbe de la colonnade et ses loggias. À l'écart de la foule, Bianca retira son masque et poussa un soupir de plaisir en sentant l'air frais sur son visage. Max avait retiré le sien quand le champagne était arrivé et n'avait pas pris la peine de le remettre.

— Bienvenue à Vauxhall, madame, dit un arlequin lubrique en sautillant à côté d'eux.

Bianca le regarda, surprise, mais Max plaça un bras possessif autour de sa femme. L'homme afficha une moue de regret et s'en alla.

— Connaissez-vous cet homme ? chuchota-t-elle.

— Non, dit-il, amusé. Et vous ?

— Bien sûr que non !

— À Vauxhall, cela n'a pas d'importance de connaître les gens. Il vous témoignait son admiration.

Bianca rougit.

— Je ne m'habituerai jamais à ce genre d'admiration.

Max rit doucement. Il avait gardé un bras autour de sa taille, et elle trouvait cela tout à fait réconfortant.

— Dommage. Moi, je vous admire énormément.

Elle ouvrit la bouche, la referma. Elle avait failli dire que c'était différent, que son admiration ne suscitait pas chez elle les mêmes réactions. Son admiration lui donnait l'impression d'être... belle.

Au détour d'un bosquet, ils virent deux dames habillées en déesses grecques qui se promenaient bras dessus, bras dessous.

— Maxim ! Oh, Maxim, mon chéri ! cria l'une d'elles en les apercevant.

Elle quitta sa compagne et se jeta sur lui.

— Vous êtes revenu !

Stupéfaite, Bianca recula d'un pas.

Max essayait de s'extraire des bras qui lui enlaçaient le cou.

— Non, dit-il froidement. Pas vraiment.

L'autre femme les avait rejoints ; elle fit une moue sous son loup et lui prit le bras.

— Mais si, c'est bien vous ! Quand viendrez-vous nous voir ?

La mâchoire contractée, Max écarta la première, maintenant son bras à distance pour l'empêcher de se jeter à nouveau à son cou.

— Maxim, minauda-t-elle, déçue. Après tous ces bons moments que nous avons connus...

La deuxième toisa Bianca.

— Vous devez être sa nouvelle conquête. Petite veinarde !

— Pas du tout, répliqua Bianca avec indignation. Je suis...

— Bonne soirée, trancha Max d'un ton bref et sans appel.

Il saisit la main de Bianca et ajouta :

— C'est terminé, Harriet, et vous le savez très bien.

— Pas forcément, rétorqua l'intéressée en faisant la coquette, mais Max s'éloignait déjà en entraînant Bianca.

Elle trébucha et faillit renverser son champagne, tandis qu'il s'engageait dans un chemin et avançait jusqu'à ce qu'il trouve un banc, à l'écart.

Bianca se laissa tomber comme une masse. Max campa une main sur sa hanche et fixa un point par terre en pianotant avec ses doigts. Elle connaissait maintenant cette habitude nerveuse qu'il avait, aussi décida-t-elle d'aborder le sujet bille en tête :

— C'étaient d'anciennes maîtresses, je suppose.

Il jura dans sa barbe.

— Je savais que vous en aviez, poursuivit-elle. Je m'étonne que nous ayons mis si longtemps à en croiser une. Ou deux.

Il se passa la main dans les cheveux et s'assit à côté d'elle.

— J'aurais voulu que vous n'en rencontriez aucune !

— Ma foi...

Il faisait beaucoup plus sombre, ici, et agréablement frais. Bianca finit son champagne et regarda le ciel velouté bleu nuit pour lui laisser le temps de se ressaisir.

— ... ce ne fut pas un choc si terrible, termina-t-elle.

De toute évidence, Max était mortifié et furieux. Elle n'allait pas faire comme si rien n'était arrivé. C'était ainsi que Cathy avait presque failli se marier avec lui au lieu de M. Mayne. Cathy n'avait jamais été capable de s'opposer à leur père, d'exprimer à voix haute ce qui la perturbait. Bianca, elle, osait dire le fond de sa pensée.

Mais son mari garda le silence pendant si longtemps qu'elle finit par se tourner vers lui. Il avait les mains sur les genoux, coudes écartés. Elle distinguait à peine son profil, sa mâchoire dure, son regard fixe devant lui.

— Dalway m'a dit que je devrais tout vous raconter, dit-il enfin d'une voix sourde. Je trouvais qu'il était fou, mais peut-être avait-il raison.

Bianca éprouva toutefois un désagréable pincement à la pensée qu'il lui parle de ses maîtresses. Des femmes qui savaient des choses à son propos, qui le connaissaient comme elle ne le connaissait pas, alors qu'elle était sa femme.

— Voulez-vous que je vous en parle ? reprit-il. Ou préférez-vous considérer cela comme un chapitre clos du passé ? Je vous dirai uniquement ce que vous souhaitez savoir.

Elle réfléchit. L'idée de l'entendre énumérer toutes les femmes avec lesquelles il avait couché était viscéralement révoltante. Cependant, il lui proposait de dire ce qu'elle voulait...

— Je préférerais en savoir davantage sur vous, et non sur elles, expliqua-t-elle doucement. Sur vos parents, votre jeunesse... votre grand-père.

Après une longue pause, il relâcha son souffle.

— Ma mère était très belle, commença-t-il d'une voix paisible et nostalgique. Elle avait les cheveux noirs, de doux yeux bleus... Elle ne méritait pas ce que mon père lui a fait. Il s'est conduit comme un véritable voyou. Je crois qu'il ne la voulait que parce qu'elle le tenait à distance. Il n'avait pas l'habitude de se voir refuser quelque chose. Et comme Maxim l'Ancien, mon grand-père, refusait de lui donner son héritage, si modeste soit-il, tant qu'elle ne serait pas passée devant monsieur le curé, elle l'a épousé, la pauvre.

— Quel genre d'homme était-ce ?

Max poussa un grognement de dégoût.

— L'homme le plus égoïste que j'aie jamais connu. Rien d'autre ne comptait que ses désirs et ses envies. Il la grondait, l'insultait, puis il disparaissait pendant un mois sans rien dire et sans lui laisser d'argent. Un hiver, nous avons dû retourner dans la ferme de mon grand-père, dans le Lincolnshire, pour ne pas mourir de faim.

— Mon Dieu... Sa femme et son fils !

— Cela lui était égal de nous laisser affamés, dit Max d'un ton cinglant. Il était déterminé à mener la belle vie qu'il voulait, et tant pis pour nous. Cette année-là, il s'était trouvé une riche veuve – je ne sais pas si elle savait qu'il était marié, ou si cela lui était égal : toujours est-il qu'ils sont partis en France, ou aux Pays-Bas. Il revenait quand ses maîtresses se lassaient de lui, mais ne restait pas longtemps. Il ne se plaisait jamais au même endroit pendant plus de quelques mois, il n'était jamais satisfait de sa femme ni de son fils. Mais peut-être repartait-il aussi pour échapper à ses dettes.

Juste ciel... Bianca ne s'était pas doutée qu'il avait vécu une enfance si difficile. Jamais son père n'aurait laissé un membre de sa famille mourir de faim. Au contraire, Samuel accueillait régulièrement des cousins éloignés ou leurs veuves, les épouses de neveux ivrognes et même les enfants de voisins irresponsables. Il leur procurait du travail, des paniers de nourriture... et tout cela en plus de ce qu'il donnait à ses ouvriers, avec lesquels il était plus généreux que n'importe quel autre patron. La poitrine de Bianca s'emplit d'une bouffée d'amour pour son père, si irascible et têtu puisse-t-il se montrer.

Mais elle sentait que Max n'avait pas envie de s'appesantir sur ce sujet.

— Étiez-vous heureux chez votre grand-père ?

— Dans le Lincolnshire ?

Il haussa les épaules en soupirant.

— Je suppose. Il avait un joli domaine, et j'étais un jeune garçon qui avait toute latitude pour partir en exploration. Cette liberté me convenait.

— Et votre mère ?

— Elle est morte rapidement, dit-il au bout d'un moment. Un printemps. Trop de soucis et pas assez d'argent.

Bianca se mordit la lèvre en imaginant un petit orphelin au cœur brisé, réduit à se débrouiller seul.

— Comment s'appelait-elle ?

— Adélaïde, répondit-il doucement. Sa famille l'appelait Adela. Mon père est revenu, le temps de prendre ce qui pouvait avoir de la valeur. Puis il est parti vivre en France, pour autant que je sache. S'il y a une justice en ce monde, il est tombé dans des lieux d'aisance à Paris et continue d'y pourrir.

Le calme de sa voix la pétrifia.

— Mais... vous êtes le cousin d'un duc, bafouilla-t-elle.

— Cousin éloigné. Et je n'étais pas digne des bontés de Sa Grâce. Ma mère a essayé de l'intéresser à notre sort, poursuivit-il aussi tranquillement que s'ils discutaient de la pluie et du beau temps. Mon père s'était vanté de ce lien de parenté, voyez-vous, et elle avait cru que cela signifiait quelque chose. Elle a compris plus tard que son père et son grand-père considéraient mon père comme le pire des dépravés. Encore qu'eux-mêmes n'étaient pas des parangons de vertu. Elle m'avait donné leur nom, en espérant que l'un d'eux m'accorderait un moyen de subsistance, ou me trouverait au moins un poste. Elle pensait que je pourrais faire un bon secrétaire.

Il inclina la tête, et Bianca crut le voir sourire.

— Vous vous rendez compte : que quelqu'un me fasse confiance !

Sa remarque fit mouche, même si telle n'était pas son intention. Elle l'avait accueilli à Marslip sans cacher sa suspicion, le prenant pour un misérable chasseur de dot et le traitant ouvertement de demeuré.

Elle s'humecta les lèvres.

— Vous avez fait du droit pendant un an…

Il hocha la tête.

— Après la mort de ma mère, sa jeune sœur Greta s'est occupée de moi. Son mari à l'époque était avocat. Elle m'a envoyé un an à Oxford, puis son mari m'a appris le droit, avant qu'il ne meure.

— Alors vous êtes parti, dit-elle lentement en essayant de rassembler les pièces du puzzle.

Un père incapable, mais une mère et une tante aimantes. L'université et l'aide d'un avocat, mais pas de véritable profession. La famine pendant un an, mais les manières et les airs d'un gentilhomme. La première fois qu'il était venu dîner à Perusia, sa réputation l'avait précédé : une canaille, un joueur, un dangereux scélérat.

— Oui, j'ai dû partir, déclara Max, les mâchoires crispées. Il se trouve que l'associé de mon oncle a cru que je voulais lui prendre sa femme. Si je n'étais pas parti, il m'aurait jeté dehors.

Il marqua une pause.

— Il a raconté à tous ses amis avocats que je l'avais séduite, et aucun d'eux n'a voulu ensuite m'engager. Ce fut la fin de ma carrière juridique.

Offusquée, Bianca posa une main sur la sienne.

— Quelle horrible calomnie !

Parfaitement immobile, il demanda :

— Vous ne pensez pas que je l'ai bel et bien séduite ?

Bianca rougit. Non, elle ne le pensait pas.

— Est-ce le cas ?

— Non, dit-il doucement. Mais je suis heureux que vous m'ayez cru d'emblée.

Elle ne sut que répondre. Et lorsqu'elle voulut retirer sa main, elle se rendit compte qu'il avait refermé les doigts autour des siens, si légèrement qu'elle l'avait à peine senti.

— Vous deviez être un tout jeune homme, dit-elle d'une voix mal assurée.

— J'avais dix-huit ans. Le vieux Tibbets savait que sa femme aimait les jeunes garçons, c'est pourquoi il n'employait que des hommes âgés. C'est mon oncle qui l'avait convaincu de me laisser travailler au cabinet, mais il a dû me prendre en grippe dès le début, convaincu que je le tromperais un jour ou l'autre.

Un vague mépris ourla sa voix lorsqu'il ajouta :

— Figurez-vous qu'elle m'a fait des avances. Cependant, non seulement c'était la femme de mon employeur, mais elle avait déjà un jeune amant. Tibbets n'a jamais soupçonné que l'apprenti du tailleur réchauffait son lit chaque fois qu'il lui livrait une nouvelle veste ou un pantalon. Et c'était un homme vaniteux, qui commandait des habits neufs tous les mois.

Ce fut plus fort qu'elle. Bianca partit d'un petit rire.

— Je vous comprends, fit son mari d'un ton amusé. Le vieil imbécile…

— Et qu'avez-vous fait ?

— Sur quoi peut se rabattre un homme célibataire sans fortune et sans profession ? Les tables de jeu, ma chère.

— Étiez-vous doué ?

— Très, dit-il avec un clin d'œil.

Elle rit, et il sourit. À un moment de leur conversation, elle s'était rapprochée de lui sur le banc et discernait maintenant parfaitement ses expressions.

— Vous n'étiez donc pas une crapule fainéante quand vous êtes arrivé à Perusia, déclara Bianca avec l'impression qu'un voile venait de se lever devant ses yeux. Je vous prenais pour un pique-assiette dénué de tout principe, qui n'en avait qu'après la dot de Cathy et l'usine de mon père. Je pensais que vous aviez ébloui papa en faisant valoir votre lien de parenté avec le duc de Carlyle, et que seul l'argent vous intéressait.

La main de Max frémit dans la sienne.

— Je suis désolée d'avoir pensé pis que pendre de vous, ajouta-t-elle, saisie de remords.

Elle s'était trompée sur son compte et lui devait des excuses.

— J'espère que vous saurez me pardonner.

Il se tourna à demi pour lui prendre les deux mains.

— Bianca...

— Oui ?

Son visage était d'une pâleur argentée dans le jardin ténébreux. Le clair de lune lui donnait un air tourmenté et fatigué, ses yeux étaient noirs et ses paupières alourdies.

Au lieu de répondre, il l'embrassa.

Cette fois-ci, elle était prête. Elle ignorait si elle avait voulu prendre le frais à l'écart de la foule pour parvenir à ce baiser, mais elle avait su très vite que c'était inévitable. Un ardent désir avait illuminé son regard quand Max l'avait découverte dans cette robe, et elle avait noté la manière dont ses yeux descendaient vers sa poitrine chaque fois qu'elle inspirait profondément. La robe était terriblement ajustée, mais il n'était pas impossible qu'elle ait par moments exagéré sa posture dans le seul but de guetter sa réaction.

Et voilà qu'il l'embrassait. Sa bouche glissait sur la sienne, sa main lui tenait la nuque. Elle lui rendit son baiser, parce qu'il n'était pas le fripon qu'elle s'était imaginé et qu'elle ne pouvait plus lutter contre l'attirance qu'il exerçait sur elle.

— Dieu tout-puissant, comme j'ai envie de vous... chuchota-t-il en déposant des baisers légers sur son front.

— Nous sommes dans un jardin public.

Si cela n'avait pas été le cas, ils auraient vraisemblablement consommé leur mariage ce soir-là, se dit-elle.

— Je sais.

Il posa son front contre le sien, et joua distraitement avec les rangs de perles sur sa poitrine.

— Mais si l'on est discret...

Elle se raidit.

— Quoi ? Dans un *jardin* ?

Il rit doucement.

— Pas cette fois. Mais il existe certains... plaisirs... que l'on peut trouver...

Le cœur de Bianca tambourinait et sa peau la picotait.

— Quels plaisirs ? chuchota-t-elle.

— Faites-moi confiance... voulez-vous ?

Max se laissa glisser du banc et tomba à genoux devant elle. Sa cape noire formait une tente autour de lui. Il passa un doigt sur l'intérieur de la cheville de Bianca en levant les yeux vers elle.

Elle jeta un coup d'œil nerveux de part et d'autre, mais ils étaient seuls. Il faisait nuit noire, la plus proche lanterne était à peine visible au bout du chemin. Et ces mots étaient si enivrants : « Faites-moi confiance... »

Elle déglutit, et acquiesça de la tête.

22

— Je ne vous ferai pas mal. Jamais, mon amour.

Sa voix était un murmure inintelligible tandis que ses mains remontaient le long de son mollet. À hauteur du genou, il s'arrêta et déplaça lentement une de ses jambes, puis l'autre, pour lui écarter les genoux. Elle faillit s'étrangler. Un nouveau regard fiévreux alentour lui confirma qu'il n'y avait personne.

Max souleva ses jupes et reposa l'ourlet sur ses genoux, sans détacher les yeux de son visage. Le pouls de Bianca bondit.

— J'ai envie de vous faire plaisir, dit-il dans un souffle.

Il avait les mains sur ses cuisses et caressait sa peau nue. Elle frissonna des pieds à la tête.

— Je n'ai jamais… commença-t-elle.

Comment avouer qu'elle était complètement ignorante ?

Contrairement à lui.

— Je sais, murmura-t-il. Un seul mot de vous, et j'arrête.

Ses pouces effleurèrent la toison entre ses jambes et Bianca se raidit, le souffle coupé par une nervosité mêlée d'impatience.

Cela ne lui ressemblait pas. Elle avait l'impression de vivre un rêve, ou d'observer la scène à distance. Mais quand il la caressa *là,* elle se cambra et jeta les mains dans son dos pour agripper le banc, traversée par une myriade de sensations fulgurantes.

— Max, dit-elle en haletant.

Il s'immobilisa. Bianca inspira une grande goulée d'air et hocha la tête faiblement. Un sourire canaille éclaira lentement le visage de Max, et quand il plaça les mains autour de ses hanches pour l'amener plus près du bord, et qu'il remua entre ses jambes, elle poussa un gémissement.

Des plaisirs dont la plupart des femmes ne font que rêver.

Chacune des respirations de Bianca ressemblait à un spasme sous ses doigts qui s'immisçaient dans ses boucles, la caressaient, aussi paresseusement que s'il avait l'intention d'y consacrer la nuit. Elle se mordit la lèvre inférieure. Elle était crispée et tendue.

— Comme vous êtes douce... chuchota-t-il. Comme vous êtes mouillée...

Il enfonça son pouce, qui glissa aisément. Oui, elle était mouillée, et la chair de poule lui hérissa la peau pendant qu'il la caressait, légèrement, lentement, à peine assez pour empêcher sa frustration d'éclater.

— Vous ressemblez à une déesse, ce soir.

Sa voix était une drogue plus puissante que le vin. Une pulsation de désir manqua la faire tomber.

— Belle et ténébreuse, audacieuse, intrépide... Maîtresse de la nuit en satin noir et en perles.

— Vous... Vous n'êtes pas aussi impressionné, les autres jours ? réussit-elle à bafouiller.

Il eut un rire de gorge.

— J'ai envie de vous quand vous portez cette vieille robe bleue avec des traces de brûlures sur la jupe, quand vous avez de l'alun sur la manche et de l'encre sur les doigts. Quand vous avez ce petit pli entre les sourcils lorsque vous vous concentrez sur une tâche dans votre atelier. J'aurais envie de vous si vous étiez habillée en religieuse ou si vous portiez un tablier de laitière. C'est vous qui m'intéressez, pas votre tenue vestimentaire.

— Tant mieux, le taquina-t-elle d'une voix enrouée. C'est la robe de lady Carswell : il faudra que je la lui rende...

— Dans ce cas, nous allons profiter pleinement de cette occasion.

Sans cesser de la caresser sous ses jupes et de la tourmenter, il se redressa sur les genoux et posa les lèvres sur le renflement de ses seins. Bianca jeta la tête en arrière et se laissa embrasser sans la moindre honte. Le banc était assez bas, et sa bouche arrivait juste à hauteur de sa poitrine ; son baiser était d'une douceur insoutenable...

— Respirez, chuchota-t-il.

Elle se rendit compte qu'elle retenait son souffle. Avec un petit cri, elle expira et remplit ses poumons ; il passa un doigt à l'intérieur de son bustier et tira, exposant un mamelon. Il émit un son guttural et sauvage et le suça entre ses dents.

Elle gémit, et Max enfonça l'index à l'intérieur de son corps. Elle se referma autour, et cette fois ce fut lui qui gémit. Il retira son doigt, puis l'enfonça à nouveau, ainsi que son pouce, les faisant glisser pour la caresser plus vivement.

Un éclat de rire un peu plus loin la fit sursauter.

— Max, siffla-t-elle en lui saisissant le bras. Arrêtez !

Ses yeux noirs luisaient. De sa main libre, il rabattit sa cape sur sa tête et s'accroupit, gardant le visage sur ses genoux. Bianca baissa les yeux et se rendit compte que la cape se fondait dans le noir de sa robe et le rendait invisible – du moins, sous la faible lueur du clair de lune.

Mais il ne retira pas sa main. Au contraire, elle sentit ses lèvres à l'intérieur de sa cuisse.

Bianca se cambra, les mains crispées sur le banc.

Un couple passa, bras dessus, bras dessous, en riant. À voir leur démarche mal assurée, Bianca devina qu'ils étaient passablement avinés. L'homme la vit, marmonna un juron avec bonhomie, et leva une main pour la saluer. La femme enfouit la tête contre son épaule en gloussant, et ils s'éloignèrent parmi les arbres.

La bouche de Max était appuyée contre le pli en haut de sa cuisse. Sa langue décrivait des cercles sur sa peau.

— Ils sont partis, dit-elle en haletant et en refermant les genoux sur lui.

Il l'attira plus près encore, jusqu'à ce qu'elle ait l'impression qu'elle allait tomber du banc. Elle sentit la chaleur de son souffle sur son sexe. Puis ce fut sa bouche, et sa langue.

Soudain, Bianca oublia d'être silencieuse et discrète. Elle souleva les hanches, stupéfaite de son audace, de celle de Max, de leur conduite effrontée à tous les deux. Il avait peut-être l'habitude de ces choses coquines, mais pas elle, et pourtant c'était sa propre voix qui chuchotait des encouragements tandis qu'il enfonçait les doigts dans son sexe et que sa bouche la suçait et l'aspirait, presque rudement par moments, la faisant trembler de tous ses membres.

Il écarta sa cape et releva la tête. Sa bouche luisait au clair de lune.

— Jouissez, ordonna-t-il dans un murmure en lui empoignant la nuque, pendant que ses doigts s'enfonçaient, encore et encore.

Bianca se mordit les lèvres pour ne pas hurler. Des larmes lui vinrent aux yeux. Des deux mains, elle serra ses poignets avec force, jusqu'à ce que ses doigts soient gourds... puis elle s'abandonna.

Elle savait ce qu'était la jouissance. Elle avait beaucoup de cousines mariées. Celles-ci lui avaient raconté, ainsi qu'à Cathy, à quoi s'attendre dans le lit conjugal. Aucune d'elles n'avait correctement décrit l'extase, cependant, cette légèreté surnaturelle et ce moment de joie si aiguë et frénétique qu'elle craignit de fondre en larmes ou d'éclater d'un rire hystérique.

Lorsque les tressaillements cessèrent, elle s'affaissa en avant pour reprendre son souffle. Max posa les lèvres sur son front, lissant les côtés de son jupon et sa jupe. Il la garda contre lui, tout simplement, jusqu'à ce qu'elle soit suffisamment remise pour tenir assise.

— C'est ce que j'ai vu de plus merveilleux à Vauxhall, ou n'importe où ailleurs, dit-il de cette voix grave et intime qui lui donnait la chair de poule.

Bianca rougit. Son corps tout entier devait rougir, d'ailleurs, car elle avait l'impression d'être en feu.

— Merci, dit-elle timidement.

En guise de réponse, il la serra dans ses bras. Elle resta blottie contre lui un moment, jusqu'à ce qu'elle se rende compte qu'il tremblait.

— Max, chuchota-t-elle.

— Oui, chérie ?

— Vous n'avez pas...

Elle devint écarlate.

— Vous n'avez pas joui, n'est-ce pas ?

Il partit d'un rire sifflant.

— Cela se voit tant que cela ?

Elle se redressa, nerveuse.

— Est-ce aussi merveilleux, pour un homme ?

Il se contenta de sourire.

— J'ai envie de vous faire plaisir, dit-elle, déterminée. Ce ne serait que justice.

Il s'écarta si vivement qu'il faillit basculer en arrière.

— Non ! Pas ici. Je vous ferai l'amour dans un lit, correctement, et pas debout contre un arbre...

L'avait-il fait debout contre un arbre, ici à Vauxhall, peut-être avec l'une de ces femmes qu'ils avaient croisées tout à l'heure ? Bianca repoussa la pique de jalousie qui la tenaillait. Tout cela appartenait au passé.

Mais il lui avait procuré du plaisir, et elle voulait en faire autant pour lui. Par souci d'équité, bien sûr, mais également parce qu'elle voulait savoir quelle sensation cela ferait de tenir son sexe entre ses mains. Elle rêvait de le toucher.

— Il doit bien y avoir un moyen...

Il déglutit et ferma les yeux.

— C'est-à-dire... oui... il y en a un.

Lentement, il déboutonna son gilet et l'écarta. Il la regarda tandis qu'il s'asseyait sur ses talons et fouillait dans l'entrejambe de son pantalon.

Elle s'approcha du bord du banc.

— Devrais-je... ?

— Non, gronda-t-il. Regardez seulement. Si vous me touchez, je périrai sur place.

Il déboutonna le devant du pantalon, puis son caleçon.

Bianca se pencha pour mieux le voir prendre son sexe dans sa main. Lady Dalway l'avait emmenée dans une galerie d'art, où elles avaient admiré les silhouettes nues de différents tableaux et sculptures. Auparavant, Bianca n'avait jamais vu un homme complètement dénudé. Mais Max...

Max ne ressemblait pas à ce qu'elle avait vu dans la galerie. Son sexe était plus long, plus large, et dressé entre ses jambes. En érection. Les genoux largement écartés, un poing autour de son membre, il s'exhiba sans fausse honte. Lentement, il fit glisser sa main vers le bas.

— J'ai encore les doigts tout humides de vous, chuchota-t-il. De votre plaisir.

Une nouvelle caresse.

— Est-ce pour cela que j'étais... mouillée ?

Elle aurait dû s'évanouir, tant il était embarrassant de parler d'une chose pareille, mais elle ne pouvait quitter des yeux sa main qu'il faisait monter et descendre.

— Oui.

Sa voix se brisa et ses articulations blanchirent.

— La nature fait cela pour faciliter l'union de nos corps, ajouta-t-il. Pour rendre cet acte d'une satisfaction exquise pour tous les deux.

Elle imagina son érection glisser en elle au lieu de ses doigts. Elle était à nouveau agitée et avait très chaud.

— C'est beaucoup plus gros que vos doigts...

— Vous ont-ils donné du plaisir ?

Plus qu'elle ne l'avait imaginé. Elle regarda ses caresses devenir plus rapides, sa main crispée autour de sa verge.

— Max, murmura-t-elle, j'ai envie de vous toucher. S'il vous plaît.

À ces mots, il inspira brusquement et pencha la tête. Un liquide jaillit entre ses doigts. Il rejeta la tête en arrière, le visage tendu, et relâcha son souffle en poussant un long soupir entrecoupé.

— La prochaine fois, promit-il d'une voix saccadée. La prochaine fois, vous me toucherez autant que vous le désirerez.

La prochaine fois. Bien sûr qu'il y aurait une prochaine fois. Et ce ne serait pas sur un banc dans un jardin public, même s'ils étaient seuls et s'il faisait nuit. Bianca rendait les armes. Elle hocha la tête pour signifier son assentiment et lui tendit son mouchoir.

Il se reboutonna, puis l'aida à rajuster ses jupes. Avec une dévotion touchante, il lissa ses cheveux et lui assura que la tiare était placée correctement. Puis il lui tendit le bras et la raccompagna vers la promenade illuminée, aussi courtois et élégant qu'à l'accoutumée, comme s'il ne s'était rien passé.

Mais il s'était passé quelque chose. Et le monde de Bianca en était ébranlé.

Ce soir, ils avaient fait tomber les masques, malgré leurs déguisements, et cela lui donnait un immense espoir pour l'avenir. Ils pourraient avoir un vrai mariage, fondé sur la confiance... et agréable. Profondément agréable. Ce n'était pas de l'amour, mais cela valait mieux que la froideur qu'ils avaient connue jusqu'à présent.

Et cette pensée lui procura une bouffée de bonheur.

23

Max passa le reste de la nuit éveillé, à rejouer chaque exquis moment dans son esprit, inlassablement. Ce jour-là dans la sacristie, il avait su que Bianca, contrairement à sa sœur, avait le pouvoir de l'ensorceler... et c'était fait. Si Dieu avait jugé bon de le tuer dans son sommeil cette nuit-là, Max serait mort heureux, avec pour dernière vision celle de Bianca sur le banc, la tête en arrière, abandonnée, les jupes en corolle autour de la taille, ses longues jambes galbées écartées pour lui.

C'était suffisant pour cette nuit. La pratique du jeu lui avait appris à ne jamais pousser trop loin sa chance. Mieux valait se retirer à temps et assurer ses gains plutôt que de les mettre en péril. C'est pourquoi il ramena sa femme à la maison, l'embrassa tendrement et lui souhaita bonne nuit. Le regard curieux et prolongé qu'elle lui adressa lui donna envie de terminer ce qu'ils avaient commencé et de l'emmener dans son lit, mais il se maîtrisa. Il ferait les choses convenablement, et lorsque Bianca viendrait enfin à lui, elle serait complètement sienne.

S'il avait su ce qui allait se produire au cours des jours suivants, il n'aurait sans doute pas été aussi optimiste.

Une lettre l'attendait lorsqu'il rentra à la maison deux jours plus tard. Lawrence le suivit dans l'escalier et referma la porte de la chambre à coucher, avant de la lui tendre.

Jusqu'à cet instant, Max avait été d'une humeur exceptionnellement joyeuse. Il avait reçu plusieurs commandes potentielles, en partie grâce à Serafina qui ne tarissait pas d'éloges à propos du service écarlate, et en partie grâce à ses nombreuses visites. Il s'était rendu chez chacun des amis et connaissances qu'il avait à Londres, du moins tous ceux qui pouvaient s'offrir un service de Perusia. À chaque fois, il emportait un coffret tapissé de velours renfermant quelques pièces choisies, et laissait une carte de visite colorée à la main. Un de ses vieux amis était artiste et avait été heureux d'accepter cette petite commande, de sorte que Max possédait des cartes de visite d'une qualité bien supérieure à celles qui s'échangeaient habituellement.

S'il y avait une chose qu'il avait apprise au cours de ses années de disette, c'était que les riches aimaient que tout le monde sache qu'ils étaient riches. Le plus souvent, les gens menaient une existence qui reflétait, à leurs yeux, leur statut social.

Et, comme il s'y était attendu, ils s'arrachaient la vaisselle écarlate.

Aussi revint-il à la maison tout heureux d'une requête du duc de Wimbourne demandant qu'il lui présente des échantillons le jour suivant. Il était impatient d'en parler à Bianca au dîner. Ils rentreraient bientôt à Marslip, et une commande de Wimbourne couronnerait en beauté ce séjour londonien.

C'est alors que Lawrence apporta la funeste nouvelle.

— Tenez, monsieur, dit-il en lui tendant la lettre.

En une fraction de seconde, la bonne humeur de Max retomba. Il la fixa longuement.

— Quand est-ce arrivé ?

— Ce matin, peu après votre départ.

Max hocha la tête. Il avait mis en garde Lawrence précisément pour cette raison, mais avait espéré envers et contre tout que ce ne serait pas nécessaire.

— Mme St. James l'a vue ?

— Non, monsieur. Je l'ai interceptée tandis qu'elle était encore à sa correspondance.

Max s'accorda une lente inspiration, appréciant ce maigre soulagement. Enfin, il prit la lettre.

— Qui l'a livrée ?

Lawrence secoua la tête.

— Je l'ignore. Martha le saurait peut-être, mais je ne savais pas si vous vouliez que je la questionne. Cela aurait risqué d'attirer l'attention.

Damnation !

— Vous avez eu raison, dit-il au valet. Merci.

Lawrence sourit avec surprise.

— Je vous en prie, monsieur. Lord Willoughby ne me remerciait jamais.

Max eut un petit sourire sans joie.

— C'est uniquement dans l'espoir que vous restiez à mon service, même lorsqu'il sera revenu de sa disgrâce.

L'homme fit un clin d'œil et s'inclina.

— Vous vous y prenez bien pour l'instant, monsieur St. James.

Il s'en alla en refermant la porte derrière lui.

Le sourire de Max s'évanouit avant même que le loquet soit en place. La lettre qu'il tenait à la main lui semblait bourdonner de malveillance, comme si elle avait été écrite avec de l'encre empoisonnée susceptible de l'infecter par son seul contact. Cette lettre, si rapprochée de la précédente et alors qu'il était à Londres, ne pouvait que signifier le pire…

Lentement, il brisa le sceau et la déplia.

Comme d'habitude, la vipère voulait de l'argent, et essayait de lui en soutirer à grands coups de culpabilité, de honte et de peur. Il n'y avait pas de menace explicite, mais elle était bien là. Max l'aurait brûlée, comme la précédente, sans le dernier paragraphe.

Mes hommages à votre femme. Une charmante dame, dans sa tenue royale à Vauxhall. Vous connaît-elle, Maxim ? Vous semblez amoureux d'elle, mon vieux. Elle serait stupéfaite en apprenant certains secrets... Je sais que vous ne lui avez pas tout raconté...

« Maudit sois-tu ! » songea Max, en proie à une violente colère. Ses doigts étaient si crispés sur la feuille qu'il en avait des crampes. Il aurait voulu la déchirer en morceaux, les imbiber d'huile et y mettre le feu, en espérant que les flammes consumeraient l'âme de l'homme qui l'avait rédigée.

Il inspira profondément en s'obligeant à garder son sang-froid. Il ne vit pas de cachet de la poste. La lettre avait été remise en mains propres, ce qui signifiait qu'elle venait forcément de Londres. L'auteur était-il retourné en ville, ou avait-il envoyé l'un de ses espions dans la capitale ? Il avait toujours eu une cohorte de personnages louches prêts à lui obéir au doigt et à l'œil.

Et l'un d'eux avait vu Bianca à Vauxhall.

Il poussa un juron, traversa la pièce et rouvrit la porte. Il appela Lawrence en dévalant les escaliers, saisit son chapeau et sa cape des mains de Martha, qui avait accouru en l'entendant crier.

Dans sa hâte, Lawrence faillit rater une marche dans l'escalier.

— Oui, monsieur ?

— Je dois sortir, déclara Max. De toute urgence.

Il lui fit signe de le suivre en jetant la cape sur ses épaules.

Lawrence lui emboîta le pas docilement. Avant de sortir, Max examina brièvement la rue. Rien ne semblait anormal, mais cela faisait longtemps qu'il n'avait pas posé les yeux sur son pire ennemi.

— Quand doit rentrer Mme St. James ? demanda-t-il au valet.

— Je n'en suis pas sûr, monsieur. Bien avant le dîner.

Max le regarda.

— Vers seize heures, je pense, s'empressa de préciser le domestique. C'est l'heure à laquelle elle rentre généralement.

Max hocha la tête.

— Est-elle allée à la boutique de Cheapside ? Ou avait-elle prévu de voir lady Dalway ?

— À la boutique, monsieur.

Damnation. Il aurait été moins inquiet si elle était assise dans un élégant salon en compagnie de Serafina et d'autres dames.

— Allez là-bas pour la raccompagner à la maison. Laissez-la prendre son temps, ne la bousculez pas, mais veillez sur elle.

— M. Cooke ne sera pas là-bas, monsieur ?

Max ne voulait pas confier la sécurité de sa femme à un agent immobilier. Cooke voulait leur louer sa boutique, point final.

— Je m'en fiche comme d'une guigne. Allez là-bas et assurez-vous qu'elle rentre sans encombre.

Il avait engagé Lawrence parce que le domestique était disponible, congédié par Percy Willoughby sans préavis. Cet homme avait l'œil pour la mode, ne rechignait pas à la tâche et savait tenir sa langue, trois qualités essentielles chez un valet de pied. Mais Lawrence possédait d'autres talents qu'appréciait grandement Max : il était intelligent, observateur et consciencieux, et il aimait la boxe. Max l'avait vu sur un ring assommer un homme plus grand et plus large que lui d'un seul coup de poing.

Il était parfois fort commode de pouvoir compter sur un homme loyal et costaud.

— J'ai une affaire urgente à régler, poursuivit Max. Si je le peux, j'irai moi-même à Cheapside pour ramener madame. Mais, à défaut, je veux que vous soyez là-bas.

Lawrence hocha la tête.

— Oui, monsieur. Je m'y rends de ce pas.

Max sortit quelques shillings de sa bourse.

— Trouvez un fiacre.

— Mais, monsieur... que dois-je dire à madame ? Elle sera stupéfaite de me voir.

Max hésita. Il ne voulait pas alarmer Bianca tant qu'il n'aurait pu lui donner d'explications.

— Mettez cela sur le compte de ma hâte de la voir, dit-il à contrecœur.

Il n'aimait pas mentir à sa femme.

— Expliquez-lui qu'elle peut terminer tranquillement ce qu'elle a à faire là-bas, mais je désire qu'elle revienne directement ensuite.

Lawrence acquiesça d'un signe de tête et partit aussitôt chercher sa casquette et son manteau. Max s'éloigna vers le sud, vers le fleuve, dans un tel état de nerfs qu'il préférait marcher plutôt qu'aller à cheval ou en voiture.

Il trouva son homme dans les jardins du palais de Whitehall. William Leake était adossé à un lampadaire. En voyant Max, il se redressa et se dirigea vers la taverne la plus proche, où ils se retrouvèrent à une table, au fond de la pièce.

— Du nouveau ? demanda Max sans préambule.

Leake secoua la tête.

— Pas encore. C'est un sujet délicat, vous comprenez bien.

Max soupira. Il ne le savait que trop.

— J'ai besoin que vous retrouviez quelqu'un d'autre.

— Très bien, fit Leake. Une nouvelle dame ? Cessons-nous de chercher celle-ci ?

Max n'avait pas envie que Leake abandonne ses recherches. Il avait peu progressé pour l'instant, bien que cela fasse déjà quelques mois. Max l'avait engagé à la suite de sa rencontre avec la duchesse de Carlyle.

— Non, ce n'est pas terminé. Je n'aurai de cesse de retrouver cette dame. Mais j'ai besoin de savoir où se trouve un homme.

— Un gentilhomme ?

Leake posa les coudes sur la table en promenant son regard autour d'eux.

— Pas dans le noble sens du mot, marmonna Max. Mais je suppose que c'est ce pour quoi il se prend. En tout cas, il vit comme un gentilhomme.

Leake sourit.

— Qu'a-t-il fait ?

Devant le regard noir de Max, Leake haussa les épaules et ajouta :

— Simple curiosité. Comment s'appelle-t-il ?

— J'ai toutes les raisons de croire qu'il pourrait être à Londres, dit Max en éludant la question. Il est originaire de Bristol, et ces derniers temps il résidait à Reading.

— Qu'est-ce qui vous fait penser qu'il est à Londres ?

— J'ai reçu une lettre de lui aujourd'hui, remise par un messager. Il parle de choses que seul quelqu'un se trouvant à Londres a pu voir. Peut-être est-ce un acolyte qui les lui a rapportées, mais je pense que c'est peu probable. S'il n'est pas à Londres, il est proche.

— Comment s'appelle-t-il ? redemanda Leake.

Prononcer son nom lui donna l'impression d'avoir de la bile dans la bouche.

— Silas Croach.

Leake s'immobilisa, et son regard se figea. Max acquiesça de la tête, la mine sombre.

— C'est le mari de la dame, précisa-t-il.

Bianca n'aurait su dire quand c'était arrivé, mais elle s'était entichée de l'idée de Max pour créer une nouvelle marque de vaisselle.

— Que penses-tu du nom Fortuna ? demanda-t-elle à Jennie.

Elles étaient retournées regarder la boutique de Cheapside. Le seul fait de se promener à l'intérieur mettait Bianca en joie. Max avait probablement raison à propos de la grande salle d'exposition, devait-elle admettre maintenant qu'elle avait rencontré plusieurs dames londoniennes et vu leurs maisons. Cependant, cette pittoresque boutique lui plaisait énormément aussi, et elle avait envie de signer le bail et retourner à Marslip pour commencer à concevoir la nouvelle vaisselle en céramique plus simple.

— Fortuna ? Qu'est-ce que c'est ?

Jennie ouvrait les portes des armoires et inspectait les tiroirs. Bianca lui avait demandé d'examiner la boutique d'un œil féminin critique.

— Ça sonne bien, en tout cas.

— Oui, n'est-ce pas ? dit Bianca en tendant les bras dans l'embrasure d'une fenêtre, agençant mentalement les pièces sur une table.

Ils devraient commencer par un simple vernis vert, puisque tout le monde à Perusia y était habitué. Elle imagina des nappes blanches amidonnées avec la vaisselle vert clair et des bougeoirs jaunes. Une soupière faisait toujours beaucoup d'effet. Jaune aussi, songea-t-elle, pour l'assortir aux bougeoirs.

— Ce sera peut-être le nom de cette boutique. Fortuna, par Tate & St. James.

— Qu'est-ce qu'on y vendra ? demanda Jennie en venant la rejoindre.

— Toutes sortes d'objets en céramique qu'on trouve dans une maison. Assiettes, plats, beurriers, compotiers... des petits pots pour le fard à joues... Ce ne sera pas aussi raffiné que Perusia, mais ça restera de qualité.

La bonne arrondit les yeux.

— De nouvelles céramiques ! À l'usine ?

En fait, Bianca ne savait pas vraiment où Max comptait produire cette nouvelle gamme. Il voulait employer certains de leurs potiers actuels, et probablement des vernisseurs ainsi que des peintres. Il faudrait donc que ce soit près de Marslip.

— Quelque part, dit-elle vaguement. Nous sommes en train d'affiner le projet.

— Oh. En tout cas, je suis sûre que ce sera parfait, si vous et M. St. James êtes aux commandes.

La jeune fille hocha la tête avec confiance devant le regard surpris de Bianca.

— C'est vrai : entre vous deux, même M. Tate ne trouverait rien à redire !

— Comment cela, « entre nous deux » ? s'enquit Bianca.

Jennie cligna des yeux.

— J... juste que M. St. James est intelligent, madame, et qu'il sait être convaincant. Thérèse, la bonne de Mme Farquhar, dit qu'il serait capable de conduire une armée s'il le voulait.

Bianca entrouvrit la bouche, stupéfaite.

— Qu'a-t-elle raconté sur M. St. James ?

— Que des choses admiratives ! s'exclama précipitamment Jennie, sentant qu'elle en avait trop dit. Que Mme Farquhar trouve que c'est le garçon le plus charmant et le plus audacieux qu'elle connaît, et qu'elle parle souvent de lui.

Les lèvres de Bianca se pincèrent. Tout cela semblait plutôt innocent, mais elle avait l'impression que Clara admirait un petit peu trop Max, parfois...

— Quoi d'autre ?

— Que Mme Farquhar pense que vous avez beaucoup de chance de l'avoir pour mari.

Jennie devint rose vif.

— Même Thérèse trouve qu'il est très beau, précisa-t-elle.

— Eh bien...

Bianca s'éclaircit la gorge. Sa bonne n'aurait pas dû cancaner ainsi, mais c'est elle qui l'avait interrogée.

— Il l'est, manifestement. Ni Thérèse ni Mme Farquhar ne sont aveugles.

Jennie eut un grand sourire soulagé.

— Non, madame !

Pendant cette conversation, Bianca était restée tournée vers la fenêtre. Elle se rendit compte soudain qu'un homme se tenait en face de la boutique. Et, réalisa-t-elle en sursautant, il la regardait.

Grand et mince, les épaules un peu voûtées. Ses vêtements étaient ordinaires, de couleur sobre et dénués de fioritures, et son chapeau était incliné sur son visage, qu'il dissimulait. Mais il restait là, appuyé sur une canne au pommeau d'argent, et la fixait.

— Jennie, dit Bianca, reconnais-tu cet homme sur le trottoir d'en face ?

La bonne jeta un coup d'œil.

— Non, madame. Qui est-ce ?

— Je l'ignore, fit Bianca, songeuse.

À cet instant, la sonnette retentit au-dessus de la porte, et Bianca recula pour voir qui entrait. Lawrence, le valet de Max, était là, son chapeau à la main. Il s'inclina.

— Madame.

— Tout va bien à la maison ? demanda-t-elle, surprise.

Il hocha la tête.

— Absolument, madame. M. St. James m'envoie pour vous demander de rentrer directement à la maison lorsque vous aurez terminé ici. Je... hem... Je crois qu'il a hâte de vous annoncer une nouvelle.

— Ah ? fit-elle en souriant. Quel genre de nouvelle ?

— Je ne sais pas, madame, dit le valet, mais il souriait quand il m'a envoyé ici.

Jennie gloussa doucement, et le sourire de Bianca s'élargit. Elle savait que Max s'était rendu chez lord Wimbourne ce matin-là, dans l'espoir que Perusia orne sa table ducale. Son père serait aux anges, et ce serait le point d'orgue de leur séjour à Londres.

— Très bien, dit-elle. J'ai presque terminé.

Elle se retourna pour continuer à mesurer les étagères, et aperçut à nouveau l'homme de l'autre côté de la rue. Cette fois, elle aurait pu jurer qu'il inclinait son chapeau pour la saluer, avant de se retourner et de s'éloigner dans la foule.

— Lawrence, dit-elle sur une impulsion, connaissez-vous cet homme ? L'homme en manteau marron.

Le valet alla vivement à la fenêtre et y colla le nez.

— Non, madame, dit-il.

— Cette boutique semblait l'intéresser.

Lawrence haussa une épaule.

— Peut-être envisage-t-il également de la louer, madame ?

Elle rit. Elle aurait dû penser à cela.

— Bien sûr ! Sans aucun doute. Eh bien, il risque d'être déçu. À présent, laissez-moi juste terminer ces mesures et nous pourrons partir. Jennie, où as-tu mis mon mètre ruban et mon carnet ?

Mais lorsqu'elle pivota, elle vit Lawrence scruter attentivement la rue, les bras croisés et les jambes écartées. Il semblait à l'affût.

Comme c'était étrange...

24

Le lendemain, Max persuada Bianca de l'accompagner chez le duc de Wimbourne.

— Ainsi, vous pourrez assurer à votre père que nous n'avons pas perdu notre temps à Londres.

Elle plissa le nez et rit.

— La seule commande de lord Dalway l'en aurait persuadé, et vous en avez plusieurs autres !

— C'est juste, mais il voudra entendre de votre bouche que j'ai réussi à mener à bien ses affaires sans faire honte à Perusia.

Elle haussa un sourcil.

— Vous devez bien savoir ce que je pense de vos compétences.

— À vrai dire, vous ne vous êtes jamais exprimée à ce sujet.

Il se pencha vers elle, posa les coudes sur la table du petit déjeuner et lui adressa un sourire espiègle.

— Quelle est votre opinion de moi ?

Elle continua à beurrer sa tartine, mais un sourire jouait sur ses lèvres.

— Vous êtes plus intelligent que je ne le pensais. Mais peut-être pas autant que vous le pensez.

Elle lui coula un regard étincelant en mordant une petite bouchée, et Max éclata de rire.

— Aucun homme n'est aussi intelligent qu'il le croit. Continuez.

— Plus rationnel et pragmatique que prévu, lui concéda-t-elle, en particulier quand je pense à la façon dont vous étiez habillé le jour où nous nous sommes rencontrés.

Il inclina la tête.

— Merci.

Les joues de Bianca rougirent lorsqu'elle poursuivit :

— Beaucoup trop beau.

Il se pencha un peu plus encore. Le grain de beauté sur sa poitrine était tout juste visible.

— Comment cela, madame ? Dites-en davantage, je vous prie.

— Certainement pas ! Cet aveu a probablement déjà fait enfler démesurément votre vanité.

Il sourit à nouveau.

— Vos compliments ont en effet fait enfler mon... ma vanité. Je ne dirais pas « démesurément », bien sûr, mais assez généreusement...

Seigneur. Badiner ainsi, l'entendre dire qu'elle le trouvait beau et intelligent, et même rationnel – ce qui était probablement le plus grand éloge qu'elle pouvait faire à quelqu'un –, lui avait causé une érection, alors qu'il était simplement assis devant son petit déjeuner. Le fait de river les yeux à ce grain de beauté n'était peut-être pas non plus étranger à l'affaire. Il rêvait de l'embrasser, comme à Vauxhall.

Elle entrouvrit les lèvres en comprenant le double sens et, de rose, devint cramoisie.

— Et enfin, vous êtes beaucoup trop coquin, termina-t-elle, mais sa voix était devenue enrouée.

— Ma chérie, chuchota Max avec un regard entendu, si vous saviez à quel point je peux l'être...

Il lui adressa un lent sourire et regarda sa poitrine se soulever.

— J'ai hâte de vous le prouver...

La porte s'ouvrit, et Martha entra avec les journaux repassés. Le couteau de Bianca tinta contre son assiette et elle se redressa brusquement sur sa chaise.

— Les voilà, monsieur, dit la bonne en posant les pages sur la table.

Martha était une parfaite bonne anglaise, qui ne montrait jamais qu'elle avait remarqué quoi que ce soit.

— Venez avec moi à Wimbourne House, insista Max en dévisageant Bianca.

Il voulait qu'elle l'accompagne pour toutes les raisons qu'il avait énumérées, mais aussi pour la garder près de lui. Il n'avait pas eu de nouvelles de Leake, alors qu'il lui avait dit de le tenir au courant immédiatement, quelle que soit l'heure du jour ou de la nuit, s'il retrouvait Croach. Tant que cette vipère rôdait, Max resterait tendu et nerveux. Déterminé à le dissimuler à sa femme.

Lawrence lui avait fait savoir qu'un homme regardait fixement la boutique à Cheapside, la veille, pendant que Bianca s'y trouvait ; elle l'avait remarqué, mais Lawrence n'avait pas bien pu le voir. Cela ne faisait que confirmer les soupçons de Max : Croach en personne était à Londres.

Dans quel but, il l'ignorait. Et cela le rendait d'autant plus pressé de partir.

— Eh bien...

Bianca s'éclaircit la gorge pendant que Martha remplissait sa tasse et repartait avec la chocolatière en argent vide.

— Entendu. Si cela vous fait plaisir.

Il lui prit la main et l'embrassa.

— Cela me fait plaisir. Énormément.

Elle rougit encore, mais il se mit à mieux respirer. Quelles que soient les intentions de Croach, il ne toucherait pas à un cheveu de Bianca.

Bianca s'attendait à ce qu'une demeure ducale soit éblouissante, et Wimbourne House se montra à la hauteur.

C'était de loin la plus grande maison qu'elle ait jamais vue. Donnant sur la Tamise, elle possédait un grand jardin à l'arrière, et son propre escalier descendant jusqu'à un ponton sur le fleuve. Bianca essaya de ne pas s'émerveiller à voix haute lorsqu'on les fit entrer dans un petit salon d'une telle beauté que c'en était à peine croyable. Elle se pencha vers Max pour le lui dire à voix basse.

— Attendez de voir le reste, répondit-il, tandis que Lawrence approuvait.

Elle avait du mal à s'empêcher de regarder bouche bée les œuvres d'art, le mobilier délicat tendu de soie, les tapis moelleux. Les sols étaient en marbre, et l'imposante cheminée constituait la sculpture la plus sophistiquée qu'elle ait jamais vue.

Le duc entra.

— St. James ! Quel plaisir !

— Votre Grâce, fit Max avec une révérence.

Bianca l'imita en s'inclinant si bas que son genou touchait presque le sol.

Le duc rit et donna une petite bourrade dans l'épaule de Max. Ils semblaient à peu près du même âge, ce qui surprit Bianca, et il avait l'air malicieux. C'était un homme grand et mince, au visage davantage aimable que séduisant. Ses vêtements, bien que d'une qualité incomparable, flottaient autour de lui comme s'ils avaient été taillés pour quelqu'un d'autre.

— Présentez-moi cette charmante dame.

Max la fit avancer.

— Ma femme, Mme St. James, Votre Grâce.

— Enchanté de faire votre connaissance, madame, dit Wimbourne.

— Merci, Votre Grâce, répondit-elle. Tout l'honneur est pour moi.

Wimbourne considéra Max en haussant les sourcils.

— Eh bien, dit-il en allant s'asseoir sur le sofa. Voyons cette vaisselle qui a failli faire pleurer lady Dalway.

Lawrence approcha le coffre tapissé de velours que Max avait fait fabriquer pour transporter les modèles de démonstration.

Bianca comprenait maintenant pourquoi il avait insisté pour qu'ils aient des coffrets en velours. Dans ce salon assez beau pour accueillir des anges, les pièces les plus précieuses de son père émergèrent des tiroirs en velours ivoire comme autant de bijoux précieux. Le vernis écarlate des coquetiers se détachait sur les tissus clairs en étincelant comme du rubis liquide. Max souleva la saucière comme s'il présentait une relique sainte, afin de faire luire à la lumière sa bordure dorée. Assiette après assiette, plat après plat, il dressa un couvert pour deux sur la table cirée, sans oublier les théières, les tasses et leurs soucoupes évasées. Il termina par un compotier élaboré en forme de campanule soutenu par un pied représentant trois nymphes, et festonné de guirlandes de fleurs et de lierre.

Il remplaçait celui que Bianca avait jeté à la tête de son père, plusieurs semaines auparavant, lorsqu'ils se disputaient à propos du mariage de Cathy avec Max. Bianca formula une excuse silencieuse à la mémoire du compotier détruit, ainsi qu'à M. Murdoch, le mouleur qui l'avait façonné. Toutefois, celui-ci surpassait le précédent à tous égards. Un pur chef-d'œuvre.

Le plat impressionna vivement le duc, qui le prit entre ses mains pour l'examiner de tous côtés.

— Merveilleux, murmura-t-il.

Max esquissa un sourire.

— Je pensais bien qu'il vous plairait.

— Et comment donc ! fit le duc dont la bouche tressaillit. Eh bien, c'est réglé. Bien sûr que je vais passer commande. Il ne faudrait pas que Dalway ait une table plus raffinée que la mienne. Du reste, pour quelle raison a-t-il eu la primeur ?

— Vous étiez en province, répondit Max. J'ai laissé ma carte de visite, et suis revenu dès que vous m'avez fait appeler.

Le duc leva devant la lumière l'un des coquetiers.

— La prochaine fois, je veux être le premier. Dieu tout-puissant ! Ce vernis a un éclat qui ne ressemble à rien de ce que j'ai vu.

— Ils sont absolument uniques, affirma Max. Mme St. James a mis au point la formule de ce vernis écarlate il y a à peine quelques semaines. Vous en tenez l'un des tout premiers exemplaires, et si vous en commandiez une série, vous seriez le premier à en orner votre table.

Wimbourne reposa le coquetier et dévisagea Bianca. Devant son air stupéfait, elle sentit sa gorge se nouer.

— C'est *vous* qui avez créé ceci, madame ?

— Oui, Votre Grâce.

Wimbourne regarda à nouveau le coquetier, puis Max, qui arborait un sourire satisfait.

— Petit scélérat, marmonna-t-il. Sapristi ! Cette vaisselle est tout simplement incroyable.

— Combien de couverts, Votre Grâce ? demanda Max d'une voix onctueuse. Si je peux me permettre, les commandes les plus importantes seront traitées en priorité à la faïencerie.

Wimbourne laissa échapper un petit rire.

— Vous essayez de m'extorquer une grosse commande, n'est-ce pas ? Combien de couverts a commandés Dalway ?

— Vingt.

— Je vais en prendre trente, ainsi qu'un service à dessert.

Il reprit le coquetier entre ses mains.

— C'est vous, madame St. James, qui avez mis au point cette couleur ?

— Oui, Votre Grâce, répéta-t-elle. J'ai créé la plupart des vernis et des glaçures de Perusia.

Le duc la considéra longuement.

— J'ai toujours su que vous étiez un malin, St. James.

Max commença à ranger la vaisselle dans le coffre.

— Vous avez raison, Votre Grâce.

— Depuis dix ans que je vous connais, je ne vous ai jamais vu perdre un seul pari.

Le duc secoua la tête.

— C'est incroyable. Et j'ai entendu dire que Carlyle était malade.

Max s'immobilisa.

— Malade ?

— Oui, plus que d'habitude.

Wimbourne le considéra en plissant les yeux et demanda :

— Vous êtes son héritier, non ?

— Le second dans la succession, précisa Max.

Il s'éclaircit la gorge et referma le couvercle du coffre, avant de faire signe à Lawrence de l'emporter.

— Le capitaine St. James de la garde écossaise, mon cousin, est l'héritier présomptif, expliqua-t-il.

— Bien sûr, bien sûr...

Le duc tapota ses genoux des deux mains.

— Un militaire, dites-vous ? En Écosse ? Dangereux pays, l'Écosse.

— Oui.

— Imaginez un capitaine de l'armée écossaise devenir duc. Londres ne s'en remettrait pas !

— On a vu des choses plus étranges.

Bianca assistait à la conversation avec intérêt. Max n'avait jamais parlé du duc de Carlyle, autrement que pour murmurer son lien de parenté à l'oreille de son père. Au début, elle avait supposé qu'il craignait de paraître arrogant. À présent, elle avait l'impression très nette qu'il ne souhaitait pas en discuter du tout.

Ce qui était… insolite, pour quelqu'un qui s'était servi de ce nom sans scrupule.

— Plus étrange, en effet, admit le duc, songeur. Ce ne serait pas aussi étrange que l'histoire de Durham. L'héritier était pratiquement un commerçant !

— Il semble s'en être tiré tout à fait admirablement. Tout comme le fera le capitaine, je pense, lorsque Sa Grâce ne sera plus de ce monde.

— Sans aucun doute, concéda le duc aimablement en se levant. Ah… j'allais oublier de prendre des nouvelles de Mme Bradford ! J'espère qu'elle va bien.

Max s'était déjà levé, prêt à partir. En entendant ce nom, il se contracta.

— Oui.

Il s'inclina.

— Merci de nous avoir reçus, Votre Grâce.

— Adressez-lui mon meilleur souvenir.

Le duc se leva avec un grand sourire et tendit la main à Bianca.

— Merci d'avoir amené votre charmante épouse et ses incroyables réalisations. Ce vernis est la perfection.

— En effet, dit Max d'une voix tendue. Bonne journée, Wimbourne.

— À vous également, répondit le duc, amusé.

Il s'inclina devant Bianca.

— Bonne journée, madame St. James.

Bianca dut presque courir pour rattraper les longues foulées de Max. Lorsqu'ils rejoignirent la calèche, elle était essoufflée.

— Que s'est-il passé ? demanda-t-elle, à bout de souffle, en s'éventant.

— Wimbourne a commandé un service de trente couverts de chez Perusia, déclara Max en claquant la portière et en tapant sur le toit pour indiquer au cocher de démarrer. C'est un triomphe pour votre travail, mon amour. Il a un œil avisé.

— Oui, mais...

Elle le contempla avec perplexité. Il regardait droit devant lui, parfaitement calme, mais quelque peu distant.

— Qui est Mme Bradford ?

— Ma tante, répondit Max en restant aussi immobile qu'une pierre.

Bianca arrondit les yeux. La fameuse tante qui l'avait recueilli après la mort de sa mère ? La jeune femme avait supposé qu'elle était décédée, mais ce n'était pas le cas, apparemment.

— Pourquoi Sa Grâce a-t-elle pris de ses nouvelles ?

— Elle est venue plusieurs fois me rendre visite à Oxford, et un jour, Wimbourne l'a rencontrée au théâtre.

Il y avait quelque chose d'étrange dans sa manière de raconter cela.

— Wimbourne n'oublie jamais une femme, ajouta-t-il. Il me demandera de ses nouvelles jusqu'à son dernier souffle.

— Mais...

Bianca essaya de refréner sa curiosité, et sa déception : il avait proposé de lui dire tout ce qu'elle voulait à Vauxhall, et cependant il avait à peine évoqué sa tante.

— Vous êtes-vous perdus de vue ? demanda-t-elle, succombant à la curiosité.

— Je ne l'ai pas vue depuis longtemps, répliqua-t-il après un silence.

Et soudain, Bianca comprit : il était libertin et joueur. Sa tante, qui avait essayé de lui donner un bon départ dans une profession respectable, avait dû en être excessivement déçue.

Cela calma un peu sa frustration, et raviva sa compassion. Il avait perdu sa mère, son grand-père, puis sa tante s'était détournée de lui. Elle posa une main sur la sienne.

— Je suis désolée que Wimbourne vous ait parlé d'elle.

Il crispa les doigts autour des siens.

— Cet homme n'a aucun tact, dit Max. Je m'étonne qu'il n'ait pas posé une question encore plus indélicate : par exemple, si nous voudrions nous joindre à lui et à sa dernière maîtresse à l'opéra.

Bianca sourit et lui pressa la main.

— J'aurais accepté, dit-elle. Je ne suis jamais allée à l'opéra.

— Ah.

Il lui caressa les doigts avec son pouce en souriant, redevenu un peu lui-même.

— Je peux y remédier, et sans devoir supporter le caquetage incessant de Wimbourne.

Elle éclata de rire, et les yeux de Max pétillèrent. Quand elle posa la tête sur son épaule, elle sentit sa tension s'estomper. Et tandis qu'ils revenaient à la maison, Bianca promit silencieusement à son mari qu'elle aurait toujours foi en lui et ne lui serait jamais déloyale comme l'avait été sa famille. Les Tate étaient d'une autre étoffe. Ensemble, ils construiraient une nouvelle famille et trouveraient le bonheur.

25

Leur séjour à Londres se terminait. Bianca avait déjà écrit à son père que leurs démarches avaient été couronnées de succès. Ils avaient reçu un grand nombre de commandes de la part de personnalités éminentes. Ils avaient loué la salle d'exposition près de Bond Street ainsi que la petite boutique de Cheapside, et engagé des ouvriers pour aménager les deux. Max avait même obtenu de Bartholomew Markham qu'il paie sa facture, et avait livré la vaisselle qu'ils lui avaient empruntée pour leur réception. Après tous ces exploits, Bianca était heureuse de rentrer à la maison.

Elle s'interrogeait plus que jamais à propos de son mari et de son histoire, mais l'ayant mal jugé par le passé, elle lui devait bien un peu de patience à présent.

Pour sa part, Max regrettait amèrement que Wimbourne n'ait pas tenu sa langue. Depuis, Bianca le regardait avec pitié et sollicitude, ce qu'il ne méritait pas. Cela valait cependant mieux que le regard horrifié et dégoûté qu'elle lui adresserait sans doute si elle apprenait la vérité. Aussi gardait-il le silence, avec la désagréable sensation de lui mentir.

D'un côté, il espérait d'abord gagner son cœur avant de lui révéler toute l'affaire. D'un autre côté, il souhaitait emporter son secret dans la tombe. C'était une histoire horrible, et Bianca n'avait aucun besoin de la connaître.

Il n'avait plus entendu parler de Croach, et Leake ne l'avait pas vu. Si l'homme était à Londres, il gardait un profil encore plus bas que d'habitude.

Lorsque leur voiture quitta Londres à destination du Staffordshire, Max poussa un soupir de soulagement. Là-bas, il pourrait oublier les messages. Et il y avait de fortes chances pour que l'homme devant la boutique de Cheapside n'ait rien eu à voir avec Croach.

À Stoke-on-Trent, ils trouvèrent la pittoresque bourgade métamorphosée. De grandes tentes étaient dressées tout autour de la place du village, et les boutiques avaient tendu des auvents et disposé des tables dehors. On apercevait des enclos de bétail derrière les tentes, et les rues grouillaient de monde. Des gens se déversaient des tavernes et dansaient au son des musiciens, tout en poussant des cris de joie devant une exhibition de boxe.

— Mon Dieu ! s'exclama Bianca en se penchant dehors. J'avais complètement oublié les fêtes de Stoke !

— Les fêtes ? demanda Max en prenant place sur le siège d'en face pour mieux voir.

— C'est une foire campagnarde. Autrefois, c'était probablement en hommage à un saint, mais de nos jours cela n'a plus rien à voir avec l'Église... Oh, papa doit être dans tous ses états !

— Pourquoi ? s'étonna Max en contemplant la scène avec intérêt.

Il était allé une fois à une fête campagnarde, l'année où ils vivaient chez son grand-père. Maxim l'Ancien s'était dirigé droit vers la tente où l'on servait des bières, et la mère de Max lui avait acheté les traditionnelles brioches de Carême en forme de croix. Elle n'avait pas voulu qu'ils assistent aux combats de coqs, mais avait payé six pence pour qu'il puisse participer à la course en sac avec les autres enfants.

Bianca poussa un soupir et répondit :

— Tous les ouvriers seront ici au lieu d'aller à l'usine. Rien ni personne ne saurait les en dissuader. Papa a déjà proposé de payer plus ceux qui resteraient travailler ces jours-là, ou de leur donner des jours de congé supplémentaires à Noël, en vain. Cela tombe mal, avec toutes ces nouvelles commandes...

— Combien de temps durent ces fêtes ?

— Une bonne semaine. Mais au bout de quelques jours, quand tout le monde aura dépensé son argent, certains retourneront à la faïencerie.

Elle fit une grimace.

— D'autres resteront jusqu'à ce qu'il n'y ait plus rien à boire, et ne seront pas opérationnels avant au moins quinze jours.

Max rit.

— Tout le monde a le droit de s'amuser de temps en temps.

Avec un regard malicieux, il ajouta :

— Restons un peu.

Bianca écarquilla les yeux.

— Comment cela ? Avant de rentrer à la maison ?

— Il est encore tôt. Envoyons la voiture et les domestiques à Marslip. Nous pourrons louer un véhicule pour rentrer.

Ils n'étaient plus qu'à huit kilomètres de Marslip, et par cette belle journée, ils pourraient même rentrer à pied si besoin.

Elle entrouvrit la bouche, puis un lent sourire se forma sur ses lèvres.

— Entendu. Faisons cela !

Ils firent étape à l'auberge pour se changer et se rafraîchir. Max dit à Lawrence de leur renvoyer la voiture lorsqu'il aurait tout déchargé à Marslip, et leur accorda la permission à Jennie et lui de retourner à la foire. Devant son grand sourire, Max songea que Percy Willoughby ne reverrait jamais son valet.

Bien qu'il ait adoré voir Bianca dans ses vêtements londoniens raffinés, Max se dit qu'il ne l'avait jamais vue aussi jolie que lorsqu'elle redescendit dans la salle de l'auberge, vêtue d'une de ses robes ordinaires, les cheveux ramenés sous un large chapeau de paille. Elle était ravissante même dans une vieille robe en coton décolorée.

Posant les yeux sur lui, elle sourit d'une oreille à l'autre, et le cœur de Max parut soudain étrangement léger dans sa poitrine. Il se rendit compte qu'il lui rendait son sourire lorsqu'elle s'arrêta devant lui.

— C'est tout juste si je vous ai reconnu sans votre redingote de velours, le taquina-t-elle.

Il sourit. Lui aussi avait mis un vieux costume de flanelle. Si les fêtes ressemblaient à la foire du Lincolnshire, les tenues raffinées étaient fortement déconseillées.

— Et maintenant, je fais peur à voir ?

Elle rougit.

— Non !

Il la fit sortir dans la rue.

— Tant mieux. Quant à moi, madame St. James, je vous trouve absolument splendide.

Ils se promenèrent dans le village. Il acheta des petites tourtes à la viande chez un marchand ambulant, de la bière à la taverne, et ils déambulèrent de tente en tente sur la place. Ils rirent devant un homme portant un singe sur son épaule, grignotèrent leurs tourtes, et misèrent sur une course de chevaux : ils perdirent tous les deux.

Tous les deux mètres, Bianca était arrêtée par quelqu'un de l'usine, et elle présenta Max avec chaleur. « Mon mari », répéta-t-elle inlassablement, avec un sourire et parfois un regard affectueux vers lui. Elle avait posé la main sur son bras, et quand le singe sauta vers elle, elle se blottit contre lui en riant. Le cœur de Max était léger comme une plume, gonflé d'une émotion qu'il hésitait à nommer.

Ils furent bientôt entraînés sur le terrain de cricket.

Un groupe de personnes s'attroupaient autour du terrain, juste avant les bois ; certains tenaient une batte. Trois hommes étaient en train de disposer une corde pour former les limites tandis que d'autres posaient les piquets surmontés de leurs baguettes de bois, formant les guichets. Tout le monde frémissait d'impatience, et une personne prenait les paris.

Bianca s'arrêta net.

— Ils sont encore en train de former les équipes, s'écria-t-elle en agitant un bras. Amelia !

L'une des jeunes femmes leva les yeux, accourut vers eux et les salua.

— Tu es revenue ! Et juste à temps, quelle chance ! Nous avons besoin de bons lanceurs. Gemma ne peut pas jouer, cette année.

Elle désigna une jeune femme qui tenait un bébé dans les bras.

Bianca rit et commença à soulever ses jupes.

— Je suis complètement rouillée.

— Si tu ne participes pas, nous serons obligés de nous rabattre sur Anne, répliqua son amie.

— Vous allez jouer ? demanda Max, stupéfait.

Il avait entendu parler de matchs exclusivement féminins, mais jamais d'équipes dans lesquelles les femmes jouaient avec les hommes.

Bianca retira son chapeau et le lui tendit.

— Bien sûr ! Chaque année, nous affrontons la poterie Mannox.

— Ce sont des hommes de chez Mannox ?

— Et des femmes. Pour la plupart des ouvriers, mais généralement, ils ajoutent Grand Bob le batelier.

— Tom Mannox fait partie de leur équipe, ajouta Amelia. Il a demandé de tes nouvelles, Bianca.

L'intéressée leva les yeux au ciel, et Max haussa un sourcil.

— Pourquoi ?

— Elle lui plaisait beaucoup, expliqua Amelia en pouffant. Et pas seulement à cause de son lancer.

— Amelia... gronda Bianca.

— Pardon, j'arrête ! Êtes-vous meilleur batteur ou lanceur, monsieur ?

Un petit sourire éclaira le visage de Max.

— Batteur.

— Oh là là, George va être enchanté de l'apprendre !

Amelia battit des mains et courut rejoindre le groupe en criant que Mlle Tate – elle se corrigea vivement, pour le plus grand plaisir de Max –, que M. et Mme St. James joueraient également. Le rythme des paris s'accéléra considérablement.

— Êtes-vous bon ? lui demanda Bianca sans détour.

Elle avait retroussé l'ourlet de ses jupes pour l'enfoncer dans ses poches, et resserré le nœud de son étole en enroulant les longues pointes dans son dos. Cela mettait merveilleusement sa silhouette en valeur.

— Passablement.

Max se délesta de sa veste et son gilet, et posa son chapeau par-dessus.

Sa réponse ne sembla pas plaire à la jeune femme.

— J'ai envie de gagner, vous savez. Si vous n'êtes qu'un joueur passable...

Il éclata de rire et lui prit la main pour l'embrasser rapidement, ce qui sembla la choquer.

— Faites-moi confiance.

Il se dirigea vers les hommes qui tenaient les battes en retroussant ses manches.

Ils possédaient suffisamment de joueurs pour former une équipe de onze au complet. Le tirage à pile ou face relégua les joueurs de Perusia, sous le capitanat de George Tucker, chef de l'atelier moulage, à la chasse. Une brève dispute éclata à propos des piquets, certains soutenant qu'ils étaient trop rapprochés, mais le litige fut résolu et la première des deux manches commença. Gemma Tucker, son nourrisson dans les bras, s'installa pour tenir le score sous le regard d'une foule intéressée et la supervision des arbitres, à savoir le boucher et le palefrenier en chef de la taverne des Deux Renards.

Mick, l'un des mouleurs de Perusia, lança la première de sa série de six balles. Il avait un bras puissant, mais le batteur de Mannox marqua cinq points avant d'être relevé. Le deuxième batteur se débrouillait très bien, et marqua un score respectable de quatorze.

Bianca, postée à l'extrémité du champ à côté de Max, courut le rejoindre pendant que l'adversaire suivant allait se mettre en place.

— C'est Tom Mannox, dit-elle, essoufflée. C'est un excellent batteur. Très puissant.

— Ah oui ?

Max esquissa un sourire et observa le joueur. Il battait bien, en effet, mais après douze points, il renvoya la balle avec force vers Max. Celui-ci recula sans quitter la balle des yeux. Elle se dirigeait vers la limite du terrain ; si elle sortait, cela accorderait encore six points à l'équipe de Mannox. À moins que Max ne réussisse à l'intercepter...

Il bondit au tout dernier moment, jaillit littéralement dans les airs, et rattrapa la balle du bout des doigts. Dans son dos, il entendit le rugissement de ses coéquipiers, en particulier le cri ravi de Bianca. Il renvoya aussitôt la balle au lanceur, et fit une révérence à la foule qui l'acclamait. Mannox quitta la zone de tir, visiblement mécontent.

Les batteurs suivants se succédèrent, et le score grimpa jusqu'à vingt-huit avant que la fatalité s'en mêle : Mick glissa sur l'herbe et tomba durement sur le bras. La foule poussa un cri derrière Gemma tandis qu'on l'emmenait hors du terrain. La mine sombre, George Tucker fit entrer Bianca.

Max avança également, bien qu'on ne lui ait rien demandé.

— Savez-vous lancer vite ? s'enquit-il.

Il n'y croyait guère, sans quoi on aurait fait entrer plus tôt la jeune femme. Mais Bianca rabattit une mèche rebelle derrière son oreille et le toisa sévèrement.

— Assez vite, monsieur.

Il recula, les mains en l'air, avec un sourire enchanté.

— Alors allez-y, donnez tout !

Elle lançait plutôt bien. Max, n'ayant jamais eu le plaisir de jouer avec des dames, se découvrit captivé par la vue de sa femme qui s'élançait pour renvoyer la balle vers le guichet, aussi acharnée que n'importe quel étudiant d'Oxford. Elle n'était pas la plus rapide mais elle lançait, comme elle l'avait dit, assez vite.

— Bien joué ! la félicita-t-il lorsqu'elle vint le rejoindre.

Rougissante mais souriante, elle esquissa une petite révérence.

Le camp Mannox termina sa manche à cent un points. S'ensuivit une brève mi-temps, durant laquelle furent servies des bières fraîches et des brioches. Tom Mannox en profita pour venir parler à Bianca. Max, parti chercher des chopes de bière, les observa, le regard brillant. C'était un garçon bien bâti, aux cheveux blonds et au visage rubicond, plus petit que Max. Bianca lui adressa un regard cinglant et dit quelque chose qui le fit rougir et repartir de son côté.

Max traversa la pelouse et lui tendit une chope.

— Quelque chose a contrarié Mannox ?

Bianca fit une grimace et but une gorgée de bière.

— Chaque année, il me demandait de l'épouser parce que, avec mes lancers et son talent à la batte, nous étions sûrs d'avoir un fils qui deviendrait une légende sur le terrain. La seule chose qui intéresse Tom, c'est le cricket.

Elle but une nouvelle gorgée.

— Comme si papa allait l'autoriser ne serait-ce qu'à franchir le seuil de la maison ! Mannox nous vole nos ouvriers, puis il essaie de prétendre que ses créations sont meilleures que celles de Perusia... Plutôt m'enfermer dans un couvent qu'épouser Tom Mannox.

— Ah.

Max dégusta quelques gorgées de bière en observant l'équipe Mannox. Quelques gaillards costauds, et un immense homme efflanqué qui devait constituer une vraie menace.

— Mannox joue-t-il en puissance ?

Bianca posa sa chope.

— Il lance fort, mais si on arrive à le fatiguer, il finit par moins bien viser. Essayez de l'avoir à l'usure, et il fondra comme du beurre.

Les tours de ceux de Perusia commencèrent mal. Mick, pas complètement remis de sa chute et qui avait si bien lancé, ne marqua qu'un seul point, tandis que les autres joueurs furent victimes de malchance et lancèrent la balle droit sur les chasseurs de l'équipe adverse. Ils avaient à peine atteint un score de quarante-neuf points lorsque Bianca prit sa batte et alla se positionner sur la ligne du guichet.

Le lanceur était un homme trapu et pugnace. Lorsque Bianca leva sa batte, il chargea et lui lança la balle dans les pieds. Elle essaya de la bloquer, mais la balle frappa le côté de sa batte et lui heurta la main. La balle décrivit un arc de cercle et resta dans le champ où, par chance, le chasseur manqua la réception ; mais Bianca tenait l'une de ses mains dans l'autre. Max s'avança, inquiet. L'expression de sa femme l'immobilisa. Elle secoua la tête, fléchit la main, ramassa sa batte tombée à terre et se tourna vers le petit homme pour le fusiller du regard.

Jamais Max n'avait trouvé un match de cricket aussi passionnant, pas même lorsqu'il était plus jeune et jouait sur la terre battue de Marylebone, ou sur l'herbe d'Oxford. L'homme qui prenait les paris circulait parmi la foule, et Max – les yeux rivés sur sa femme – misa cinquante livres sur l'équipe de Perusia. Avec cinquante points de retard et seulement trois batteurs qui n'avaient pas encore joué, les chances étaient faibles, cependant.

Bianca envoya la balle suivante sur la touche, ce qui donna quatre points à son équipe. Elle ajouta un point quelques balles plus tard, mais découvrit à cet instant qu'Amelia était éliminée par l'arbitre boucher parce qu'elle avait trébuché sur son guichet. Désespérée, celle-ci s'écarta en vacillant, la tête entre les mains, sous les acclamations enthousiastes du camp Mannox, alors que le camp Perusia lançait des imprécations par-dessus la tête du boucher.

Ce fut donc à Max de se placer au guichet. Il choisit soigneusement sa batte et fit quelques coups à blanc pour la tester. Bianca attendait au guichet opposé, prête à courir. La voir si impatiente et désireuse de gagner, jetant des coups d'œil autour du terrain avant de fixer son regard sur lui, envoya une décharge dans sa colonne vertébrale. Il lui adressa un sourire, auquel elle répondit par un hochement de tête.

« Seigneur, j'aime cette femme », songea-t-il avec ferveur.

Et il se mit en place pour remporter le match.

Pour elle.

Bianca lui avait dit ce qu'il avait besoin de savoir. Tom Mannox lançait fort, mais comme la plupart des lanceurs puissants, son tir finissait par dévier. Max s'attendait à ce qu'il soit moins précis, ce qui arriva. Avec aisance, il bloqua les premières balles, avant que Mannox n'en vienne aux choses sérieuses et lance droit devant lui avec puissance. Max riposta en frappant la balle largement hors du terrain, marquant six points. Il en gagna quatre au coup suivant, puis encore six, avant de terminer la série avec six points supplémentaires.

Mannox se retira, furibond. Le grand échalas prit sa place. Max bloqua ses trois premières balles en attendant celle qu'il pourrait lancer loin. Malheureusement, il manqua son coup. La balle retomba par-dessus la tête du gardien de guichet.

— Courez ! hurla Max en s'élançant vers l'autre guichet.

Bianca le dépassa en courant. Ils y parvinrent de justesse, et la jeune femme souleva sa batte. Elle bloqua plusieurs balles avant de terminer par trois points.

Il la rejoignit sur la zone de tir tandis qu'ils changeaient de place pour la série suivante.

— Merveilleusement bien joué, chérie ! lui cria-t-il au passage.

— Engrangez encore des points ! répliqua-t-elle.

Max rit et se positionna. C'était de nouveau à Mannox de jouer, constata-t-il avec satisfaction. Max attendit son heure en bloquant les premières balles. Frustré, Mannox lança droit sur ses pieds. Max carra les épaules, trouva son meilleur geste, et envoya la balle fuser hors des limites. Le camp Perusia en délire exulta bruyamment.

Mannox fit une nouvelle tentative, avec un lancer haut cette fois, mais Max ne comptait pas se laisser faire. Il fit tournoyer sa batte et renvoya la balle si loin qu'il obligea les chasseurs à aller la chercher dans les bois.

Il commençait à bien sentir la batte entre ses mains. Il aurait pu continuer ainsi pendant des heures.

Si Mannox n'avait pas été le capitaine de l'équipe, on l'aurait remplacé, mais il s'obstina, et cette fois il avança vers le guichet comme s'il avait l'intention de jeter la balle droit sur le visage de Max.

Celui-ci la renvoya également hors limites, et fit remporter quatre points à son équipe. Ils n'avaient plus que onze points de retard.

— Pourquoi l'as-tu mis en neuvième position ? hurla Amelia à George Tucker. Nous n'avons jamais eu un joueur aussi bon !

Max passa à nouveau devant Bianca sur la zone de tir.

— Passable ? dit-elle en haussant les sourcils.

Il lui fit un clin d'œil.

— Vous n'avez pas encore tout vu, mon amour.

Mannox envoya un nouveau joueur au lancer. Grand Bob le batelier, l'avait appelé Bianca. Ses poignets dépassaient de ses manches, et sa démarche chaloupée dégageait une impression de nonchalance.

Cependant, à la vue de ses poignets, Max se rappela soudain Wimbourne. Le duc avait joué avec enthousiasme à Oxford, et ses longs membres flexibles lui permettaient de donner beaucoup d'effet à la balle. Les balles de Wimbourne risquaient toujours de s'affaisser et de tomber à terre, ou de rouler sous la batte pour finalement toucher le guichet et éliminer le batteur. Max n'avait compris comment réagir aux lancers de Wimbourne qu'en observant ses pouces.

Par un coup de chance extraordinaire, Grand Bob lançait de la même façon. Il retourna les pouces sur le dessus de la balle, qui partit en direction du sol… et du guichet. Max en bloqua deux, tout en analysant soigneusement les mouvements de son adversaire.

Il projeta la balle suivante comme on aurait pu lancer une balle de tennis, très haut en l'air dans le soleil couchant, largement hors limites, et il marqua six points supplémentaires. Le camp Perusia faisait tant de bruit qu'on entendait à peine les cris qu'adressait Mannox à ses chasseurs.

La fois suivante, Grand Bob lança avec encore plus de puissance. Max frappa de toutes ses forces. Jamais de sa vie il n'avait renvoyé une balle de cricket aussi fort, mais il l'avait prise par en dessous et elle fusa plutôt en hauteur qu'en longueur. Tom Mannox courait déjà en arrière vers la touche – Max retint son souffle et agita inconsciemment le bras comme pour inciter la balle à poursuivre sa trajectoire – et celle-ci échappa aux mains tendues de Mannox pour atterrir de l'autre côté de la corde, tandis que Tom lui-même tombait face contre terre.

Ils avaient gagné.

Bianca accourut en hurlant :

— Vous avez réussi ! Vous avez réussi !

Max lâcha sa batte et attrapa sa femme qui se jetait dans ses bras.

— *Nous* avons réussi, corrigea-t-il avant de l'embrasser à pleine bouche sans se soucier que la moitié de Marslip les regarde, que les joueurs accourant pour se congratuler poussent des cris stupéfaits, ni que Mannox et tout son camp protestent bruyamment auprès des arbitres, arguant que la dernière balle n'avait pas vraiment dépassé les limites.

Bianca lui rendit son baiser. Affamée, désespérée, les doigts dans ses cheveux.

Seigneur, comme il l'aimait ! Il était fou d'elle.

Et ce soir, il lui ferait l'amour.

26

Bianca ne savait même pas comment ils étaient rentrés à Poplar House. L'excitation d'avoir vaincu Mannox – pour la première fois en quatre ans – l'avait transportée pendant toute la fête qui avait suivi la victoire, aux Deux Renards, puis pendant la triomphale procession pour revenir à Perusia Hall. Son père, ayant appris la nouvelle, apporta un tonneau de bière – et tant pis s'il contribuait aux beuveries qui allaient mettre son usine au ralenti un jour de plus. Il détestait perdre contre Mannox, dans quelque domaine que ce soit. Lorsque Max lui tendit le vase en terre cuite qui constituait le trophée du vainqueur – que Tom Mannox lui avait remis avec une extrême mauvaise grâce à l'auberge –, M. Tate le souleva au-dessus de sa tête en poussant un cri de victoire, et la foule de ses ouvriers et voisins répondit avec la même ferveur.

Puis Max et elle rentrèrent chez eux en titubant, bras dessus, bras dessous, un peu éméchés et toujours exaltés par la victoire. Les domestiques de Poplar House avaient appris la nouvelle également, et les attendaient pour les fêter. Les palefreniers voulurent que Max raconte chaque lancer et chaque coup de batte, et Bianca rentra en faire autant pour Jennie, qui était revenue plus tôt de la foire pour dîner avec sa mère et se tordait les mains d'avoir manqué le match, les larmes aux yeux.

Quand elle eut fini son récit, Jennie lui avait brossé les cheveux et l'avait aidée à se mettre en tenue pour la nuit. Bianca la renvoya, mais elle était trop excitée pour dormir. Elle arpenta sa chambre, se remémorant l'allure qu'avait Max avec sa batte, la facilité avec laquelle il avait projeté cette dernière balle qui leur avait accordé six points, l'aisance avec laquelle il l'avait soulevée de terre à la fin pour l'embrasser devant tout le monde.

C'était la raison pour laquelle son cœur continuait à tambouriner : cette façon qu'il avait eue de se tourner vers elle les bras ouverts pour l'étreindre, pour partager son triomphe avec elle, pour l'embrasser comme s'il se fichait éperdument qu'on les voie.

Lorsqu'elle entendit enfin sa voix dans la chambre contiguë, elle ouvrit la porte sans même frapper.

— Pourquoi ne m'avez-vous pas dit que vous saviez manier la batte aussi bien ?

Il leva les yeux. Ses cheveux noirs encadraient son visage, ébouriffés, échappés depuis longtemps de leur lien de cuir. Il n'avait pas remis sa veste et son gilet, et avait toujours les manches de chemise retroussées sur les avant-bras.

— Vous ne m'avez jamais questionné sur mes compétences au cricket, répondit-il.

Il fit un signe à Lawrence, et le valet se retira silencieusement.

Bianca éclata d'un rire incrédule.

— Je n'y ai même pas pensé !

Il sourit et retira sa cravate.

— Vous voilà renseignée.

— Que me cachez-vous encore ? demanda-t-elle. Êtes-vous un champion d'échecs ? Un archer émérite ? Vais-je découvrir que vous êtes un sculpteur ou un musicien célèbre ?

Il se pencha en arrière en étirant ses bras musclés.

— Allez-vous le *découvrir* ? Uniquement en cherchant attentivement, je suppose.

Elle haussa les sourcils et l'observa. Elle aimait le regarder. Aussi beau qu'il avait été à Londres, athlétique et dangereux dans sa cape noire, ce Max échevelé, en sueur et résolument viril, eut raison des derniers vestiges de sa résistance.

Elle posa la tasse de tisane que lui avait apportée Jennie et referma la porte entre leurs chambres.

— Depuis quelle distance dois-je chercher ?

Les yeux de Max étaient presque noirs.

— D'aussi près que vous voulez, répondit-il à voix basse.

Elle posa la paume sur sa poitrine et sentit les battements de son cœur.

— Vous m'avez promis que je pourrais toucher, aussi.

Sa respiration s'accéléra.

— Oui.

Bianca défit les derniers boutons de sa chemise, avant de s'immobiliser pour demander :

— N'allez-vous pas me toucher ? Ou m'embrasser ?

— Je veux que vous ayez envie de moi, dit-il d'une voix sourde. Je veux vous entendre dire que vous souhaitez être ici, dans mon lit, pour le reste de la nuit... et toutes les autres nuits de notre mariage.

Il prit une inspiration saccadée tandis qu'elle écarquillait les yeux.

— En attendant, ajouta-t-il, je n'ose ni vous toucher ni vous embrasser, car je risque d'entrer en combustion spontanée si je ne peux pas vous avoir tout entière.

Jamais personne ne lui avait parlé ainsi. Jamais personne ne l'avait regardée ainsi. Cela lui donnait l'impression d'être sauvage, belle et puissante. Cet homme avait envie d'elle. Bianca s'était demandé, après Vauxhall, pourquoi il ne l'avait pas poursuivie de ses assiduités, pourquoi il n'avait pas insisté pour aller plus loin alors qu'il la regardait avec un désir non dissimulé.

« Un jour, vous viendrez à moi... »

Lentement, des deux mains, elle écarta la chemise et posa les lèvres sur son torse nu.

— Oui, chuchota-t-elle. Je vous veux.

La poitrine de Max se souleva. Il releva le visage de Bianca et l'embrassa, d'abord doucement, puis avec une fièvre croissante. La jeune femme lui rendit son baiser, suçota sa langue et s'agrippa à sa chemise comme si sa vie en dépendait.

Soudain, il fallait absolument qu'elle soit encore plus proche de lui. Toujours plus proche. Elle se hissa sur la pointe des pieds et s'accrocha à son cou, ardeur pour ardeur, passion pour passion. Elle se rendit à peine compte qu'il ouvrait sa chemise de nuit, mais frissonna quand ses larges mains caressèrent ses reins pour mieux la plaquer contre lui.

Elle tira sur sa chemise, impatiente de le toucher davantage, et Max interrompit le baiser le temps de la passer par-dessus sa tête. Bianca glissa les mains sur sa poitrine nue en s'émerveillant de la chaleur qu'il irradiait. Ce n'était pas une froide statue de pierre comme celles qui avaient fait glousser lady Dalway et Mme Farquhar au musée, mais un homme au sang bouillonnant, aux muscles fermes et au souffle court. Il plaça une main en corolle autour de son sein nu.

Bianca étouffa un petit cri et referma les doigts nerveusement sur les bras de Max.

— Un seul mot de vous et j'arrête, dit-il contre sa tempe tout en caressant le mamelon de son pouce.

Bianca releva la tête et le regarda droit dans les yeux.

— Encore, chuchota-t-elle.

Il leur suffit de quelques secondes pour le débarrasser de son pantalon et de sa culotte. Max marmonna un juron pendant qu'il retirait ses bas, les yeux rivés à elle qui ôtait sa chemise de nuit entrouverte. Le subit accès de gêne – elle était nue devant un homme – ne dura que jusqu'à ce que le regard brûlant de Max se pose sur elle. Il jeta son deuxième bas et la prit dans ses bras avec un grognement de joie.

Ensemble, ils tombèrent sur le lit. Bianca ne se lassait pas de le caresser, et n'avait pas honte de l'exhorter à en faire autant. Son corps se souvenait, intimement, de toutes les choses coquines qu'il lui avait faites à Vauxhall, et elle voulait qu'il recommence. Il rit doucement et chuchota qu'ils n'étaient pas pressés, qu'il souhaitait la satisfaire jusqu'à l'aube. Mais lorsqu'elle écarta les jambes, dans une supplique muette et franche, il s'immobilisa. Et quand il se laissa glisser à terre pour poser la bouche sur elle, Bianca agrippa ses cheveux des deux mains, réclamant davantage.

— J'adore vous voir ainsi échevelée, dit-il dans un murmure en embrassant l'intérieur de sa cuisse. Et j'adore ceci.

Il avait glissé les doigts en elle et la tourmentait déjà.

— Et ceci.

Il se positionna au-dessus d'elle, et lécha un de ses seins jusqu'à ce qu'elle se mette à trembler.

— Et ceci…

Il souleva les hanches et se glissa à l'orée de son sexe.

Bianca se cambra. Elle avait pensé toutes les nuits à ce moment.

— Max, supplia-t-elle. Allez-y.

Il s'enfonça alors. Pendant un instant, il resta immobile, puis il relâcha son souffle et commença à aller et venir, la chevauchant à longs coups de reins qui lui arrachèrent des gémissements. Ses mains la caressaient, la pétrissaient, la tenaient en place pour son ravissement.

Elle jouit presque trop vite. Elle avait tellement rêvé de lui qu'il n'eut quasiment rien à faire pour qu'elle succombe au raz-de-marée de sensations. Elle se cramponna à lui tandis que des spasmes parcouraient son corps, et sanglota contre sa poitrine.

Max la serra dans ses bras jusqu'à ce que la tempête s'apaise, puis il se hissa sur un coude.

— Ceci était pour vous, chérie, chuchota-t-il en lui souriant. La prochaine fois sera pour nous.

— Quoi ?

Elle était à peine capable de parler, les orteils crispés et le cœur affolé.

Il courba la tête jusqu'à ce que son nez touche le sien.

— À présent, j'ai l'intention de vous satisfaire complètement.

Bianca ne comprenait pas. Elle avait déjà connu l'extase. Que pouvait-il faire de plus ?

Il le lui montra. Alors même qu'il était encore dur et épais à l'intérieur d'elle, ce furent ses mains et sa bouche qui submergèrent son corps. Des larmes roulèrent sur le visage de Bianca lorsqu'il suça ses seins. Il lui fit écarter les genoux pour mieux s'offrir à ses caresses, fouillant sa toison humide, la faisant trembler et se tordre.

— Max, sanglota-t-elle en soulevant les hanches, cambrée contre lui avec désespoir.

— Oui, chérie ?

Il mordilla sa gorge. Ses doigts la rendaient folle.

— Je vous veux, bredouilla-t-elle. Que Dieu me vienne en aide, j'ai tellement envie de vous... Je vous veux, je veux ceci, *s'il vous plaît* !

Il prit appui sur ses bras de part et d'autre de la tête de Bianca et la contempla avec ferveur. Les tendons de son cou saillaient, ses bras ressemblaient à du métal.

— Touchez-vous, ordonna-t-il entre ses dents. Comme je viens de le faire.

Elle rougit furieusement, mais obéit. Son corps palpitait de désir. Elle fit glisser ses deux mains le long de son ventre.

Max grogna. Ses yeux étincelaient, et ses cheveux couleur d'ébène tombaient autour de son visage. Il entama des poussées en elle, plus loin, plus vite. Le souffle de Bianca se solidifia dans sa poitrine pendant qu'elle regardait son visage magnifique animé d'une faim féroce, tout en se caressant jusqu'à ce qu'un nouvel orgasme l'emporte.

Au premier spasme, Max inspira brutalement et plongea en elle aussi loin qu'il le put. Il la garda serrée contre lui jusqu'à ce qu'elle s'abandonne, repue et délicieusement épuisée, pendant qu'il jouissait à son tour.

Quelques minutes plus tard, il passa des bras tremblants autour d'elle et les fit rouler tous les deux jusqu'à ce qu'elle se trouve au-dessus de lui. Il était toujours en elle, et lorsqu'elle ondula un peu, tout son corps frémit. Il lui embrassa le crâne et referma les bras autour d'elle, et Bianca songea qu'elle n'avait jamais éprouvé une telle béatitude de toute sa vie.

Enfin, bien que lovée contre son corps brûlant, elle commença à avoir froid. La sentant frissonner, Max redressa la tête. Avec un murmure, il s'assit et se sépara d'elle à regret. Bianca se blottit contre les oreillers et le regarda se lever, nu, et traverser la chambre pour éteindre les lampes et refermer la fenêtre. Puis il se glissa sous les couvertures, s'allongea sur le côté et la contempla.

— Pourquoi ne m'avez-vous pas séduite ainsi à Londres ? chuchota-t-elle en passant un doigt sur son menton.

Il sourit.

— Lequel de nous deux a séduit l'autre ce soir, madame ? Vous êtes venue dans ma chambre, vous avez déboutonné ma chemise, vous m'avez embrassé...

Elle lui rendit son sourire.

— C'est vrai. Vous êtes diaboliquement superbe, vous savez.

L'air amusé de Max fit bientôt place à une expression pensive, presque mélancolique.

— Je ne vous arrive pas à la cheville, mon amour.

Elle fit la moue devant cette flatterie, et il posa un doigt en travers de ses lèvres comme pour prévenir toute contestation.

— Dieu m'en est témoin, je suis sincère, ajouta-t-il. Vous avez un feu intérieur qui vous rend fascinante. Tout le monde l'a remarqué à Londres. Pourquoi croyez-vous que Serafina Dalway et Clara Farquhar vous ont fait mettre cette robe à Vauxhall ? Elles se sont moquées de moi toute la soirée, sachant que j'étais consumé de désir chaque fois que je vous regardais.

— C'est vrai ?

Elle ne put s'empêcher de sourire, bien que vaguement choquée par ce qu'il venait de dire.

— Je regrette maintenant d'avoir rendu la robe.

Avec un rire rocailleux, Max objecta :

— Ce n'est pas la robe. J'ai eu encore plus envie de vous lorsque vous avez soulevé votre batte, tout à l'heure, après que la balle du petit homme vous a frappé les mains. Vous aviez l'air déterminée à envoyer la balle suivante en plein milieu de son front. Jamais une femme ne m'a autant attiré.

Bianca éclata d'un petit rire.

— Vous avez disputé au moins mille matchs de cricket ! Aucun débutant ne manie la batte comme vous. Nous avons dû vous paraître terriblement peu doués. C'était magnanime de votre part de rejoindre notre camp.

Au lieu de rire avec elle, il devint très sérieux. Il caressa ses cheveux et ramena une mèche derrière son oreille, avant de l'étudier un moment.

— Non, murmura-t-il. Pas du tout. C'est le meilleur match que j'aie jamais joué. Pas seulement pour le plaisir d'avoir battu Mannox, même si cela me ravit, mais parce que j'ai fait partie du camp Perusia. J'imagine que les mêmes personnes jouent chaque année ?

— Oui, répondit-elle. En général. Les fils remplacent les pères, les filles remplacent leurs mères... C'est une tradition à Marslip depuis que mon père est jeune homme.

Les doigts de Max se resserrèrent sur sa nuque.

— Cette tradition me plaît, dit-il doucement.

Elle se rendit compte qu'il n'avait jamais connu cela : un foyer stable où les mêmes événements se répétaient chaque année, avec les mêmes gens. Bianca, qui avait rarement quitté la région, trouvait que cela allait de soi, bien qu'elle commence un peu à s'en lasser. Certaines années, elle aurait aimé pouvoir remplacer un certain nombre de joueurs par des nouveaux, car tout le monde se connaissait si bien que parfois cela devenait ennuyeux. Mais pour un jeune homme qui avait toujours été soumis aux caprices du destin, la tradition pouvait paraître éminemment séduisante...

Avant qu'elle ne puisse formuler une réponse, le visage de Max se détendit.

— Mais ne dites pas que vous avez joué uniquement pour un vase tordu et votre amour-propre. J'ai remporté quarante livres grâce à ce match.

— Quoi ? s'écria Bianca en clignant des yeux. Quand ? Pourquoi avez-vous parié ?

Il lui fit un clin d'œil et l'attira dans ses bras.

— Lorsque vous êtes allée vous placer dans la zone de tir, je me suis dit : « Elle a l'air capable de marquer au moins cinquante points. » Et j'ai parié cinquante livres sur une victoire de Perusia. À ce moment du jeu, nous étions largement à la traîne, de sorte que la cote était intéressante. Mes cinquante livres en ont rapporté quatre-vingt-dix.

— Ce n'est pas possible !

— Si, et j'en ai la preuve dans ma poche, riposta-t-il.

— M. Falke n'aurait jamais dû vous laisser miser, protesta-t-elle, puisque vous jouiez. Et que vous saviez que vous étiez doué !

— Si je n'avais pas été à la hauteur, il aurait été ravi de garder mon argent et je n'aurais pas discuté.

Max haussa une épaule.

— Je n'ai pas triché. C'était un pari honnête.

Elle le considéra longuement, avant de reposer la tête en soupirant.

— Je vous suggère de savourer ce gain. Jamais plus il ne reprendra votre argent, maintenant qu'il vous a vu manier la batte.

Max eut un grand sourire et la serra davantage contre lui.

— J'accepte volontiers ce désagrément, en échange du droit de rejouer.

Bianca se lova contre lui. Elle se sentait… en paix. Pas seulement grâce à l'euphorie de la victoire, pas seulement grâce à leur passion charnelle, mais grâce à la sensation, pour la première fois, d'être totalement à l'aise avec son mari. Il était différent de ce qu'elle s'était imaginé, et uniquement dans le bon sens.

Peut-être ce mariage insensé se transformerait-il en une merveilleuse union.

27

Max se réveilla, soudain gelé ; Bianca avait tiré toutes les couvertures à elle.

Il mit quelque temps à s'y retrouver. Au début, il crut presque qu'il rêvait, que dans les affres d'un désir frustré depuis si longtemps, son esprit lui avait joué un tour et fait imaginer qu'il avait passé la nuit à faire l'amour à sa femme dans son lit à Poplar House, alors qu'il dormait une fois de plus sous un porche à Londres.

La silhouette sous les couvertures, cependant, n'était pas un rêve, mais une femme faite de chair et d'os, nue, allongée sur le ventre, un bras en travers des oreillers. Les longs cheveux détachés de leur tresse et auréolant sa tête faisaient penser à Méduse. Les mèches brunes aux reflets auburn bouclaient merveilleusement sur ses jolies épaules nues.

Il ne voulait pas la réveiller. Il était encore tôt et, d'après la lumière, la journée s'annonçait grise. Mais elle avait enroulé les couvertures autour d'elle et s'il ne la dérangeait pas, il serait obligé de se lever et de s'habiller.

Max se glissa sur le matelas et lui embrassa la nuque.

— Que... ?

Elle se redressa brusquement. Il saisit cette opportunité pour tirer une poignée de couvertures et se presser contre elle. Elle était douce et chaude au contact de son corps glacé.

— Vous avez froid, dit-elle d'une voix endormie en écartant le rideau de cheveux de son visage. Que... Pourquoi êtes-vous ici ?

Il sourit.

— Vous êtes dans mon lit, amour. Et vous avez tiré toutes les couvertures en me laissant mourir de froid.

Il glissa une jambe entre les siennes, effectivement gelée mais n'ayant aucun scrupule à en profiter.

Elle battit des cils quelques instants.

— Venez là, murmura-t-elle avant de se coller à lui.

Max lui caressa les cheveux et laissa sa main filer le long de son dos. Comme lui, elle s'était endormie nue. Ses seins étaient lourds contre sa poitrine, et ses jambes emmêlées aux siennes. Elle avait posé une cuisse sur la sienne. C'était tendre et émouvant, et insupportablement excitant.

— Êtes-vous réveillée ? murmura-t-il contre sa tempe.

Il plaça les mains en corolle autour de ses fesses et s'émerveilla de la douceur de sa peau.

— Non, marmonna-t-elle.

— Hmm. Dommage.

Il fit remonter sa caresse.

— On dirait que la journée s'annonce pluvieuse, un temps à ne pas mettre un chien dehors. Et de toute façon, il n'y aura personne à l'usine à cause des fêtes. C'est une journée à rester au lit.

— Il n'y a que les fainéants pour passer la journée au lit.

Max sourit.

— Vraiment ? Rien ne nous oblige à fainéanter.

Elle leva la tête et posa le menton sur la poitrine de Max. Ses paupières étaient encore alourdies de sommeil, mais le désir couvait dans ses yeux brillants.

— Encouragez-vous la paresse et autres péchés capitaux ?

Il fit claquer sa langue en se tournant sur le côté, et remonta le genou de Bianca jusqu'à sa taille.

— Pas du tout. Ce n'est pas un péché, et résolument pas paresseux.

Il était déjà dur et prêt. Bianca gémit doucement lorsqu'il pressa son sexe entre ses jambes.

— Jennie va arriver, dit-elle contre sa bouche.

— Lawrence l'empêchera d'entrer, répliqua-t-il.

Elle sourit et ouvrit ses yeux magnifiques aux profondeurs bleu océan.

— Dans ce cas, dites correctement bonjour à votre femme, monsieur St. James.

Il s'enfonça en elle. Bianca poussa un petit cri, mais elle était moite et prête, elle aussi. Max ondula lentement contre elle, explorant son corps comme il rêvait de le faire depuis des semaines. Il accorda une attention particulière à ce grain de beauté enfin à sa disposition. Elle était chatouilleuse sur les côtes, mais jeta la tête en arrière, succombant au plaisir en sentant sa bouche embrasser son cou, sous l'oreille.

Lorsqu'elle s'accrocha à lui de ses bras et jambes, Max les fit basculer. Elle se redressa au-dessus de lui, telle une déesse lascive auréolée de sa chevelure. Le cœur battant, le désir culminant déjà, il se hissa sur les oreillers et la caressa, brûlant de la sentir jouir.

Alors, sa femme crispa les mains derrière son cou et ondula d'avant en arrière jusqu'à ce que son visage devienne rose et qu'elle pousse des cris d'extase. Il lui empoigna les hanches et sentit son âme jaillir vers les cieux au moment où la jouissance l'emporta à son tour.

Tremblant, il l'attira à lui pour l'embrasser avec passion. Jamais, pas même dans ses rêves les plus fous, il n'avait imaginé que cela pourrait se passer ainsi. Il avait voulu Perusia pour prouver qu'il n'était pas un bon à rien, et pour y trouver un certain bénéfice. Il avait voulu que son mariage lui procure la sécurité financière, au lieu de rester soumis aux caprices de la duchesse de Carlyle. Il avait pensé que ce serait distant, poli, peut-être cordial.

Au lieu de cela, il fixait désespérément les yeux lumineux de Bianca en se demandant comment il avait pu tomber éperdument amoureux sans même s'en rendre compte.

— Je me posais une question, dit-elle avec un sourire rêveur. Les premiers temps de notre mariage, vous étiez en bas tous les matins avant moi. Vous levez-vous toujours si affreusement tôt ?

— Ah. Cela.

Il pouffa, et Bianca se blottit contre lui en passant les jambes par-dessus les siennes. Jamais plus Max ne trouverait séduisante une femme petite, maintenant qu'il avait connu la sensation de ses interminables jambes enroulées autour de lui.

— C'est plutôt amusant, en fait. Cette cloison...

Il tendit le bras et frappa de ses articulations le mur qui se trouvait derrière sa tête.

— ... n'est pas aussi épaisse qu'elle en a l'air. Lorsque Jennie vous apporte la cruche pour vous débarbouiller le matin, la porte couine d'une façon reconnaissable...

Bianca s'assit brusquement.

— Vous voulez dire...

Il croisa les bras derrière la tête et sourit sans la moindre contrition.

— Dès que je l'entendais entrer, je bondissais de mon lit et m'habillais précipitamment pour être prêt à accueillir ma femme à la table du petit déjeuner.

Elle lui donna une tape sur l'épaule.

— Et moi qui pensais que vous dormiez à peine !

Avec un regard espiègle, Max ajouta :

— L'escalier de service présente l'avantage de se trouver près de ma porte, et si l'on ne met pas de chaussures, on peut se faufiler sans bruit.

— Oh !

Les sourcils froncés, elle recula vivement de l'autre côté du lit, boudeuse.

— Quelle perversité !

— Un matin, dit-il en rampant vers elle, j'ai failli ne pas réussir : si vous aviez regardé de plus près, vous auriez remarqué que mes chaussures étaient sous ma chaise et non à mes pieds.

— Moi qui me levais chaque jour un peu plus tôt ! s'écria-t-elle. Il faisait encore nuit !

Max éclata de rire et la prit dans ses bras.

— Et vous étiez la beauté incarnée chaque matin, même avec ce petit froncement de sourcils vexé. Cela valait la peine de me précipiter en bas sans même m'éclairer d'une bougie.

— Mais pourquoi ? s'indigna-t-elle. Qu'aviez-vous à y gagner ?

— Ma chère madame St. James, la taquina-t-il, notre mariage était-il une compétition pour vous ?

Elle rougit violemment.

— D'accord. C'est pour ça que vous dévaliez l'escalier, dans le noir et pieds nus : pour le simple fait d'arriver avant moi et me faire bisquer. Vous vouliez me prouver que, quels que soient mes principes et mes exigences, vous étiez à la hauteur.

Elle ponctua les derniers mots en plantant un index sur sa poitrine.

Max lui adressa un sourire taquin.

— Vous vous trompez, madame. Je voulais vous montrer que je pouvais les dépasser, quels qu'ils soient.

Elle rit enfin.

— Misérable crapule, dit-elle en le laissant la serrer contre lui. J'étais épuisée.

— Je vous promets de ne plus me réveiller aussi tôt, dit-il. Peut-être aurai-je maintenant une bonne raison de traîner au lit, le matin...

Elle éclata de rire et se tortilla entre ses bras pour se tourner vers lui. Sans cesser de sourire, elle posa une main sur sa joue. Elle était décoiffée, ses yeux étaient emplis de chaleur et son visage semblait comme illuminé. Elle était la plus jolie femme qu'il avait jamais vue, et si précieuse à son cœur que c'en était presque douloureux.

Max parvenait à peine à respirer. Un flot de paroles se bousculaient, sur le point de jaillir de ses lèvres. Il n'avait jamais dit à une femme qu'il l'aimait...

— Ce n'est pas ce que j'avais imaginé, murmura-t-elle, quand j'ai aidé Cathy à s'enfuir avec son soupirant.

Max relâcha son souffle. Quelle chance incroyable que cette sœur sage et réservée ait été amoureuse d'un autre ! Si Catherine Tate avait accepté de l'épouser...

— Les mots sont incapables d'exprimer à quel point je suis heureux de la tournure des événements.

Le visage de Bianca se figea.

— Êtes-vous sincère ?

— J'espère de tout cœur qu'elle est contente de son mariage. Tout comme j'espère de tout cœur que vous êtes... contente du vôtre.

Elle le dévisagea longuement, comme si elle soupesait son hésitation avant le mot « contente ». Le cœur de Max se glaça. Heureusement qu'il n'avait rien dit. C'était peut-être trop demander que de parler d'amour et de bonheur, après leurs débuts chaotiques...

— Je le suis, dit-elle doucement. Au-delà de toute espérance.

Il sourit, et recommença à respirer. Puis il l'embrassa encore, et entreprit de la taquiner à propos de la création d'un club de cricket à Marslip.

Mais il ne lui dit pas qu'il l'aimait.

Pas encore.

28

Pendant les jours qui suivirent, Bianca marcha d'un pas léger et le cœur en fête.

Elle n'avait jamais envisagé de se marier, parce qu'elle n'avait jamais eu l'impression que c'était plaisant. Ses parents étaient affectueux, mais la longue maladie de sa mère avait jeté une ombre sur les dernières années de sa vie. Son père avait été aimant et attentionné, mais la maladie avait eu sur lui de lourdes conséquences. Encore maintenant, il ne venait pas à Poplar House, où ils avaient vécu tous ensemble ; lorsqu'il voulait demander quelque chose à Bianca ou à Max, il faisait envoyer un message ou leur rendait visite à l'atelier.

Les mariages de ses cousines et amies, si heureux qu'ils aient pu paraître, lui semblaient davantage confortables et pragmatiques que passionnés. Quant au mariage de tante Frances, il aurait pu dégoûter n'importe qui. Bianca avait jeté un œil critique sur tous les hommes célibataires dans un rayon de vingt kilomètres autour de Marslip, estimé ses chances d'être heureuse à leurs côtés pendant plus d'un mois, et décidé que le mariage n'était probablement pas fait pour elle.

Elle s'était fait la même réflexion à propos de Max, or il lui donnait tort d'innombrables manières, effaçant un à un ses soupçons. Non seulement il connaissait parfaitement toute la chaîne de fabrication de Perusia, mais il avait obtenu des commandes d'une douzaine d'aristocrates. Son père lui avait même montré quelques lettres d'autres nobles, qui avaient vu ou entendu parler de leur vaisselle et demandaient s'ils pouvaient visiter l'usine.

— Je savais que ce garçon était brillant, dit-il en l'observant attentivement. Reconnais-le. Il s'améliore à tes yeux, n'est-ce pas ?

— Oui, admit-elle d'un ton pincé, tout en rougissant à la pensée des étonnantes « améliorations » qu'avait apportées Max dans sa vie de femme.

— Es-tu heureuse, Bianca ? insista son père.

— Bien sûr. Regarde toutes ces commandes, en particulier pour la nouvelle vaisselle écarlate...

— Je voulais dire : avec lui.

Il se pencha en avant, refusant de la laisser éluder.

— L'es-tu ?

Elle soutint son regard, et discerna de l'incertitude dans son expression.

— Un jour, tu m'as dit que maman et toi aviez été obligés de tirer le meilleur parti des choses. Qu'entendais-tu par là, exactement ?

Un voile s'abattit sur le visage de son père, qui s'enfonça dans son siège.

— J'ai dit ça ?

— Quand tu m'as encouragée à faire contre mauvaise fortune bon cœur avec Max.

— Mais oui, c'est le conseil que je te donne, dit-il. Essaie toujours de tirer le meilleur parti de ce que te réserve la vie.

— Papa...

Il soupira.

— J'aimais beaucoup ta maman. C'était une mère aimante et une bonne épouse.

— Je croyais que tu étais amoureux d'elle, énonça lentement Bianca.

— Mais oui, c'était le cas !

Il hocha la tête.

— Mais... je ne l'aimais peut-être pas autant qu'elle m'aimait.

Il soupira de nouveau et détourna les yeux.

— J'ai fait des efforts pour la mériter, et elle a supporté mes défauts avec une grâce admirable. Cathy lui ressemble énormément. Même si jamais ta mère ne se serait enfuie au milieu de la nuit, ajouta-t-il en grommelant.

Bianca devina à son ton qu'il était impressionné, sans vouloir l'avouer.

— Ça, je suppose que Cathy le tient de toi, dit-elle.

Il releva vivement la tête.

— Tiens donc, c'est ce que tu crois ! Ma foi, je suppose que tu as bien fait de l'encourager. Je vois bien maintenant que St. James est mieux assorti à toi.

Bianca arrondit les yeux.

— Quoi ?

— Regarde ça.

Il balaya d'un geste le bureau sur lequel étaient étalés les bons de commande.

— Jamais Cathy ne serait partie à Londres avec lui. Il m'a dit que tu as fait forte impression sur le duc de Wimbourne, et que tu as conquis lady Dalway et lady Carswell. C'est à toi qu'il accorde tout le crédit de vos succès là-bas, ma chérie.

Bouche bée, Bianca mit quelques secondes à réagir.

— Oh, non ! finit-elle à protester. C'est faux ! Max a su exactement quelle approche employer avec Dalway et Wimbourne, qui sont tous deux ses amis de longue date, et même s'ils ont admiré le vernis écarlate, c'est grâce à son éloquence qu'ils ont passé commande ! Il a trouvé la salle d'exposition, et la boutique de Cheapside où il a suggéré que nous vendions sa ligne Fortuna, et il a même fait payer sa facture à sir Bartholomew Markham...

Son père souriait d'une oreille à l'autre.

— Comme je le disais, tu es bien mieux assortie à lui que Cathy. À vous deux, vous formez un couple splendide ; vous êtes faits l'un pour l'autre. St. James a une chance folle que le pasteur ait eu le courage de célébrer la cérémonie.

Elle fronça les sourcils.

— Tu aurais pu éviter tout ce drame, si tu avais écouté Cathy.

Son père leva les yeux au ciel.

— Elle n'a quasiment pas protesté ! Comment pouvais-je deviner que son hésitation n'était pas un simple trac de jeune fille ? Frances m'a assuré que toutes les demoiselles traversent ce genre de crise, et ensuite, lorsqu'elles s'en remettent, elles ne comprennent même plus ce qui leur avait pris. Frances était convaincue que Cathy oublierait vite son caprice et serait tout à fait heureuse avec St. James.

— Tu as demandé conseil à tante Frances à propos de nous ? s'écria Bianca, incrédule.

— À qui d'autre aurais-je pu m'adresser ? répondit-il avec surprise. À quelle autre femme pouvais-je demander de l'aide concernant mes deux filles ?

Bianca en resta muette. Frances les aimait beaucoup, mais c'était une vieille dame querelleuse et aigrie. La dernière personne vers laquelle se tourner pour parler mariage et bonheur.

Son père agita une main.

— Je veux bien reconnaître que je me suis trompé. Frances aussi, certainement.

— Crois-tu qu'elle le reconnaîtrait ?

Il rit de sa remarque caustique.

— Du bout des lèvres, assurément.

— Tu es d'humeur bien expansive aujourd'hui, ne put-elle s'empêcher de commenter.

— Tu trouves ? demanda son père en souriant. Ce doit être parce que ta sœur m'a écrit.

— Elle t'a écrit ? s'exclama Bianca. Tu ne me l'as même pas dit ! Comment va-t-elle ?

Avec un grand sourire, il répliqua :

— Très bien. M. Mayne a écrit à ses supérieurs, et on a fini par lui garantir qu'il pouvait revenir s'installer ici. Je crois que l'évêque était mécontent de la manière dont se sont passées les choses, mais il a décidé que tout était pour le mieux maintenant.

— J'espère que c'est parce que tu as prévenu l'évêque que tu approuves désormais ce mariage, fit remarquer Bianca.

— À vrai dire, ta sœur me l'avait demandé, et puisque tout se passe bien pour toi, je ne voyais pas pourquoi le lui refuser.

Bianca secoua la tête, mais elle souriait. Son père aurait pardonné n'importe quoi à Cathy.

— Alors elle va revenir à la maison ?

Elle était à la fois impatiente de retrouver sa sœur et nerveuse à l'idée de ces retrouvailles, et des explications qui seraient nécessaires. Dans ses lettres à Cathy, elle n'avait pu trouver les mots, et avait fini par renoncer en se promettant qu'elle lui expliquerait bien mieux la situation en face.

— J'ai bon espoir qu'elle revienne bientôt, déclara son père. Sachant que tu t'es mariée.

— Tu... Tu le lui as écrit ? murmura Bianca. Que lui as-tu dit ?

— Que tu avais épousé St. James à sa place, et qu'en fin de compte c'était mieux ainsi pour tout le monde.

Il se leva.

— Je suppose que tu voudras apporter à l'histoire les derniers détails, mais je pensais que tu aimerais que quelqu'un d'autre lui annonce la nouvelle.

Elle lui fit les gros yeux, et il éclata de rire avant de partir en lui donnant une petite tape sur l'épaule.

Lorsqu'elle rejoignit Max à la grille de la faïencerie plus tard ce jour-là, ce fut la première chose dont elle lui parla. Max haussa un sourcil.

— Vous ne le lui aviez pas annoncé vous-même ?

— Non, fit Bianca avec une grimace. J'aurais dû le faire depuis longtemps. Que vais-je lui dire, maintenant ?

Ils se mirent en route, bras dessus, bras dessous. Bianca se rendit compte avec stupéfaction qu'elle avait pensé à ce moment toute la journée, impatiente de connaître son avis.

— Y avait-il une raison pour ne pas lui dire la vérité ?

Elle relâcha son souffle.

— Mon attitude va sans doute la décevoir...

Il lui pressa la main.

— Ses sentiments comptent-ils donc davantage que les vôtres ?

Bianca marqua une pause. Elle n'avait jamais laissé l'opinion de Cathy l'empêcher de faire quoi que ce soit.

— Je crois que la vérité n'est pas mon amie, pour une fois.

Il lui jeta un regard perçant, un sourcil froncé.

— Je peux supporter la tristesse que lui causera ma dispute avec papa, expliqua vivement Bianca. Je peux accepter qu'elle apprenne comment j'ai... consenti à notre mariage sur un coup de tête parce que j'étais en colère.

Ses joues la brûlaient.

— Mais je détesterais lui révéler le temps que j'ai gaspillé à vous en vouloir et à vous accuser d'être un chasseur de dot de la pire espèce.

— Vous n'avez qu'à ne pas en parler, suggéra-t-il après un silence. Ou à le prendre à la légère. Ce qui compte le plus, assurément, c'est la manière dont nous nous entendons aujourd'hui.

Une onde de chaleur l'enveloppa à cette pensée. Elle lui pressa le bras et lui adressa un sourire espiègle tandis qu'ils arrivaient à Poplar House.

— Et comment nous entendons-nous aujourd'hui, monsieur ?

— Fort bien, madame, fort bien en vérité, murmura-t-il en lui ouvrant la porte. On pourrait même dire… passionnément.

Sous son regard brûlant, Bianca avait presque envie de ronronner. Passionnément, oui. Ce qui brûlait entre eux était même davantage que de la passion. Chaque jour, elle avait hâte de le voir. Elle en était venue à le respecter, l'admirer, et elle était désespérément attirée par lui. Elle adorait être avec lui. Elle aimait tout chez lui.

Énormément.

Elle ralentit soudain son geste pour ôter son chapeau et ses gants, s'apercevant à peine que Mary les prenait. Max ne l'avait pas suivie : Lawrence l'avait intercepté à la porte et lui parlait à voix basse. Bianca ne voyait pas le visage de son mari, mais le murmure de leur conversation suffisait à lui faire palpiter le cœur. Elle aimait même le son de sa voix.

Et elle sut soudain, en cet instant, comment elle répondrait à l'inévitable question de sa sœur, la question qui préviendrait les larmes ou les remontrances et susciterait à la place ravissement et félicitations. Une fois de plus, Max avait raison : Bianca n'avait pas du tout besoin de mentir à Cathy. La vérité valait beaucoup mieux.

Cathy, je suis tombée amoureuse de lui.

À mi-hauteur de l'escalier, elle se retourna. Max était toujours sur le seuil, en train de deviser avec Lawrence et de regarder une lettre. En haut, Jennie fredonnait, et elle entendait les voix des autres domestiques qui préparaient le dîner dans la cuisine. C'était le bruit d'une maisonnée heureuse.

Bianca posa une main sur le mur pour ne pas perdre l'équilibre. Comment avait-elle pu être aussi aveugle ? Pourquoi n'avait-elle pas voulu admettre que ce mariage correspondait exactement à tout ce qu'elle souhaitait ? Max n'incarnait pas la vision qu'elle se faisait du mari idéal : il surpassait ses rêves de toutes les manières possibles. Il lui accordait une importance cruciale dans leurs succès, alors que c'était lui qui avait toutes les idées. Jamais il ne s'était opposé à ce qu'elle travaille sur les vernis ; au contraire, il la félicitait et l'encourageait. Il la regardait comme si elle était belle et séduisante. Il avait même misé sur elle au cricket !

Il dit quelque chose à Lawrence, qui acquiesça et disparut. Pendant un moment, sa tête sombre resta penchée sur la lettre qu'il tenait à la main. Puis il la releva.

Le sourire de Bianca se figea à la vue de son expression.

— Qu'est-ce qui ne va pas ? s'enquit-elle en descendant quelques marches.

Tout son visage semblait contracté.

— Je dois sortir.

— Maintenant ? demanda-t-elle avec stupeur. Mais pourquoi ?

Il baissa les yeux vers la lettre.

— Oui, maintenant. Je suis navré.

Bianca dévala les dernières marches.

— Pourquoi ? Que se passe-t-il ? Vous êtes blanc comme un linge, Max !

Il ferma les yeux. Elle posa une main sur la sienne, inquiète, mais il se déroba d'une secousse presque brusque.

— Je dois partir, répéta-t-il.

Sa respiration était entrecoupée. Il froissa la lettre dans son poing.

— Je suis désolé.

Il passa vivement devant elle et grimpa les marches quatre à quatre. Bianca le suivit jusque dans sa chambre. Depuis une semaine, c'était devenu *leur* chambre, là où ils échangeaient des idées et riaient et s'embrassaient et faisaient l'amour. Max retira précipitamment ses vêtements et enfila un pantalon de cheval et des bottes, évitant soigneusement de la regarder.

Elle baissa la voix pour que les domestiques n'entendent pas :

— Qu'est-ce qui ne va pas ? Dites quelque chose.

Il tira sur une des bottes.

— C'est une affaire familiale.

— Familiale ? répéta-t-elle en écarquillant les yeux. S'agit-il... du duc de Carlyle ?

Il lui jeta un bref regard, avant de détourner les yeux tout aussi vivement.

— Non.

— Mme Bradford, devina Bianca après quelques instants de réflexion.

Max redressa la tête.

— Qu'avez-vous dit ?

Sa voix, presque mauvaise, la fit sursauter.

— Votre tante. C'est d'elle qu'il s'agit, n'est-ce pas ?

Il enfonça son autre pied dans sa botte et se leva. Il vint à elle, prit son visage entre ses mains et, pendant un moment, sembla chercher ses mots.

— Je... Je n'ai pas le temps de vous expliquer ce qui se passe maintenant, dit-il d'un ton qu'elle trouva angoissé. Pouvez-vous me faire confiance ?

— Oui, répondit-elle sans hésiter.

Jamais plus elle ne douterait de lui.

Il l'embrassa avec une ferveur poignante.

— Merci, mon amour, souffla-t-il.

Déjà il disparaissait, le bruit de ses bottes résonnant dans l'escalier, criant à Mary d'apporter son pardessus et son chapeau.

Bianca le rejoignit juste à temps pour le voir monter en selle. Il fit volter son cheval en disant quelque chose à Lawrence. Apercevant la jeune femme, il toucha son chapeau avant de s'élancer.

Elle resta à le regarder, la main encore à moitié levée et l'esprit en proie à mille pensées tourbillonnantes.

— Lawrence, dit-elle lorsque le valet revint vers la maison. Où est parti M. St. James ?

— À Stoke-on-Trent. C'est tout ce que je sais, madame. Il m'a demandé de préparer son cheval et m'a interrogé sur l'homme qui a apporté le message.

— Qui l'a apporté ?

— Un des hommes de M. Leake, madame.

Lawrence devina quelle serait sa prochaine question, et la devança :

— M. Leake est un monsieur de Londres, une sorte de détective. M. St. James l'a engagé il y a quelque temps, et attendait son rapport. Il m'avait demandé de le prévenir sur-le-champ si j'avais des nouvelles de lui, quelle que soit l'heure du jour ou de la nuit.

— Un monsieur de Londres ? répéta Bianca, stupéfaite. Cet homme travaille-t-il pour M. St. James depuis que nous sommes allés à Londres ?

Lawrence évita son regard pour répondre :

— Oui, madame. Depuis plus longtemps que cela, je crois.

Max avait donc engagé un détective. Que cherchait-il ? Même s'il n'avait pas le temps de lui expliquer quoi que ce soit ce soir, il aurait pu au moins lui en parler la veille, ou le jour d'avant, ou en bien des occasions depuis qu'ils étaient rentrés à la maison. Depuis qu'ils avaient consommé leur mariage. Depuis Vauxhall. Ils avaient passé des heures à s'aimer, à se chuchoter des mots doux, à rire ensemble. Ils avaient discuté de choses futiles, de choses importantes, de choses intimes et sensibles.

Mais pas de ceci.

— Il m'a fait promettre de ne rien vous dire, s'excusa Lawrence. J'ai cru comprendre qu'il s'agit pour lui d'une question très personnelle.

Et Bianca en fut réduite à s'interroger, dans l'ombre croissante du crépuscule, sur ce que son mari avait bien pu lui cacher.

29

— Cela ne ressemble pas à St. James, grommela M. Tate. Je ne peux pas croire qu'il se soit enfui !

— C'est impardonnable, décréta froidement tante Frances. Croyez-moi, il ne mijote rien de bon.

Bianca picorait dans son assiette sans rien dire. Elle n'avait aucune idée de ce qu'elle aurait bien pu répondre.

Cela faisait deux jours que Max avait quitté Marslip précipitamment, en n'emportant que les vêtements qu'il avait sur le dos. Elle l'avait attendu jusqu'à ce que la pendule sonne minuit. Puis Jennie était arrivée, en chemise de nuit, et l'avait exhortée à se coucher. Elle avait assuré à Bianca que quelqu'un la réveillerait dès que son mari serait de retour, et la jeune femme avait dormi d'un sommeil agité dans son propre lit pour la première fois depuis longtemps.

Le lendemain matin, elle avait envoyé Lawrence à Stoke-on-Trent, dans l'intention d'obtenir au moins quelques mots d'explication. Elle avait demandé au valet de poser quatre questions précises, et de ne revenir que lorsqu'il aurait des réponses. Elle avait passé la matinée à tourner en rond dans la maison, incapable de se concentrer sur quoi que ce soit, jusqu'à ce que Lawrence revienne lui annoncer que Max n'était pas à Stoke-on-Trent.

— Il est parti à l'aube avec le type qui lui a apporté le message, expliqua Lawrence. M. Barkley, aux Deux Renards, dit qu'ils ont demandé qu'on prépare leurs chevaux à l'aube, ainsi qu'un sac de provisions. Il ne les a pas vus partir. Le garçon d'écurie dit que M. St. James n'a pas précisé où ils allaient.

Max n'avait laissé aucun message, ne lui avait fait parvenir aucune missive, et il n'était toujours pas revenu.

Le deuxième jour, comme ni elle ni Max ne se montraient à l'usine, M. Tate était venu à Poplar House pour la première fois depuis des années. Il s'inquiétait que quelqu'un soit malade à la maison. Il fut d'abord stupéfait, puis scandalisé, lorsque Bianca lui avoua qu'elle n'avait aucune idée de l'endroit où était son mari, ni de la raison pour laquelle il était parti. Son père lui demanda de venir dîner à Perusia Hall et, dans son agitation, elle accepta.

Décision qu'elle regretta amèrement toute la soirée.

— Je trouve ça vraiment étrange, insista son père en lui jetant un regard gêné. Es-tu certaine que son valet ignore où il se trouve ?

Bianca secoua la tête.

— Un valet de chambre en sait toujours plus qu'il ne veut bien l'admettre, décréta Frances en mâchant une bouchée d'oie rôtie.

Elle en donna un petit morceau à Trevor, qui attendait en haletant au pied de sa chaise.

— Faisons-le venir, et nous exigerons des réponses.

— Je suis convaincue qu'il ne sait rien, assura Bianca calmement.

Lawrence avait le béguin pour Jennie. Ces deux derniers jours, tandis que l'absence de Max se prolongeait et causait des tensions, il lui avait révélé des choses.

Craignant de se faire renvoyer, Lawrence avait juré qu'il ignorait complètement où était parti Max et pourquoi. Mais il avait confirmé que celui-ci avait mené une vie plutôt débauchée à Londres, avant de demander en mariage une héritière de Perusia. Il avait parlé à Jennie de son précédent employeur, un ami de Max, qui avait perdu vingt-huit mille livres en une seule soirée aux tables de jeu de Vauxhall – en compagnie de Max – et avait été obligé de quitter Londres précipitamment. Il avait avoué que leur maison à Londres avait en réalité été louée par lord Cathcart pour sa maîtresse, et qu'il avait fallu faire un ménage de fond en comble pour qu'elle soit habitable après les soirées scandaleuses qui s'étaient tenues là... Max ayant été présent à certaines d'entre elles. Lawrence avait reconnu que Max l'avait envoyé à Cheapside pendant que Bianca examinait la boutique, en lui ordonnant de se tenir sur ses gardes, à l'affût d'un homme que Lawrence ne connaissait pas. Il savait seulement que c'était une personne faisant partie du passé de Max et qui constituait une menace.

Il avait reconnu que son maître lui avait demandé de surveiller l'arrivée de toutes les lettres en provenance de Reading, et qu'il devait les lui apporter aussitôt. Ces lettres, avait-il ajouté, perturbaient Max, mais Lawrence affirmait ne pas savoir pourquoi. Et Max lui avait strictement interdit d'en parler à quiconque, en particulier à Bianca.

Ce dernier détail l'avait profondément blessée. Bianca savait que le passé de son mari n'était pas reluisant – les femmes de Vauxhall l'avaient prouvé – et n'était pas surprise que ses amis puissent avoir également mené une existence dissolue. Il était tout à fait logique qu'il n'en ait pas parlé durant les débuts de leur mariage, mais elle avait pensé qu'ils étaient désormais honnêtes l'un envers l'autre.

Cependant, Max lui cachait quelque chose d'important.

— Il doit bien savoir autre chose !

Frances était convaincue que Lawrence mentait. Elle remua sa fourchette en direction de Bianca.

— Tu es trop laxiste avec les domestiques, ma chère. Interroge-le sévèrement !

Bianca, sachant que sa tante n'était pas sévère du tout envers ses propres domestiques, lui coula un regard ironique.

— C'est ce que j'ai fait. Il ne sait rien de plus.

— Je reste convaincu que St. James aura une très bonne explication quand il reviendra, intervint son père. Il ne s'est jamais montré déloyal ni indigne de confiance.

« Faites-moi confiance. » Max lui avait demandé cela à plusieurs reprises. Jamais il ne l'avait trahie, mais Bianca avait du mal à rester sereine. Il y avait certainement une raison valable à tout ce mystère. Forcément. Elle but une petite gorgée de vin en silence.

— J'ai reçu une nouvelle lettre de Cathy, lança son père avec une bonne humeur forcée pour changer de sujet. Elle va bientôt revenir.

— Ah, enfin ! s'exclama Frances. Depuis le temps qu'elle batifole dans le Staffordshire sans même se soucier de sa famille !

Bianca sortit de sa léthargie.

— Quand l'attends-tu, papa ?

— Ma foi, très bientôt. D'ici quinze jours tout au plus, je pense. Elle a été stupéfaite de tout ce qui s'est passé ici.

À commencer par son mariage, bien sûr. Mariage que Bianca ne pouvait plus justifier en prétendant aimer un homme qui l'avait apparemment abandonnée. Elle vida son verre et fit signe au domestique de le remplir.

C'est alors que, dans le silence tendu, on entendit au loin un bruit de roues sur le gravier. Bianca tendit l'oreille. Il était peu coutumier que des visiteurs se présentent à cette heure tardive. Il faisait presque nuit, et les routes autour de Marslip étaient traîtresses même en plein jour. Max était parti à cheval, mais...

Son père lui jeta un coup d'œil en se resservant.

— Ce serait amusant si ta sœur arrivait déjà, n'est-ce pas ?

Il pouffa avec un peu trop d'enthousiasme.

— Convoquée par la transmission de pensée ! Pour arriver si vite de Wolverhampton...

Bianca dressait l'oreille, aux aguets. Frances commença à marmonner quelque chose et à gronder Trevor, qui grognait, et la jeune femme leur intima à tous les deux de se taire. Choquée, sa tante la fusilla du regard.

— Maxim, gémit une voix, dehors.

Une voix de femme.

D'un bond, Bianca s'élança. Son père lui emboîta le pas tandis que Frances leur criait de l'attendre. La jeune femme traversa le couloir au pas de course, pénétra dans le vestibule, et s'arrêta net.

Le majordome s'appliquait à empêcher d'entrer une femme en furie. Ses cheveux noirs emmêlés lui arrivaient à la taille. Sa robe de bure grise était presque en haillons ; glissant de ses épaules décharnées, elle pendait autour de sa silhouette. Elle était maigre comme un clou, ses clavicules saillaient et elle se débattait comme une créature sauvage pour échapper à Hickson.

— Que diable se passe-t-il ? s'exclama M. Tate.

— Maxim, gémit la femme dont les longs bras frêles décrivirent des moulinets. *Wo ist er ?* Maxim !

— Juste ciel, murmura Frances, abasourdie.

Comme en transe, Bianca s'avança.

— Il n'est pas là, dit-elle d'une voix bien distincte à la femme. Qui êtes-vous ?

Des larmes remplirent les yeux de l'inconnue.

— Maxim ! hurla-t-elle une dernière fois, avant de s'écrouler en tremblant sur le sol entre les bras de Hickson, comme une marionnette dont on aurait coupé les fils.

À l'exception de ses sanglots, un silence de mort régnait dans le vestibule. Hickson était penché au-dessus d'elle, indécis, mais à présent la femme semblait sans défense, brisée. M. Tate semblait avoir été frappé par la foudre, et Frances gardait les mains crispées contre sa poitrine, sous le choc.

Maxim. Cette femme connaissait son mari. La gorge nouée, Bianca s'agenouilla lentement et toucha son épaule. L'autre poussa un nouveau cri, et recula à quatre pattes jusqu'à ce qu'elle se retrouve acculée contre le mur.

Un homme de haute taille apparut alors sur le seuil, haletant, un mouchoir plaqué sur sa joue. Du sang maculait son gilet.

— Désolé, mon brave, dit-il à Hickson en se penchant vers la femme. Allons, s'il vous plaît, madame...

Il lui parlait sur un ton assez gentil, tout en essayant de la soulever.

— *Wo ist er ?* sanglota la femme en tressaillant sous son contact. *Fass mich nicht an !*

— Mais que se passe-t-il, pour l'amour du ciel ? s'exclama M. Tate, se ressaisissant enfin et faisant un pas en avant. Qui êtes-vous, monsieur ?

— William Leake, à votre service.

L'homme retira le mouchoir de son visage pour s'incliner, et Bianca écarquilla les yeux en voyant les profondes égratignures sur ses joues.

— Je voudrais voir M. St. James, s'il vous plaît.

— Il n'est pas là, rétorqua M. Tate. Qui êtes-vous, et qui est cette femme ?

M. Leake semblait mécontent de l'absence de Max.

— Mme Margareta Croach, répondit-il. Où puis-je trouver St. James ?

Bianca continuait à dévisager la femme. Sous la crasse et les haillons, au-delà de ses joues émaciées et des os saillants de ses bras, elle avait dû être jadis une belle femme. Elle ne pouvait pas avoir plus de quarante ans. Des larmes avaient strié son visage sale, et lorsque sa tête roula en arrière, Bianca retint son souffle, soudain frappée par une idée.

— Il n'est pas à la maison, lui dit-elle doucement. Maxim n'est pas là. Comprenez-vous ?

Les cils de la femme papillonnèrent, et elle contempla Bianca de ses yeux vitreux qui avaient la couleur de l'onyx.

— Greta... fit Bianca.

Les yeux remuèrent et la fixèrent.

— Êtes-vous Greta ?

La femme fut parcourue d'un profond soupir qui la fit tressaillir.

— *Ja*.

— Elle est allemande ? chuchota M. Tate. Qu'est-ce que cela signifie ?

Délicatement, Bianca tendit une main. Greta la considéra avec méfiance.

— Je suis la femme de Max. Maxim. Son épouse.

D'un mouvement brusque, la femme lui saisit la main.

— Maxim... gémit-elle.

— Bianca, protesta M. Tate.

Elle leva une main pour le faire taire.

— Monsieur Leake, dit-elle sans quitter Greta des yeux, avez-vous envoyé un message à Max il y a deux jours, lui demandant de venir d'urgence ?

— Oui.

Leake relâcha son souffle. Il s'était remis à tamponner le sang qui coulait sur son visage.

— Je lui disais de m'attendre à Stoke-on-Trent, mais il n'y est pas, et il n'est pas ici non plus... Je suppose qu'il s'est lancé à ma recherche.

— Je pense que oui, fit Bianca.

Lentement, sans lâcher la main de Greta comme si elle risquait de se sauver, Bianca se leva.

— Voulez-vous entrer ?

Leake fronça les sourcils.

— Je ne sais pas s'il est prudent de la faire entrer, madame. Elle est devenue incontrôlable quand je lui ai dit que nous allions retrouver St. James. Jusqu'alors, elle était docile. C'est l'évocation de son nom qui l'a mise dans cet état.

— Que voulez-vous, il n'est pas là et je ne peux pas la jeter dehors, répliqua Bianca en continuant à parler d'une voix douce et égale.

Il ne fallait surtout pas faire peur à Greta, qui se redressait maladroitement.

— Venez vous asseoir avec moi, dit-elle à la femme, l'emmenant lentement vers le salon.

— Bianca, fit sévèrement son père.

— Chut, dit-elle.

Greta avait tressailli au son de la voix masculine.

— Nous allons attendre Maxim. Avez-vous faim ?

La femme secoua la tête.

— Bien, venez vous asseoir ici, dit Bianca en la conduisant vers le canapé.

Greta s'assit précautionneusement au bord de la banquette. À la surprise de Bianca, tante Frances s'approcha, plaça son châle sur les épaules de la femme et l'ajusta doucement. Bianca lui jeta un regard reconnaissant, et sa tante recula, l'expression indéchiffrable.

Elles entendirent M. Tate demander à Leake, dans le vestibule :

— Où est St. James ?

— Je n'en ai aucune idée. Voyant qu'il n'était pas aux Deux Renards, je me suis dit qu'il avait dû rentrer chez lui. J'ai mis plus de temps que je ne le pensais pour arriver. Vos routes sont une abomination.

— Et qui êtes-vous, exactement ?

— William Leake, détective.

Aussitôt, M. Tate fit irruption sur le seuil du salon, affolé.

— Bianca, éloigne-toi immédiatement de cette femme !

— Non, papa, répondit Bianca. Tante Frances, demandez un verre de vin.

Elle continuait à tenir la main de la femme, et sa tante alla précipitamment tirer la clochette.

— Quelqu'un va-t-il me dire ce qui se passe ici, nom d'un chien ? grommela M. Tate.

Sans broncher, Bianca répondit :

— Garde ton calme, papa. Je crois savoir qui est cette femme, mais nous devons attendre Max.

Jane accourut, les yeux écarquillés, avec un petit verre de vin rouge que Bianca tendit à Greta.

— Et où est-il passé ? continua son père. Deux jours qu'il est parti, et même pas un message pour sa femme !

— J'ai la conviction qu'il ne va pas tarder, répliqua-t-elle sans s'émouvoir.

Cette femme était la personne que cherchait Max, pour laquelle il était parti précipitamment sans prendre le temps de livrer la moindre explication. À cet instant, elle crut entendre un bruit de sabots.

Elle ne s'était pas trompée. Quelques minutes plus tard, la voix de Hickson retentit dans le vestibule, puis un bruit de pas rapides. Max surgit sur le seuil, poussa une exclamation de soulagement et se précipita.

À sa vue, Greta émit un bruit ressemblant à celui d'un animal blessé. Elle laissa tomber son verre et se leva maladroitement.

Bianca rattrapa le verre au vol et le posa. Greta s'était jetée sur Max, était tombée à genoux et encerclait ses jambes de ses bras. Il s'accroupit, son pardessus les enveloppant tous les deux. Il serra Greta contre lui, posant sa tête brune près de la sienne et murmurant des petits mots tandis qu'elle redoublait de sanglots.

— St. James, dit M. Tate, hébété. Expliquez-vous.

Sans cesser de caresser les cheveux de la femme, Max releva la tête. Il faisait peine à voir avec son teint cireux, son air épuisé, ses cheveux aplatis, toute sa personne couverte de poussière.

— C'est ma tante. La jeune sœur de ma mère, Greta.

— Votre tante ! s'exclama M. Tate. Mais que lui est-il arrivé ?

— Cela fait des mois que vous la cherchez, intervint Bianca d'une voix sans timbre. Pourquoi ne me l'avez-vous pas dit, Max ?

Il se tourna vers elle, désolé.

— Ne le devinez-vous pas ? Parce qu'elle est folle.

30

Il fallut un certain temps pour que le calme revienne dans la maison.

Max donna des explications sans entrer dans les détails. Sa tante était tombée malade après un second mariage – une mélancolie sévère, avait dit le médecin. Elle s'était mise à boire avec excès, et à sombrer dans des états de stupeur qui duraient des jours. Elle avait vu de nombreux docteurs, suivi des traitements dans trois établissements de soins, mais son état ne s'était pas amélioré. Greta dépérissait et s'était mise à ne plus parler qu'allemand, la langue de sa jeunesse. Son mari l'avait fait interner dans un asile.

L'histoire ne se résumait certainement pas à cela, songea Bianca, mais Max paraissait à bout. Il se montrait aussi protecteur envers sa tante que si elle était une enfant – du reste, elle semblait aussi fragile et démunie qu'un enfant. Elle était lourdement affaissée contre son neveu sur le canapé, la main crispée sur un pan de son manteau. Il l'exhorta à manger quelques bouchées de pain, puis elle s'endormit si subitement que tout le monde en fut stupéfait.

M. Tate sortit, affirmant qu'il avait besoin d'un verre de porto pour soulager ses nerfs. Frances s'éclipsa également, et revint quelques minutes plus tard pour annoncer qu'elle avait demandé aux bonnes de préparer une chambre pour Greta.

Max se leva.

— Non, dit-il d'une voix enrouée. Je vais l'emmener à la maison.

Il marqua une pause et regarda Bianca, avant d'ajouter :

— Si vous me permettez de l'installer là-bas.

— Ne dites pas de bêtises, déclara Frances avec sa brusquerie habituelle. Cette femme est épuisée. Ellen va la laver et la mettre au lit.

Max secoua la tête.

— Je ne peux pas la laisser.

— Bien sûr que non, répliqua sèchement Frances. J'ai déjà fait chercher Jennie et votre valet. Vous vous installerez avec Bianca dans son ancienne chambre.

— Je vais l'accompagner, proposa Bianca tandis que Max gardait le bras autour de sa tante endormie. Si vous pensez que cela peut être utile.

Pendant un instant, il la dévisagea, avant de cligner des yeux en sursautant. Il dormait presque debout, réalisa-t-elle.

— Oui. Oui, je pense que ce serait bien. Merci.

Greta se réveilla en poussant un cri affolé, mais Max la calma aussitôt. Il lui parla doucement plusieurs minutes, à voix basse. Bianca entendit son nom, et vit les yeux terrifiés de Greta fuser vers elle.

Bien qu'elle ne comprenne pas et soit encore vexée de tous ces secrets, elle fut émue de voir l'attitude de Max envers sa tante. Quel que soit l'état mental de Greta, elle avait été traitée de façon inhumaine. De toute évidence, elle ne s'était pas lavée depuis des semaines. Ses vêtements étaient des guenilles, et elle était à moitié morte de faim. Elle passait son temps à ramener le châle de Frances sur ses épaules comme si elle n'avait pas eu chaud depuis une éternité.

Bianca resta assise sans rien dire, jusqu'à ce que Greta regarde à nouveau dans sa direction. Max lui sourit, encourageant.

— *Meine Frau,* dit-il à sa tante. Bianca.

Lentement, Greta hocha la tête.

— *Schön,* chuchota-t-elle.

— *Sehr schön,* murmura Max avec un sourire à l'intention de Bianca.

Il aida Greta à se lever, la prit par la taille et la guida hors de la pièce. Pour la première fois, Bianca remarqua qu'elle avait les pieds nus, écorchés et couverts de croûtes. Elle pria tante Frances de faire apporter du baume.

Max avait dû convaincre Greta qu'elle était en sécurité, car la pauvre femme se laissa emmener dans l'ancienne chambre de Cathy, et ne sursauta qu'une fois, lorsque la porte se referma. Quand Ellen entra avec un seau d'eau chaude, Greta recommença à trembler et gémir.

— Posez-le et sortez, dit vivement Bianca. Allez !

Surprise, Ellen posa le seau près de la cheminée et disparut. Bianca entendit sa voix dans le couloir, le son rocailleux de celle de Max qui lui répondait, et la demande de Frances pour qu'Ellen aille chercher encore de l'eau pour le bain de M. St. James.

Greta recula devant la baignoire, et Bianca dut renoncer à l'idée de la baigner. Elle se contenta d'une toilette de chat et la nettoya du mieux qu'elle le put avec un linge humide, sans cesser de lui parler d'une voix apaisante. Puis elle entreprit de brosser ses cheveux, mais la longue tignasse était si emmêlée et crasseuse que c'était impossible. Il faudrait les laver et probablement les couper, mais ce serait pour un autre jour. Enfin, à force de patience, elle convainquit Greta d'enfiler une chemise de nuit et de se coucher. La femme ressemblait à une enfant, cramponnant les couvertures sous son menton, dardant les yeux dans la pièce.

Lorsqu'elle fut endormie, Bianca sortit doucement de la chambre. Frances l'attendait.

— Comment va-t-elle ?

— Elle dort. Tante Frances, son corps est couvert d'ecchymoses, et on dirait que ses pieds ont été fouettés. Ses cheveux ne sont qu'un enchevêtrement de nœuds, nous allons devoir les couper...

— Oui, soupira Frances. Les asiles de fous sont des établissements abominables, ma chérie.

Bianca hésita.

— Est-elle folle ? Elle a l'air terrorisée, mais elle m'a comprise quand je lui ai dit quoi faire, et elle a coopéré...

— Je ne sais pas, mais à présent tu dois aller rejoindre ton mari. Va vérifier qu'il ne s'est pas endormi et noyé dans son bain. Je reste à son chevet.

Bianca acquiesça avec reconnaissance et se rendit dans son ancienne chambre.

Max s'était effectivement endormi dans le bain. Il était beaucoup trop grand pour la baignoire ; sa tête pendait sur le côté et ses genoux dépassaient de l'eau. Pendant un moment, Bianca le dévisagea à la lueur tremblotante de la cheminée et des bougies.

Pourquoi ne lui avait-il pas parlé de Greta ? Ou plutôt, pourquoi ne lui avait-il pas raconté la vérité lorsqu'il avait évoqué la sœur de sa mère ?

La folie était une chose effroyable. On pouvait comprendre que la plupart des gens ne tiennent pas à ébruiter qu'ils avaient un fou dans la famille. Si son père avait su qu'il y avait de la démence dans le sang de Max, jamais il ne l'aurait invité à dîner chez lui. Jamais il n'aurait accepté une demande en mariage.

Il suffisait de voir sa réaction ce soir. Si Bianca n'avait pas réalisé qui était Greta et ne lui était pas venue en aide, son père l'aurait jetée dehors et aurait cadenassé la porte.

Du reste, si Max lui avait parlé de Greta dans les premiers temps de leur mariage, Bianca n'aurait pas bien pris les choses non plus. Elle aurait été furieuse contre lui.

« Il a gardé le secret pour la sauver », songea-t-elle en contemplant son mari épuisé. De toute évidence, il était attaché à sa tante. Greta l'avait recueilli à la mort de sa mère, l'avait envoyé à l'université, avait essayé de le lancer dans la vie avec une profession respectable. Lawrence avait dit que Max avait engagé M. Leake pour la chercher plusieurs mois auparavant.

Mais avait-il eu l'intention de dissimuler son existence éternellement ?

Bianca poussa un soupir. Inutile de ruminer tout cela. Elle prit une des serviettes mises à chauffer près de la cheminée et la posa délicatement sur ses épaules.

— Quoi ? s'écria-t-il en sursautant. Greta. Est-elle... ?

— Elle est couchée et elle dort. Tante Frances est à son chevet.

Il se passa les mains sur le visage.

— Merci.

Il se leva et sortit de la baignoire pour mettre sa tenue de nuit. Bianca l'aida à se coucher comme elle l'avait fait pour Greta, et il se laissa faire aussi docilement qu'un enfant.

— Depuis quand n'avez-vous pas dormi ? demanda-t-elle en s'asseyant sur le lit et en écartant une mèche humide de son front.

— Longtemps, admit-il dans un soupir.

Il chercha sa main et la porta à sa joue.

— Je suis navré, mon amour.

— Pour quoi ? s'enquit-elle d'une voix calme et douce. Pour être parti précipitamment sans explication ? Pour m'avoir laissé croire que vous et Greta vous étiez simplement perdus de vue ? Pour une autre chose que je n'ai pas encore découverte ?

Il la considéra avec désespoir.

— J'ai beaucoup de choses à me faire pardonner.

Bianca poussa un soupir.

— Commençons par ceci : depuis combien de temps la cherchez-vous ?

Il hésita.

— Trois ans.

— Trois ans ? répéta Bianca avec stupéfaction. Pourquoi si longtemps ?

— Son mari l'a cachée, dit-il d'une voix endormie. Il l'a gardée enfermée quelque part et a refusé de me dire où. Il m'a nargué et mené en bateau, et m'a extorqué de l'argent jusqu'à ce que je n'aie plus rien à lui donner.

Elle lui caressa les cheveux.

— Vous m'en direz davantage plus tard ?

— Oui, soupira-t-il en pressant sa main qui était toujours dans la sienne. Je vous dirai tout.

— Qu'a-t-elle dit tout à l'heure à mon sujet ? demanda Bianca sur une impulsion. *Schön ?*

Le sourire de Max trahit un peu de son espièglerie habituelle.

— Belle, traduisit-il. Et je lui ai répondu que vous étiez *très* belle.

Sur ces mots, il sombra dans le sommeil, et Bianca resta à son côté quelque temps. Elle ne voulait pas séparer leurs mains.

Max se réveilla en sursaut et s'assit brusquement. Il aurait pu jurer avoir entendu des hurlements, exactement comme ceux de Mowbry Manor. Il avait déjà les pieds par terre lorsque Bianca lui saisit le bras.

— Restez, marmonna-t-elle. Greta va bien.

Le cœur battant, il marqua une pause, tous ses muscles tendus.

— Comment le savez-vous ?

Sa femme roula sur le côté en bâillant. Elle était entièrement habillée et s'était endormie sur le couvre-lit.

— Tante Frances et moi nous sommes relayées à son chevet toute la nuit. Lorsqu'elle s'est réveillée ce matin, Frances lui a fait la lecture. Elle a semblé apprécier.

— Oh.

Lentement, il retomba sur le lit, encore tremblant d'angoisse.

— La dernière fois que j'y suis allée, tante Frances l'avait persuadée de laisser Ellen lui laver les cheveux. Savez-vous comment elle s'y est pris ?

Elle sourit.

— Non, vous ne devinerez jamais. Frances a demandé à Ellen de laver ses propres cheveux dans la bassine, pour lui prouver qu'elle n'avait rien à craindre.

— Comme c'est aimable de la part de Mme Bentley.

— Max, fit Bianca en se tournant vers lui. Que lui est-il arrivé ?

Il hésita. Au départ, il avait prévu de dissimuler Greta et son état à jamais. Après l'avoir vainement cherchée par ses propres moyens, grâce à l'argent de la duchesse de Carlyle, il avait engagé Leake, ne voulant pas abandonner sa tante aux griffes de son misérable mari, mais tenant à ne surtout pas souiller le nom de la famille. Tant que Croach détenait Greta, il disposait d'un moyen de pression sur Max, menaçant de l'exhiber en société pendant une de ses crises. À présent…

— Elle n'était pas folle, autrefois, commença-t-il lentement. Elle était charmante, ravissante et fantaisiste. Elle ressemblait énormément à ma mère, qui avait plusieurs années de plus. Quand j'étais enfant, elle courait dans les champs avec moi. C'est elle qui m'a appris à jouer au cricket, d'ailleurs. Je la trouvais merveilleuse, termina-t-il avec nostalgie.

Il prit une inspiration et poursuivit :

— Tout allait bien jusqu'à ce que Thomas Bradford, son premier mari, meure subitement. Ils avaient été heureux ensemble, et son décès a très durement affecté Greta.

Max soupira.

— J'aurais dû me montrer d'un meilleur soutien, mais j'étais un jeune imbécile, furieux d'avoir été évincé du cabinet juridique de Bradford, et je ne pensais qu'à mener le même train de vie que mes amis Wimbourne, Dalway et les autres.

Il ferma les yeux un instant.

— J'ignorais qu'elle s'était mise à boire du gin. Je l'ai négligée. Et Greta – toujours aussi belle, encore jeune, possédant l'argent de Bradford et la ferme de mon grand-père, mais désespérément seule – a épousé Silas Croach.

— Quand l'a-t-il fait interner dans un asile ?

Le visage de Max se durcit.

— Pas immédiatement. Il était malin. Plus que moi, assurément. J'avais cru que c'était un brave type, un mari aimant. Il semblait se faire du souci pour elle, et déclarait qu'il l'emmenait à Bath ou à Cheltenham prendre les eaux. Régulièrement, ils partaient pour une station thermale différente. Les médecins se succédaient à son chevet, et Croach me disait qu'ils dressaient des rapports de plus en plus inquiétants quant à son état.

— Vous ne la voyiez jamais vous-même ? demanda doucement Bianca.

— Si, murmura-t-il. Croach affirmait que les visites la perturbaient, et que je ne devais pas venir trop souvent. Quand c'était le cas, elle délirait, parlait de hérissons bleus qui vivaient sous les meubles, ou était plongée dans une stupeur si totale qu'elle ne pouvait avoir aucune conversation. Je n'avais aucune raison de douter de Croach.

Max marqua une nouvelle pause et se mordit la lèvre en songeant à quel point il avait été idiot.

— Et que faisait-il, en réalité ? demanda Bianca.

Il esquissa un sourire triste. Si cette femme avait été à ses côtés à l'époque, elle aurait percé les mensonges de Croach.

— Je crois qu'il l'encourageait à boire sans retenue. Je pense qu'il la droguait. Non, corrigea-t-il, je *sais* qu'il la droguait. De mes propres yeux, je l'ai vu lui administrer une dose de médicaments… et je l'ai remercié. Je pensais que c'était pour la soigner, mais il aggravait délibérément son état.

Bianca entrouvrit les lèvres, consternée.

— Greta n'était pas une héritière, mais elle n'était pas non plus pauvre, expliqua-t-il. Bradford lui avait laissé une pension de veuvage respectable, presque quatre mille livres. Puis mon grand-père est mort, et elle a hérité des revenus de la ferme du Lincolnshire.

— Croach a dilapidé tout son argent ? s'exclama Bianca, scandalisée.

— Non, je crois maintenant qu'il l'a mis en lieu sûr. Mais avec moi, il prétendait qu'il avait tout dépensé en soins, sanatoriums, cures thermales… et qu'il n'avait plus de quoi payer les médecins et les séjours à l'hôpital.

Max haussa les épaules.

— C'est pourquoi je me suis mis à jouer, et je lui ai procuré cet argent.

Elle savait qu'il avait été joueur. Mais il ne lui avait pas dit pourquoi.

— Vous étiez doué…

Elle se rappelait leurs échanges à Vauxhall. Max sourit brièvement à ce souvenir.

— Oui. Mon année la plus faste, j'ai empoché neuf mille livres.

Bianca arrondit les yeux. C'était une somme colossale.

— Je ne jouais pas uniquement pour tout reverser à Croach, précisa-t-il. Je gaspillais mon argent comme n'importe quel jeune homme seul à Londres, sans personne pour me reprocher quoi que ce soit. Je vivais bien quand les cartes me souriaient, et à la dure quand ce n'était pas le cas. Tout cela m'amusait. Mais je donnais consciencieusement de l'argent à Croach tous les trimestres.

La voix de Max redevint amère.

— Il me débitait des petits discours sur les soins, les médicaments, les docteurs... Elle essayait de se faire du mal, affirmait-il, et agressait les domestiques. Si je ne l'aidais pas à la soigner, il n'aurait pas le choix : il devrait la faire interner à l'hôpital avec les fous.

Le visage de Bianca s'adoucit.

— Quoi d'autre vous faisait penser qu'il la maltraitait ?

— Elle s'est mise à me parler en allemand, et non plus en anglais, quand j'allais la voir, dit-il lentement. C'était... curieux. Certes, c'est la langue qu'employaient ses parents, mais Greta avait toujours parlé anglais. Je connais à peine suffisamment d'allemand moi-même pour me débrouiller. Mais Croach, lui, ne comprenait pas du tout l'allemand, et un jour, elle m'a demandé de l'emmener loin. J'ai commencé à soupçonner Croach sinon d'être la cause de sa maladie, au moins de l'aggraver, et c'est alors qu'il l'a soudain fait interner dans un asile.

Max se le rappelait comme si c'était arrivé la veille. Il était venu voir Greta, armé de davantage d'éléments à mesure que ses soupçons croissaient. Il s'était renseigné auprès d'un couple d'apothicaires, qui lui avaient expliqué ce qu'il devait chercher. Il avait demandé à sa tante, en allemand afin que Croach ne comprenne pas, si ses médicaments aggravaient sa mauvaise santé. Elle avait répondu qu'ils lacéraient son âme. Max lui avait promis de revenir la chercher le lendemain. Mais le lendemain matin, elle avait disparu.

— Pourquoi ne m'avez-vous rien raconté de tout cela ?

Max se retourna sur le dos et contempla le plafond.

— Je ne l'ai dit à personne. Et je comptais bien garder le secret à jamais. Qui voudrait d'un homme ayant peut-être la folie dans son sang ? Votre père m'aurait jeté dehors. Vous n'auriez jamais voulu de moi. Qu'auriez-vous pensé à l'idée qu'un membre de ma famille était dans un asile de fous ?

Elle garda le silence longuement. Max avait l'impression qu'il n'éprouvait plus aucune émotion. Il avait espéré trouver un hôpital, un établissement digne de ce nom, pour rendre la vie de Greta aussi confortable que possible. Il avait prévu de lui rendre visite aussi souvent qu'il le pouvait. Mais il avait la conviction que son état et jusqu'à son existence devaient rester secrets.

— Je n'en sais rien, répondit enfin Bianca. Dieu sait que tante Frances est assez fantasque, or nous la laissons aller et venir librement. La folie est une chose différente, certes, mais... Êtes-vous certain que Greta souffre vraiment de démence ?

Max marqua une pause.

— Je le crains. Elle a des éclairs de raison, mais vous l'avez bien vue...

— Elle a été affamée, fouettée, vêtue de haillons et enfermée dans le froid parmi des fous. J'ignore ce que n'importe lequel d'entre nous serait devenu, après ce genre d'épreuves.

Elle se hissa sur les coudes pour le regarder.

— Il se peut que des soins attentionnés améliorent sa santé physique et mentale.

— Certes, elle sera désormais bien traitée jusqu'à la fin de ses jours, même si son esprit est irrémédiablement brisé, murmura Max. Et je réglerai son compte à Croach s'il essaie de la reprendre.

— Le monstre ! Je vous seconderai avec grand plaisir.

Le cœur de Max se gonfla de reconnaissance. Lorsqu'il avait compris que Leake avait sans doute amené Greta à Perusia, il s'était préparé à être rejeté et accablé de reproches, renvoyé... et à ce que son épouse demande le divorce. Cependant, lorsqu'il avait fait irruption dans la maison, il avait trouvé Greta assise sur le canapé, une étole raffinée autour des épaules et la main de Bianca dans les siennes.

Sa femme s'était montrée plus avisée et compatissante qu'il ne le méritait. Sans réfléchir, il l'attira à lui et l'embrassa.

— Je vous aime, dit-il dans un souffle. Je vous aime.

Elle passa les bras autour de son cou.

— Vous m'avez fait tellement peur !

— Je sais, dit-il. J'en suis navré.

— Je vous conseille de ne pas recommencer, ajouta-t-elle en lui tirant doucement les cheveux.

— Jamais, promit-il. Je suis le pire mari de la terre.

— Tant que Silas Croach est de ce monde, vous ne serez jamais le pire mari qui existe.

Il l'embrassa.

— Et vous êtes la meilleure des épouses, pour endurer tous mes défauts et mes manquements. Je passerai le reste de mes jours à me racheter d'avoir été assez sot pour douter de vous.

Elle prit son visage entre ses mains et l'embrassa, doucement, passionnément, amoureusement.

— Vous feriez bien de me faire l'amour pour que j'oublie que vous ne m'avez pas fait confiance, alors que vous m'avez si souvent demandé d'avoir confiance en vous...

Max lui arracha sa chemise de nuit et se plaça au-dessus d'elle. Excité au-delà de toute raison, il lui souleva les jupes et la pénétra sans préambule. Bianca enfonça les ongles dans son dos. Ses yeux brillaient comme de l'argent et ses cheveux semblaient du bronze en fusion.

— Oui, gémit-elle. Oui... Max...

Ce fut leur étreinte la plus brutale et la plus expéditive. Ni l'un ni l'autre n'avaient besoin de tendres caresses ; Bianca empoigna son postérieur et appela ses coups de reins toujours plus puissants et profonds. Elle se tortilla sous lui en jetant la tête de droite à gauche et en chuchotant des paroles incohérentes d'encouragement, de passion, et même de quelque chose qui ressemblait à de l'amour.

L'amour.

Il repoussa son propre orgasme jusqu'à ce qu'il sente pointer sa jouissance. Son extase était toujours une vision glorieuse, et ce matin elle semblait auréolée de rose et d'or...

Le plus grand pari de sa vie lui avait rapporté davantage qu'il n'aurait osé l'espérer dans ses rêves les plus fous. Non seulement il s'était révélé capable de diriger une entreprise, mais il avait retrouvé Greta et l'avait sauvée de l'enfer dans lequel l'avait plongée Croach. Il n'était plus un bon à rien sans le sou. Il était un gentilhomme possédant du bien et un travail. Et il aimait sa femme, sa Bianca à l'intelligence farouche, passionnée et loyale, parfaitement assortie à lui.

Il possédait tout ce qu'un homme pouvait espérer.

Même si les sentiments de la jeune femme ne se transformaient jamais en amour.

31

À la surprise générale, Frances prit Greta sous son aile au cours des jours suivants. Elle envoya une succession de requêtes à la cuisinière pour lui demander plusieurs plats dont elle attendait de grands bienfaits pour sa protégée. Elle refusa de laisser Greta boire de l'alcool ou du vin – uniquement du thé fort, en grande quantité. Elle la gava d'œufs et de bouillon de bœuf ainsi que de légumes frais et de poissons grillés, mais interdit les desserts. Un matin, Bianca trouva les deux femmes à la cuisine en train de faire griller du pain devant la cheminée, piqué sur des fourchettes.

— Et quand il sera bien bruni, nous mettrons dessus un peu de ce délicieux fromage, expliquait sa tante d'un ton inhabituellement chaleureux et bienveillant.

Greta, qui avait bien meilleure mine dans une robe convenable, les cheveux coiffés et tressés, esquissa un sourire et se balança sur ses pieds tandis qu'elle plaçait sa fourchette et sa tartine sur la grille.

Max se rembrunit lorsque Bianca lui fit part de cette scène.

— Est-il raisonnable de donner à Greta une fourchette ? On sait qu'elle a agressé…

— Vraiment ? le coupa Bianca en haussant un sourcil. En avez-vous été témoin ?

— Bien sûr que non.

— Si elle donne un coup de fourchette à Frances, de toute façon ma tante l'aura mérité, ajouta Bianca. Mais je suis sûre qu'il n'y a rien à craindre.

Max rit, ses yeux emplis d'amour.

Bianca sourit et détourna le regard. Elle l'avait parfaitement entendu quand il avait dit qu'il l'aimait, mais elle n'avait pas réagi, et il n'avait pas recommencé.

Elle pensait l'aimer également, mais son brusque départ lui avait causé un choc. Pire : il avait pensé ne jamais lui parler de Greta. D'un certain côté, elle le comprenait, mais d'un autre côté elle était furieuse qu'il raisonne de la sorte, avec l'intimité qu'ils partageaient. S'il lui avait dit qu'il comptait lui en parler plus tard, s'il avait avoué qu'il n'avait pas trouvé les mots pour le lui dire, elle lui aurait tout pardonné.

Mais il avait dit « jamais », et cela signifiait lui dissimuler pour toujours une chose extrêmement importante. Elle continuait à se demander comment aborder le sujet avec lui.

— Je vais à Poplar House, annonça-t-elle.

Ils étaient restés à Perusia Hall pour éviter de perturber davantage Greta. Bien qu'elle fasse l'objet d'une étroite surveillance nuit et jour, pour l'instant celle-ci ressemblait davantage à la rescapée d'une terrible épreuve qu'à une folle. Max lui avait rappelé, la mine sombre, que cela ne garantissait rien, mais il avait concédé que c'était un bon signe si sa tante n'avait été ni violente ni agitée depuis son arrivée parmi eux.

— Rentrerez-vous avant le dîner ? demanda-t-il, un peu déçu de la voir partir.

— Probablement pas. J'ai beaucoup de lettres à écrire.

Non seulement lady Dalway et Mme Farquhar lui avaient envoyé de très gentils messages, mais elle avait décidé de tout raconter à Cathy. Avec un peu de chance, l'onde de stupéfaction et de déception serait atténuée avant que celle-ci revienne à la maison. Mais de toute façon, elle tenait à être honnête envers sa sœur.

— Vous pourriez écrire ici, suggéra-t-il. Je vous promets de ne pas faire de bruit et de ne pas respirer trop fort.

Elle rit, mais secoua la tête. Elle avait besoin de prendre un peu de distance.

— Très bien, conclut-il. Je serai là.

Il dissimula galamment sa déception en désignant les papiers sur la table. Bianca reconnut son projet pour Fortuna. Ils en avaient fréquemment discuté depuis Londres, et elle savait qu'il espérait obtenir bientôt l'accord de son père.

Max porta sa main à ses lèvres, avant de la retourner pour embrasser longuement l'intérieur de son poignet.

— À tout à l'heure, mon amour.

Elle sourit et lui toucha la joue. Oui, elle l'aimait. Personne ne la faisait sourire comme lui.

Max la regarda partir, le cœur débordant d'amour… et le corps débordant de désir. Bianca se montrait plus tendre et compatissante vis-à-vis de Greta qu'il n'avait osé l'espérer. S'il s'était cru amoureux d'elle auparavant, il prenait conscience à présent de la profondeur de cet amour. Après une vie entière passée à tenir le monde à distance, avec son humour caustique et sa fantaisie canaille, il avait trouvé quelqu'un qui souhaitait rester à ses côtés malgré le risque de folie et de démence. Il avait désespérément envie de la voir se tourner vers lui avec ce sourire chaud et lumineux qu'elle avait affiché après le match de cricket, quand l'amour planait dans l'air entre eux, implicite mais bien réel.

Cependant, il avait commis une erreur en ne parlant pas à Bianca de Greta, et une erreur plus grande encore en la suppliant de lui faire confiance avant de détaler précipitamment pour rejoindre Leake. Le message de celui-ci disait qu'il avait découvert où se trouvait Greta. Il demandait à Max de l'attendre à Stoke-on-Trent, pendant qu'il la libérait et l'emmenait là-bas. Il n'avait pas dit où elle était détenue, ni comment il comptait s'y prendre. Et comme un imbécile, Max avait extorqué l'information à l'homme de Leake et s'était lancé sur les traces du détective.

D'une certaine manière, il était heureux d'avoir vu de ses yeux le sinistre Mowbry Manor, l'enfer où Greta et plusieurs autres patients étaient confinés. Cela avait achevé de le convaincre qu'il tuerait Croach de ses propres mains, si cet homme essayait de la renvoyer dans ce genre d'établissement. Les hurlements des pensionnaires le hanteraient à tout jamais.

Mais cela l'avait empêché d'annoncer la nouvelle en douceur à la famille Tate. Il avait appris par la suite que Leake avait astucieusement soudoyé l'un des gardiens de Mowbry Manor pour faire sortir Greta. Puis, ne trouvant pas Max comme prévu à Stoke-on-Trent, le détective avait emmené sa protégée directement à Perusia Hall.

Max poussa un soupir. Il ne pouvait rien changer au passé. Il ne pouvait qu'aller de l'avant, et faire ses preuves de cent manières supplémentaires s'il le fallait. Son erreur avait été si terrible qu'il méritait de souffrir. Il comptait s'amender en étant le mari que Bianca méritait, et en prouvant que ses excuses étaient sincères. Et il attendrait jusqu'à ce qu'elle lui fasse à nouveau confiance, bien qu'il ait un mal fou à s'interdire de clamer son amour chaque jour.

Tandis que les pas de Bianca s'éloignaient, Max se remit à travailler sur Fortuna. Ce projet devait lui permettre de retrouver la confiance de Samuel Tate.

Car après celle de Bianca, c'était celle de son père à laquelle il aspirait le plus. Son beau-père ne lui avait plus adressé la parole depuis cette nuit fatidique, ce qui équivalait à une violente réprimande. Il était trop tard pour défaire le mariage, mais Samuel pouvait aisément le chasser de Perusia, et bien entendu l'empêcher de lancer Fortuna.

Il travaillait depuis un bon moment lorsque la porte s'ouvrit brusquement. Greta fit irruption dans la pièce ; son visage était un masque d'épouvante.

— Que se passe-t-il ? s'écria-t-il en bondissant sur ses pieds.

Mais il avait deviné.

Le gardien de Mowbry Manor lui avait hurlé, pendant que Max s'en allait après lui avoir donné un coup de poing dans la figure, que M. Croach s'occuperait de lui, qu'il allait voir ce qu'il allait voir. Depuis, Max s'attendait à tout moment à voir apparaître Croach à Perusia Hall ; c'est pourquoi il restait travailler dans le salon, au lieu de descendre la colline pour se rendre aux bureaux. Il semblait que la vipère en personne était là.

Annoncé par le bruit de ses pas devant la porte, Silas Croach apparut. Il avait été bel homme autrefois, grand et mince, avec un charme onctueux. Il était un peu plus vieux que se le rappelait Max, mais ses yeux étaient du même vert glacial, et son mince sourire était toujours aussi froid et menaçant. Greta se jeta derrière Max en laissant échapper un gémissement sourd.

— Monsieur St. James.

L'individu s'inclina bien bas, en réussissant à rendre son salut menaçant.

— Je commençais à craindre qu'il ne vous soit arrivé malheur. Vous ne répondiez plus à mes lettres.

— Comme vous le voyez, répliqua Max, je suis en parfaite santé. Je n'avais simplement rien à vous dire.

— Hmm, fit Croach en élargissant son sourire. Espérons que vous continuerez à jouir d'une santé aussi excellente à la prison de Newgate. Kidnapper une femme est un délit grave, en particulier lorsque la femme en question a désespérément besoin de ses soins quotidiens.

Max se campa sur ses pieds et serra les poings.

— Je ne l'ai pas kidnappée. Elle est partie de son plein gré.

— Elle n'a plus son libre arbitre, rétorqua vivement Croach.

— Abrutie de laudanum, je vous le concède.

Le médecin du village, qui était venu la veille, avait dit que Greta semblait avoir été empoisonnée, notamment avec du laudanum.

— Et quelque chose d'autre qui lui donnait des visions horribles, ajouta Max. De la belladone, peut-être ?

Le visage de Croach tressaillit, et Max comprit que le docteur avait vu juste.

— Le laudanum est le seul moyen de calmer ses crises de démence. Ne vous mêlez pas de ce que vous ne comprenez pas, mon garçon.

Greta, qui était restée immobile jusque-là, donna un petit coup dans le dos de Max. Il plaça une main derrière lui pour essayer de la rassurer, sans détourner son attention de Croach. Où était Frances Bentley ?

— Vous mentez.

Croach se contenta de sourire.

— Elle était sous la supervision d'un médecin, répliqua-t-il. Je me contentais de lui donner ce qu'il lui fallait.

— Taisez-vous, gronda Max.

Les doigts de Greta s'enfonçaient dans son dos, comme pour l'empêcher d'attaquer son mari.

— Je promets de vous tuer si vous lui faites du mal, et je suis un homme de parole, ajouta-t-il.

Le regard de l'autre était glacial.

— Vraiment ? Si vous me frappez, cela fera très mauvais effet devant les tribunaux. Cela dit...

Son regard se posa sur Greta, derrière Max, et son visage devint terrifiant.

— La folie coule dans votre sang. Un accès de violence ne serait pas étonnant. Il faudrait peut-être vous interner tous les deux, pour la sécurité de tous.

Greta se mit à gémir. Max essaya de la réconforter en passant une main dans son dos, regrettant amèrement que Bianca ou Frances ne soient pas là pour l'emmener. La pauvre femme se cramponnait à son dos, ses mains comme deux serres.

— Quittez cette maison immédiatement, ordonna-t-il d'une voix sourde.

L'homme fronça les sourcils.

— Comme vous voudrez. J'étais juste venu chercher ma femme.

Il tendit la main, et Greta se recroquevilla derrière Max en tremblant comme une feuille.

— Je m'attendais à ce que vous fassiez des difficultés, dit-il à Max. Des hommes de Mowbry Manor attendent dehors pour la ramener en sécurité dans sa chambre. Et je pense que le Dr Hawes témoignera de votre agression là-bas devant le magistrat.

— Convoquez-le. Je demanderai l'assistance de mon cousin le duc de Carlyle, répliqua Max.

Pour la première fois, Croach sembla comprendre que la partie n'était pas forcément gagnée pour lui. Il fit un pas vers Max.

— C'est ma femme, gronda-t-il. Soit elle est folle, et doit être internée pour sa propre sécurité et celle de son entourage, soit elle est guérie, auquel cas j'exige son retour afin qu'elle remplisse ses obligations conjugales.

Il sourit à Greta.

— Rentre à la maison avec moi, ma chérie.

— *Nooooon !* cria Greta.

— Essayez, dit Max en lui barrant le chemin avec les bras. Venez me la reprendre.

— Dehors ! hurla Greta en bondissant soudain devant lui. Sors d'ici !

Croach s'arrêta net, et Max essaya de cacher sa stupeur. Il ne l'avait pas entendue parler anglais depuis des années.

— Pour l'amour du ciel, intervint Frances Bentley avec colère, quelqu'un va-t-il faire sortir ce répugnant individu, ou dois-je lui tirer dessus ?

Elle était entrée par la porte latérale, et tenait un pistolet à la main. Bianca était avec elle.

Croach la dévisagea, essayant visiblement de déchiffrer son rôle dans l'histoire, et Frances ajouta sans s'émouvoir :

— J'ai déjà demandé aux valets de chasser les deux hommes qui vous accompagnaient. Des êtres ignobles et méprisables. Ils ont traîné le pauvre Hickson dehors, c'est une honte ! Ils ne reviendront pas, croyez-moi. À moins qu'ils ne souhaitent se faire tirer dessus également.

— Bravo, tante Frances, approuva Bianca. Êtes-vous blessée, Greta ?

Lentement, Greta secoua la tête. Bianca lui adressa un sourire encourageant.

— Voulez-vous monter avec moi ? Vous n'avez plus besoin de revoir cet homme de toute votre vie.

Le vernis poli de Croach craquela. Il fit un pas vers Greta, mais s'arrêta quand Frances arma son pistolet.

— Personne ici ne semble comprendre que Margareta est à moi, grinça-t-il. C'est ma femme, et elle m'appartient devant Dieu. Cet homme veut me spolier des droits que me confère la loi !

— Sottises, décréta tante Frances avec mépris. Les lois matrimoniales sont absurdes. Je ne les ai jamais approuvées, je ne vais pas commencer maintenant.

— Je ne crois pas que Greta soit folle du tout, intervint Bianca. Ce que je crois, c'est que vous l'avez maltraitée, monsieur. Vous lui avez administré des drogues afin de pouvoir l'interner dans un asile. Je pense que vous avez fait ça pour dépenser tranquillement sa fortune.

— Taisez-vous ! le coupa Croach. J'ai agi dans son intérêt. Vous ne connaissez rien à la démence.

— En effet, je n'y connais pas grand-chose, admit Bianca, songeuse. Mais j'ai de bonnes connaissances en matière de produits toxiques, à force de travailler avec les composants des glaçures et des vernis. La chimie est une science passionnante.

— Ça va, j'ai compris, grommela Croach.

Sa respiration était haletante, mais il essayait de garder la maîtrise de la situation.

— Vous avez renvoyé les hommes du Dr Hawes, et vous croyez que m'accuser d'empoisonnement me fera fuir. Détrompez-vous. J'ai des droits, nom de Dieu, et la loi est de mon côté !

— Dans ce cas, il va falloir en venir au meurtre.

Max retira son manteau. L'idée de réduire Croach en bouillie était vraiment séduisante.

— Bianca, ma chérie, vous pouvez sortir une pelle pour que nous creusions sa tombe.

— Ne dites pas de bêtises, répliqua la jeune femme. Nous le mettrons dans un des fours.

Max cligna des yeux, surpris. Il ne s'était pas attendu à cela. Au bout d'un moment, Croach éclata de rire.

— Eh bien dites donc, Maxim ! Cette petite garce est sanguinaire, pas vrai ?

— Pas vraiment, déclara Bianca avec le même calme. Mais autant ne pas faire de saletés. Un coup bien placé devrait l'immobiliser assez longtemps pour qu'on le transporte au pied de la colline. Le four numéro 4 est prêt. Lawrence emportera son cheval pour le vendre à Lichfield, et personne ne saura qu'il n'est jamais reparti d'ici.

À ces mots, Croach garda le silence. Un pli creusa son front.

— Faites attention à ce que vous dites, madame. Proférer des menaces pourrait vous attirer des ennuis.

En guise de réponse, elle leva le tisonnier qu'elle avait gardé dissimulé derrière sa jupe.

— Nos fours sont assez chauds pour faire fondre du verre, monsieur. En un jour, il ne resterait plus de vous qu'un petit tas de cendres, rien qui permette à un magistrat ou un policier de mener une enquête. Ce n'est pas une menace en l'air.

Croach les regarda alternativement, éberlué.

— À votre place, je m'enfuirais, dit Max.

— Vite, et loin, renchérit Bianca.

— Dehors, répéta Greta dans un grondement sourd.

— Je l'abattrais bien d'un coup de revolver, minauda Frances. Je n'ai jamais aimé ce tapis et s'il faut le brûler dans le four avec le cadavre, ce sera un mal pour un bien.

Les lèvres de Bianca tressaillirent, et soudain, Greta éclata de rire.

— Brûler, brûler, brûler, dit-elle avec ravissement. Silas va brûler !

Croach la fusilla du regard.

— Silence ! gronda-t-il, mais Greta avança d'un pas vers lui et il se tut.

— Tu m'as empoisonnée, dit-elle lentement et distinctement. Tu peux brûler.

— Pour l'amour du ciel ! Tiens, prends mon deuxième pistolet, dit Frances à Bianca en lui tendant une arme. Adieu, monsieur Croach.

Elle brandit le revolver, et Croach poussa un cri avant de s'enfuir en courant. Max s'élança derrière lui et ne s'arrêta qu'en le voyant grimper sur son cheval et partir au galop, non sans jeter un coup d'œil dans son dos avec un mélange de haine et de terreur.

Il reviendrait à la charge, sans doute, mais Max serait prêt. Leake lui avait révélé les agissements de certains médecins engagés par Croach, dont au moins un qui avait été accusé d'avoir empoisonné un homme pour le faire passer pour fou à l'instigation de sa mère, à cause de fiançailles qu'elle désapprouvait. Le Dr Hawes, à Mowbry Manor, recevrait bientôt une inspection du juge de paix local.

Max se retourna vers la maison. Seigneur ! Que de rebondissements ! Entre Mme Bentley qui menaçait de tirer sur Croach, et Bianca qui organisait tranquillement la crémation du cadavre pour s'en débarrasser...

Et Greta avait parlé anglais. Cela, ajouté au diagnostic du docteur attestant qu'elle semblait avoir été droguée au laudanum... peut-être Bianca avait-elle raison : Greta n'était pas folle. Et elle avait tenu tête à son mari.

Le cœur plus léger, Max regagna la maison. Il trouva Greta sur le canapé avec Frances Bentley, bavardant dans un mélange d'allemand et d'anglais. Les pistolets étaient posés sur la desserte, et Bianca servait des petits verres de porto à tout le monde. À son entrée, elle sourit et lui en tendit un. Max fut stupéfait de découvrir que sa propre main tremblait... et pas celle de sa femme. Il avala l'alcool d'un trait.

Greta se leva vivement en demandant :

— Silas ?

— *Er ist gegangen,* répondit-il avant de traduire : Il est parti.

— *Gut*. Tant mieux.

— Tant mieux pour lui, vous voulez dire, fit remarquer Frances en sirotant son porto.

— Et j'espère qu'il a bien compris la leçon, ajouta Bianca. Lui auriez-vous vraiment tiré dessus, ma tante ?

— Naturellement ! répondit-elle en fronçant les sourcils. Si tu veux tout savoir, j'étais même impatiente de le faire.

— Bien, murmura Max.

Il prit les pistolets et annonça :

— Je vais les ranger.

— Ils ne sont pas chargés, précisa Bianca.

— Le premier l'est, corrigea Frances. Je n'avais pas chargé un pistolet depuis des années ; cela m'aurait pris trop longtemps de charger les deux.

Bianca éclata de rire.

— Eh bien, je suis sûre que papa sera soulagé que nous n'ayons pas tiré de coups de feu dans la maison, et que nous ne soyons pas obligés de brûler le tapis. Il aurait dû en acheter un autre, et nous n'aurions pas fini d'en entendre parler.

— Il pourrait difficilement en choisir un plus laid, murmura Frances avec un reniflement méprisant. Je n'ai plus qu'à espérer que quelqu'un renverse une carafe de vin dessus, je suppose.

Greta éclata d'un rire cristallin.

Max resta debout, silencieux et stupéfait, un pistolet dans chaque main. Il avait craint que les deux femmes ne lui reprochent d'avoir fait entrer une folle dans leur famille. Au lieu de cela, Greta était assise entre elles, réconfortée, et c'était son mari qui avait été chassé.

— Vous êtes les femmes les plus extraordinaires que j'aie jamais rencontrées, murmura-t-il.

— Absolument, rétorqua Frances sereinement. J'espère que vous ne l'oublierez plus.

32

M. Tate, craignant le retour de Croach, institua une patrouille d'hommes armés sur les terres de Perusia, y compris aux alentours de Poplar House et dans le village. Il réprimanda également les domestiques, en particulier Hickson, pour s'être laissé attirer dehors par les conspirateurs de l'asile de fous. Tante Frances lui reprocha sa sévérité mais il ne voulut rien savoir, jusqu'à ce que Greta elle-même implore son indulgence.

Bianca avait l'impression que son père commençait à avoir un faible pour Greta. À mesure que celle-ci se rétablissait et que son anglais s'améliorait, il devint vite évident qu'elle était une femme de toute beauté. Bianca surprit son père lui jetant des regards à la dérobée pendant le dîner.

Tante Frances, malgré les protestations de Max, avait décrété que Greta resterait avec elle.

— Tout le monde passe sa journée à la fabrique excepté moi, déclara-t-elle. Elle serait horriblement seule à Poplar House. Pourquoi ne s'installerait-elle pas dans la plus jolie de mes chambres d'amis ? Si cet horrible Croach revient fureter par ici, elle sera en sécurité à Ivy Cottage.

Frances engagea alors quatre nouveaux valets, de grands gaillards qu'elle trouva à Stoke-on-Trent. Bianca la soupçonnait d'en rêver depuis des années et de trouver enfin le prétexte idéal pour étoffer son personnel de maison. Mais la bonté et le soutien de Frances envers Greta étaient sincèrement touchants, et la présence des valets rassura Max.

Quant à elle... Bianca devait admettre que sa rancœur envers son mari se dissipait rapidement. Plus Greta donnait de détails sur son supplice, plus tout le monde à Perusia était effaré. Bianca voyait bien que chaque parole était une flèche transperçant le cœur de Max. Un jour, il avait paru sur le point de défaillir lorsque Greta avait décrit comment le Dr Hawes faisait courir ses patients pendant des heures pieds nus sur les graviers, sous la surveillance de gardiens armés de fouets.

Bianca se demandait ce qu'elle aurait fait si Cathy avait été à la place de Greta. Secrets, mensonges, recherches désespérées dans toute la région... Oui, elle aurait certainement fait tout cela, et même davantage pour épargner à sa sœur le cauchemar que décrivait Greta.

Ces derniers temps, elle pensait très souvent à Cathy. Non seulement c'était la première fois qu'elles restaient aussi longtemps séparées, mais elle avait l'impression qu'il s'était passé tant de choses depuis la fuite de sa sœur qu'elle était frustrée de ne pouvoir tout lui raconter. Sa longue lettre d'explication avait été écrite et envoyée, mais ce n'était pas la même chose ; sa sœur n'était pas là pour réagir, interroger, taquiner, et secouer le doigt devant le visage de Bianca avant de la serrer dans ses bras pour la consoler. Elle avait plus que jamais besoin de se confier – et Max ne pouvait faire l'affaire, car c'était précisément de lui qu'elle avait désespérément besoin de parler.

Il l'appelait « mon amour », il lui faisait l'amour la nuit avec une tendresse passionnée qui la comblait et enchantait son cœur. Il lui disait qu'il avait tort, qu'il regrettait horriblement de ne pas lui avoir tout avoué plus tôt. Elle répondait qu'elle lui pardonnait, et c'était la vérité.

Elle l'aimait.

Mais, curieusement, ces mots ne franchissaient jamais ses lèvres.

Ce soir-là, pendant qu'elle l'attendait devant la haute grille de Perusia après la sonnerie de la sirène, elle se demanda pourquoi. Il avait passé la journée enfermé avec son père pour lui présenter Fortuna. Il lui avait demandé si elle voulait l'accompagner mais Bianca avait décliné : elle avait déjà expliqué à son père que c'était une idée de génie, et Max n'avait plus qu'à la lui exposer.

Elle était impressionnée par le soin qu'il avait mis à élaborer son projet. Non seulement il avait dressé tout un catalogue d'articles à produire, assortis de dessins, mais également des listes de prix, un répertoire des boutiques susceptibles de les proposer à Liverpool et Birmingham, et des suggestions pour en faire la publicité. Il avait également dressé une sélection des ouvriers de Perusia qui pourraient travailler pour Fortuna.

Enfin, il proposait une petite production d'articles en porcelaine, jolis et délicats, destinés aux boudoirs des dames disposant de moins de moyens. D'adorables petits pots, des récipients simples et légers pour la poudre, assortis de leurs manches de pinceaux et de houppettes, et même des pots de chambre qui remplissaient leur fonction élégamment, munis de couvercles bien ajustés.

Bianca savait que la porcelaine était pour elle. Son père avait toujours dédaigné la porcelaine tendre et sans son aval, elle ne pouvait la travailler. En revanche, si son père approuvait ce plan, ils en fabriqueraient enfin et elle pourrait se livrer à toutes les expériences qui lui chanteraient !

Bianca était époustouflée par ce souci du détail. Max avait pensé à tout. Son père serait impressionné.

Enfin, les deux hommes sortirent du bureau, encore en grande conversation. Bianca se hissa sur la pointe des pieds pour regarder par-dessus la foule d'ouvriers qui rentraient chez eux, et aperçut le grand sourire radieux de son père.

Son cœur s'emballa, et elle plaqua une main sur sa bouche pour ne pas pousser un cri de joie. M. Tate était content et avait donné sa bénédiction. Max souriait également. Après tant de semaines passées à discuter de ce projet, Bianca avait fini par avoir l'impression que c'était presque acquis, mais elle se rendait compte soudain à quel point elle avait été anxieuse.

Dès qu'ils l'eurent rejointe, elle ne put se retenir davantage.

— Avez-vous approuvé ses idées, papa ? demanda-t-elle.

Il pouffa.

— Comment faire autrement ? Je n'ai jamais vu un plan aussi parfait. Bien sûr que j'ai approuvé ! Il faudrait être idiot pour ne pas se lancer dans l'aventure.

Bianca rit et se tourna vers son mari.

— Félicitations, lui dit-elle doucement.

Il lui prit la main et embrassa son poignet, les yeux brillants.

— La moitié au moins est votre œuvre.

— Vous êtes trop généreux, protesta-t-elle.

— Non, je suis trop chanceux. Beaucoup trop, répondit-il pendant qu'ils retournaient vers la maison, M. Tate en tête. Je lui ai dit quelles parties du plan étaient à votre initiative.

— C'est le meilleur moyen d'encourager son œil critique, commenta-t-elle, tout en rougissant de plaisir.

— Monsieur St. James ! Monsieur St. James !

John, l'un des plus jeunes ouvriers de l'atelier de moulage, leur courait après.

— Je me demandais si vous vouliez voir les petits pots que vous nous avez commandés, à Bobby Jenkins et moi.

Max hésita.

— Allez-y, fit Bianca en dénouant son bras du sien.

Elle savait qu'il attendait impatiemment de voir ces pots. John et Bobby étaient les premiers de sa liste d'ouvriers pour Fortuna, et le succès dépendait de leur capacité à faire ce qu'il leur demandait.

— Je vais juste jeter un coup d'œil, céda-t-il. Je vous retrouve à la maison ?

Elle hocha la tête, et il se pencha pour déposer un baiser rapide sur sa bouche.

— Merci, amour, chuchota-t-il avant de faire demi-tour pour repartir vers l'usine.

— Il ne ménage pas sa peine, ton mari, dit son père tandis qu'elle le rejoignait sur le chemin montant la colline. Depuis combien de temps travaille-t-il sur ce projet Fortuna ?

— Depuis qu'il est arrivé à Perusia, je crois. En tout cas, il avait déjà des idées très précises quand nous sommes partis à Londres.

— Je savais que je ne me trompais pas sur son compte ! Il a réussi à faire payer à Markham le solde de sa dette, et avant la fin de l'année, des articles de Perusia trôneront sur la table d'un duc et de deux comtes. Avoue qu'il a du culot.

Elle éclata de rire.

— Et tu n'as pas parlé de sa plus grande contribution au prestige de Perusia.

Le visage de son père s'illumina lorsqu'il comprit qu'elle le taquinait à propos du vase en terre cuite obtenu au match de cricket.

— C'est juste ! Je lui donne une petite caresse tous les matins en me réjouissant qu'il n'orne pas la cheminée de Mannox. Et j'ai bien l'intention de le garder l'année prochaine, tu sais. St. James a intérêt à s'entraîner.

— Il a suggéré que nous formions un vrai club de cricket.

— Excellente idée ! Il y a un beau terrain plat sous la terrasse de Frances...

Ils riaient encore lorsqu'ils atteignirent Perusia Hall, où Hickson vint à leur rencontre.

— Mlle Tate est rentrée, monsieur, annonça-t-il, tout excité. Oh, je vous demande pardon, je veux dire : M. et Mme Mayne !

Bianca s'était déjà élancée dans la maison, où elle emprunta le couloir en courant dans la direction d'où venaient les voix. À son entrée, Cathy et M. Mayne levèrent les yeux de leur thé.

— Bianca !

Cathy se leva et ouvrit les bras. Bianca se jeta contre sa sœur en poussant un cri de ravissement.

— Oh, ma chérie, ça fait si longtemps, dit Cathy en riant et en pleurant tout à la fois. Laisse-moi te regarder !

Bianca recula, mais en gardant dans les siennes les mains de Cathy.

— Ma coiffure te plaît ? Jennie a appris à la faire à Londres.

— C'est ravissant, décréta Cathy en souriant. Elle doit être si contente d'être enfin une vraie bonne. Ellen et elle se chamaillaient régulièrement...

Bianca rit.

— Attends de voir les robes que j'ai commandées en ville. Crois-moi, les couturières là-bas sont tellement talentueuses que j'avais presque l'air belle.

— Bianca, fit Cathy avec un sourire de reproche. Bien sûr que tu es ravissante !

Bianca sourit d'une oreille à l'autre.

— Et toi, tu as l'air merveilleusement heureuse.

— Je le suis, Bianca.

Cathy rayonnait comme jamais. La joie de revoir sa sœur fit monter les larmes aux yeux de Bianca.

C'est alors que le visage de Cathy se figea, et elle lâcha les mains de sa sœur. Cette dernière tourna la tête et s'écarta instinctivement.

Leur père se tenait sur le seuil, une main sur la poignée de la porte, comme pour ne pas tomber. Le menton de Cathy trembla. Elle avança, les mains tendues.

— Papa... dit-elle de sa voix douce, à la façon d'une supplique.

Il ne se fit pas prier davantage. Deux pas suffirent pour qu'il la prenne dans ses bras et la serre avec force contre lui. Cathy posa la tête sur son épaule en murmurant des excuses. Avec tact, Bianca alla saluer M. Mayne, qui était resté discrètement effacé, et lui présenta ses félicitations en lui souhaitant la bienvenue.

Comment son père n'aurait-il pas pardonné instantanément à Cathy ? Quelques minutes plus tard, ils revinrent vers eux. M. Tate cherchait son mouchoir tandis que des larmes striaient les joues de Cathy.

— Et vous devez pardonner à Richard, papa, dit-elle en prenant son mari par la main pour le faire avancer.

— Mayne, fit leur père d'un ton bourru en tendant la main. Je suppose que je n'ai plus qu'à vous souhaiter la bienvenue dans la famille.

Le visage de M. Mayne se détendit.

— Merci, monsieur. Je suis profondément désolé pour la consternation et la souffrance que nous avons provoquées dans cette maisonnée, mais j'aime follement votre fille. J'espère que nous avons votre bénédiction.

— Bien sûr, bien sûr, marmotta M. Tate en se tamponnant les yeux. Allons... vous devez vous demander comment va Bianca ! Et vous allez vouloir saluer son mari. J'espère que cela ne t'a pas trop bouleversée, Cathy, que ta sœur épouse ce garçon.

Cathy se mordit la lèvre, et Mayne regarda par terre. Bianca se rendit compte que la longue lettre dans laquelle il expliquait tout n'avait pu parvenir à sa sœur. Elle ne l'avait envoyée à Wolverhampton que la veille. Elle se maudit d'avoir lâchement repoussé si longtemps le moment.

— Max ne devrait pas tarder, dit-elle, brisant le silence. Il était occupé à l'usine.

Cathy se décala vers le bord du divan.

— Bianca... je suis au supplice depuis que j'ai reçu la lettre de papa. Je n'ai jamais... Jamais je n'aurais pensé... Mon Dieu, si tu savais comme je suis désolée !

— Mais non, protesta-t-elle, gênée. Tu n'as pas à t'excuser. Je ne regrette pas de t'avoir aidée à t'enfuir...

— Vois le prix que tu as dû payer ! s'écria Cathy. Contrainte d'épouser ce scélérat calculateur et coureur de dot !

Bianca cligna des yeux. Son père fronça les sourcils et ouvrit la bouche, mais déjà Cathy se tournait vers lui avec colère.

— Vous aviez compris quel homme il était, papa, dès qu'il a mis les pieds ici ! Lorsqu'il a voulu ma main, votre premier argument en sa faveur était sa relation avec le duc de Carlyle. Mais il n'avait pour lui aucun bien personnel, aucune profession, rien de recommandable, à part ce lien de parenté.

M. Tate se tortilla, mal à l'aise.

— Eh bien... voyons, Cathy...

— Et malgré cela, vous avez vendu votre fille à un homme qu'elle ne connaissait pas et qui ne voulait même pas d'elle !

Cathy était en plein désarroi. Elle agitait les mains et ses yeux brillaient.

Bianca baissa la voix pour intervenir :

— Cathy, laisse-moi t'expliquer... Tout est différent, maintenant...

— Oui, c'est ce que j'ai entendu dire. Ellen m'a raconté : sa tante est aliénée et il l'a amenée ici, ce qui a poussé le mari de cette pauvre femme à venir vous menacer !

Bianca maudit les bavardages d'Ellen.

— Ce n'est pas toute l'histoire...

— Bianca, fit Cathy en lui saisissant les mains. Peu importe. Dès que papa m'a écrit ce qui s'est passé, j'en ai parlé à Richard. C'est un homme d'Église, et il a su précisément quoi faire. Dites-le-lui, Richard. Dites-lui comment elle peut se libérer de cet homme.

Sous le choc, Bianca demeura bouche bée.

— *Cathy*... commença-t-elle d'une voix étranglée.

Richard Mayne s'avança. C'était un homme grand et mince, discret et réservé. Ses cheveux bruns en bataille tombaient sur son front comme ceux d'un jeune garçon, mais il avait une façon de parler calme et tranquille qui inspirait le respect.

— Ce n'est pas un mariage légal.

Cette fois, Bianca resta littéralement muette.

— Quoi ? s'exclama M. Tate.

— Le mariage entre Bianca et Maximilian St. James n'est pas légal, répéta Mayne. J'ai expliqué ce que nous savions à mon supérieur, M. Williams à Wolverhampton, et il en convient. La licence a été émise pour St. James et Cathy.

Il ne put s'empêcher d'adresser un regard tendre à sa femme.

— Le fait qu'il ait épousé Bianca à la place signifie que la licence n'était pas valide, et naturellement les bans n'ont pas été publiés.

Bianca avait l'impression qu'une détonation silencieuse avait pulvérisé son cœur. Dieu tout-puissant ! Elle n'avait pas pensé à cela. Elle était à peine capable de parler. Ses lèvres et sa gorge étaient devenues affreusement sèches. Elle se dégagea de la main de sa sœur.

— Mais depuis... Cathy, écoute-moi. Nous nous sommes mariés à l'église. Tout le monde est venu au repas de noces. Nous vivons comme mari et femme...

Dans tous les sens du terme. Ses joues s'empourprèrent lorsqu'elle songea à l'intimité qu'ils partageaient. Tout cela était-il faux ? N'étaient-ils pas vraiment mariés devant Dieu et devant les hommes ?

Richard continuait à parler :

— C'est un obstacle, mais il n'est pas insurmontable. Une plainte pour fraude fera l'affaire, et M. Filpot témoignera qu'on lui avait initialement demandé de marier St. James à Cathy, non à Bianca. Je présume qu'on verra également sur la licence que les noms ont été modifiés.

— Mais Cathy s'était enfuie, protesta M. Tate. Et Bianca a accepté !

— Cela n'a pas d'importance, répondit Richard de son air sérieux. L'absence d'une licence en bonne et due forme invalide le mariage.

Non. Bianca ne voulait pas que son mariage soit invalidé. Elle secoua la tête. Les pensées se bousculaient trop vite dans son cerveau.

— Attendez... En êtes-vous convaincus ? Est-ce possible ?

— En vertu de la loi ecclésiastique, oui, répondit Cathy en lui reprenant la main. Oh, Bianca, je me souviens de ton mépris pour lui ! Je me souviens du portrait que tu dressais d'un mariage avec lui. Que je devrais soumettre mes désirs aux siens, supporter son caractère, sa vanité, jusqu'à la mort ! Je sais que tu ne veux rien de tout cela, toi qui as toujours juré que le mariage n'était pas fait pour toi ! Aucun des gentils jeunes hommes qui ont voulu te courtiser ne te plaisait, et il a fallu que tu sois forcée à épouser un homme qui incarne tout ce que tu hais !

Bianca reconnut les mots qu'elle avait utilisés quelque temps plus tôt, sous le coup de la colère.

— Cathy, ne...

— Forcée ! s'indigna M. Tate. Comme tu y vas !

— Papa, je vous connais, et je connais Bianca, répliqua Cathy avec un regard sévère. Vous lui avez certainement dit qu'autrement, elle pouvait tirer un trait sur Perusia, n'est-ce pas ? Perusia, la seule chose qu'elle ait jamais vraiment aimée.

Bianca tressaillit, stupéfaite. Sa sœur ne comprenait pas. Elle devait absolument la détromper. Mais Cathy était lancée avec passion dans son plaidoyer :

— Vous étiez en colère, papa, et vous l'avez mise en colère, et c'est sous le coup de la colère qu'elle a accepté. Je vous connais par cœur tous les deux, cela ne sert à rien de discuter, dit-elle en levant les mains, voyant que son père et sa sœur ouvraient la bouche. Aucun de vous deux n'a voulu revenir sur ses mots et perdre la face, de sorte que Bianca s'est retrouvée mariée à un inconnu qui n'en avait qu'après Perusia. Vous ne comprenez donc pas, papa ?

Elle pivota vers sa sœur tandis que leur père devenait cramoisi.

— Quant à toi, Bianca, je sais que tu as fait cela pour moi. Jamais je n'ai voulu que tu te sacrifies de la sorte ! Non, jamais je ne serais partie si j'avais imaginé une telle tragédie ! Je serais restée et j'aurais refusé de dire « oui » à l'église.

Des larmes lui montèrent aux yeux, et elle reprit :

— Mais ne vous inquiétez pas, nous allons tout arranger. Richard en a parlé à tout le monde, et les avis concordent. Ce mariage peut être annulé, effacé comme s'il n'avait pas existé.

Dans le silence soudain qui suivit son discours, les sens en ébullition de Bianca perçurent un bruit de pas. Qui s'éloignaient de la porte. Le cœur brisé, elle comprit que c'était Max et qu'il avait tout entendu.

Elle s'arracha à la main de sa sœur.

— Tu te trompes, Cathy, tu te trompes complètement, parvint-elle à articuler d'une voix blanche.

Et déjà, elle courait après son mari, avec l'impression que son cœur pesait une tonne dans sa poitrine.

33

Max remonta la colline d'un pas vif. John et Bobby avaient produit une série de théières qui correspondaient exactement à ce qu'il souhaitait : simples, épurées et parfaites. Son beau-père avait été impressionné par ses plans aujourd'hui, mais l'avait averti qu'il avait encore besoin de la preuve que les ouvriers moins expérimentés étaient capables de produire des objets d'une qualité suffisante pour qu'il donne son accord.

Les théières de John et Bobby étaient cette preuve. Fortuna pouvait commencer.

Hickson vint le trouver à la porte pour l'informer que M. Tate et Mme St. James étaient dans le petit salon avec M. et Mme Mayne.

— Ah ! s'exclama Max, ravi.

Il savait que Cathy manquait à Bianca, et toute la maisonnée attendait leur visite. Il se dirigea vers le salon, dont la porte était restée ouverte.

— ... pas un mariage légal, disait une voix d'homme.

Max s'immobilisa.

— Quoi ? s'exclama Tate.

— Le mariage entre Bianca et Maximilian St. James n'est pas légal, répéta l'inconnu.

Les pieds de Max restèrent enracinés au sol pendant que l'homme, probablement le pasteur, époux de Cathy, expliquait le défaut de licence, les impératifs de la loi, les moyens d'invalider le mariage.

Il ne trouva rien à redire à cet argumentaire. Pire, il n'entendit pas Bianca protester, déclarer qu'elle se fichait éperdument de cette licence, qu'elle voulait rester mariée avec lui, quoiqu'elle ait pu penser plusieurs semaines auparavant.

Imbécile, se dit-il. Il s'était amusé, à l'époque, en voyant Tate soudoyer le pasteur pour corriger la licence. Il n'avait pas compris que ce serait la clé pour libérer Bianca de ses vœux.

Lentement il recula, ne souhaitant rien entendre de plus, mais les mots résonnaient :

— Je me souviens de ton mépris pour lui… Un homme qui incarne tout ce que tu hais… Ce mariage peut être annulé, effacé comme s'il n'avait pas existé.

Enfin, il pivota et sortit rapidement par la porte du jardin. Il était déjà presque chez lui lorsque l'impact le frappa réellement.

Poplar House, qui se dressait devant lui avec son accueillante porte bleue, n'était pas sa maison. Le contrat de mariage avait été signé après la cérémonie, correctement corrigé avec le nom de Bianca aux bons endroits. Mais si Samuel Tate voulait invalider le mariage, il pouvait en faire autant avec le contrat dans lequel figuraient l'acte de propriété de Poplar House et ses parts dans la manufacture.

Max se retrouverait à nouveau sur la paille, sans toit au-dessus de la tête, rejeté. Et avec un cœur brisé en morceaux trop petits pour être recollés.

Il lui était déjà arrivé de tout perdre, alors qu'il avait peu à perdre. Il avait pris la chose à la légère, maudit le destin, et était retourné avec acharnement aux tables de jeu le lendemain, déterminé à faire tourner la chance. Cette fois… Cette fois, il était hébété. Il avait tenu au creux de sa main tout ce qu'il voulait – non, bien davantage – et il l'avait perdu, à cause d'une erreur dont il n'était même pas responsable. Comment se remettait-on d'un choc pareil ?

Il entra et donna sa soirée à Lawrence. Il attendrait le lendemain pour annoncer à son valet qu'il était obligé de le renvoyer.

Debout dans sa chambre – qui avait été leur chambre –, il fixait un point par la fenêtre quand Bianca entra. Sa voix résonna dans l'escalier, puis ses pas rapides. Venait-elle le jeter dehors ? Coureur de dot, menteur, fou... de quoi le traiterait-elle ?

— Max !

Elle ouvrit la porte brusquement et poussa un grand soupir.

— Dieu soit loué, vous êtes là.

— Oui.

De petits nuages de fumée s'élevaient au-dessus de la colline et se détachaient contre le ciel du crépuscule. C'étaient les fours, dans lesquels cuisaient les premières pièces de la commande de Wimbourne. Il se demanda si Bianca la livrerait elle-même. Cela ferait plaisir au duc.

— Je pensais que vous étiez allé retrouver Greta... Hickson m'a dit que vous étiez parti par là-bas, mais il s'est trompé...

Elle haletait.

— J'ai couru jusqu'à Ivy Cottage, et je suis revenue ici.

Seigneur, Mme Bentley autoriserait-elle Greta à rester, au moins jusqu'à ce que Max puisse lui trouver un endroit convenable ? Il faudrait qu'il s'en occupe rapidement, avant que Croach entende parler de son infortune et comprenne que Max ne pouvait plus rien faire pour l'empêcher de la récupérer.

— Vous avez entendu... Je sais que vous avez entendu ce qu'a dit Cathy, reprit Bianca en venant vers lui.

— Oui.

Cathy et Richard Mayne avaient raison. La licence avait été modifiée irrégulièrement, et cela suffisait pour invalider un mariage. Bianca n'avait qu'à dire qu'elle n'avait pas souhaité l'épouser.

Peut-être devait-il se résigner. Max avait effectivement incarné tout ce qu'elle méprisait, elle l'avait épousé uniquement pour ne pas perdre Perusia, elle avait agi dans un accès de fureur... Tout cela était vrai.

Silas Croach aussi avait dit la vérité en affirmant que Greta lui appartenait juridiquement. Et pourtant, Max n'en avait pas tenu compte. Mais il pouvait difficilement demander à Bianca de rester avec lui, si elle ne le désirait pas.

— Elle a raison, vous savez, dit-il en regardant les volutes de fumée se dissiper dans la brise. À propos de la validité de la licence, et du mariage.

— Eh bien, c'est ridicule ! s'écria Bianca. Nous sommes mariés depuis plus de trois mois. Comment cela peut-il être invalidé ?

— C'est la loi, ma chérie. Si vous voulez balayer ce mariage comme des tessons de poterie cassée...

Il secoua les doigts pour illustrer son propos.

— ... vous pouvez le faire.

— Max.

Elle lui prit le bras et l'obligea à se tourner vers elle.

— Que racontez-vous ?

Il contempla son visage, si beau et bien-aimé, aux couleurs rehaussées par la course.

— Si vous voulez faire invalider le mariage, je ne m'y opposerai pas.

— Quoi ? s'exclama-t-elle, scandalisée. Et pourquoi donc ? Oseriez-vous me dire que cela ne vous fait ni chaud ni froid ?

Doucement, il posa une main sur sa joue. Elle s'agrippa à son poignet avec un affolement de naufragée.

— Bien sûr que non, dit-il doucement. Mais je tiens trop à vous pour vous retenir, si vous souhaitez me voir disparaître de votre vie.

Elle repoussa sa main.

— Dans ce cas, j'attends de vous entendre dire que vous voulez rester !

Max commençait à sentir monter la colère, et cette fois, il ne la ravala pas.

— Que vous faut-il de plus ? Ne vous l'ai-je pas montré, depuis tout ce temps ?

— Si, répliqua-t-elle avec emportement. Et vous avez même fait preuve d'une patience inouïe, en attendant que je surmonte ma vexation à propos de Greta...

— Vous avez vu Croach. Vous avez entendu ce qu'il a dit sur ma tante, et sur moi. La folie coule dans nos veines ! Comment pouvais-je vous le révéler et faire entrer une telle abjection dans votre maison, dans votre famille ?

— Eh bien, je vois que vous ne me jugez pas assez forte pour apprendre ce genre de nouvelles sans faire une syncope !

— Pas assez forte ? Vous ? Vous qui seriez capable de faire tourner toute seule cette faïencerie, et de remporter un match de cricket par-dessus le marché !

— Oui, nom de Dieu, j'en serais capable ! Mais c'est vous qui ne m'avez pas fait confiance en taisant votre secret ! cria-t-elle.

Le sang de Max bouillonnait. Jamais il n'avait laissé la colère prendre ainsi le dessus.

— Je n'ai révélé à personne qu'il y avait une démente dans ma famille. Et si je vous l'ai caché, c'est uniquement parce que je pensais que vous ne le supporteriez pas.

— Je ne crois même pas que Greta soit démente ! Vous auriez dû au moins me parler d'elle !

— Je ne pouvais pas supporter de vous perdre, répliqua-t-il. Je voulais repousser le moment jusqu'à ce que vous soyez suffisamment attachée à moi pour passer outre. J'ai été idiot, d'accord !

— Oui ! dit-elle en lui donnant une tape sur le bras. Trop idiot pour comprendre que je vous aime, alors que vous avez pris une part de mon usine et que vous avez une vision plus intelligente que moi à son sujet, et que vous avez risqué votre vie pour sauver Greta et que vous avez marqué quarante-cinq points au cricket et que vous m'avez dit que je suis belle bien que je ne le sois pas…

Max leva les mains.

— De toute évidence, vous êtes aussi folle que moi ! C'est la seule explication possible pour que je vous laisse m'entraîner dans cette dispute ridicule. Vous savez parfaitement que je suis éperdument amoureux de vous, que je le serai toujours, et si vous croyez que vous allez réussir à invalider notre mariage, vous êtes démente pour de bon : je me battrai jusqu'à la fin de mes jours parce que nous sommes faits l'un pour l'autre !

— C'est la première chose raisonnable que vous ayez dite ce soir !

Elle lui prit les deux mains et l'attira à elle pour l'embrasser avec ferveur.

Incapable de résister, il lui rendit son baiser. Deux pas suffirent pour qu'il la plaque contre le mur et empoigne ses jupes. Elle tira sur son pantalon et fit voler un bouton, avant de prendre son membre dans sa main si fermement qu'il étouffa un petit cri.

— Vous êtes à moi, gronda-t-il en enroulant la jambe de Bianca autour de sa taille et en la faisant remonter contre lui.

— Vous êtes à moi, répliqua-t-elle en détachant le lien qui retenait ses cheveux pour mieux les empoigner.

Alors il sourit, et enfonça son sexe en elle. Bianca replia les jambes autour de sa taille et se cambra, et il n'eut pas besoin d'autre encouragement.

Dans leur état d'angoisse, d'excitation et de passion, ils étaient tous les deux déjà au bord du gouffre. Max la sentit jouir quelques instants plus tard, brûlante et contractée autour de lui, et il la rejoignit instantanément, si violemment que sa vision devint floue.

— Je vous l'avais dit, haleta Bianca, tremblante dans ses bras. Qu'un jour, nous nous crierions dessus...

Max éclata d'un rire entrecoupé.

— Nos domestiques doivent être blottis les uns contre les autres sous la table, terrifiés.

— Tant pis pour eux !

Les yeux brillants, elle embrassa son mari.

— Je vous aime, dit-elle doucement. Je vous aime, Max, de tout mon cœur. Tout à l'heure, je suis restée frappée de stupeur. Je ne m'attendais pas du tout à ce qu'a dit Cathy...

— Je sais, murmura-t-il.

— J'aurais dû vous faire une déclaration d'amour plus tôt, reprit-elle tandis qu'il lui embrassait les paupières et la tempe. J'étais si vexée que vous ne m'ayez pas parlé de Greta, et si angoissée par ces deux journées d'absence...

— J'ai eu tort. Jamais plus je ne referai une chose pareille.

Elle le regarda droit dans les yeux.

— Et moi, j'ai eu tort d'être aussi froide envers vous au début. J'avais accepté de me marier sur un coup de tête, mais une fois que cela a été accompli, j'aurais dû faire contre mauvaise fortune bon cœur au lieu de vous mener la vie dure...

— Je ne vous en veux pas, dit-il en posant un doigt sur ses lèvres. Absolument pas.

Elle sourit avec hésitation.

— Alors nous prenons un nouveau départ ?

— Nouveau ? répéta Max en haussant un sourcil. Pour perdre tout le terrain que nous avons gagné ? Non, je crois que nous devrions poursuivre notre chemin, en étant conscients de nos défauts et attentifs à la sensibilité de l'autre. Qu'en pensez-vous, mon amour ? Voulez-vous toujours de moi, malgré notre licence de mariage scandaleusement irrégulière ?

Un sourire enchanteur ourla les lèvres de Bianca.

— Oui, je le veux. Cette fois, je vous donne tout mon cœur, avec un amour sincère et dans l'honnêteté.

— Et moi aussi, je vous donne tout mon cœur et mon honnêteté.

Il posa le front contre le sien avant d'ajouter :

— Jusqu'à la fin des temps.

Elle l'embrassa et décréta :

— Voilà un très bon départ.

34

Cinq semaines plus tard, Carlyle Castle

Ils virent le château bien avant de l'atteindre.

Bianca passait son temps à regarder dehors avec stupéfaction et à couler des regards émerveillés vers Max. Ce dernier savourait son éblouissement en souriant.

— Et vous êtes réellement l'héritier de tout cela ? demanda-t-elle enfin, en se renfonçant sur le siège à côté de lui.

Cela faisait presque une heure qu'ils roulaient sur les terres de Carlyle, alors que le château lui-même trônait au sommet d'une éminence.

— Le deuxième héritier, corrigea-t-il avec un sourire. Un cousin éloigné, un militaire, me précède dans l'ordre de succession. Navré de vous décevoir, mon amour, mais mes chances de mettre un duché dans mon escarcelle sont infinitésimales.

— Quoi qu'il en soit, jamais de ma vie je n'aurais cru pouvoir en être aussi proche.

Elle regarda de nouveau par la fenêtre.

— Nous arrivons.

De près, le château était encore plus impressionnant. Les murs de pierre grise les dominaient de leur hauteur, et ils passèrent sous une voûte étroite pour pénétrer dans une cour si grande qu'il y avait un véritable jardin en plein milieu.

Max descendit, attendant l'assaut de tension ou d'appréhension à la perspective d'affronter à nouveau la duchesse, mais il n'éprouva rien.

Ou, plus exactement, il éprouva une bouffée de fierté tandis que Bianca descendait à son tour, vêtue de la magnifique robe ivoire achetée à Londres. Ils s'étaient arrêtés dans une auberge quelques kilomètres auparavant pour se changer, et depuis, Max avait un mal fou à s'interdire de poser les mains sur sa femme. Elle était d'une beauté à couper le souffle, et lorsqu'elle lui adressa un regard espiègle en fronçant le nez, il fondit.

Il lui rendit son sourire, le cœur gonflé de bonheur.

Elle posa une main sur son bras et ils montèrent les quelques marches du perron. Un majordome se tenait devant les portes ouvertes. Après les avoir emmenés s'installer dans une chambre plus somptueuse que celle qu'avait occupée Max la fois précédente, l'homme les précéda le long d'élégants couloirs ornés de somptueux tapis qui amortissaient le bruit des pas, puis ils traversèrent une immense salle lambrissée décorée de tapisseries et de tableaux, et enfin montèrent un escalier en pierre sculptée pour pénétrer dans ce que Max appelait secrètement la « salle d'audience ».

La duchesse les attendait, toujours bien en chair, les cheveux toujours gris. Sa dame de compagnie était assise à côté d'elle, un gros chat roux sur les genoux.

— Eh bien, dit la duchesse une fois les présentations terminées, vous n'avez pas perdu de temps, monsieur St. James.

Il s'inclina.

— Non, Votre Grâce.

Elle reporta les yeux sur Bianca.

— Vous devez connaître le lien de parenté de votre mari avec Carlyle ?

— Oui, Votre Grâce, dit Bianca.

Elle regarda droit dans les yeux l'intimidante duchesse et ajouta :

— J'ai été navrée d'apprendre le décès de lord Stephen. Je vous présente mes plus sincères condoléances pour la perte de votre fils.

La duchesse cligna des yeux, surprise.

— Oui. Merci. C'est très gentil à vous, madame St. James.

Elle braqua de nouveau son regard sévère sur Max.

— Je suppose que vous êtes venu me montrer que vous menez désormais une existence respectable.

Il sourit.

— Je suis venu vous remercier, madame. Votre offre généreuse m'a procuré les moyens nécessaires pour le faire. Et à présent, je viens vous annoncer que je n'ai plus besoin de votre assistance.

— Pardon ? dit-elle, la surprise passée. Que me chantez-vous là, monsieur St. James ?

— J'ai l'intention de ne pas être un fardeau pour vous, Votre Grâce. Vous n'avez plus besoin de payer la rente que vous m'avez offerte, la dernière fois que je suis venu.

La duchesse fit une moue mécontente. Max était certain de savoir pourquoi : à présent, elle n'avait plus de moyens de pression à exercer sur lui.

— Comme vous voudrez, monsieur. Loin de moi l'envie de contraindre un homme à recevoir une rente !

Elle reporta son attention sur Bianca :

— Vous êtes de la famille des Tate du Staffordshire, n'est-ce pas ?

— Oui, madame. Mon père est Samuel Tate, de Perusia.

— Hmm.

La duchesse la considéra, intéressée malgré elle.

— Mon homme de loi me dit que vous travaillez à la manufacture.

Max vit que Bianca était surprise, mais la duchesse ne s'en rendit certainement pas compte. Sa femme restait aussi calme, et répondait tranquillement aux questions.

— En effet, madame. Je mets au point les vernis et les glaçures utilisés pour nos plus belles pièces.

— Des vernis et des glaçures !

— J'ai créé récemment un magnifique vernis écarlate. Nous commençons à recevoir des commandes pour cette vaisselle.

La duchesse fit une nouvelle moue.

— Et quel rôle jouez-vous dans cette entreprise, monsieur St. James ?

— J'ai pris l'initiative d'organiser des rendez-vous avec les personnes intéressées qui souhaitent des services de table, répondit-il. Sa Grâce le duc de Wimbourne a commandé dernièrement trente couverts.

Il marqua une pause avant d'ajouter :

— Wimbourne et moi étions à Oxford ensemble.

— Wimbourne ! dit la duchesse avec une grimace. Il n'est même pas marié ! Qu'a-t-il à faire d'un service de table ?

Elle se pencha en avant.

— J'aimerais voir cette vaisselle. Si vous avez fait tout ce chemin, j'imagine que vous avez quelques exemplaires à me montrer ?

Max sourit.

— Oui, Votre Grâce. Nous avons en effet apporté un service à thé de ce vernis écarlate, et j'espère que vous l'accepterez en remerciement de votre générosité.

L'idée de ce cadeau venait de Bianca.

« Sans elle, nous ne serions pas ensemble », avait-elle dit.

La duchesse sembla stupéfaite.

— Ma foi... dit-elle. Eh bien, c'est très attentionné. Mademoiselle Kirkpatrick, veuillez vous en occuper.

La dame de compagnie se leva silencieusement et quitta la pièce. Max avait laissé la caisse, dont chaque pièce rouge étincelante reposait dans son petit écrin de velours noir, aux bons soins du majordome. Max et Bianca furent invités à s'asseoir, et la duchesse les interrogea sur l'usine, la famille de Bianca et les responsabilités de Max.

Sans qu'elle le lui demande, il lui parla de Greta. Depuis un mois qu'il l'avait secourue, l'état de sa tante s'était considérablement amélioré. Elle s'exprimait essentiellement en anglais à présent, avait repris du poids, et se promenait longuement dans la campagne avec Frances et deux des séduisants valets de pied. Elle redevenait la femme dont se souvenait Max, et c'était grâce à Bianca et à sa famille, qui l'avait recueillie avec un soutien infaillible et une grande bonté.

La duchesse se montra choquée des traitements qu'avait reçus Greta.

— Un asile d'aliénés ! s'indigna-t-elle. Comment a-t-il osé ? Si cet individu revient vous chercher noise, faites-moi plaisir et envoyez M. Edwards lui régler son affaire. Edwards sait comment détruire quelqu'un sans recourir à la force physique.

— Merci, Votre Grâce. J'y songerai.

Mlle Kirkpatrick revint quelque temps plus tard, suivie d'une bonne porteuse d'un grand plateau sur lequel était disposé le service à thé, accompagné de gâteaux et de pâtisseries.

— Ah ! fit la duchesse.

Elle contempla avec intérêt les tasses à thé et la théière, une des plus belles de Perusia, avec son rebord cannelé et son anse à treillage en relief.

— Je vous félicite, madame St. James. On dirait d'authentiques rubis.

Bianca sourit modestement.

— Merci, Votre Grâce.

Après avoir quitté la duchesse, la laissant d'une humeur remarquablement légère, ils visitèrent la maison. Max pensait que Bianca aimerait en faire le tour ; cependant, tandis qu'elle observait les hautes et étroites fenêtres de la salle à manger, vestiges du passé normand du château, il comprit qu'il allait peut-être prêter le flanc à quelques taquineries. Ils visitèrent la galerie de portraits, et devant son ancêtre direct, Bianca concéda qu'il avait un air canaille.

— Cela dit, lui chuchota-t-elle alors qu'ils quittaient la galerie, je me suis prise d'affection pour les canailles, ces derniers temps…

Ils ne virent pas M. Edwards, l'avoué, jusqu'au jour de leur départ. Pendant qu'on chargeait les bagages dans la voiture, ils se promenaient dans la roseraie, située sur la partie sud ensoleillée du tertre. M. Edwards demanda un instant à Max, et Bianca resta admirer les roses.

— Sa Grâce me dit que vous ne souhaitez pas percevoir sa rente annuelle, s'étonna l'homme de loi lorsqu'ils furent dans son bureau.

Max hocha la tête.

— Absolument, monsieur.

— Si je peux me permettre, monsieur, objecta l'avoué, ce serait idiot.

Max haussa les sourcils.

— Je vous demande pardon ?

— Malgré ce que vous pouvez croire, Sa Grâce ne vous a pas proposé cette rente pour vous garder sous sa coupe.

Devant l'air sarcastique de Max, Edwards leva une main.

— Du moins, pas entièrement, précisa-t-il. Son espoir le plus cher était que cela vous inciterait à vous intéresser également à Carlyle. Devenir duc constituerait un défi colossal. Il serait appréciable que vous puissiez vous y préparer.

Max fronça les sourcils.

— Nous savons tous les deux qu'il est fort peu probable que j'hérite.

Edwards toussota délicatement.

— Le savons-nous, monsieur ?

— Oui, répondit lentement Max en le fixant. J'ai bien compris que la santé du duc actuel déclinait, mais le capitaine St. James est un homme fort et vigoureux.

M. Edwards croisa les mains sur son bureau.

— En effet. Vous avez raison concernant la santé de Sa Grâce, et c'est malheureux. Cependant... tout est possible pour sa succession, monsieur.

— Comment cela ?

— Nous n'avons plus entendu parler du capitaine St. James depuis qu'il est parti pour le Nord, expliqua l'avoué. Il comptait se rendre en Écosse pour informer sa mère et ses sœurs de sa bonne fortune, puis il devait revenir. Cela fait des semaines que nous l'attendons. Hélas, nous n'avons aucune nouvelle de lui.

Le cerveau de Max se figea. L'arbre généalogique des St. James s'imprima dans son souvenir, avec toutes ces branches rabougries et dénuées d'héritier.

— Je comprends, murmura-t-il.

M. Edwards sourit.

— Vous m'en voyez soulagé. Sa Grâce a été très agréablement surprise par votre visite. Gérer une usine, bien que ce soit difficilement comparable à un duché, constitue un pas dans le bon sens.

— Je vous laisse me tenir au courant ? dit Max. Si vous avez des nouvelles du capitaine...

Edwards inclina la tête.

— Bien sûr, monsieur. Et je continuerai à vous verser votre rente.

Encore sous le choc, Max retourna auprès de sa femme. Au soleil, dans ce magnifique jardin, elle était d'une beauté presque surnaturelle. Ses cheveux brillaient comme du miel de châtaignier sous son chapeau de paille, ses mains gantées effleuraient les dernières roses estivales.

En le voyant approcher, elle sourit.

— Quel est le verdict ? Ont-ils décidé de nous renvoyer dans le Staffordshire avec interdiction de revenir ?

Il ne lui rendit pas son sourire.

— Ils sont sans nouvelles du capitaine St. James depuis de longues semaines. Il est retourné en Écosse, mais n'est pas revenu comme prévu.

Sa femme agrandit les yeux.

— Mais alors... cela signifierait...

Il hocha la tête, la mine sombre.

— Tout ceci pourrait être à nous.

— Non, protesta-t-elle. Et la salle d'exposition à Londres, et la petite boutique de Cheapside ? Et Fortuna ?

— J'ai bien peur, s'ils ne parviennent pas à retrouver mon cousin le capitaine, et si le duc quitte ce monde, que nous n'ayons pas le choix.

Ensemble, ils observèrent silencieusement le château. Il dressait sa masse imposante et imprenable, antique et autoritaire. Max n'en avait jamais voulu, bien qu'il se soit plu à croire, jadis, qu'il ne cracherait pas sur le pouvoir et la fortune allant avec.

Mais à présent... maintenant qu'il possédait déjà tout ce qu'il voulait... Sa tante, presque redevenue elle-même. Un foyer, pas aussi majestueux que celui-ci mais joyeux et confortable. Un objectif, avec des gens qui le respectaient et dépendaient de lui. Et Bianca, qui surpassait tout ce qu'il avait pensé trouver chez une épouse, à ses côtés et dans son cœur.

Nom d'un chien ! Que ferait-il de Carlyle, si jamais le capitaine avait péri et le plaçait au premier rang dans la succession ?

— Ma foi, déclara Bianca après une longue pause, cela me fait l'effet d'une prison. Vous avez beaucoup de chance que je vous aime autant.

Max éclata de rire, retrouvant sa gaieté.

— Ceci est la meilleure chose qui puisse m'arriver, mon amour. Et si je devais hériter de ce monstrueux tas de pierres et devenir aussi guindé et hautain que Wimbourne, c'est uniquement grâce à vous que je pourrais le supporter.

Elle rit à son tour, et il l'embrassa.

— Je crois que nous devrions nous sauver tant que nous le pouvons, chuchota-t-elle.

Max jeta un dernier coup d'œil aux imposants murs de pierre tandis qu'ils retournaient vers la voiture. Oui, une prison.

— Et prions le ciel pour que le capitaine St. James soit sain et sauf.

AVENTURES & PASSIONS

6 juillet

Jane Ashford

La succession du duc de Tereford - Coup de foudre

Inédit

Lorsqu'il est arrivé en Angleterre, le nouveau comte de Ferrington, Frederick Merrill, ne s'attendait pas à cet accueil froid et hautain de la part de son arrière-grand-mère, lady Wilton. Las de ses reproches constants sur sa naissance et ses manières, il décide de se rendre sur ses terres. Parvenu à Ferrington Hall, il croise Harriet Finch, qui vit dans le domaine voisin. L'attraction entre les deux jeunes gens est immédiate, et bientôt la passion les consume. Mais les mensonges et les manœuvres malveillantes de leurs familles font peser de lourdes menaces sur les amoureux.

✦

Eloisa James

Les Wilde - La provocatrice

Inédit

Lady Joan Wilde est une jeune femme qui entend vivre comme elle l'entend. Passionnée par le théâtre, elle a décidé d'interpréter Hamlet habillée en homme, et qu'importe le scandale que cela va provoquer ! Pour donner du réalisme à son personnage, elle choisit de s'inspirer d'un ami de la famille, Thaddeus Erskine Shaw, vicomte Greywick. Thaddeus, qui a déjà été éconduit par deux des sœurs de Joan, s'est toujours caché à lui-même les doux sentiments que lui inspire la belle capricieuse. Aussi, lorsqu'il comprend que la prochaine frasque de Joan risque de ruiner sa réputation, il décide d'entrer en scène…

Mary Jo Putney

Le serment - Le renégat

Inédit

En croisière sur la Méditerranée, Aurora Lawrence et sa cousine sont capturées par des pirates et envoyées dans un harem en Turquie. Les ravisseurs exigent une forte rançon. Désemparée, la mère d'Aurora fait appel à Gabriel Hawkins, un capitaine renvoyé de la Royale Navy, dont la réputation et les activités sont douteuses. Il est le seul à pouvoir négocier avec les forbans qu'il a déjà rencontrés. La mission est risquée et les dangers nombreux, mais il parvient à libérer les deux femmes. Or, sur le chemin du retour, Gabriel doit affronter un nouveau péril : la tempête que la délicieuse Aurora déchaîne dans son cœur…

✦

Ella Quinn

Les Worthington - Au premier regard

Inédit

Après avoir passé trois ans au Canada parmi les trappeurs, le duc de Rothwell revient en Angleterre pour apprendre la mort de son père et découvrir la gestion calamiteuse du domaine dont il vient d'hériter. Un matin, alors qu'il chevauche dans Hyde Park, il croise une belle et gracieuse amazone, Louisa Vivers, qui, au premier regard, embrase son cœur. Mais dans sa situation, impossible de penser au mariage. Car, entre les dettes de jeu de son père et les faux documents que sème la dernière maîtresse de ce dernier, Gideon est quasiment ruiné. Décidé à retrouver sa position, le jeune duc va demander conseil à son ami Matt Worthington, chez qui il est surpris de rencontrer celle qui occupe désormais toutes ses pensées…

Joanna Shupe

Les rebelles de la 5e avenue - L'amie d'enfance

Inédit

Après avoir été déshérité, Harrison Archer a quitté l'Amérique pour faire fortune à Paris. Au décès de son père, il est sommé par sa mère et son frère de revenir à New York pour épouser une héritière, afin d'éponger les dettes paternelles. Sur la liste des candidates établie par sa mère, il découvre le nom de son amie d'enfance, Madeline Webster, dont il est secrètement amoureux. À l'occasion d'un week-end à Newport où séjourne Madeline, le jeune homme décide de conquérir celle qui n'a jamais quitté son cœur. Malheureusement, le duc de Lockwood, un prétendant assidu, vient de la demander en mariage… Si Harrison comprend qu'il a perdu cette bataille, il reste déterminé à gagner la guerre…

✦

Julie Garwood

Un ange diabolique

Bibliothèque Idéale

Le marquis de Cainewood s'est juré de venger son frère. À bord de *L'Émeraude*, arborant fièrement le pavillon noir, le pirate défie les forces anglaises et a minutieusement préparé son piège. Soudain, la porte de sa cabine s'ouvre et, dans un tourbillon de boucles rousses, une jeune femme le supplie de l'aider. Subjugué par la beauté de cette apparition, le marquis en oublie sa traque. Mais qui est cette femme en détresse, pipelette et menteuse ? La seule certitude, c'est qu'il lui suffit d'un simple battement de cils pour faire perdre la tête à l'incorrigible séducteur !

Heather McCollum

Passions en Écosse - Le charmeur de l'île d'Islay

Cullen Duffie est le nouveau chef du clan McDonald de l'île d'Islay. Déterminé à prouver qu'il n'a pas hérité des travers de son père, Cullen s'attache à protéger les siens de l'envahisseur anglais. Lorsqu'un jour une belle inconnue échoue sur le rivage de son île, il décide de la secourir. Amnésique, Madeleine retrouve peu à peu la mémoire. Mais, plus ses souvenirs refont surface, plus elle réalise l'immense danger qu'elle fait courir au Highlander qui a su capturer son cœur...

13508

Composition
FACOMPO

Achevé d'imprimer en Italie
par GRAFICA VENETA
le 2 mai 2022

Dépôt légal : juin 2022
EAN 9782290371534
OTP L21EPSN002440N001

ÉDITIONS J'AI LU
87, quai Panhard-et-Levassor, 75013 Paris

Diffusion France et étranger : Flammarion